エル。神官長と俺達が、お前を人にする」

「……大丈夫だ、マリ

忘却聖女
SAINT MARIABELLE
illustration: shuri

「ではルウィ、私と死にましょうか！」

「心中相手として申し分なし！　好きに使え！」

神様。どうかアデウスに生きる命を。

どうか、どうか、どうか。

神殿と王城の献身を以て。

第一王子と聖女の贄を以て。

どうか、お救いください。

忘却聖女
ぼうきゃくせいじょ
Saint
守野伊音
ILL. 朱里
Written by Morinoion, Illustration by Shuri
IV
VOLUME FOUR

SAINT MARIABELLE

CHARACTER

エーレ

第十三代聖女に仕えている一級神官（諸事情により特級神官未満）。非常に生真面目な性格で、神力の扱いに長けている。唯一、マリヴェルの存在を記憶していた。

ルウィード王子

アデウス国の第一王子の青年。嘘や催眠が効きにくい体質で身体能力も判断能力も高い現実主義者。マリヴェルとは悪友だったが、今は覚えておらず関係再構築中。

ディーク神官長

聖女に仕え、神官を統括する史上最年少の神官長。非常に厳格で真面目だが、優しさも持ち合わせている。マリヴェルの育ての親でもあるが、今は彼女のことを覚えていない。

エイネ・ロイアー

歴代一の人気と最長任期を誇るアデウス国の第十二代聖女。故人であったが、彼女の遺言に則り先代聖女派が禁忌を犯して復活させた。

「前回までのあらすじ」

ある日突然、国中の人々から忘れられた第十三代聖女マリヴェル。聖女に返り咲くため選定儀式を受ける傍ら、忘却の原因を突き止めようと神官エーレと奔走していたが、元凶は故人である先代聖女エイネ・ロイアーであり、おまけに彼女が悍ましい方法でこの世に舞い戻ったと知った二人は、エイネに対抗すべく策を練っていた。

しかし、それとは別の問題として何者かがマリヴェルの身体を乗っ取る事象が増えていた。『ハデルイ神』だと名乗るそれは、マリヴェルが新しい神の器になる存在であり、人間ではないという事実を告げる。新しい神がこの世に誕生するとき、マリヴェルは失われてしまうのだと。人形だから人間の想いは届かない――そう創られた。

一方、自らの計画のためにマリヴェルを自壊させたいエイネによって神殿は襲撃されるが、神と

の邂逅を経て自らの役割を思い出したマリヴェルは聖女の力でもってそれを鎮め、ついにエイネとの対峙に成功する。

だが、そこで知らされたのは、エイネがこの国にいたはずの十二の神を喰らったというとんでもない事実。

自らが神になり替わろうとするバケモノ・エイネの魔の手を紙一重で躱したマリヴェルだったが、中を覗かれたことでマリヴェルにかかっていた――神によってかけられていたマリヴェルとエーレ、二人だけの忘却が解けてしまう。

それは、エーレと何度も惹かれ合い、愛を育んでは忘却させられてきた事実。

マリヴェルは人形として神によってこの世に産み落とされた。

人形だから人間の愛は届かない――そう創られた……はずだったのに。

エーレが、神官長が、神殿という家族みんながマリヴェルのことを想い、伝えてきたたくさんの愛を前に彼女はもう〝人形〟を逸脱してしまっていた。

“Saint Mariabelle”

My life exists for this child.

十六聖 ✶ 生

"Saint Mariabelle"

My life exists for this child.

真白い世界があった。

音もなく、風もなく、臭いもなく。天もなければ地もない。命もなければ死もない。

そんな世界があった。

私はいた。そこにいた。いまその時より、いるようになった。

私の前にもいた。何かがいた。ずっと前からそこにいた。

いる前からそこにいた。

私を見下ろし、妥協するようにこれでいいかと告げるその存在を、私は知るより前に理解していた。

「人形、器としての機能さえ残せば少々砕けたところで構わん。人の子らに尽くせ。人の子らの幸いのため稼働せよ」

そう言った。言っていた。言っていたけれど私が聞く必要はなかった。

聞かずとも、知らずとも、それは私にとって絶対で、理解せずとも必ず訪れなければならない事実だと知っていた。

「故に、廃棄となるまで、聖女として務めろ」

その為の私で、そういうものだと始まりから理解していたので、思うところは何もなかった。

私は、なかったのだけれど。

「うるさい」

命の声がした。

人の子が発した声は、人が苛立たしさを表明するときに使用される場合が多い言葉だったけれど、その声には一切の感情が乗っていない。

まるで物のような。まるで私のような声だった。

沢山のゴミがあった。人が生み出したゴミがあった。人が不要と判断したから、人が嫌悪したから、人が汚れと判断したからゴミとなった廃棄物が山を成し、砕け、曲がり、腐り、更なる汚物へ変貌していく。

そんな場所に、一つの命がいた。

小さな小さな命だ。

髪と瞳は艶を纏い、美しく光を流している。だが瞳に光が宿っていない。光は表面を滑り落ちていくだけで、その内から発せられてはいない。

「これはまた……珍しい魂の形をした人の子よ」

この場所には、一つの神がいる。

大きな大きな神だ。

大きな角を持つ四つ足の獣と同じ形をしている。だが本来肉を纏っているはずのその身には宙(そら)を纏っていた。深い星空のような身はところどころ欠け、骨が見えている。欠けた身体は神の身が損なわれている証左だ。

それでもこの地上にあるどの命よりも強く大きい神だった。

ここには、一つの物がある。無価値で無意味な稼働物だ。

新たな神がこの地上に存在した概念を得るための事実として形成された物だ。神の命を果たすまで保てばいい間に合わせの私は、最初から廃棄を前提として創作された。長期の稼働が可能となるほど、繊細で強固な作製はされていない。


小さな命がゆらりと揺れた。その命の周りには、かつて命だった肉が転がっている。その数八つ。全て黒炭と化しているゆえ、疫病を生み出しはしない安全な肉塊だ。

小さな命はゆっくりと近づいてくる。歩を進めているのか、傾いた自重により前へと進んでいるのかは判断がつかない。

この世に発生してまだ十年も経過していないだろう命は、既に生を燃やしきり、疲れ切った命に見えた。命の瞳を彩る光は、およそ幼子が浮かべていいものではなかった。

最早光と呼ぶことすらできないそこには、かつて光のあった名残が確かにあるというのに、残るのは他者の欲望によって無残に食い散らかされた残骸だった。

いっそ空虚だったほうがどれだけ楽だろうかと思える残骸を瞳にたたえた子どもは、黒炭と化したかつての命を無感情に踏み、歩みを進めていく。その先には神がいる。

「希有な魂を持った人の子よ。そのような魂を持っていては、人の世ではさぞや生きづらかったろうに」

神の興味はすでに私にはない。目の前に現れた愛おしい小さな命に釘付けだ。

当たり前だ。誰だって、どんな存在だって、美しい存在に興味を引かれる。いずれ廃棄されるゴミに興味を向けるほうがおかしい。

当然の摂理に思うところは特にない。あるとすれば、尊ばれるべき命が、たった数年しか生きていないというのに、これほどに生に疲れ切った瞳をしている理由だ。

命を守らなければ。命は尊ばれなければならない。命を守るために私はあるのだ。

小さな命は、この世のどんな命とも違う形態をしている神の姿に対し、何の反応も示さない。驚愕も恐怖も崇敬の念も見せず、ただ歩を進め、私の前に到達した。

小さく薄い背中が見える。その肩越しに、命と向かい合った神が見える。

神は命に言の葉を紡いだ。

「うるさい」

幼い命はそう言った。

神は命に言の葉を紡いだ。

「うるさい」

幼い命はそう言った。

神は命の言葉にさしたる反応を見せない。

神は神が告げるべき言の葉を、また、告げたい言の葉を告げていくのみであり、幼い命は半ば譫言のように同じ単語を音にする。神の言祝（ことほ）ぎに反応していない。

これはきっと、会話ではないのだろう。

神の器である私は、時が来れば滑り落ちて廃棄される表皮とはいえ、多少なりと神の機能が備わっている。故にこの瞳は、少しだけ命の奥まで見通せる。

幼い命はどこか虚ろだ。身体だけではなく、魂に酷い疲労を負っていた。

命が疲れ切っている。幼い命が生に疲れ果て、死を望む気力すら失い、光を見失っていた。

そう、私でさえ分かるのに。

その命は廃棄物となる私の横に並び、人の子からすれば異形と判断するであろう神の前に立ったのだ。


神の優しさが降る。

神の守護が降る。

神の愛が降る。

人に、命に与えられた神の愛は、幸いへの約束だ。

「うるさい……うるさいうるさいうるさい」

それなのに、目の前の命が虚ろだった瞳に滾(たぎ)らせたものは、渦巻くような怒りだった。

「お前達はそうやって好き勝手のたまうくせに、俺達に在り方を強要するなっ！」

小さな身体から凄まじい熱が噴き上がり、世界を赤く染め上げた。


後に、アデウス全土から視認できたと言われたほどの炎の柱を導(しるべ)に集った人々により、焼け野原から救い出された命を私が見送ることはなかった。

早速降った神の愛により、私の記憶にも彼の記憶にも一瞬の邂逅は残されなかったのだ。

だから私は、彼との初対面を三度繰り返した。

一度目は私が生まれ、命が神と邂逅した日。

三度目は長い昏睡から目覚めた彼に、神官長が紹介してくれた日。

そして二度目は、私が白い空間にいた彼に気付いた日。

三度の初対面の中、彼の道を歪めてしまった最も許されざりし邂逅が、この二度目だったのだ。


不思議な温度を持つ人に抱かれて住み着いた神殿は、鮮やかな場所だった。

飲んでもお腹が痛くならない水がそこかしこに溢れ、根まで齧(かじ)り尽くされ枯れ果てた木が一本もなく。木々は青々と葉を茂らせ、枝をしならせる。

緑色をした物は見つけた時点で根こそぎ食べられていたスラムとは違い、花咲き、実ってなお青々と揺れている植物達。

のっぺりとした冷たさか、衝撃と痛みを齎すだけだった人の温度は、ここにはなかった。

生ある人間の温度は温かいのだと、私に教え、柔らかな温度を私に与える不思議な人と過ごす日々は、とても奇妙な時間だった。

神官長と呼ばれるその人は、いつまで経っても私を使おうとはしない。使わないのに、飲んでもお腹が痛くならない水がそこかしこに溢れているのに。

そこからではない、数多の生ある人間が飲んでいる水をわざわざ容れ物に入れて与え、ゴミ箱に入っていないどころか調理という人間の文化を施した食料を与え、風も雨も入ってこない虫もゴミも存在しない部屋で、死臭のしない真っ白なシーツに覆われた、ぐちゃぐちゃでもごつごつでもどろどろでもぐさぐさでもない、掘り起こしたばかりの土のようにふわふわした寝床を提供する。

不思議なことをする不思議な人は、私をいつ使うのかと尋ねても、「そんな日は一生来ない」と不思議なことを言う。

まだその時期じゃないのかと思っていたのに、使わないと言うのだ。

それならば、無駄な時間と手間とお金をかけて私を整備し維持する必要はないのに、食料を与え寝床を与え続ける無駄な行為は、一刻も早くやめるべきだ。

だってこの人の生の損害になる。無意味な消費は、大多数の人間にとって無駄遣いと呼ばれる悪しき習慣のはずだ。

それなのに、言葉でも行動でも己を律し、美しい魂がそのまま現れたかのような無駄も穢れもなく生きている人は、私を使用する予定もないのに私を整備し続けるという無駄な行為を続けている。

それをいつも不思議に思っていた。私の使用方法が分からないからかなとも思ったので、私が知っている限りの提案をしてみた。すべて却下された。

しかし、かつて私が彼の財布から盗んだお金で林檎を買った行為を断罪しないばかりか、整備までしてくれている人に何も返せないなどあってはならない。だって彼は、掘り起こした子どもの死体と林檎を、きちんとした人間の墓に埋め直してくれさえしたというのに。

人は私をどう使っても構わないが、私が人に損害を与えてはならないのだ。

だから、新しい知識を得るとすぐ提案しにいった。

「神官長」

「どうしたんだね、マリヴェル」

私に衣食住だけではなく、「おい」でも「お前」でも「ゴミ」でも「くず」でも「虫」でも「死ね」でもない、名前という個体名を与えてくれた人の役に立ちたかった。

私という個を認識しても嫌悪せず、呼び掛けても汚れと判定せず、立ち止まったばかりか膝を折り目線を合わせるこの人の役に立ちたかった。この人の前に立ちはだかる全ての不運の身代わりになりたかった。全ての不幸の盾になりたかった。

私が人の為に砕けるのは当たり前の事実であり、いつかそうなることは必然で、そうあるべきなのだが、私がもしそう作られたわけでなくてもそうしたかった。

「このごろずっとむずかしいかおをしているこまりごと、私をひとばんかしだせばそのけんのかいけつに手をかすと言ったので、私をかしだしませんか？　ひとばんではなくても、神官長がひつようとする分だけ」

私でも神官長に貢献できる術を得たので、すぐに報告した。現状無駄遣いでしかない役立たずの整備が役に立つのだ。きっと神官長は喜んでくれると思った。

この人が喜んでくれると、胸が春みたいになる。だがいつも奇妙な拍子に笑うので、きっかけは未だ分からない。

それでも、最近ずっと頭を悩ませている案件がこれで解決するかもしれないのだ。きっと喜んでくれると思ったのに、神官長は眉の間に、雨に当たり続けてしなび、ぼこぼこになった指のような皺を作った。

「……君にそう言った人間の顔と名前は、分かるかね」

「なん人ぶんひつよう？　たしょうのさいはあれ、げんざい私にそのていあんをしてきたのはろく人で、なん人ぶんひつよう？」

質問したが、神官長から答えは返らなかった。何故か大きく息を吸い、深く細く長い息を吐き出していく。そこから吐き出されているのは空気だったのに、どうしてだか神官長が怒っているような気がした。

「ふかいなかんじょうをいだかせてごめんなさい。なにをふかいにかんじたかおしえて。じかいにいかすから。じかいがもうないのであれば、私はいつここを出ていけばいいのかおしえて。そのすんぜんまではいたいので」

分からない。何も分からない。ずっと、ここに来てからずっと分からなくて。

倫理、道徳、道理。人間が自身を獣とは違うという自負を持つ理と呼ばれるそれらは、ずっと、感覚のようにこの中にある。それらから外れた生きかたをする人間であっても、理解はできた。

だが、ずっと分からないのだ。

人として尊ばれるべき人間であるとはっきり分かるこの人のことも、この人が私に齎す環境も、与える感情も。何もかもが。

私の言動に対し不快な感情を抱いた瞬間、殴りつけるなり蹴り飛ばすなりしてくれたほうが分かりやすい。

それなのにこの人の大きな掌は私の頭を撫で、抱き上げるだけで、この人の長い足は私の何歩分にもなる距離を一歩で進みながら、見たこともない高い景色を私に見せるだけだ。

神官長は、私の問いに不思議な表情をした。ほんの瞬き一つの間だけ浮かべられた、裸足で釘を踏み抜いたときのような顔はすぐに消え、ここに来て初めて食べた、持つとすぐへこんでしまう、焼いたばかりのパンのような笑みに変わる。

「君はもうどこにも行かなくていい。勿論、君が行きたい場所があるのなら協力しよう。だが、君がここにいたいと思ってくれるのなら、いつまでいても構わない」

「どうして？」

すべてがすべて、理解の範疇外にあるこの人のことがずっと分からない私は、ずっと問うてばかりだ。

疎ましいだろうに、この人が私の問いに不快感を浮かべたことは一度もなく、それもまた不思議だった。

そして、今度の問いの答えは早かった。

「君が私と出会ってくれたからだ」

意味は全く分からなかったが、神官長が穏やかに笑っていたのであまり気にならなかった。

神官長は大きな手をゆっくりと伸ばし、私を抱き上げた。ぐんと視界が高くなり、さっきまで目の前にあったものが小さく見える。空気まで澄んで感じるのだから不思議だ。

「子どもを守るべき大人が、子どもである君に告げてはならない言葉を吐き、君に聞かせてはならない言葉を聞かせてしまった事実は私の不徳の致す所だ。すまなかった」

最初は、それが私に向けられた謝罪とは気付かなかった。だから、どうして謝るのか聞けなかった。

「私はまだまだ精進する必要があると、最近身につまされることばかりだ」

既に価値ある人間として完成されていると思う人は、しみじみそう言った。まだ尊くなるらしい。

あまり尊さが増すと、神様が気に入って連れていってしまうかもしれないので気をつけてほしい。

現在この地には、器を持たない神しかいないけれど。

ぶつりと思考が途切れたのは一瞬で、そんな事実はあっという間に忘れてしまった。


一歩一歩が大きいため、何度も踏み出す必要がなく、揺れが少ない歩みの恩恵を受けていると、神官長はふと、とある建物へ視線を向けた。

神殿の施設はあちこち案内してもらったし、説明もしてもらった。けれどそこは、眠っている人がいるからと中に入ってはいなかった。

「本当は私などより、同年代の子どもと過ごしたほうが君のためになる。だが、すまないね。現在の神殿には、君と遊べる子どもがいなくてね」

「あそぶのはいのちのとっけんだもの」

命だけが自由意志で遊戯に興じることができる。そもそも遊びとは、意思があって初めて成立する行動だ。

神官長は少し困った顔をした。最近、これが困った顔ではなく悲しい顔なのかもしれないと思い始めてきた。けれど何故そんな感情を抱くのかは全く分からない。

「君と出会った日、君と気が合うだろう子がいると言ったことを覚えているかね？」

「はい」

「その子は、あの建物で眠っているんだ」

神官長の視線が向いた先を私も見る。他とは少し違った建物だ。

建築様式などは詳しくない。だけど、それらが他と変わらないとは分かる。他と同じような外観の建物だ。

違っているのはそこに漂う神力だった。

他の建物と屋根のある通路で繋がっている建物全体を覆うように、神力が張り巡らされている。様々な神力が重なり合っているから、大勢の神官がこの結界を維持しているのだと分かった。

一番多い神力は神官長のものだ。神官長の声と同じで、一番優しい気配をしている。

だが、その場にある一番大きな神力は神官長のものではない。建物を覆うように張り巡らせている神官長達の神力の内、建物内から発せられている神力が一番大きい。

神官長達の神力は、その神力を静めるように張り巡らされている。

その理由はすぐに分かった。一番大きな神力は酷く攻撃的で、神官長達の神力が抑えていなければ、周囲の建物はおろか、神殿も王城も、アデウス全土すら燃やし尽くしてしまうのではないかと思ってしまうほどの怒りに満ちていた。

「あの子はどうしてあんなにおこっているの？」

「……怒っている？」

「はい。もうぜんぶぜんぶなにもかもしるかって。サヴァスのようにいうなら、げきおこ」

怒ってるなぁと思いながら答えたら、神官長から息が漏れた。いつも聞く溜息より短いのに強い、不思議な息だ。

どういう感情で紡がれた息なのか覚えようと視線を向けると、神官長はおかしくて堪らないと言わんばかりに笑っていた。

「そうか。私はてっきり、もう目覚めたくないと思うほどにこの世に絶望しているのか、恐怖しているものだと思っていたが……そうか、怒っていたのか。確かに、エーレ、君はそういう子だ。……本当に、強い子だ」

よく分からないが、神官長が嬉しそうなので問題ないと思う。

問題ないと思うのに、何かが引っかかる。

神官長が嬉しそうな顔をもっと見たいのに、何かが引っかかってもう一度建物に視線を戻してしまう。

何だろう。何かを忘れているような。

何かを——私の中に、何かいる?

「——あれ?」

「どうかしたのかね?」

「いいえ」

神官長に嘘をつきたくはなかったけれど、これぱっかりはどうしようもない。

神官長が人である以上、教えることは出来なかったので私は一つ罪を犯した。神官長に嘘をついた罪は、何らかの形で罰してほしいと思う。


見渡す限り続く真っ白な空間。天も地もない。音も命もない。

ここは神の世界だ。神は世界の中にいるけれど、巨大で強大な神は身の内にも世界を持つ。

ここに命はいないけれど、命に似たものならば幾らでも創り出せる。山も海も空も星もなんだって、神の思うがままに。

神の世界は神の原初だ。

遥か遠くまで、果てのない世界は私を創ったハデルイ神のものだ。かつてはここにハデルイ神の世界があった。命に似たものが溢れた、鮮やかな世界だった。その残像はまだ、この真白い世界に残っている。私の目ならば見えるのだ。

ハデルイ神は命が好きだから。命に似たものは他の神様より沢山沢山いた。

神様は何でも創れるけれど、命は創らない。だって神様が物以外を創ったら神に近しいものになってしまう。だから物でなければならない。だから私は物なのだ。

物でなければならないから物として創られ、物として起動し、物として廃棄される。

私はその為だけに世界に在るのだ。

かつて鮮やかな世界が広がっていた空間。けれどハデルイ神が死んでしまったので、今は真っ白だ。他の神様の世界もそうだ。世界は沢山沢山砕けてしまった。

本来ここはハデルイ神の許可がなければ入れない場所だ。命は到達できぬ場所。命の延長線上には決して存在しない場所。

神であろうと、世界の主である神の許可がなければ入れない不可侵の世界。

私はハデルイ神により創られた神の器だから、ここに少しだけ自分の世界がある。

そうはいっても本来であれば不可侵の領域である私のここは、ハデルイ神は勿論、他の神々であれば強制的に入れるだろう。

だって私は神ではないのだから。

「やっぱりいた」

真っ白の世界。私が立てば手が届くほどの範囲しかない丸の中に、その子どもはいた。

一年の中で一番食べやすい若葉の色の髪に、死体になってからスラムに捨てられていた貴族が首からあっという間に引き千切られ、それを取り合ってスラムの物が七個死んだ騒動の中心になっていた宝石のような瞳。

光のない、だが、怒りだけを滾らせた瞳。

器用なことをするなと思う。光を持たない瞳も、怒りを滾らせた瞳も、スラムでは決して珍しいものではなかった。だが、そのどちらも宿した瞳は初めてだ。

怒りは気力がなければ湧かないのだ。

それなのに、全てに絶望し、失望したかのような瞳をしているのに、怒りだけは延々と湧き出しているのだから器用この上ない。

私の世界に入ったら猛烈な熱を感じたので、熱を消す。

ここは曲がりなりにも私の世界なので、神々が相手でなければ、基本的に全て私の思うがままとなる。

「エーレ？」

神官長から聞いた名を呼べば、小さな小さな私の世界を真っ赤に染めていたその子は、ゆっくりと私を見た。

「ごめん。いれたのわすれてた」

いつからここにいるのだろう。私の世界にこんな命を入れた覚えはないのに。

ここは私の世界だから、私が取り出そうとしなければこの命はここに入ったままになる。老いもせず、死にもせず、完全に止まった時の中に取り残されてしまう。

うっかりしていた。まったく覚えてないけれど、忘れているということはうっかりしたのだろう。

私は反省した。

しかし、せめてこの命にここから出ようという意思があれば、思い出せないまでも私の中にこの命がいると気づけたのに。

この命はここで延々と燃えているだけで出ようとしていない。まったく、ちっとも、これっぽっちも。ずっと私の中で怒っている。

この命が発生させている炎は、尋常ではない威力を持っている。怒りが世界だけでなく自分にも向けられているらしい。ここでなければ魂が炭化し、二度と巡れなくなるだろう。

何せ炎の燃料が魂なのだ。魂を燃やして怒りを滾らせている。時が止まったと同義であるこの世界でなければ、あっという間にこの命は燃え尽きていたはずだ。

だから咄嗟に私の中に入れたのかもしれない。そんな熱に触れた覚えは一切ないし、私の中に入れた覚えも全くないけれど。

「ねえ」

「うるさい」

「ここをでるためにはそれおさめないとだめ」

「うるさい」

「いきているならいきないとだめ」

「うるさい」

「だっていのちなんだから」

「うるさい」

私達の二度目の初めましてであり、最初の会話は、とりあえず取り付く島もなかった。

「でたほうがいいよ」

「うるさい」

「ここにはなにもないよ」

「うるさい」

「あなたがいるばしょにいる人たちも、まいにちあなたにあいにきてる人たちも、やさしいよ」

「……うるさい」

「ところで、おなかがすいたから土をたべたらりょうりちょうがないたの、どうしてだとおもう」

「お前が馬鹿だからだ」

私の世界で時は進まず、生命維持活動を必要としないとはいえ、ここ以外での時間は刻まれ続けていくのだ。この命は早くここから出たほうがいい。

いつ入ったかは分からないけれど、神官長達が話している内容を聞くに、昨日今日という話ではないのだろう。

だって神官長は、私を拾った日すでに、彼がこの状態であると言っていたのだから。

この命は奇妙だ。いつ私の中に入れたか分からないのに確かにここにいるのもそうだし、魂も奇妙である。

凄まじい量の神力に混ざって、私と近しいものが存在しているのだ。

神様の気配が混ざっているのは何故なのだろう。瞳を凝らして魂を見つめてもよく見えず、何故だか途中で気が逸れてしまうので確かめられない。

エーレというこの命は、ずっとこの状態だ。

私は、神官長が遊んでおいでと言ってくれた時間も睡眠のためにと与えてもらった時間も全部を使ってここに来ているけれど、ずっとだ。

エーレは、もうずっと時を進めていない。ここから出るよう言っても、うるさいしか返ってこない。

ここは私の世界なので、強制的に弾き出すことは可能だ。だが、彼が己の魂を焼く行為をやめない限り、外に出せば燃え尽きてしまう。

彼からは何の話も聞けていないが、外にいる大人達から流れ出る話から察するに、どうやら彼は、この人間とは思えない神力と、両親が他界していることと、優秀な兄二人と、莫大な資産と、強大な家名と、尋常ではないほど整った顔が原因で、ほとほと世の中が嫌になったらしい。

頭脳が優秀すぎたことが、そこに拍車をかけたのだろう。幼子ではまだ理解には至らず、感覚でしか捉えられなかったはずの人の欲を、よくよく理解してしまえる頭脳を持ってしまっているばかりに、自身に向けられる人の欲がくっきりと見えてしまったのだ。

その結果、彼は世界も己も燃やす勢いで怒り続け、取り付く島もない。だが、話しかければ必ず応答しているので、話は聞いているし、真面目な気質だとは分かった。

錯乱しているわけでも、意識が消失しているわけでもない。彼が彼の意志で怒り続け、世界と自らを焼こうとしているのも分かったが。

むしろ、正気のままここで燃え続けているのだから凄いといえよう。命として誕生して日が浅いというのに、驚嘆すべき精神力である。

「りょうりちょうが、なくほどあの土をたいせつにしているだなんてしらなかった。どうしたらゆるしてくれるか、あなたはわかる？　私のなにをうってきたらおかねになるかもついでにかんがえてもらえるとたすかる」

「俺に分かるのは、お前は何もしないほうがいいということだけだ」

「それだと、しんかんちょうたちはふようひんのいじにおかねをかける人になる。私はあのやさしい人たちの生に、きずもそんしつもおわせたくない」

「神官長は信の置ける希有な大人だ。あの人ほど他人に誠実な人を、俺は知らない」

彼が纏っている炎は、初めて見たときより鳴りを潜めていた。彼の怒りが持続していないわけではない。ただ、彼が私という存在を認識し、私の周囲から炎を取り除いたからだ。

この状態で私という他者を慮（おもんぱか）った行動を取れる精神力もまた、彼の人間性を示している。

人の子ならばまだ幼子と判定される年齢であろうに、なんとも高潔な魂を持って生まれてしまったものだと思う。神が好みそうだとも。

ここは私の世界なので、彼の炎が私に届くことは決してない。それも伝えたけれど、彼の対処は変わらなかった。

真っ白い世界の中、私の視界で色を持つのは彼と、彼が自分だけを燃やそうと発している炎だけだ。

私は彼を説得し、世界に帰さねばならない。だが、神官長と出会ってよく分からないことだらけになった私ではどうにもならないとも思えた。

人が何に満足し、何を恐怖し、何を崇め、何を嫌悪し、何に幸福を感じる生き物か。私は神官長と出会ってから、よく分からなくなる。

この世界にできたばかりの頃のほうが、分かっていたように思う。どうしてだか、人の世で過ごせば過ごすほど、私はがらくたになっていく気がするのだ。

「それは私もおもう。だからこそ、私があの人たちのそんしつになるわけにはいかない。人が私をつかうこういはつみではないけれど、わたしが人をつかうことはゆるされない」

「お前の思考は人としておかしい」

「だってわたしは人ではないのだから」

「…………………」

「ところでここからでたほうがいいよ」

「うるさい」

どうせここでの記憶は、命が生きる世には持ち越されない。持って帰らせる訳にはいかない知識だ。

だからエーレには全部話した。だって、こちらの事情を認識していなければ、相談しても答えようがないだろう。自分の魂を焼こうとしているのに、こっちの相談を受けてくれるとも思えなかったが、結果はこれだ。

なんとも律儀な人の子である。

彼は彼が持つ人間性を、ずっと忘れず失わず持っていってほしいと思う。だがそうすると、彼が生まれた環境下で彼の持つ特異性は苦行でしかないだろうとも、思うのだ。

なんとも、人の生とはままならない。

「あ、そうだ」

その炎を見ていて、思い出した。

「あなたのからだは、生たん七さいをこえているそうです。生がつながるじじつはいわいごとです。おたんじょうび、おめでとうございます」

睨まれた。そして鼻で笑われた。

「兄上達を損なう理由にされるこの命が、誰かの欲のためだけに利用され続けるこの生が、祝い事のわけあるか」

「命が生まれた。そのじじつはせかいにとってしゅくふくでしかありえない。ただでさえさいわいなのに、それがあなたであったのだから、人にとってこれほどよろこばしいことはない」

「俺が生まれてから、リシュタータ家には不幸しか訪れていない。……兄上達は馬鹿だから、俺が死ぬまで俺の誕生を祝う気なんだ」

「命からのしゅくふくはうけとりがたい？　でもだいじょうぶ。私は生まれていないのだから、命じゃない。私がこわれたらあとにはなにものこらないので、ふかいだったのであれば私をこわせばいい」

「…………………」

「おめでとうございます、エーレ。すえながくつむがれるその生に、さいわいがあふれますように」

「…………………」

律儀に返答を続けてくれるエーレだが、偶(たま)にこうして黙り込む場合がある。何故かは分からない。

心なしか炎まで揺らいでみせる存在に、私は視線を向け続けた。

この命の身体は、こんこんと眠り続けている。言葉を交わせず、反応も返せない身体のために、毎日通う存在を私は知っている。

彼の兄二人は、毎日、毎日、毎日。連れだって訪れることもあれば別々に現れることもあるが、ただそれだけの違いで二人とも毎日彼に会いに来る。

彼はまだ受け取っていないのだからと、毎日毎日誕生日の贈り物を携えて。

神官長も、毎日彼の幸いを願っている。料理長も毎日いっぱい食べさせたいと手ぐすね引いて献立を考えている。私が知らないだけで、きっと他にもいるのだろう。

この命は愛される命だ。愛される命は愛されるべきだ。

「エーレ、あなたはあなたをあいする命がふかい？」

「…………兄上達は愚かだ」

不快ではないらしい。

「では、あいしてる？」

エーレは答えない。けれどこれまでの受け答えから、この沈黙は肯定と見做してよいと判断する。

この命を愛する命が存在して、この命もその命を愛している。

それならば。

「エーレ、生まれてよかったね」

それを表現する呼称は、幸い以外存在しないと思うのだ。

彼が纏う炎が、ほんの少し揺らいで見えた。私は説得に適した構造をしていないのだろうが、ここが攻め時だということは分かる。

「それに、あなたがあちらにかえったあかつきには、あなたにふりかかるわざわいにたいし、あなたのかわりに私がくだける。べんりだよ、私。私は、人がつかいやすいようにつくられているから。すきにつかって。そういうわけで、ここからでようよ」

今の流れなら、エーレも勢いでうんと言うだろう。

「馬鹿野郎」

駄目だろう。

兄達を愛しているらしい。両親を失った事実が悲しいらしい。兄達を排除しようとする周囲が憎いらしい。自分を排除しようとする周囲が疎ましいらしい。種類の違う数多の欲が穢らわしいらしい。続く未来にうんざりするらしい。それらを弾けない自分が何より。

だから明日は要らないらしい。世界も要らないらしい。

けれど兄達を損ねたいわけではないらしい。けれど火種となる自分が嫌いらしい。自分にそう思わせる世界が嫌いらしい。そんな世界をどうにもできない己が嫌いらしい。

結局、全てひっくるめると腹立たしいらしい。

人はあまりに不幸が続くと落胆し、あまりに望まぬ事態が続くと失望し、明日へ進む気力を失うらしいのだが、彼の場合は、落胆も失望も全てが怒りへと帰結するようだ。

以前より出力が落ちたとはいえ、未だ炎を纏い続けている彼の怒りは根深い。

何せ物心ついた頃よりずっと、自分という存在が周囲に与えてきた影響を見せつけられ続けてきた命だ。それらによって齎された感情全てが怒りに帰結した為、彼は延々と怒り続ける事態となった。

これが悲嘆や絶望であったのなら、ここには延々と涙を流す彼か、物言わぬ人形のような彼がいただろう。

だが現実は燃えている。何せ怒っている。魂が苛烈なこの命は、それだけの怒りを抱いてなお正気を失わない強靭な精神力を兼ね備えている。

それが幸か不幸かは、彼だけが判断するだろう。だが多くの命は、きっと壊れたほうが楽だったと判定するであろうほど、彼の魂に根付いた怒りは凄まじいものだった。

「エーレ、エーレ」

「……何だ」

「ここから出ない？」

「うるさい」

「エーレ、エーレ」

「何だ」

「私、しんかんちょうのやくにたちたい」

「笑っていればいいだろう」

「わらうのはいのちのとっけんだもの」

「…………………」

「ついでに、命のとっけんとしてじかんの中で生きてみない？」

「うるさい」


「エーレ、エーレ」

「何だ」

「ほんじつのおにいさんじょうほうなんだけど、さいしょのおにいさんがあなたをりようしようとしたいっぱをぜんいんとらえていたのを、つぎのおにいさんがみなごろしにしたはなしと、そのけんをきいたときより神官長があたまをかかえていたおにいさんたちのはなし、どっちがいい？」

「…………………どっちも要らない」


「エーレ、エーレ」

「何だ」

「神官長が私をつかってくれません」

「当たり前だ」

「どうしてですか？　私はそんなにやくたたずでしょうか。私をひとばんかしだせばゆうずうをきかせるといってくる人にわたせばいいとおもうんですが」

「神殿の威光が地に落ちきる前にあの方が長の座に就いたのは、神の差配かと思ってしまう」

「神のさはいのけっかは私ですが？」

「……………元より失せかけていた神への信心が消え失せそうだ。慈悲も何もあったものじゃない」

「神のあいはいのちにのみあたえられるものですから」

「だったら、お前にも与えられるべきだろう」

「私はものです。いのちとはほどとおい。私のしゅうえんははいきです」

「俺は道具と会話する趣味はない」


「エーレ、きょうなぜかとつぜんはなをくれた人のかおがまっかだったんですけど、サヴァスいわくせいじょうらしいんです。どうしてですか？」

「血迷ったんだろう」

「ちまようってせいじょうなんですか？　ちなみに、もらったはなをたべたらまっさおになったのどうしてだとおもいます？」

「真っ当だったからだ」

「マリヴェル、今日は何をしたんだ」

「はあ、だんろのなかにねこのこがとびこみかけたので、それをかかえました」

「被害状況は」

「ありません。ねこのこはぶじです」

「俺の前に包帯以外何も見えない存在がいるのは気のせいか」

「私がはんぶんやけただけです」

「神官長、嘆いただろう」

「なぜかかなしそうでした……」

「だろうな。二度とするな」


「マリヴェル、今日は何をしたんだ」

「ふはいしたてつのぼうがふるましたに神官がいたので、つきとばしました」

「被害状況は」

「ひざをすりむいたうえに、てくびをくじいていました……もうしわけなかったとおもいます」

「お前の被害状況だ」

「とりにはやにえにされるかえるやむしって、あんなきもちになるんですね」

「蛙や虫の気持ちは知らないが、神官長のお気持ちは察してあまりあるな」

「かなしそうでした……」

「だろうな。燃やすぞ」


「マリヴェル」

「なんです？」

「今日、機嫌いいな」

「神官長が、私をみてうれしそうにしてくれたんです。どうしてだかは、わからないんですが」

「よかったな」

「はい」


「マリヴェル、お前を見つけたのが神官長だった事実だけは、神に感謝しそうだ」

「私もそうおもいます。ただ、神官長にとってはありうべからざるふこうであり、かれのじかんを私についやすこういは人にとってもおおいなるそんしつです。エーレもそうですが、エーレのきおくはここからでるさい私がけすので、あなたの生にえいきょうはおよぼしません。ごあんしんくださあっつ」

「燃やすぞ」

「それ、もやしたあとにいうのであってます？」

毎日毎日不思議なことばかり。毎日毎日不思議なことを持ち帰り、エーレに添削をしてもらってかろうじて理解したような、もっと分からなくなったような。

人のことも命のことも、月日が経てば経つほど分からなくなっていって。分かっていたはずのことが分からなくなって、私があるべき姿は欠片も変わらないのに、意識に上る前にぼやけていって。私の中にある機能に不具合はないようなのに、私という外皮が壊れていくような、調整されていくような不思議な感覚が、ずっと纏わり付いている。

ここは私の世界だからなんだって可能なのに、知らないことは分からないのだ。

私がここで分かることは、ここが私の世界だということだけだ。外にいれば思い出せないこともあるけれど、ここに入れば私は私のことを全て思い出せる。だってここは私の世界だ。

神の器として廃棄されるべき人形に許された、期間限定の世界。

ここに戻ってもこの事実を思い出せないなどあってはならない。だってそれは、人形として深刻な不具合が起こっている証左だ。

つまりそこさえ無事ならば、私はどうでもいいのである。

損壊、故障、破損、全壊。そのどれも、器を覆う私という肉にならば、人はどれだけ与えても罪にはならない。

人の身に降りかかるそれらの不幸の盾になること。神は私という肉にそう命じた。私という個が塵芥となり失せてなお、無傷でなければならない器だけが残ればいいのだ。

そんな私の世界は、今日も真っ白だ。色があるのはエーレと、エーレが纏っている炎だけ。

ずっとこれだけ。ここには何もない。だって神は最早残滓と成り果て、私は何も持ってはいけないのだから。

それなのに、空っぽでいなければならない私の世界にはずっとエーレがいる。私が、ずっと分からない不思議なことを語り続けたエーレがいる。とても記憶力のいいエーレがいる。

私が物ではない扱いを受けてからの日々を、その身に詰め込み続けているエーレがいる。

私が包帯を巻いたり、骨の周りを肉が覆いその形が肌の上から見えなくなったり、髪が伸びたりしている間、ずっと変わらないエーレが。

「エーレ」

「何だ」

最近ずっと、私は途方に暮れている。だって、なんだかずっと、不具合が酷いのだ。

「私はさいしゅうてきにこわれ、はいきされるためにあります。そのためにつくられました。それが私のやくめです。そのために私はあります。それなのに、どうしてでしょう」

日が経つにつれ。まるで人のように扱われるにつれ。

私の廃棄がこの人達の未来になるのだと。そう思うと、胸の中がなんだかおかしくなるのだ。

温かいような、熱いような。全力で走った後のような、大声を上げたくなるような。神官長の大きな手で頭を撫でてもらっているときのような、神官長の高い位置に抱き上げてもらっているような、神官長の温かな身体で抱きしめてもらっているような。

「このかんかくは、人がほこらしいとよぶものでしょうか。うれしいと、かんきの声を上げるものでしょうか。私はたぶん、そうだとおもうんです」

それは確かだと思う。だって、本当に、温かくて。身体も胸も弾むのだ。

それなのに、おかしいのだ。

「私は私のはいきがほこらしいのに、あなたたちとすごすじかんがそこでおわるじじつはうれしくないんです。それらはまったくおなじことなのに、私がいだくかんかくがおなじでないのはどうしてでしょう」

エーレは答えてくれない。いつも即座に言葉を返してくれるのに、エーレは時々こうして黙りこくってしまう。今回もそうかと思ったが、いつもとは少し違った。

「……エーレ？」

エーレの炎が、揺らいだのだ。炎が揺れる。その瞳までもが揺れ、熱を落としてしまう。

「どうしてなくんですか？」

「…………泣いていない」

そう言うのに、エーレの瞳から零れ落ちる光は止まらない。

困った。私は人を救うためにあるのに。人を守るためにあるのに、人のためにあるのに。

「だいじょうぶ、だいじょうぶですよ、エーレ」

何も分からず何もできない私という存在は、けれど神が人の為に在れと定めた。

だから、人のための機能がある。そこはちゃんと稼働している。おかしいのは私の認識であり自意識だけだ。神様が作った道具としての機能は正常だ。

「エーレは私がまもりますから」

だから、何も怖いことはないんですよ。

「私、どうしてだか、ここにもどらないと私のそんざいりゆうをにんしきできなくなってきました。でもだいじょうぶです。私のはいきぶつとしてのにんしきがどれだけゆらいでも、私のほんしつはかわりません。私のほんしつは私のじにんなどひつようとしていませんので、私はずっとはいきぶつです。そして私がはいきぶつであるいじょう、あなたたちのみらいはほしょうされています。あなたたちの生がかくていしているのであれば、私のかんかくはうれしいとおもいます」

「……それは、感覚じゃない。感情と呼ぶんだ」

「かんじょうは人のとっけんです」

エーレの炎が揺らぐ。揺らぎ続けている。それでも決して消えないそれは、彼の怒りの証明だったはずなのに。

その炎を纏ったエーレの姿は、ちっとも怒っているようには見えないのだ。炎の中で雨を降らせ、俯くので、柔らかな春の色が見えない。

エーレがずっと纏い続けてきた炎は、やがてゆっくりとその輪を広げた。私を通過し、この小さな円の中を覆い尽くすのに熱くない。ただただ暖かいだけで、まるで春の陽光のような温度だ。

私に許された小さな小さな世界を炎が満たした速度と同じほど、ゆっくりと、エーレが顔を上げた。その瞳はもう、雨を降らせてはいなかった。

そして、彼がずっと宿していなかった生の光が、そこにはあった。

それが、何故だかとても美しく見えた。十日間水だけしか口にしていない時、黴の生えていないパンを見つけても、こっちを見てしまいそうなほどに。

「あなたがすごしたかんきょうにたいし、あなたがいだくいかりはせいとうです。けれどそのいかりがあなたをやくのなら、あなたのほのおは私にむけてください。私をもやせばいいんですよ。だって私は、あなたたちのきずやふこうをひきうけるためにあるんですから」

私は人の為にある。神の愛が人の子の為に私を創った。人の為に壊れてこそ意味がある。

それはこれから先も変わらない。けれど私は、神官長とか、エーレとか。この人達のために壊れたい。

彼らは人だから、彼らのために壊れることは私の存在意義と重なる。人の為に壊れなければならないので、エーレ達の為に壊れたい。

同じことだ。

けれどなんとなく違うようにも思える。

それなのに、そんな自分を修正しなければとは思えない。

なんだか私が軋んでいるのに。私が歪んでぶれて滲んで揺れて、けれどどこか満たされるような気もして。

よく分からない。ずっとずっと分からない。色々なことを教えてもらってきたのに、その分もっともっと分からなくなっていく。

分からないことはエーレに聞いてきた。私がその日感じた不思議なことは全て、私とエーレの中に詰まっている。

だからエーレに聞いた。そうしたら、エーレはそれが感情だと言うのだ。

「私がかんじょうをいだくことはゆるされているのでしょうか」

「感情は反射で発生する。瞬きを禁じられたところで、誰も守れやしない。そんなものを禁じてみろ。たとえ神であろうと笑いぐさだぞ」

成程、そうなのか。なんだか少し違う気もするけれど、感情を抱くという現象が、行為ではなく行為による反射なのだとすればエーレの言は頷けた。

「それなら、私がいつかこわれるとき、あなたたちのやくにたってこわれたいとおもうこのかんかくは、ねがいとよんでいいのでしょうか」

願いを抱くくらいならば、私でも許されるのかもしれない。

私の想いが、行動が。

私の破片が、私の塵が。

私の廃棄が、いつかあなた達を守るのだ。

そう思えば、この人達の未来から私が消え失せる必然がもっともっと誇らしい。

こんなにも、胸が内側から張り裂けて砕け散ってしまいそうなほど誇らしいのだから、そのうちきっと嬉しくなる日も来るだろう。嬉しくなったら、私が消え失せる未来が待ち遠しくなるはずだ。

「マリヴェル」

「はい」

「お前は神殿にいろ。神官長が、あの人が率い続けてくれるなら、あそこはどこにもいけなくなったとき、どこにもいかなくていいと自分に許せる場所になる」

エーレの言葉は、私からの質問には何も答えてくれていなかった。そのはずなのに、何か、とても大切なことを告げられている気持ちになる。神官長に関することだからだろうか。

言葉の意図するところが分からず、返答に詰まった。私がいる場所は私が選ぶのではないので尚更だ。私がいる場所は私を所有している人間が決める。

けれど神官長は私を所有してはくれないので、明日の私はどこにいるかも分からない。

そう言おうと思ったけれど、エーレは私の返答を待ってはいなかった。

「マリヴェル」

「はい」

真っ白だった世界はもう見えない。私の世界を満たしたエーレの炎と、その炎を宿した瞳が私の瞳にも映っているだろう。

「俺はここから出る」

突然の宣言だったけれど、ずっとそうしてほしかったので喜ばしい言葉だ。

これで私の世界は真っ白で空っぽな世界に戻る。私の世界には何もない。だって私は道具なのだから。人が私を所有するのであって、私が何かを所有することはあり得ない。私はずっと空っぽのまま過ごし、壊れるのだ。

エーレからの喜ばしい言葉で私の中が動いていたので、これもきっと嬉しいと呼ばれる感情なのだろう。

「なんだか私もここでのことをおもいだしにくくなっていますし、エーレのきおくにものこらないので、はなしをするのはこれでさいごかもしれませんけれど、げんきで生きてください。私はずっとあなたのさいわいをいのります」

「必要ない」

「たしかに。私のようなごみは、あなたにひつようありませんね」

私などの祈りがなくても、この人達は幸いに生きられるだろう。

それでも、祈りたいと思ったのだ。神の祝福があればいいと、この人達の生が幸いに彩られ、穏やかな鮮やかさに覆われたものであればいいと。

そう思ってしまったのは、私が持ってはならないまるで人のような欲だとしても。

その時、私は妙な顔をしたのかもしれない。だって、私を見るエーレが見たこともない顔で笑ったのだ。

いや、見たことは、あった。

エーレがこの顔をしたのは初めてだったけれど、エーレ以外の人間がこの顔をしたことはある。

神官長が、するのだ。

私が石を食べたとき、土を食べたとき、肉体を損傷したとき、私の使い方を提案したとき。

こんな顔を。

どうしてこんな顔をするのだろう。私は人ではないのだから、人の感情を理解することは不可能かもしれない。けれど、神官長にもエーレにも、してほしくはない顔だと思うのだ。

だから、私にはどうしようもないことかもしれなくても、理解しようとする努力を怠ってはならないとも。

「エーレ」

聞こうとした。分からないことは、みんなエーレに聞いてきた。けれどエーレは、私の問いを待ってはくれなかった。

これまで、根付いているのではないかと不思議に思うほど決して動こうとしなかったエーレが腰を上げ、私を抱えたのだ。

神官長に比べると、ずっとずっと小さな身体だった。腕も細ければ掌も小さい、薄い身体。それでも、神官長と同じくらい温かい。

柔らかな抱き方は、彼が家族にしてもらった行為をなぞっているのだろうか。

「お前の祈りなどなくても、俺は勝手に幸せになる。俺には願いを現実にできる力がある。そうできる子どもだと、父上は仰った。俺には、他の人間が努力をしても手に入れられない環境と神力が、生まれたときから備わっている」

「すばらしいことです。ではそのぶんをよかとして、生をじゅうじつさせるじかんにつかってください。あなたの生がみたされたものになることは、よろこばしいことです」

素晴らしいことだ。努力と苦労が悪いわけではないけれど、それをせずとも手に入れられているものが多ければ多いほど、それらのために使う労力と時間が減る。

その分を他に使うという選択肢ができる。そうすればするほど、手に入れられる存在は増えていく。

エーレも神官長も、彼らのような人間は報われなければならない存在だ。彼らのような人間が報われない世の中は、世の仕組みが間違っている。

人は善悪を定めた。人だけが定めた。なればこそ、善と定めた行いで満たされた魂を持つ人間は報われるべきなのだ。

「俺は人より恵まれた」

そう言ったエーレの言葉に、少し、驚く。世界の悉くに怒っていた人が、自らの生を恵まれたと言ったのだ。

どういう心境の変化があったかは分からないけれど、これは喜ばしいことだ。世界にとっては勿論、エーレ自身にとって。

「だから、他の人間が努力している時間分全てを、お前にやる」

エーレが何を言ったのか分からなかった。言語は理解している。聴覚も正常に作動している。私の機能は正常のはずだ。それなのに、エーレの言葉を意味として理解できなかった。

「お前の為に死んでやるし、お前の所為で生きてやる」

エーレが私を抱えてしまったから、私の視界からはエーレが消えている。だがエーレの炎が私の世界を満たしているから、白の世界も見えなくて。

なんだか、頭にも胸にも靄がかかっているような気分だ。それでも、エーレがここから出た後も私を覚えていることを前提とした話をしているようだとは、なんとなく気づけた。

「ええと……エーレは、ここでのことをわすれますよ？」

「そうかもしれないな。俺は、失われる記憶への対処法を学んでいない」

「だったら」

「だが、お前は神殿にいるんだろう」

神官長が私を処分したり譲渡したり売買しない限りはそのはずだ。そうであったらいいなと、思う。

明日も神官長に処分されないといいなと思いながら、毎晩意識が落ちている。処分されるなら、せめて意識があるときがいいなと思っているから、最後まであの人を見ていたいなと思っているから、最後まで意識を閉ざす行為を躊躇(ためら)ってしまう。

そんな話を前に、エーレとした。エーレはちょっとしたことでも驚くほど全て覚えているのに、不思議なことを言うものだと首を傾げる。

「私のはいちをきめるのは私ではありませんので、あしたどこにせっちされているかは私にもわかりません」

「お前はずっと神殿にいる。神官長がお前を見つけたのならば、お前が望まない限りお前は孤独に生きられない。そして俺は、お前と出会えさえすれば、お前の為に俺を使おうと思うだろう。だから忘れても問題ない」

分からない。よく分からない。全部分からない。エーレが突然知らない言語を喋り始めたかのようだった。

分からない。分かってはいけない。分かるはずのない、私という存在が対象となってはいけない命の言語。

ああ、そうか。

そこで初めて気付いた。全部全部全部、神官長が私に向ける言葉はその一片も取りこぼさないよう聞きたいのに、私の中に持ち込めない言葉が幾つもあった。あれも、そういうものだったのだ。

命が感情を持って命へ向ける言語。

それをエーレがいま、私に向けている。

「――エーレ、あなたのことばは、人がいのちへむけることばです。私には、それをうけとるきのうがありません」

「無ければ作る。人はそうして生きてきた。お前は俺達を人だと言い続けた。だから俺は人らしく、人としての俺でお前を生かす」

分からない。分からないのだ。分からないのに、許されないということだけは分かる。

「……俺は、この世界が許せなかった。両親が死んだ世界も、兄上達を苦しめる世界も。俺達を自分が得する為の素材としてしか見ない人間達も、そいつらを排除できない自分も、全てが」

人間が一生のうち平均的に見る人の欲を、この世に生を受けた数年間で見尽くしたエーレの気持ちを、私が理解することは不可能だ。けれど、大変だっただろうとは思う。

この世に存在した年数にそぐわないほどに、人として完成できてしまう魂を持って生まれてしまったこの人の生は、これからもきっと過酷なものとなる。

その為に、彼は人とは思えないほどの神力と魂を携えているはずなのだ。

「だが、お前がそんなものの為に生み出され、消費されると言うのなら、これほど腹立たしいことはない。俺を自分の欲の為に消費しようとしてきた人間達以上に、許し難いんだ」

　人の体温は温かい。

「だから、俺の怒りはお前にやる」

　人の力は柔らかい。

「……大丈夫だ、マリヴェル。神官長と俺達が、お前を人にする」

　人の言葉は美しい。

　しかしどれも、私へ向けられてはならないもので。

「エーレ、私が神によりさだめられたつとめをほうきすることも、あなたというそんざいが私というはいきぶつにつかいやされることも、人にとっておおいなるそんしつです」

　エーレの身体が離れていく。温もりが離れたのは視線を合わせるため。そう分かるほど、エーレは真っ直ぐに私を見ていた。

「約束する。……神がお前を廃棄するというのなら神には誓わない。だからお前に誓う。お前が人の為に作られたというのなら、人である俺がお前を消費しないと誓う。そして、お前を誰にも使わせたりしない」

「それは……おかしいですよ。だって私は、人につかわれるためにここにいるんですから」

「分かってる。お前がお前の為に怒れないことは、これまでの間で腹立たしいほどに。だから俺が怒る。お前を使おうとする奴ら全員燃やしてやる。お前を消費することで生き延びる国など滅びてしまえばいいんだ。それは相手が世界だろうと同様だ」

　人の世を存続させるため、その命を守るため。人の世に神が放り込んだ私という人形が、世界を壊す理由になるらしい。そんな道理が罷り通るわけがない。それなのに、まるで当たり前のようにエーレが言うものだから。

　私は否定も疑問も、言葉として構築することができない。意識がどこかぼんやりしていく。けれど、エーレの言葉がまるで彼の炎のようで、意識が散りきれない。熱いはずなのに、温かいとしか思えないのだ。

「マリヴェル。明日を見限った俺は、もう終わるはずだったんだ。俺に時間を与えてくれたこと、感謝する。お前が時間をくれたから、俺は自分の使い所が定まった。恩は返す。それが人としての道理だ」

「だ、めですよ、エーレ。だって私は人のためにつくられたのに、人からあなたをそこなわせるのは人にとってじゅうだいなそんしつです」

「俺が俺の使い所を定めた。ただそれだけのことだ。そこにお前が介入する余地はない」

　それは、そうだ。けれど、駄目だ。駄目なのだ。許されないのだ。許されてはならないのだ。

だってそれは修羅の道だ。この人にとっても世界にとっても、だ。

　命として最高峰の魂を持つこの人が、この人という存在を抱けたこの時代の命が得たはずの恩恵が、幸いが、発展が、夢が、砕けてしまう。

時代さえも制覇できてしまうほどの魂を持ったこの存在が、命に向けられない。そんな損失を命が被っていい道理がない。

この人を蔑ろにした人間に恩恵が与えられないのは当然だ。だが、この人を愛する人々が、善良な、幸いを愛する人々に与えられないのは惨い話だ。

彼が人として当たり前に生きているだけで世界に与えられた恩恵が、損なわれる。その要因に私がなる。こんな馬鹿な話、あっていいはずがない。

「…………だめですよ」

「ははっ、お前のそんな途方に暮れた顔は初めて見た」

私は弱り切っているというのに、エーレは声を上げて笑う。私だって、エーレが笑う顔は初めて見た。それなのに、エーレはますます笑い、私はますます途方に暮れるのだから奇妙な状況だ。

尊い命と廃棄が決まっている人形とでは差があるのは当たり前で、それは差別ではなく区別なのだが、不公平だとちょっと思ってしまうくらいには差がありすぎる。

「……エーレは、私をしってしまったうんめいをなげくべきです」

「お前は俺に見つかってしまった運命を恨め。俺は兄上達曰く、異様に頑固で意固地で融通が利かない暴君だそうだ」

年相応といわれるであろう顔で笑っていたエーレは、やがて静かにその笑いを収めた。

「マリヴェル」

私の手を取り、真っ直ぐに私を見る人は、初めて見たときの光ない瞳をもう思い出せないほど。光そのものだった。

「俺の生を続けさせてしまった事実を後悔しても、もう遅いぞ」

その言葉に驚く。私と温度を重ねている手を、思わず強く握り返す。

「こうかいなんてするはずがありません。エーレ、あなたというそんざいはせかいにとってのえいこうであり、あなたをあいする人びとにとってのさいわいです」

「お前はいちいち大袈裟だ」

「私にとってあなたとのであいは、神官長とおなじほどにありうべからざるこううんでした」

今度驚いた顔をしたのはエーレのほうだった。

「…………あの方と同列にされているとは、思わなかった」

そう言って、私と繋いだ手をそのままにくしゃりと笑うから。私などと繋がったまま、笑うから。

私は、この人と過ごした時間がほんの僅かにでも私の中から欠けたら嫌だなと。

思ってしまったのだ。

十七聖 ✶ 十三代聖女マリヴェル

“Saint Mariabelle”

My life exists for this child.

許されなかった。許されてはならなかった。世界の理としても、人の道理としても。そして私という人形の存続のためにも。

それなのに、思ってしまった。

思ってしまったのだと、思い出してしまった。

忘れていなければならなかった。これは神の慈悲だった。エーレに対してだけではない。私という廃棄が決まった人形でさえも、その慈悲の恩恵に与っていた。

この記憶は、全て、忘れていなければならなかったのだ。


分からないことばかりだった。私は何も分からない。ずっと、いつだって、何一つとして。

分からなかった。

分かっては、ならなかったのに。


私は飛び起きた。

身体は錆びた鉄くずのように軋みをあげ、最初から動かないことが前提とされて作られた陶器人形のように動かなかったけれど、意識だけは吹き飛ばされるように覚醒した。

視界に映るのは、見慣れた医務室の天井ではない。当然だ。カグマの城である医務室は、見るも無惨な惨状だったはずだ。

　ここは客間の一室だと、天井と視界の一部に入る家具の配置で、頭が勝手に判断をつける。

　それは最早反射だった。覚醒と同時に自らの居場所を確認するのは、息をするのと同等の反射に近い。だって、意識は欠片もそんなことには向かっていないのだ。

　自分の状態にさえ意識を向けられていなかった。

　息が酷く荒い。そう気づいたのは、ろくすっぽ動かない身体で唯一激しく上下していた胸が軋む引き攣りによるもので。

　壊れたように涙が止まらないと気づいたのは、地上で溺れそうだったからで。

　でもそんなこと気づかなくてよかった。何もかも、一切合切、分からなくてよかったのに。

「……っ、あ」

　無理矢理身体を起こそうともがくも、芋虫のようにのたうち回ることしかできない。

　私の身体は陶器人形ではなく、少なくとも稼働を前提とした球体関節人形のように関節は動いたはずなのに、急速に機能を停止して動かなくなっていた左足どころか、右足も力が入りにくい。腕も、姿勢を保つはずの軸でさえもぶれているかのようで。

　それでも無理矢理転がした身体が、ベッドから落下する。床に叩きつけられた身体が跳ねるほどの高さではないが、自重が一番かかった右肩で何かが砕ける音がした。

　それでも、構っていられない。元々、私の損傷などどうでもいいのだ。

それなのに意識の端に上ってしまうのは、私の損傷を怒り、叱り、嘆き、悲しんでくれた人達の言葉があるからだ。

行かないと。行かないと。行かないと。

ぐるぐる回っては散っていく思考を支配しているのはその言葉だけだ。

力が入りづらい腕で這いずり、窓を目指す。扉は駄目だ。だって扉は人が通るために作られた。

私は人ではない。人形だ。人形なのだ。

行かないといけない。だってここにはいられない。ここにいてはならない。

私は人の為に作られた。人が幸いになる為、どうしたって避けられない苦労や苦痛を私で拭う為に創られた。

虫のように壁に張り付きながら、なんとか立ち上がる。動きにくい指で鍵を開け、窓枠を押した。

開いた窓から入ってきた湿った土と青の匂いが、重たい風と共に顔面に張り付く。

「…………神官長」

苦しい。痛い。もどかしくて気持ち悪くて、胸の底に穴が開いて、すべてがすとんと落ちていくような飢餓感と、要不要関係なく、手当たり次第詰め込んで張り裂けそうになっているような膨張感。

ここにいてはいけない。地上が遠い。ここにいてはいけない。いつもであっても足場を伝って降りていく高さだ。ここにいてはいけない。

乗り出した体勢による自重で、身体は勝手に傾いていく。

四階の高さから見る景色は遥か遠くまで広がっている。けれど身体が傾くと同時にがくんと視界が狭まり、地面が急速に近く見える。

地面だけが見える。どこまでも広がる空は何も見えなくて、地面だけが救いに見えた。今はもう、あの人達と同じ位置にいない事実が何より優先されるのだ。

視界は歪むのに。思考と同じく、歪んで滲んで砕けて揺れて使い物にならないはずなのに。

目を閉じるとくっきり見えてしまう過去の事実が、あり得てはならない幻想のように揺らめいている。

いかないと。いかないと。いかないと。

「エーレ」

いかないと。そう思う自分に吐き気がする。

「エーレ」

そう思う自分に憎悪する。

「エーレっ…………！」

だって、そう思わなければならない時点で、私はもう壊れていたことが証明されていて。

ぐらりと傾き、世界の摂理に従って落ちていこうとした私の身体は、静かに開いた扉が叩きつけられた音と共に引き戻された。

何時如何なる時も聞きたかった声を、今は一番聞きたくなかった。

「何をしている！」

私に振り下ろされない大きな手。温かな温度。その全てが優しい記憶と繋がっているはずなのに、今は何より恐ろしい。

「一体何をしているのだ！」

私を救おうとする行為は、人の道理から外れる行いとなる。神の愛の否定だけに止まらず、神への反逆にさえ成り得る。

そしてこれを救いと考えている時点で、私の罪は確定的で。

私が彼らを罪人へと誘った。私がエーレを反逆者へと仕立て上げた。

人を救うべくして創られた私が、一番不幸から遠い場所にいてほしいと願った人達を罪人へと貶める。

そして、遍く人間を救うべくして人に与えられた私が、一番報われてほしいと願う存在を持った事実は、許されざりし大罪で。私が現存する意味を根幹から破壊する、愚行で、裏切りで。

「私は」

唇が戦慄く。身体の震えが止まらない。痙攣するかのような震えが呼吸を妨げる。

「私は罰を受けなければっ……！」

あなた達の為に砕けることすら許されない。そんな、私の望みが叶えられる終わりを迎えてはならない大罪を、私は犯したのだ。

この身体を自ら砕き、神に核をお返ししなければ。私という表皮を排除し、正しき器だけを世界に残さなければ。

私を抱える神官長の温度が引き攣ったように震えた。しかし、束の間乱れた呼吸は一度止まった後、すぐに正常なものへと変わる。

「嫌だ、嫌です、壊して、砕いて、捨てて。やめて、やめてやめてやめて！　掬わないで、すくいあげないで。あなた達をすくいと認識するなど許されない！　罰を、神様、私に罰を！」

言葉はかろうじて音として世界に放たれているのに、呼吸がままならない。これほどの罪を犯した塵屑（ごみくず）が、この人達と同じ場で呼吸を紡ぐことなど許されるはずなどない。

「私を塵にして！　使い終わった塵として捨ててください！　埋めて、燃やして、砕いて、二度と、二度と人目に触れないように！　お願いします、お願い、だからっ……神様、私は塵です、人に使われる価値もない無駄で無意味な――否、この世に現存することが許されない醜悪な、この世全ての害悪です！　だからお願いします、神様、私を消滅させてください、お願いします、お願いします、神様ぁ！」

もがく。

藻掻（もが）き、足掻くのに、地上で溺れる私を抱く腕は私を解放してはくれない。窓から放り捨ててくれない。

私を、砕いて、くれない。

早く、早く罰を。焼いて砕いて溶かして、消滅を。私を消して。この人達から、この国から、この世から。塵芥も存在記録も残さずに、完全なる廃棄を。

そうして私の廃棄を以て、エーレを罪人とする未来を亡きものにすることこそが、私に出来る唯一の。

この人達の生から消え失せることだけが、私に許されるはずのなかった、私が抱いた愛という感情の証明で。それを消し去ることが、私に許された唯一で。

「神様っ、私に罰をお与えくださいっ！」

「落ち着きなさい」

「神様――っ、ぁ」

その言葉以降、音さえ出せなくなった。

神によって遮断されたわけではない。最早私の身体が耐えられなかったのだ。息が吸えない。吸っても肺が膨らまず、固く強張ったまま何も私の中を巡らない。

どうやって息をしていたのかすら分からなくなった私に、静かな声が降る。

「落ち着きなさい……落ち着いて、息を」

瞬時に取り戻した冷静さでもって、呼吸を制御した神官長の声は、いつもと変わらず穏やかだ。

否、いつもよりも静かで、柔らかい。そういう声を、意識して紡いでいる。

そう、分かってしまう。そんな自分は消え失せてしまえばいいのにと心の底から願う。この人の優しい温度を感じられる機能全てを失えば、そうすれば、このまま砕けてしまえたかもしれないのに。

「大丈夫だ、大丈夫……細く、息を吐くように……そう、よく出来ている。素晴らしい、そのまま、呼吸を続けなさい。大丈夫だ」

大きな掌が、厚く平らな先まで温かな指が、躊躇わず私の身体と顔を支える。

その手を振り払おうとするのに、ろくすっぽ力が入らない身体は動けているかどうかも分からない。でもいかなければならないのだ。

「焦る必要はない。大丈夫だ、誰も君を急き立てはしない。落ち着いて、ゆっくりと息をしなさい。慌てずともいい。私の呼吸に合わせなさい。ゆっくりと、静かに……そうだ……上手だ」

息をすることすらままならなくなったがらくたの為に、この人は躊躇いもなく自らを与えてしまう。私などに触れ、抱え、認識し。温度を、声を、優しさをもって、与えてしまう。

この温度は私に与えられていいものではない。いかなければならないのだ。この優しさは私に降っていいものではない。いかなければならないのだ。この人の時間は私に費やされていいものではない。いかなければ、ならないのだ。

でも、でもおとうさん。

わたしほんとうは。

私のことを覚えていてもいなくても変わらないと分かっているのに、縋るように、反射のように、この人の言葉を受け取ろうとしてしまう自分に吐き気がする。

「突っ立ってないで、お前さんが何か言うべきじゃないのかね、これ」

呆れたヴァレトリの声がする。ここにいるのは神官長だけではないのだろう。

だが、未だ臓器が引き攣る呼吸の余波が拭い去れていない私の視界は点滅し、聴力による把握能力しか稼働していない。

神官長の体温越しに聞く全ての音は、どうしたって優しく聞こえてしまう。たとえ、紙が擦れるような無機物の音であったとしても。

「――そうだな」

それがエーレであれば尚のことだ。それなのに、どうしてだろう。

背筋を炎が駆け抜けるような冷たさが通り抜けた気がした。それほどに冷酷な声に聞こえてしまった理由を考える時間を、エーレが私に与えることはなかった。

だって、ヴァレトリに答えたエーレの言葉は、私を傷つける目的のために放たれたのだから。

「マリヴェル、お前が神殿を追い出されたあの日、本来ならば投獄及び尋問が当然の処罰であったはずのお前が神殿を出されたのは、記憶を失ってなおこの異様な状況下からお前を逃がそうとした神官長達の無意識だ」

神官長に分け与えられた体温が消え失せ、肺が凍り付く。鼓動が、止まったと、錯覚するほどに。

「お前の神官達は、記憶を失おうがお前の安全を優先しようとした。神官長が神殿の規則を破った。それがどれほどの事態か、誰よりお前が分かるだろう。そして側近達も止めなかった。誰もがお前の無事を優先した。神殿の規則がお前に届く前に、お前を逃がしたかったんだ。アデウス全土を覆った呪いに侵（おか）されてなお、神官長達の深層意識はお前の無事を守ろうと動いた」

服は排除し切れていなかった先代聖女派の無意識下の嫌がらせだと鼻で笑ったエーレへ、再び乱れ始めた呼吸のまま視線を向ける。

「よかったな、マリヴェル。お前がどれだけここを離れたくとも、お前はもうどこにもいけない」

視線も鼓動も強張ったままの私を、エーレはまるで嘲（あざけ）るように見下ろしていた。

酷い、顔をしている。私に憎悪を燃やし殺意を向けた先代聖女派より余程、悪魔のようで。

「エーレ、病人を追い詰めるな。それ以上は医師として止めざるを得ないぞ」

「いやほんと、お前何で追い詰めてんの？」

呆れたようなヴァレトリに視線を向けず、エーレの唇は動き続ける。

「聖女の部屋にあった私物の内、腹巻きだの上着だのはお前がマリヴェルに贈った物だ。昔、他者の気配があれば眠れなかったマリヴェルに、身体が温まれば嫌でも眠くなるだろうと贈ってからずっとだ」

「…………………………あ？」

「そして神官長。貴方が開けられなくなっていた引き出しに入っていた書類がマリヴェルに関わることであれば、当人の許可なく中身を確認することは出来ないと貴方が仰るので共にここまで持ってきましたが、この書類はマリヴェルと貴方の養子縁組の書類です。貴方の記載は全て終わっています。後は、あなたを父と呼ぼうと練習していたマリヴェルの踏ん切りだけでした」

「――――――――は？」

立て続けに声を上げたヴァレトリから滑り落ちた甲高い音が、部屋の中に響き渡る。眠るときでさえ武器を手放さないヴァレトリが、暗器を取り落としたらしい。

そんなヴァレトリを笑う人は誰もいない。これは天地がひっくり返ったほどの事態だというのに、声を上げる人はいない。ヴァレトリに視線を向けることすら、誰も出来ていない。

私も、普段だったならばヴァレトリが心臓発作を起こしたのではと疑うほど驚いただろうに、今は視線すら向けられなかった。

だって私の普段は、もうとっくに日常ではなくなっていて。

「カグマ、あの充実した聖融布の在庫は、浄化と癒しを得意とする当代聖女が俺達の監視の下で山ほど作り上げた物であり、それ以上に山ほどあった診療録は、自分に何かがあった場合、誰であろうと即座に対応できるようお前が舌打ちしながら書きためたマリヴェルの為の物だ」

「……阿呆みたいな量と内容の注意書きがあったことから、舌打ちの理由を察している」

やめて。

「サヴァス、何度言っても備忘録を習慣づけられないお前が律儀に束にしていた屋台や店の情報は、マリヴェルが食への興味を失いかけた際すぐに提供できるよう書きためていた物だ」

「………なるほどなぁ。俺らしくねぇもんがあると思ってたんだけどよ、なんかそう聞けば俺のかもしんねぇな。まあ、きったねぇ俺の字だったしな！」

エーレ、やめて。

制止したいのに、声がうまく出せない。息が、じょうずにできなくて。

神官長が分け与えてくれた鼓動で再開しようとしていた呼吸という名の世界との繋がりが、肺に取り込めない。

このまま消えてしまいたいのに、エーレを止めてからでないと、取り返しのつかない事態になる。

悲劇が、神の慈愛によって回避できていたはずの悲劇が、再び起こってしまう。

「ココ」

「言わなくていい。分かる。私の部屋にあった図面、全部その人の採寸と合致してたから。……私は、好きな人の服しか、作らないもの」

エーレは無表情でいながら、他者の心を慮り、倫理を重んじ、道徳を知り、約束を違(たが)えない。

そういう人間だ。

「神官長、貴方が率いる神殿は十三代目聖女の為に存在する。そして俺達は、次代の聖女には引き継がれずこの代で神殿を去ると決めた神官だ」

その上で、必要とあらばそのすべてを放り投げてでも目的を達成する。

「そして、マリヴェルは俺が俺の全てを渡すと誓った相手だ」

そういう、人間なのだ。

そして私は物だ。

壊れていくなら簡単にできる。労力を払わず、息をするように。だって、元々の状態に戻せばいいのだ。皆が苦心して取り付けてくれた、人間に見える何かをふるい落とせば、簡単に人じゃなくなる。私はその程度の物なのだ。

「エーレ」

神官長の声がする。いつだってこの声がする方向を向いていた。何があろうと、この人の言葉は何一つ取り零したくなくて。

それがあまりに過分な願いだったと、私はいま、証明されている。

だって、私はもう、何も見えないのだ。

「君の主張は理解した。我々神殿も、最早彼女が無関係とは誰も思ってはいない。公式に宣言することは現状の安全性を鑑み、秘匿を選択するべきだとの意見で纏まったが、君達の主張を真実とする結論を神殿の総意とすると決定した」

「存じています」

「君の主張は理解するが、彼女の様子を見るに、君の言動を手放しで評価するには至れない。少し、待ちなさい。まるで追い詰めているかのようで、気の毒だ」

「追い詰めているのです」

「…………彼女と喧嘩をしているのかね？」

そんなものはしていない。喧嘩に到達すらさせてもらえない。

「いいえ、これは一方的な暴力です。この件に関して、俺はマリヴェルを叩き潰し、追い詰め、その意思を踏みにじると決めています。一瞬たりとも気を抜けば、ほんの僅かにでも手を抜けば、マリヴェルは自身を物と認識したまま壊れようとしますので」

喧嘩とは対等な相手としかできない。だからこんなものは喧嘩ですらない。

「マリヴェル」

一方的な、蹂躙(じゅうりん)だ。

「お前はどんな苦界でも生きられる。どんな苦痛にも耐えられる。それがお前の強さだ。そういう強さを与えられてしまった。だがそんなお前を、俺達は殺せる。それがどれだけ誇らしいか、お前には分からないだろう」

破壊してほしいのに、エーレは私を殺せると言うのだ。

私は誰にも殺せない。私にあるのは破壊だけだ。だって殺害は、命にだけ適用される言葉で。

何かが覆い被さったように、切り替わった音がした。引き攣っていた鼓動も、強張っていた呼吸も、全てが無意識下の制御に戻る。

「申し訳ございません」

言葉が滑り出た。

「思い出さないでください」

意識を通さず、精神が滑り出ていく。

「忘れたままでいてください」

未だ私を支える手の安定は、柔らかな温度は、私から最も遠い場所に存在しなければならないのだ。

「そうして、あなた方の愛し子たるエーレの魂を危機に曝す私を、どうか許さないでください」

人を救う神の愛で創り出された私という存在で、あなた達が損なわれることだけはあってはならない。

私を許さず罰し、その功績で神の怒りの対象から外れてほしい。

ハデルイ神は慈悲深く、愛深き神だ。神々の中で最も人間贔屓(びいき)であり、人を愛する存在なのだ。

人を罰さず済ませられるのであれば、喜んでそうしてくれるだろう。

「エーレ、私という存在の終焉は廃棄であり、物の終は破壊でしかあり得ません。私を殺害可能な存在に変貌させることは、神の意志の否定であり、倫理に悖(もと)る行いであり、道理から外れ、神の怒りに触れる可能性すらある反逆行為です。神の怒りは死への直結であり、魂の破壊まであり得ます。

あなた達を死なせてまで思い出してもらう価値など私には存在しません」

私はあなたを人の群れに戻さなくては。

私を捜さないで。誰も、記憶の中の私を見つけないで。お父さんはもう、私を追いかけてはくれないのだ。そうあるべきなのだ。

それが倫理であり道理であり。

「マリヴェル」

それだけが人にとっての救いであり。

「もう無理だ」

それだけがエーレにとっての幸いで。

「どれだけ神の意志がお前を物へと誘おうが、お前はもう、人でしかあり得ない」

神官長以外の気配が傍に座り込んだ風が頬を撫でる。

でも、もうずっと、何も見えない。見えないけれど、それが誰なのかは分かってしまう。どうしたって、分かってしまうのだ。

神官長よりよほど小さく、けれど同じほど温かな手が頬に触れる。同時に、堪えきれなかったのであろう笑いが起こした吐息が届く。

「この世全てに絶望したかのような顔で、涙を流す人形なんてあるものか」

笑い声を上げながら神官長の腕から私を回収したエーレの胸は、ぐしゃぐしゃに濡れていく。

ずっと、ずっと、神が定めた形へ戻る際は、全てが途切れていた。ぷつりと途切れ、繋がっていたものが切断され、覆い隠された後は再び繋がることもなく。

それなのに、今回途切れたのは神の定めた形だった。

神官長達が形作ってくれたマリヴェルという形が、簡単に顔を出す。これではまるで、こちらが本体のようではないか。

神が定めた私の形がただの覆いで、覆いを外せばその下からマリヴェルが現れて。きっかけがあれば簡単に切り替わってしまう仮初めの形は、マリヴェルとしての私のほうだったはずなのに。

整っていたはずの息はあっという間に乱れ、胸の奥は固い塊を無理矢理飲みこんだかのように痛み、内側から張り裂けそうだ。

瞬きもできない瞳から、涙が止まらない。この世全てには悲しみしか存在しないのではないかと錯覚してしまいそうなほど。

つらくて。苦しくて、悲しくて、痛くて、怖くて。怖くて怖くて怖くて。

叫びだしてしまいそうだ。大声で、それら全ての感情を感情と認識したまま、傷つき脅え、竦み上がってしまいそうだった。まるで命のそのもののように、世界を怖がってしまいそうで。

溺れる命のようにしがみついたエーレの身体は温かい。私を抱くこの腕が解かれれば、冬の雪山に一人佇む命のように凍り付いてしまうかもしれないとさえ、思うほどに。

「私、あなた達の呪いになりたくない」

呆然と、瞬きもできぬまま見上げる視界には、私の大切な人達が滲んでいる。涙が止まらない。呼吸も感情も止まらず、ただただ恐怖のままエーレの背に爪を立ててまでしがみつく。

「私という存在は、どう足掻いてもあなた達の幸いには成り得ないのでしょう。けれど、けれどせめて、あなた達の不幸にはなりたくない」

それだけは、耐えられない。

泣かないで。幸せでいて。幸いでいて。幸福でいて。

この世の幸い全てを煮詰めたような生を過ごして。

私に、願いを抱くという生命にだけ許された特権がほんの少しでも許されるのであれば、この願いだけを抱えていたかった。

「馬鹿野郎」

それだけが願いだった私は、虚偽でも虚像でもないのに。

「お前は俺の幸いだ」

私の顔を両手で挟み、重ねた唇を次いで目蓋に、額に、頬に、鼻に、目につく全てに降らせるエーレは笑う。

でも、怖いのだ。私はもうずっと、怖くて怖くて堪らないのだと気付いてしまった。

おとうさん。

わたしほんとうは。

もうずっと、どこにもいきたくないの。

「私はあなた達の生を維持するために創られたのに！」

私に恐怖を気付かせた人に湧き上がる感情には、怒りさえも混ざっていて。

「私があなたを害する理由になったら、私は何の為に創られたか分からなくなるじゃないですか！」

「俺と生きる為だろうが！」

けれど怒りならば、誰よりエーレが専門だった。

「お前は俺達と出会って、俺達と生きる為に生まれてきたんだ！　それ以外の理由なんか必要あるか！」

私のやっと気付けた命の恐怖から湧き出した怒りなど弾き飛ばすような反射速度で、凄まじい熱量の怒りが噴出する。

「ふざけるなっ！　お前を世に放ったのが神であろうが、お前と時を紡いだのは俺達だ！　神なんか関係あるか！　お前はマリヴェルで、マリヴェルと生きたのは俺達であって神じゃない！　それなのに神が創った運命しかお前を動かせないとでも言うつもりか！」

だって、そうでなければならないのだ。

そこに私の願いなど関係ないのだ。

だって、だって、だって。

私に願いなど、抱けるはずもなかったのだから。

「……──違うだろ。違うだろうマリヴェル。お前を愛したのも、お前に愛されたのも、俺達だ。お前はマリヴェルだ。神はお前に名付けを行わなかった。マリヴェルであるお前は、神官長からもらった名で、ずっと俺達と生きてきた。……だったら、だったら、なあ、マリヴェル。もう、いいだろ。俺達のマリヴェルで、もういいだろう」

もうそれで、いいだろう。

最後の言葉は、まるで縋るかのようだった。

怒りが形となったような魂をした人が、祈るように、懇願するかのように、私を抱きしめる。痛いほどに、熱いほどに、その生で私を抱きしめるのだ。

人は、年を重ねるごとに感情を表に出すことを厭い始める。特に、哀など最たるもので。けれどエーレは哀も愛も厭わない。それらを恥とも罪とも思わず、愚かなほど、私の為に涙を流す。

幼い頃より完成された希有な魂を持っている人は、感情の表出だけはまるで幼子のような可愛らしい素直さで。

そういうところが、好きなのだと。

愛おしいと思ってしまった私の罪の末路が、重なってきた忘却で。それが消え失せた今、この人の破滅への道標だった。

「……エーレ、どうして泣くんですか」

「お前が、いつまで経っても馬鹿だからだ」

それは申し訳ない。私という存在全てがエーレにとって申し訳ないのだけれど、その中でも群を抜いて申し訳ないことは間違いなかった。

「……エーレは誰とでも幸せになれますよ」

「だろうな」

「だったら」

「だが、お前とじゃないと訪れない未来が欲しいんだ」

私がいなくなることで彼らの未来は成立する。私が現存する以上、彼らに未来は訪れない。

「……どうして、よりにもよって私なんですか」

「知るか」

「もういっそ、私以外なら誰でもいいくらい駄目な物件ですよ、私」

「そうだな」

痛い。胸が、喉が、鼻の奥が、頬もこめかみも、もう全部が痛くて苦しいのに。冷たくも寂しくもない。

「だったら、どうして」

「俺が聞きたいくらいだ。だが、この生をお前のために使えると気付いた以上、もう駄目だろ」

泣かないで。笑っていて。

そう願うのに、今だけは私を抱く身体の揺れに、笑わないでと思ってしまった。

エーレは今、きっと子どものように笑っている。

「お前の為に死んでやるし、お前の所為で生きてやるって、そう約束しただろ」

しかも何回も。

そう笑うエーレの肩に私の破片が落ちている。何の価値もない、売ったって小さなお釣りの額にもならないような破片にまみれるエーレは、塵にまみれる自分を気にも留めない。

「……私が歩けなくなったらどうするんですか」

「俺を使えばいい」

「私が手も使えなくなったらどうするんですか」

「俺を使えばいい」

「……私の崩壊と繋げられたらどうするんですか」

「願ってもない結果だ」

何の憂いもなく、軽やかに笑うのだから、堪ったものではない。

「俺の未来も結果も、お前でいい」

未来を作る為の私という存在を、未来と定める。それはとんでもないことだ。どうしようもない矛盾だ。

「俺の中には、良くも悪くも人の感情が詰まっている自負がある。それだけのものを向けられてきたと断言できる。家族が愛を、他人が欲を、同志が信頼を、社会が秩序を、時代が道理を。そうして形作られてきたもの全て、お前にやる……そう、言っただろう。俺は俺を全てお前にやる。俺の全てで、お前は人であればいい」

「……神の怒りにあなたの魂が縛られることになりますよ」

「お前を失うほうが、碌でもない物に怒りで魂を縛り付けることになるぞ」

それは、困る。この人の魂は、それを正しいとも幸いとも思える形をしていない。その形の中に、エーレの幸せはどこにもないだろう。

またどこかがひび割れた音がしたと思ったら、右腕が落ちていた。いよいよどこまで原形を保っていられるか分からなくなってきた。

「あなたは、何にでもなれるのに」

「望む場所に縛られたほうが、自由に生きられる」

少しくらい悩んでくれたらどれだけよかったか。竦んでくれたら、息を呑んでくれたら、まだ救いはあったのに。

「お前の気が済むまで、何度だってこの遣り取りをしてやる。だが俺の答えは変わらない。変われるくらいなら、そもそも俺はもう生きていなかった。残念だったな、マリヴェル。お前が俺を生かした所為で、お前はこれから先もずっと追い詰められるんだ」

このどうしようもなく強く熱く高潔で美しく、意固地で頑固で気難しい魂を持って生まれてきてしまった人は、時代の申し子だ。

運命の神子と、そう呼ばれる存在がいるのなら、それはエーレだろう。

「……エーレ」

「何だ」

私は地獄に堕ちることすら許されないだろう。

「……あなたを愛して、ごめんなさい」

「お前に愛される幸せを与えてくれてありがとう」

重なる肌も温度も吐息も、全てがエーレを地獄に引き摺り落とす刻印だ。

私という存在が創り堕とされたこの時代、この国にエーレがいた。

その事実は、エーレにとっても私にとっても、世界にとっても人にとっても、神にとってさえ、大いなる絶望だった。

私に泣く資格などありはしない。泣きたいのはエーレを愛する人々で、この時代に生きる人間達だろう。けれどもうずっと、エーレの体温のような涙が止まらないのだ。

「しかしまあ……」

しがみついている私達の上から、呆れ声が降ってくる。

動揺から誰より早く立ち直ったヴァレトリの声だ。立ち直ったというよりは、事態の進展のきっかけを神官長にさせたくなかったのだろうが。

「堅物難問で有名なエーレをよく落としたもんだ。おじさん驚いちゃう」

「落としたのは俺だ」

間も置かずしれっと答えたエーレに、ヴァレトリが一歩引いた。

「お前恥ずかしげもなく……一応聞いておくけど、どうやったわけ？」

「俺がいることを平常状態としただけだ。俺のいる日々がマリヴェルにとっての日常だ」

「うわ……素で傲慢。お嬢さん、頑張って。こいつ末っ子の狡さ余すところなく素で使い切る類いだから。今だって、まさかお嬢さん追い詰めた後、全方位に放火して回るなんて思わないだろ……」

「火をつけてやったんだ、感謝しろ」

「……ほんと傲慢な奴だこと。ったく、お前さんじゃなきゃ許されないぞ、それ」

ひょいっと肩を竦めたヴァレトリは、雑と優雅との区別をつけづらい演劇のような所作で神官長を向いた。

「さて、どうします？」

「……いつも損な役回りをさせているな。すまない」

「何のことでしょうかね？」

しらばっくれるヴァレトリに苦笑した神官長が、改めて居住まいを正した気配がした。

だから私も身を起こそうとしたけれど、どうにもうまくいかず、結局エーレに支えてもらう形で神官長と向かい合った。

神官長はいつも通り静かな顔をしていた。けれど少しだけ、神官長としてではなくディーク・クラウディオーツその人としての気配が強いように思えた。

「今の君は体調を聞くことすら憚られる状態だが……カグマによる治療を開始しても構わないだろうか」

鼻を啜り、息を吸う。いつの間にか、呼吸は正常に稼働していた。

ああ、よかった。声が出せる。この人の言葉に応えられる。この幸いを、私はまだ許されている。

「お手数をおかけして申し訳ないのですが、今の私にはココによる修理が適切かと。人として稼働させるための機能がだいぶ壊滅的ですので」

「……ならば、カグマとココによる治療を」

「感謝します。しかし後で大丈夫です。すぐに壊れるわけではなさそうですので」

本当に駄目なら、私という表皮は既に神により終わりを迎えていただろう。だが、神の気配はない。神が私達にかけていた術も、完全に終了している。

だから今すぐでなくてもいい。それを伝えると、神官長は少し複雑な顔をした。昔よく見た表情だなと、思う。

「本来ならば今すぐ治療を開始すべきなのだろうが、少しだけ話をしても構わないだろうか」

「勿論です」

小さな息が吐き出される。短く小さな吐息のはずなのに、それはとても重たく聞こえた。

「君と話し合わねばならぬこと、聞かねばならぬこと。それらは多々積み重なっているのだが、一つ、聞きたいことがある」

何だろう。一つと言わず、十でも百でも千でも。私という存在が続く限り神官長の疑問には答えるつもりだ。

この人の疑問を解消できる手助けになれるので、私は神官長からの問いに答える行為がとても好きだった。昔から、ずっと。

「君は、ここで過ごした時間をどう思っているのかね？」

「……夢のように、思っていました。私には与えられるはずのない奇跡をもらったのだと……私という存在が感じてはならない幸いを、得てしまったのだ、と」

それだけでは飽き足らず、明日もこれからもと願う強欲な私を、世界はきっと許さないだろう。神だけでなく、世界もきっと私を排除にかかるはずだ。

世界にだって生存本能はある。たとえそこに個がおらずとも、自らを滅ぼす要因は排除しようとする本能が必ずあるのだ。

「……そうか」

それなのに、どうしてこの人は、そんな風に笑ってくれるのだろう。

私のことは覚えていないはずなのに、思い出してはならないのに。

神からも世界からも存続を許されない私という個の幸いを、どうして、喜んでくれるのだろう。

「――ごめんなさい」

そう思ったらもう、止まらなかった。

「ごめんなさい。ごめんなさい、ごめんなさい、ごめんなさい。私、あなた達に形作ってもらった存在でいたいんです」

口から勝手に言葉が滑り出ていく。脳から、胸から、それらのどこでもなく形もないどこかから、勝手に。

「私はあなたと、あなた、達と、生の隙間で擦れ違うだけの関係では、いたく、なくて」

「君がそんな泣き方をする必要も、まして謝罪をする理由など存在しない。君が口にしている願いは全て、君が持つ当然の権利だ」

僅かな間も置かず即座に返された言葉はどこまでも生真面目で、いつまでも優しい音として私の中に残る確信が、あった。

今までの記憶が、思い出と名付けられる物に分類されていることと同じように。

「神殿はこれより君の統治下となり、君の命を我々は何より優先し、遵守する。全ての責任は私が取る」

それは絶望と同義だった。私の末路に神殿を、この人達を紐付けてしまう宣言だ。

けれどもう、この温かな光との繋がりを切り離す力を、私は絞り出せそうになかった。

神官長が立ち上がる。その後ろに、ヴァレトリ達が並ぶ。

「十三代聖女マリヴェルの名のもとに、神殿の稼働を宣言致します」

神より浅く、王より深く。

懐かしい角度で下げられた頭に、また涙が滑り落ちる。

「私が分不相応な浅ましい願いを抱かなければ、アデウスの未来は平和だったのに……」

「子どもが明日を信じられぬ世の何が泰平か」

頭を上げながら躊躇いもなく放たれた言葉の速度が、この人がこの人たる確固たる所以(ゆえん)で。

この人を慕う彼らの善性の美しさを愛さずにいられる造りにしなかったことが、ハデルイ神最大の失敗だったのだろう。

「…………あり得てはならなかった此度の事件、十三代聖女マリヴェルの名に懸けて、解決に導くと誓いましょう」

私を懸けたところでたかがしれている。だが、私の名を、マリヴェルという個体を懸けるのであれば、私は死に物狂いで抗わなければならない。

あの先代聖女を相手取りながら、神と世界を敵に回したとしても。

それが許されるとは思えない。この人達をこんなものと繋げ、引きずり込んでいいと思えようはずもない。それでも、許されなくても、どうしても。

「御意」

私を支えるエーレは、頭を下げてはいない。私同様床に座り込んだまま、ただただ真っ直ぐに私を見ている。

その瞳はあの日と変わらず、怒りと生をない交ぜにした苛烈な光を放っている。

この光の熱さが、彼の肌と同じ柔らかな温度である事実を知ってしまっている私がどれだけ必死に探しても、諦め方を見つけることは終ぞできなかった。


「いっ……あー、どんなもんですか？」

右腕から肩を通り、雷が通り抜けたかのような衝撃が頭まで走り抜ける。

ベッドの上に重ねたクッションを背もたれに、だらりと座っている私の右側にいるココとカグマが、同時に視線を上げた。

私は現在、砕け落ちた右腕を、ココの修復技術とカグマの治療で接続してもらっている真っ只中だ。

正直、動けば願ってもない僥倖、動かなくてもとりあえず接着剤ででもくっつけてもらえるといいなと思っていたのだがそうもいかないらしく、二人はやけに慎重だ。

声を上げた私から接続部分に視線を戻したココとは違い、カグマはずいっと顔を寄せてきた。私の目蓋をこじ開け、何やら眼球を確かめている。

「痛みは」

「ありません」

伸びてきたカグマの手が私の顎を鷲掴みにした。

「痛覚の有無は非常に重要な判断基準になると、僕はさんざ説明したはずだが」

あ、これまずいやつだ。そう気付いたので、大人しく申告する。

「少々」

「ココ、激しい痛みあり」

「分かった」

どうにも私の自己申告は無視される傾向が高い。

エーレの報告でもあったかなと思ったが、どうやらカグマが書きためていた診療録にもしつこいほど書き記されていたようだ。ついでにこの接続作業が始まってからも書き足されていた。

「腕からどこまで痛かった？」

「頭まで痺れが走っただけです」

「激痛が頭まではまずいね……まだ痛い？」

「いいえ」

「まだ痛むのか……指は？　動く？」

「肩から肘にかけてが動いてますかね」

ココからも私の自己申告が完全に無視されている気がするが、真剣な顔で私の腕を修復してくれているココを見るのは楽しい。

ココが何かを作っている姿を見ているのが、私は昔から好きなのだ。

「……ごめん、もう一回調整したい」

「今日はもう駄目だ。負担が大きすぎる」

「あ、私は全く平気です」

「分かった。明日までに術式を再調整してくる。指まではいかなくても、手首くらいまでは感覚が繋げられないと、痛みに割り合わない」

どうやら結論が出たようだ。正直私の意見は全く必要ないように思うが、二人がいいならいいと思う。

難しい顔で道具を片付け始めたココとは違い、カグマは再び私の診察に入った。ろくに動かなかった足は、以前ほどの速度は出せずともある程度歩けるようになっている。

見た目も取り繕ってもらっているので、神力を通した検査でも行われない限り周囲に気付かれることはないだろう。

しかし、根こそぎ砕け落ちた右腕がどうにもならない。うまく神経が繋がらないのだ。

そもそも接続部分だけでなく、繋げようとしている腕自体が機能を終えていたのを無理矢理再利用しようとしているのだから、無理もない話である。

「動かなければ、とりあえず骨折とでも伝えて吊っておけば問題ないでしょう。流石にいきなり腕をなくして現れると騒動になるかもしれませんので、見た目だけ誤魔化せればそれで」

何から見た目を誤魔化すか。その答えは簡単だ。

聖女選定の儀の通過者達である。

正直、忘れていた。

次の試練が二日後にあることだけでなく、その存在自体をすっかりだ。そういえばまだ続いていたし、その通過者達が怪しいというのに。

それどころではなかったとも言うのだが、そんなものは言い訳にはならないだろう。

聖女ならば、足が終わって腕がもげて、婚約者が登場してついでに存在意義が破壊され存在自体が消滅しようとしていたくらいで、大事なことを忘れてはならないのだ。たぶん。

だが、反省したところで月日は待ってくれない。今は残された時間で進められることを同時進行で片付けていくしかない。

そもそも神殿が私を聖女と認めた以上、この選定の儀に意味はなくなってしまった。

しかしここまで、選定の儀は遮られていない。聖女が不在であればアデウスに怒りを落とすアデウスの神は、この選定の儀を是としているのだ。

その意味はまだ調査中だ。

そして神殿は、十三代聖女就任当時の厳戒態勢及び限界態勢に逆戻りである。

今だって日付の変わる時刻だが、誰も寝る様子はなく、つもりもない。全員仮眠を取ればいいほうで、誰もが徹夜を前提として動いている。

私の徹夜は皆いい顔をしなかったけれど、そこは聖女権限で強行突破した。

私が下した聖女としての命に、神官長達は従った。その時、私の中に湧き上がった感情を分類する言葉は存在しないと思っている。


「マリヴェル」

足早に部屋へ戻ってきたエーレから渡された書類を左腕で受け取り、太股の上に載せて目を通す。

「どうでした？」

「先代聖女の付き人だった女が一人、見つけられそうだ」

「それは何より」

先代聖女がエーレの炎で焼かれた際、攻撃を受けた場所ではない箇所が焼けていた。あれは恐らく、傷跡だ。傷跡であり、今尚残り続ける傷でもあるだろう。

先代聖女は神殺しの女だ。神を殺し、それを喰らっている。

しかしそんな所業を神が黙って受け入れたとは思えない。神を殺せたとも思えないのだが、実際に起こっているのだからそこは仕様がない。

いま注目すべきは、先代聖女に対し、神が残した傷跡だ。

神の怒りは魂に刻まれる。神の攻撃が、怒りが、呪いが、先代聖女の魂に残っていないはずがない。ましてその身を喰らっているのならば、神の怨念は時と共に薄まるどころか魂に馴染むほどに刻まれていく。

そしてエーレは、ハデルイ神の愛が降った命だ。

神による愛は加護と同義である。なればこそ、神の残滓を纏う炎を受けた先代聖女は、さぞや痛かったことだろう。

あのとき、神の気配を纏った炎で炙り出された傷跡こそが、神の怨念だろう。あれだけはっきりと表出していた傷跡が、肌に残っていないとは到底思えない。

先代聖女は女性の支持がとても強い。それは女性の人生選択肢を増加させたことが主な理由だが、化粧品の研究に貢献した事実も大きいといえる。

彼女は化粧品の開発に多額の援助をしていた。それが傷跡を隠す為なら、大勢には知られておらずとも、極々僅かな側近達は知っていたはずだ。付き人ともなれば尚更である。

先代聖女はあれだけの人気を誇りながらも、付き人は最低限の人数を割るほどにしか置いておらず、尚且つ人員の入れ替えも滅多に行っていない。よって、付き人の発見まではそれほど心配していなかった。

問題は、軒並み高齢となっている事実だ。言ってはなんだが、特に何の魔の手が伸びていなくても、寿命で死亡している可能性のほうが高かった。

「こっちは先代聖女が使っていた化粧品録だ。詳しい神官曰く、酷い傷跡を隠すことが十分に可能な種類を揃えているらしい。ただ、断定はできない絶妙な配分だとも」

「分かりました。それにしても、この短時間でよくこれだけ調べられましたね」

化粧品の種類に、それらを仕入れていた店舗情報まで、詳細な情報が敷き詰められている書類の束に感心する。

先代聖女関係の書類は、先代聖女派が持ち出したり処分したりと、それはもう好き勝手やっていたのだ。正直、残っているとは思っていなかった。

「王城からの支援物資と思え」

「ああー……」

これは王城が、先代聖女の不正や瑕疵を探していた際のお裾分けといったところだろう。

ありがたい。時間や人員が足りない現状、とても助かる。

神官長が極秘裏に王子と対談していたので、その時に協力を取り付けたのだろう。

最早神殿は形振り(なりふり)構っていられない。そしてこの件が神殿内だけの揉め事で済むはずがない事実を、王城で王子だけは理解している。

第一王子の理解を得られているか否か。それは、大きな違いだ。

極秘裏に王子と対談し、場を整えた。神官長はいま、ヴァレトリを伴って王城にいる。

神力喪失事件を公表する旨を伝える為だ。正確には、公表する旨を伝えることで王城に知らせる為である。

王城は、現状何も手を打てていない神殿をこれ幸いと糾弾するだろう。だがこちらには、神殿だけで単独公表できた事案の共同公表を持ちかけた強みがある。

王城はこちらを非難できるが、こちらとて此度の事案に気づけていなかった王城を非難可能だ。

尚且つ、神殿が共同戦線を張るべき事案だと判断したにもかかわらず、王城がそれを断ったとあらば、民の批判は免れないだろう。

と、脅すことも可能ではある。

しかしそれは最終手段だ。王子でもどうしようもないほど王城が頑なに先代聖女との因縁を守るのであれば、最終的には押し通るように指示を出した。

勿論、十三代聖女の名において、である。

だから責任は私が取る。

そもそも神殿と王城の仲が悪くていいことは一つもないので、そろそろ共通の敵を相手取ることをきっかけとしてもいいのではなかろうか。

ちなみに、流れで十三代聖女忘却事件も伝達済みだ。

十三代聖女忘却事件の一般公表は、まだ神殿側も判断をつけられていないので保留である。流石に混乱を来しすぎる上に、神殿側も聖女選定の儀の制止が神より入っていない事象に説明をつけられていない。

しかし、必要とあらばこちらも世に出す用意は進めておくつもりだ。

神力喪失事件だけでもそんな馬鹿な案件であるというのに、そこに十三代聖女忘却事件もあるよと並べて提示された王城の人々が、盛大に頭を抱えている姿が目に浮かぶ。

皆、誰か夢だと言ってくれと願っているだろう。王子以外。

その混乱を民に下ろして世の安定が保たれるか否か。保たれるわけがないのである。

「王城、乗りますかね」

神殿側は、共同戦線を申し出た。しかし、王城に最後まで意地を張られると面倒だ。正直、今は王城の相手をしている余裕がない。

アデウスという国の未来を、そして民の命を脅かす敵を相手取るのだ。敵は同じだ仲良くしようといきたいところである。

「リシュタークとサロスンが神殿についてなお拒むのであれば、どちらにせよ王城は終わりだ。この家門を蔑ろにするというのであれば、先代聖女が滅ぼす前に内部から瓦解する」

もうこうなった以上、出し惜しみは無しだ。使える存在は全て使い切るつもりだが、いよいよ大事になってきた。

元々大事ではあったのだが、大々的に大事になってきたのである。

「サロスンの弱みは頂いていますが、リシュタークをこんなに早く動かせたのは少し予想外でした。いくらお兄さん達でも、もうちょっとかかるかと」

サロスンは家門が揺らぐほどの弱みを神殿に握られた直後だ。

王子もこちら側についているとなると、神殿の主張に乗らないわけにはいかないだろう。突っぱねれば家門が滅びる可能性も皆無ではないのだ。

リシュタークも最終的にはエーレがどうにかしてくれると思っていたが、まさかものの一時間で神殿側につかせてくるとは。

何せ、リシュタークという家門は大きすぎるのだ。

お兄さん達が可愛い末っ子の頼みをあっさり呑んだとしても、他の面子（メンツ）を説得するには時間を要したはずである。

そう思ったのに、エーレはあっさりしたものだ。

「当主権限を使用した」

「あー……」

リシュタークの家門は、少々特殊な形態をしている。

成人していない子どもらだけが残された大きな家門は荒れに荒れ、三兄弟それぞれが勝手に擁立され、擁立した面々が勝手に殺し合い、尚且つ三兄弟をそれぞれが殺しにかかり、末っ子の、神に愛された美しい子に全ての欲が塗りたくられた。

それにぶち切れた長兄と次兄により、リシュタークはアデウスどころか他国でも例を見ない複数当主制を持つ家門となったのだ。

現在エーレも次兄も、長兄を当主として立て行動しているが、何かあれば二人も当主としての権限を持つ。長兄もまた、二人の主張は当主の主張として扱う。

荒れに荒れていた時代にそれをすれば余計に荒れそうなものだが、この制度、三兄弟が互いを排除しようと全く思っていない状態では最強だった。

何せリシュターク領内では、神殿と同じほどの権力が発動するのだ。つまり、リシュターク領内では凄まじい効力を発する、強権である。

その当時、リシュタークは治外法権と化したのだ。

今は大人しく礼儀正しい長兄と、軽やかに笑みを浮かべる次兄だが、彼らが行った粛清は歴史に残ると断言できる。そして、残らないとも、断言できるのだ。

流石にこの三兄弟の代だけで使用される複数当主制だが、三人の当主権限を使った際、リシュタークの家臣達は一切の進言を許されない。

長兄は現在、周囲からの意見を取り入れ、賢く穏やかで理想的な当主ではあるが、三兄弟の当主権限が使用されたのであれば話は別だ。

その意見には誰も逆らえない。

逆らった者には粛清が降るだろう。それほどに、家門に対する三兄弟の怒りは根強い。

王城の威光は先代聖女によって崩しに崩され、その先代聖女ですら死んだアデウスは、巨大な家門の不幸に手を差し伸べる余裕がなかった。その結果があの粛清だ。

やり過ぎだとの声も出るには出たが、妥当な怒りだという同情の声のほうが多かったほどに。

当時三兄弟に手を出した者達は皆粛清を受けたが、三兄弟を助けなかった者達は残っている。

だからこそ、そういう面子は三兄弟の顔色を窺って生きるしかないのだ。何せ逆らえば粛清が降り、誰もそれを咎められない。

この状態で三兄弟が互いを排除しようとすれば、アデウス全土を巻き込んだ大惨事に陥るだろう。兄二人による末っ子への愛の結束は固く、弟からの兄への親愛が深いことが救いだ。

それ故に凄まじい粛清が起こったのだが、まあおいておこう。

「エーレが使ったの初めてですよね。お兄さん達があっという間に動いちゃったのも納得しました」

「ああ」

常日頃からエーレにもっと我儘を言ってほしい、生を謳歌してほしいと言って憚らないお兄さん達なので、寧ろ初めて当主権限を使ってでも頼んできたことが嬉しかったのではないだろうか。

「この世界で生きるのが腹立たしいと思っていた俺が、生きる理由にした女の為だと言ったらすぐさま動いてくれたな」

「げほ」

何も口に含んでいないのに、なんか咽せた。

そんな私を前に、エーレはしれっとしている。

「空き時間を見つけ次第、兄上達は当代聖女に謁見を申し込むと言っていた」

「…………分かりました。責任を持って、彼らの愛し子たるあなたを誑(たぶら)かした罪の糾弾を受けましょう」

「はっ倒すぞ」

「何でですか!?」

これは普通に、人間の道理で礼儀ではなかろうか。

「大体その理屈を適用するのなら、神の敬虔たる使徒であるお前を誑かしたのは俺だろう」

「えほ」

空気で咽せた。

そんな私の肩を、小さな力がつつく。指先で私をつついた人に視線を向ける。

「ちょっといい？」

「はい、何でしょう、」

ココと、呼びそうになった自分を戒める。

こうして会話はできていても、以前の形に近くても、誰の記憶も戻っていないのだ。私はそれを勘違いしてはならない。

会話の切れ目としては不自然にならなかったと安堵していると、ココは溜息の代わりに身体の力を抜くように小さく揺らした。

「ココでいいよ。たぶん、不快じゃない。それより、王立研究所と連携は可能かな」

「王立研究所ですか？」

ココは自らの荷物から、三冊の本と一部の新聞を取り出した。

「まだ自分の身体のように動かすことはできないけど、神具による義手や義足の開発はアデウスの王立研究所が一番進んでる。私も努力するけど、元々専門外の人間の急拵えだとここまでが限界。そもそもこれ義手じゃなくて本人の腕だから、使う術式変える必要がありそうだし」

喋りながら開かれた頁を流し読んでいく。手が足りない分はエーレが貸してくれた。

「……確かに、この手の第一人者はアデウスの王立研究所に集中しているな」

「論文読んだ感じだと、この二人がいいかなと思うんだけど」

エーレとココが額を突き合わせているとき、扉から音がした。

今の神殿はあれこれ足らない中で急稼働している状態だ。だからこの部屋に出入りする人間は限られていても、訪問頻度自体は高い。

扉の前にはサヴァスが見張りに立っているのでノックは省略して、がんがん入ってもらっている。

現にエーレもそのまま入ってきた。

そんな中でも律儀にノックをしている人が一人いて。

ノック音がすればその人が来てくれたのだと嬉しくなる。これから、ノック音を聞くだけで嬉しくなる習性がついたらどうしよう。

開いた扉の先にいた神官長に私が嬉しくなっている間に、神官長が後ろから呼び止められた。次いで、我も我もと呼ぶ声七件。

部屋の中を曝さないという優しさにより、律儀に閉められた扉が切ない。もし私が犬ならば、見事にしょげた耳と尻尾が見られることだろう。

再びノック音が聞こえたのは少し経ってからだった。

「待たせてしまってすまない。体調はどうかね」

「全く問題ありません！」

「衰弱及び臓器不全と似た症状が全身に出ています。肉体の宝石化現象は、現段階で進行停止状態である可能性が高いですが、再発の危険も高いです。癒術で治療が可能な箇所もありましたので、後ほど聖融布での治療を試みます。両足の機能は、歩行は可能ですが一人での歩行は推奨しません。視力は診療録と照らし合わせた結果、両目とも落ちています。右目の低下が著しい」

「右腕は、現状では使用可能な状態ではありません。装着時に激痛が走る上に、腕としての機能をほとんど取り戻せていません。指どころか肘も曲げられていないので、現状は痛みを発する以外は接着されているだけと同義です」

それで別にいいのだが、どうやら駄目らしい。そして私の返事の後、流れるように続いたカグマとココの報告に、へぇー、そんな状態なのかと思いながら新聞を手に取る。

私の身体の崩壊具合は私ではどうしようもないことであり、それを遅延させる術も知識も私にはなくこれまたどうしようもないのでお任せなのだ。

新聞は神具に新具号だった。どうにもこの号と縁があるようである。

「やはり私だけでは難しいかと。現状外部に協力を求めるのは推奨されないと分かっているんですが、今の私では技術も知識も足りなすぎます。ひとまずこの二人のどちらかを召喚したいです」

「……そうか。我々としては、聖女の治療は何より優先すべき事柄だが」

ココから渡された書類に、ざっと目を通した神官長の視線が私を向く。

私は背筋を正した。

「なりません。長い年月をかけて尚、神殿内からでさえ先代聖女派を排除しきれなかったのです。それほどに、先代聖女派の問題は根深い。一歩対処を誤れば致命傷となるでしょう。まして、私に関するあなた方の記憶が抜け落ちているのならば尚更です。王立研究所を神殿が掌握しているのではない限り、私の治療如きで冒(おか)していい危険ではありません」

長年先代聖女派とやり合ってきた記憶が全て残っているのであれば、また話は変わってくる。

だが、そうではないのだ。

築き上げてきた経験が大規模虫食い状態にされている上に、新たに積み上げていく時間も人手もない。そうなれば天秤にかけるまでもなく、私の身体機能修復は後回しにすべきだ。

寧ろ致命傷でない限り優先度はかなり低い。何せ、直接的な戦力にならないのだから。

この場に瀕死の人間がいない以上、優先順位は変わらない。いつだって、何だって、人命が優先だ。

これは私が人形であろうが人間であろうが関係ない。私の身体機能と神官長率いる神官達の人命が天秤ならば、人形としての私が稼働していてもいなくても、結論は何一つとして変わらないのである。

とりあえずこの話は終わりで、次の話題に移ろう。次の議題の書類を手に取り、視線を上げ直し、ぎょっとした。

神官長が、酷く強張った顔をしていたのだ。

「――治しましょうか⁉」

弾けたような声と一緒に両手を上げたつもりが、左腕しか動かなかった。そうだった。右腕は損傷していた。確かにこれは少しだけ不便だ。

しかし、今も明日も明後日も、そんなことどうでもいい。神官長の具合が悪いのだ。

神様が、人の為にと私に備えた聖女の力。いま使わずしていつ使うというのだ。

なんか勝手に出るようになった花が、勢いで何個か現れてしまった。触れたら散るので掃除の手間はかけないはずだ。

私が動く左腕だけをわたわたと動かしている間、何故かカグマが反応していない。神官長が酷く具合の悪そうな顔をしているのに。

「……私は」

「はいっ、どこが痛みますか!?」

私の焦りにより漏れ出した花がまた散る。その花の向こうで、神官長は大きな手をゆっくりと持ち上げ、己の口元を覆った。

その手が震えていて、私は心も身体も文字通り飛び上がった。無論、喜びではない。

「私は、家族の間柄になろうとしていた君に、そのような、自身を粗末に扱うことを是とするよう、教えてきたというのか……?」

「――え?」

「私は、なんという、ことを」

戦慄く大きな掌で覆ってなお分かるほどに、神官長の顔色は酷かった。恐らく私も同じ顔色になっている。

「私はそのように悍(おぞ)ましいことを、君に」

「ちが、ま、え、あっ、エーレぇ！」

悲鳴に近い声で呼んでしまったエーレを見ると、嘲るように私を見ていた。どう見ても当代聖女陣営の神官が、助けを求めた聖女へ向ける表情ではない。

「いい気味だ」

聖女へ向ける言葉でもない。

しかし頼れる人はエーレしかいない。応援要請の視線を必死に向けていると、エーレはいつもへと戻した表情を神官長へ向けた。

「神官長、あなたはいつだってマリヴェルを人として扱っていました。マリヴェルが頑なにその認識を受け付けなかっただけで。マリヴェルが自身を人として位置づける。それは我々の初心であり悲願でもありました」

流石、特級神官未遂。やはりエーレは頼れる神官だ。

心なしか機嫌もいい。守りたい、この機嫌。

「それをこの馬鹿が頑なに、仕様のない面があったとしてもそれはもう頑なに神の意志を遵守しようとした上に、どこまでも抵抗なく物である自分を受け入れようとし続け……無性に腹が立ってきました」

守れなかった、この機嫌。

五日食べていないとき拾った黴の生えたパンの破片のような儚さだった……。

エーレの怒りの炎は、火がつきやすいどころか、わりとずっと燃えっぱなしなので仕様がないといえば仕様がない。物凄く燃えているか、穏やかに燃えているかの違いでしかないのである。

しかし、気のせいだろうか。その炎、大体が私を燃やしにかかってくる気がするのだが。まあ気のせいだろう。

そういうことにしておこうと、淡々と、そして延々と始まった私への不平不満を聞きながら思う。

……不平不満であっているのだろうか、これ。罵詈雑言じゃなくて。

だが、神官長の表情が先程までの酷い絶望から凄まじい困惑に変わっているので、私の精神も安定してきた。

今日もエーレが元気で何よりだと、出るわ出るわのエーレ怒りの大発表会を聞きながら頷いているると、肩をとんとんとつつかれた。

視線を向ければ、ココが人差し指で私の肩をつついている。

「私、あなた達の私服作ってるとき揃いにしてたこと多いみたいだから、付き合ってたのが本当なのは分かるんだけど……付き合ってる人の言動じゃなくない？」

「はあ。付き合っている人の言動がどういうものか、正解が分からないので何とも言えませんが」

ココがそう言うならそうなのだろう。

「エーレ、交際している人の言動ではないそうです」

「そうでもない」

エーレがそう言うならそうなのだろう。

……結局はどういうことなのだ？

よく分からなくなり、神官長を見る。

神官長は少し困った顔で考えた末、慎重に口を開いた。

「全てが同じ人間は存在しないのだから、二人の人間で築く関係が万人に共通の結果になるはずもない。だから、君達なりの関係を築きなさい。その上で迷いや戸惑いが浮かんだのであれば、いつでも相談に来なさい」

神官長の言を締めとして、私達は仕事へ戻ることにした。


ベッドの私を取り囲むように、神官長達が座り直す。この部屋には常に椅子が五脚ある。足りなくなったらベッドに座ってもらう予定だ。

何だったら私が立つか床に座る予定だ。

「燃やすぞ」

流石エーレ。何時如何なる時も私の思考を読んでくる。

手短に私を燃やしたエーレの用事が終わり次第、話を戻す。ついでに姿勢も正す。

「王城の結論は如何(いかが)でしたか」

「王は神力喪失事件を、神殿及び王城の共同公表に同意致しました」

それは重畳。正直この短時間では難しいかと思っていたけれど、流石は神官長だ。

「ありがとうございます。十三代聖女忘却事件の公表があれば神殿代表としては私が出ますが、ちょっと今回は難しそうですね。神官長にお願いします」

「御意」

美しい礼を受けながら、小さく息を吐く。

国民の動揺と批判を表立って受けてもらうのは気が引ける。気が引けるどころか猛烈に嫌なのだが、今回は私が矢面に立てないのでどうしようもない。

聖女の次に神殿を代表する人は神官長なのだ。

「じゃあ日程などはまた詰めるとして、他の件の進展なども含めて何かありますか？」

若干姿勢を崩し、背をクッションに戻す。神官長の姿勢は変わらないが、カグマは診療録に向き直り、ココも自身の手帳へ書き込む作業に戻った。

エーレと神官長達だけが体勢を変えず、姿勢も変えない。真面目代表と呼ばれる神官長と、頑固代表と呼ばれるエーレは流石だ。

この二人、結構似てるなと度々思う。

「……一つ、質問があるのだが」

神官長が言い淀んだ。

そんなに言いにくい質問なのだろうかと思ったが、その表情を見て違うと気付く。言い淀んだ理由は、思考をしながら紡がれた言葉だったからなのだろう。

神官長の視線は、私がさっきまで読んでいた新聞へと向いていた。

「対象の研究員を、神殿内で外部から完全に隔離し、他者との接触を全て監視できる環境下に置けるのならば、君は治療を容認するかね？」

「はあ。まあそれならば、先代聖女派かどうかの確認作業が当人だけで済みますし」

「聖女の御心のままに」

神官長は美しい礼を私へ向ける。

それは聖女の為にある神殿を治める長として、そして道理を慮る人として、真っ当な姿であろう。

「では、手配しよう」

真っ当な姿ではないだろう。

「――あれ？」

「他に懸念事項はあるかね？」

その件に関しての懸念事項はないが、それ以外の懸念事項がございます。懸念事項というか、怪訝事項というか。

「ココ、フェリス・モール研究員で構わないかね？」

「はい。むしろそっちが本命です」

「ならばそうしよう」

呆然としながらエーレとココを見るが、二人とも話を詰め始めただけだ。勤勉な姿はいつも通りである。カグマが舌打ちしながら筆を走らせているのも、いつもの光景そのままで。

神官長もいつも通りきちりとした格好で、この忙しさの中、乱れ一つない状態を保っている。

「……神官長は、法から外れた行いを厭う方だと思っていましたが」

「アデウスの法は聖女に適用されず、神殿もまた聖女の権限が優先される治外法権。ましてや国難どころか国家存続に関わる事態であるならば、王城の権限であっても法の適用外となる。よって私は、人の道から外れた行いを選択したと思ってはいない」

「そ、れは、そうです、が」

確かに神官長は、必要とあらば非情と呼ばれる対応を決断できる人だ。それは分かっている。真面目で優しい性分であろうが、それだけでやっていけるほど神官長という立場は甘くない。まして、歴史上最も荒れた十三代聖女の代に神官長を務めているのだ。

時と場合を選び、苦渋の末であろうが決断し、その責任を取る覚悟がある人でなければ、到底やってこられなかっただろう。

それは分かっているが、そういった選択は、最後の最後の手段として登場していたはずだ。

それが、ようは対象者を神殿で監禁するという選択を迷わず取るとは思わなかった。

戸惑いが隠せない私をいつも通り生真面目な表情で見ていた神官長の目尻が小さく、柔らかな動きを見せた。

「私が君と家族になろうとしていたのだと、少し実感が湧いた」

「つぇ!?」

呼吸が裏返った拍子に、ひっくり返った上に飛び跳ねた声が出た。

今の流れのどこにそんな要素があったのか、皆目見当もつかない。しかし疑問よりひたすら驚愕が強くて、どうしてですかと聞く余裕すらない私に、神官長は苦笑した。

「礼儀を正し、自らを律し、倫理を尊び、道理を守る。子どもらの手本となり民の規範となる。大人として、そして神官として当たり前の在り方だ」


まるで呼吸するかのように簡単に言っているが、それを理想としながら、当たり前にできない人間は沢山いる。

自らが実行できないことを世界が理想と掲げることすら許せぬ狭量さを持つ人間も、山ほど。

歪みの存在を認識しても何も思わないのに、正しさの定義を責め立てる。区別対象である特例ばかりを声高々に掲げ、正解なんてないのだと胸を張る。

正しさの定義は彼らの否定ではないというのに、まるで自らを守るように正しさを攻撃する人間の多さを知っている。歪んだ愛は高尚な文学となり、正しい愛はその文字だけで議論のみならず批判の対象となることこそが、正しさの証明となることも。

人が獣と己の線引きとして作り出した倫理道徳を正しさと定義する以上、それらは人が守るに難しい事柄なのだろう。

当たり前とすべきことが当たり前に存在するのならば、誰もそれを正しさとは定義しない。

人は当たり前を認識しづらい生き物だ。理想は叶わないからこそ美しく、焦がれるのだ。

それなのに、神官長はそれを当たり前とできる希有な人間だ。

正しさを恥とせず、己の不徳さを正しさの責とせず、自らを律し、高めていける人なのだ。

どこまでも正しくあろうとする努力を惜しまない人だと知っているからこそ、今回の決断の早さに驚いた。

そんな私に、神官長は静かに続ける。

「しかしこの状況下に陥って尚、君が私を神殿が持つ強権を躊躇う人間だと思っていたのであれば、私はどうやら君の手本になりたかったようだ」

穏やかな声は、昔絵本を読み聞かせてくれた音に似ていた。

あの頃も、今も、私が抱いた感情を呑み込めないまま呆然としている状態まで同じだった。

「しかし神官長、現段階で王立研究所を強行突破するとなると完全に武力行使となりますが」

「いや、その必要はない。既に対象は神殿内だ」

怪訝な顔をするエーレとココの表情に、疑惑の色は見られない。神官長がそういうのならば見栄や虚言ではないと分かっているからだ。

分かっているからこそ、現状と乖離(かいり)して思える状態に困惑しているのである。

それは私も同じだ。それどころじゃない感情が胸の内に渦巻いているけれど、それだけに呑まれてしまえる余裕は、今の私達にはなかった。

「反省すべき事柄だと自覚しているが、私はここ最近忙しさを言い訳に新聞は一通り目を通す程度で、深く読み込んではいなかった。よって気付かなかったのだが……」

黙々と書き続けているカグマ以外の全員から視線を受けた神官長は、いつもと同じ真面目な顔で、私がさっきまで読んでいた新聞に掌を添えた。

そこには様々な年代の研究員達が並んでいる。王立研究所は神殿と同じく実力重視だ。その実力があれば、老人から幼子まで千差万別である。

その中で一際小さな背の少年を、神官長の指が示す。

「この記事に載っている写し絵の王立研究員は、聖女候補の一人、アーシン・グクッキーではないかね？」

「――――――――あ」

私達の声は、見事に重なった。

十八聖✶呪源

"Saint Mariabelle"

My life exists for this child.

今回の聖女選定の儀、もう波乱どころじゃないと思う。

「男が交ざってるの珍しくないですか？」

「…………………………過去にも女と偽り潜り込んできた事例が、なかったわけではない、が、大抵初期の段階で落ちている」

「でしょうね。今回の選定での脱落率を考えると、かなりの強者ですよこれ」

アーシン・グクッキー。

本名フェリス・モール、十三歳。

若き天才として王立研究所に属している研究員であるが、若すぎる彼を守るためもあり、あまり公の場に出されてこなかった。

それは正しい判断だと思う。思うのだが、あまり顔を知られていない上に、まだ身体が出来上がっていないからと、聖女選定の儀に紛れ込ませてくるのはどうかと思うのだ。

基本的に選定の儀の通過は神が定めるため、資格がないと見做されるや否やさっさと落ちていく。

だから身元は重要視されず、調査もあまり許されない。

そういう制度になっていることが、完全に裏目に出まくっている。

誰だ、この制度決めたの。

初代聖女だ。

「……アイシング・クッキーのような名だとは、思ったのだ」

それはそう。

神官長の静かな呟きは、満場一致の頷きにより可決された。

「まさか、エーレみたいなのが他にもいると思わないじゃない……」

それもそう。

ぐったり俯いたココの呟きも、エーレ以外の深い頷きにより可決された。

ココはアーシン・グクッキーについていた上に、神具についての会話も結構弾んでいたらしいので、衝撃は一際だろう。

エーレは若干憮然としていたので、やーいやーいとちょっかい出してみたら後頭部鷲掴みにされた上に噛みつかれた。

そういうことは二人の時にしろとカグマが呆れながら言ったので、その通りだと深く納得する。

エーレはカグマに叱られるんだろうなと思っていたら、何故か皆出て行ってしまった。

忙しいのだろう。それは分かっている。今日も明日も明後日も、たぶん全員徹夜だ。

でも置いていかないでほしい。

いくら私の両足が死んで、右腕が死んで、左腕がかろうじてくっついているだけであっても、死にかけた虫のようにごそがさ這っていくから、置いていかないでほしい。

二人になったら、急に部屋が静かになった。元々私の所為で騒がしかったので、私が黙れば静かになる。世の摂理だ。

でも折角二人にしてくれたのだ。一つ用事があったので丁度いいと思おう。

「エーレ」

「何だ」

「えーとですね、私頑張って私という個が続くように努力しようとは思うんですが、それはそれとして、やっぱりエーレの生を私に固定するのはエーレ含めて色んな人と国と世界の損失だと思うので、とりあえず交際解除しときませんか？」

「却下」

訴えは即時棄却された。呼吸分くらいは考えてほしい。

「えぇー……一回交際解除して、全部終わった後に私が残ってたら改めてこの話するとかでも駄目な感じですか？」

「ありとあらゆる意味で、検討する必要性すら微塵も感じない」

駄目らしい。

困ったなと思いつつ、ふと気付く。

駄目なときは大体この辺りで怒り出すのに、エーレには特に変化がない。今日は機嫌がいいのだろうか。

首を傾げていると、神官長達を見送るために立っていたエーレが、私の横に座り直した。エーレの体重でベッドが揺れる。

「それとお前、口頭で俺と別れられると思っているのか？」

「え？」

私の横に座ったエーレは、懐から何かの書類を取り出した。

「何ですか？」

「戸籍」

「私のですか？　あ、忘却されている関係で何かありました？」

当然ながらなかった私の戸籍は、神官長が私を拾ってくれたときに作ってくれた。

忘却中どういう扱いになっていたかは分からないけれど、まあ忘れられていたなら誰も触らないだろうし、放置されていただけだろうと特に確認はしていなかった。

とりあえず目を通そうとしたが、それは私が思っていたものではなかった。

いろいろと。

まず最初に、私が持っている戸籍はエーレの物だった。ついでに写しだったが、それは想定内だ。

想定内だったのはそれだけだ。

「……………………エーレ、いつ結婚したんですか？」

「さっき受理された」

「へぇー……………ちょっとよく見えないということにするんですが、エーレ婿入りしたらしいんですけど、配偶者に姓がないように見えるんですよね」

「最終的には神官長の姓になる予定だな。流石にリシュタークの姓は残す条件だったから残したが、別に姓なしになってもそれはそれで構わないぞ。だがお前は、神官長の姓を名乗りたいだろう？」

「ちょっと何言ってるか分からないということにしたいんですがっ……！」

いくら神殿内が治外法権になっているとはいえ。

なっているとは、いえ。

何度見ても、エーレの配偶者欄に私の名前があるのはどういうことなのだ。

書類とエーレの顔を何度見ても書類の内容は変わらないし、エーレの顔も変わらない。今日も見事な美しさだ。リシュターク及びアデウスの秘宝だ。

それはともかくどういうことなのだ！

「私、婚姻の誓約書とか書きましたっけ⁉」

いくら何でも書類一枚で収まる話ではない。

そもそも私は当代聖女な上に存在が忘却されていて、ついでに姓もない。

何を取ってもすんなり通る話ではないし、すんなり通るような人達の婚姻であっても手続きは煩雑なはずだ。

私は結婚をしたことがないから詳細は知らない。

けれど、結婚する神官達が「もう面倒すぎて結婚やめよっかなって思うときがあるの」と、私の

部屋で愚痴を零していくほどなのだから、相当なのだろうとは思っている。

「関係書類にも全部署名済みだ」

「何故に!?」

忘却事件がまさかこんな所にも影響を及ぼしているというのだろうか。

だが、おかしいではないか。

私とエーレの忘却はもう解けた。解けたからこの事態に陥っているわけだし、どう見ても今回の事件で忘却しているのは私だけだ。

エーレは再び懐から書類を取り出した。嫌な予感しかしないが、一応受け取る。持つ場所が悪かったせいでぺろりと折れ曲がり、内容が読めない。

文字通りエーレの手を借りて、元の位置に戻った書類に目を通す。

何ということでしょう。これは婚姻誓約書の写しだが、しっかり私の名が入っている。ついでにエーレの名前もばっちり完備だ。いつも通り達筆である。

「誓約書の写しですね」

「そうだな」

「誰ですかね、ここに私の名前書いたの」

「お前だな」

「そうですすねぇ…………なんで？」

「お前の意識がカグマとココに向いている間、他の書類の流れで書かせた。安心しろ、他の書類はちゃんと目を通した上で名を入れていた。この関係書類だけを流れで書かせただけだ」

「それは安心ですね……安心………」

安心という単語を辞書で引きたい。

とりあえず、心安まる要素が欠片もない事態なのだが、どうすればいいのだ。

「駄目じゃないですか!?　大体、もし、もし全部うまくいったとして！　その上で私が神官長の姓を名乗ることを許されたらどうするんですか!?　また煩雑な手続きするんですか!?　そもそもこんな状況下で、こんな特例中の特例みたいな婚姻が成り立つ訳ないじゃないですか！」

「偶然にも俺は、アデウス国第一王子の友人という称号を頂いていてだな」

「ここでルウィ投入してくるのは流石にどうなんですか!?」

「ここで他の男の愛称出してくるのは流石にどうなんだ」

とりあえず追加で念入りに噛みつかれたわけだけど、これいいのだろうか。

駄目な気がするのだ。駄目な気がするのだ。

物凄くするのだ。

私はエーレが好きで、エーレもそう言ってくれるけれど。過去に何度も婚約したけれど。

だが駄目な気がするのだ。

駄目な気がするのだ！

息継ぎしながら全力でエーレを見るも、エーレの反応は特に変わらない。しれっとすらしていない、全くの平常運行だ。

「父親の欄に神官長の名を書くため、後で改めて作成し直す許可もあるから安心しろ」

「私に常識を説かれるのは人としてどうなんでしょうか！」

「終わっているな」

「ですよね！」

「俺は、お前のことに関しては何をしでかすか自分でも分からない自覚と自信がある。だから、しっかり見張っていろ」

「神官長神官長神官長――！」

私では手に負えないと判断し、急遽神官長を呼び戻してもらった。

忙しいところ私事で手間をかけさせるのは本当に申し訳ないと思う。思うのだが、どうしたらいいか全く分からないのだ。

正直、全員から忘却されたときと同じくらい途方に暮れている自信がある。

しかし、事情を聞いて飛んで戻ってきてくれた神官長は、エーレによる「再び私達の忘却が起こった際、絶対に消えない確固たる物的証拠を手元に置いておきたい」というそれらしい言い分により、頭を抱えた。

ココは式の衣装の有無を気にし、カグマは状況的に避妊だけはしっかりするようにとのお達しを出し、サヴァスは祝いの熊を狩ってくると張り切っていたし、ヴァレトリは別件で留守だった。

そしてこの件、見事に暗礁へと乗り上げた。

リシュタークの兄二人が許可を出していたので尚更である。暗礁へは見事な錨が打ち込まれていた。

大惨事この上ない。

結婚とは人生の墓場だと、冗談交じりに肩を竦める人は見たことがある。だが、エーレの人生が暗礁に乗り上げる惨事を指すとは知らなかった。

…………………当代聖女陣営、手詰まりです！


「お前さん達さ、なんでちょっと目を離した隙に結婚してんの」

最早驚愕すら浮かばないらしいヴァレトリの、ただひたすら呆れた顔と同じ呆れ声を聞きながら、私は私を運搬するサヴァスに揺られている。

「いやぁほんと……なんでなんですかね？」

この件において戦犯である人へ視線を向ければ、息も絶え絶えだった。

ヴァレトリがその口元に耳を近づけ、呼吸から声を拾う。

「……王子と温泉入れさせないためぇ？　何？　お前さん寝ぼけてる？」

「熊とか猪とかも一緒だったんですけど」

「分かった。お前さんも寝ぼけてんだな」

「まあ、私の存在は神様が二度寝中に見てる夢みたいなもんですしね。それはともかく、エーレ大丈夫ですか？」

「………………………」

大丈夫じゃないらしい。

それはそうだろう。何せ今の神殿は最大出力で動き続けているので、皆休息すらろくに取れていない。

そんな中、私達は霊峰を登っているわけで。

この霊峰は明日からの聖女選定の儀の舞台となる。しかし、だから登っているというわけではない。勿論整備や警備の問題などを含めての人員は入っているが、それはもっと下方のほうだ。

私達が目指しているのは頂上付近である。

つまり、エーレが瀕死にならないわけがなかった。

「――水じゃない？」

神官長含む神殿の大勢力が山登りに勤しんでいる事の発端は、ヴァレトリのこの発言から始まった。

神殿が私を当代聖女と掲げ稼働を始めると同時に、今後の方針について当然話し合っている。

その中で、国中にかけられた忘却の術を、ヴァレトリはそう読んだ。

水を飲まない人間はいない。赤子から老人まで、誰一人として水から離れては命を繋げない。

直接的に術をかけるすべばかり考えるから、行き詰まるのだ。

規模はともかく、全員平等とも呼べるほど均等に行き渡らせるのであれば、水を使うのは理にかなっている。

それだけの規模の呪いを維持し、振りまき続けている仮説に対しあり得ないと断じられる人間は、最初からここにいない。

もうどうあってもあり得ない、そしてあり得てはならなかった事態は現実としてここにあるのだ。あり得ない事態が立て続けに起こっているから、猛烈に忙しいのだ。

今更、そんなことはあり得ないと不可能を掲げようがどうしようもない事態だと、誰もが分かっていた。

あり得ないけれどあり得ているので、どうやってあり得ているのかを考えなければどうしようもない状況に陥っているのだから当然である。

もしヴァレトリの仮説が正しければ、ずっと手がかり一つなかった皆への忘却に、何か、何か対策が打てるかもしれない。

もしかしたら、打開策が……解決が。見込めるかもしれない、と。

そう思えば訪れる、胸が跳ねるような、軋むような、掻き毟りたいような逃げ出したいような叫び出したいような。

感情という名の反射。

胸の底がぱかりと開き、だだっ広い空洞が広がっているような飢餓感と、ぎゅうぎゅうに詰まった何かに喘ぎ、吐き気を催す程の限界感がせめぎ合う。

それらに浸る暇がないくらいといえば、どれくらいの忙しさかは分かってもらえるはずだ。

あと結婚。

どうしよう、これ。

私に許された、反射の域を超えた感情に対する感想が吹っ飛ぶくらい、どうしよう。

私が人の子の生を侵害するなど、その可能性を示唆することすら許されていないのに、その人の子自身が常軌を逸した勢いで侵害されに来る。

暗礁を作り上げている周囲一帯を燃やしてほしいけれど、その炎を持つ人が暗礁に旗を立てているのだ。何一つ悪びれもせず、暗礁を領地として宣言している。

大惨事以外の何物でもない。

　そして、それすらもとりあえず置いておかなければならないほど、今の神殿は忙しいのである。

　アイシング・クッキー、じゃなかった、フェリス・モールが先代聖女派であるかの有無を調査しつつ、聖女選定の儀に潜り込んできた取り調べをしつつ、私修復作業が可能かどうかの探りを入れつつ、先代聖女の諸々を洗い直しつつ、王城と調整しつつ、山登りしつつ、あれ調査しつつ、これ検討しつつ、それ議論しつつ、あれしつつこれしつつそれしつつ……。

　一年間の行事をこの二日でこなさなければならないほど忙しい。

　一つ一つが明確に動ける内容だとしても忙しいのに、手探りで進まなければならない案件が多すぎてもうどうしようもない。

　可能性があるなら全部取りかかるしかないのだ。

　そんな中、一番手詰まりだった箇所に、満場一致で調査を入れる決定を下せる意見が出た。人員を投入しない理由がない。

「少なくとも僕なら、水に仕込む」

　その術を持つのであれば、そうする。性格の悪さは僕と同等と見た。

　そう言ったヴァレトリが、この件について請け負った。

　神官長が王城へ出向いている間はその護衛についていたが、それ以外の時間は全て、一番隊を連れて霊峰の水脈を根こそぎ洗っていたのだ。

まさか、夜明けと同時に発見の報を持ってくるとは思わなかったが。

そしてその報の中には、もし忘却の元凶が仕込まれているのであれば想定内と言えるが、想定内であってほしくなかった、山頂付近の湖にあるとの情報も含まれていたのである。


ここまで二時間、休憩無しの強行突破だったため、流石にエーレ以外にも疲れが見え始めている。一度休憩を入れるべきだろう。

神官長と相談し、短い時間だが休憩を挟む。

休憩が入った途端、ほぼ全員が地面に座り込んだ。他者に肉体強化の術をかけられる神官を総動員し、全員の身体能力は上がっている。だが、上がった分全てを強行突破に使っているので、全く楽ではないどころか、限界以上の疲労が溜まっていると思われる。

疲れても表に出さないよう心がけている神官長にさえ、疲れが見え始めているのだ。皆の疲れは相当だろう。

アデウスの中心、王城と神殿の傍にそびえ立つ霊峰は雄大だ。雄大とは即ち、猛烈に大きい。

これに尽きる。

神殿は今、登山に慣れている者でも片道半日以上を見積もる行程を、できれば往復半日以下で何とかしようとしている。皆にあるのは当然の疲労だ。

無理は承知の上だが、無理をしなければならない状況なのでどうしようもない。

そんな中、神官長はいつも通り真っ直ぐ立っている。美しい立ち姿を見ると、いつも、ほっとする。

そして私は、一人楽してサヴァスに運ばれているので元気だ。

文字通りお荷物なので、全く疲れていない。お荷物なので転がすなり引き摺るなりしてくれていいのだが、サヴァスは私を背負いもせず慎重に腕で抱えていた。

いくらサヴァスといえど腕の負担が著しいと思うので、非常に申し訳ない。

サヴァスは私を、まるでほんの僅かにでも衝撃を加えたら割れる恐れがあるといわんばかりに、恐る恐る地面に敷かれたクッションの上へと下ろしていく。

私の体重が完全にクッションへ移行した瞬間、突風が吹くほど盛大な息を吐きだし、頽(くずお)れる。

「ぶっはぁあああああああああ！　壊しそうでこえぇ……」

「少々壊れても問題ありませんが」

「問題ねぇわけねぇんだよなぁ……ココもいねぇしよぉ……」

サヴァスは頽れた体勢のまま、泣きべそをかいているかのような声を出す。

ココはフェリス・モール関連で残らざるを得なかった。

人手が足りない。ついでに時間も全くない。

私は、何かしらの配慮なのかどうか知らないが、瀕死のエーレの隣に配置された。エーレはとっくに座り込み、木を背もたれに死んでいた。

私が下ろされた途端、隣のエーレはずりずりと倒れてきた。最早木があって尚、身体を支えてはいられないらしい。

とりあえず私の足を息も絶え絶えなエーレの枕にしつつ、その髪で遊ぶ。編みたいところだけれど、右腕側は全滅なので左手で遊ぶことしかできない。

頬をつついてみても目蓋を撫でてみても全く反応がないので、完全に死んでいる。

これはいい機会だ。

「エーレぇ」

「…………………な、んだ」

エーレが死んでいる隙に言い逃げようと思ったが、返事が戻ってきてしまった。言い逃げはまたの機会に挑戦するとして、これはこれで一応続ける。

「交際解除、じゃなかった、婚姻解散しません？」

横になって少し回復してきたのか、エーレは数度大きな呼吸をした後、急に呼吸を整えてきた。

流石、息も絶え絶えな状況で会議に飛び込んだのに、出席者の誰にも、今にも倒れそうなほど疲労困憊していると悟らせなかった人である。

「指輪は流石に間に合わなかったから少し待て」

「最早否定すら簡略化されている！」

その上、更に装備を増やそうとしている。

既に両手では指が足りなくなっているのに、これ以上増えたらどうしたらいいのだろう。そろそろ足の指につけても指が足りるかどうか分からなくなってきた。

きっちり数え直していないので指輪の正確な数を把握していないのだが、これ、把握しないほうがいいのではなかろうか。

「これ以上装備増えても、つける指ないのですが」

「婚約する度なかったことにしてきた男の指輪なんざ全部売れ」

「過去の自分と争うの止めません？」

エーレの怒りは、四方八方とどまるところを知らない。是非ともとどまってほしい。ついでに止まってほしいし、引き返してほしい。

もしも過去に戻れたら、誓約書に名前を書いてしまう前に戻りたい。

だが過去を変える行為は今を生きる命の否定なので、どれだけ自分にとって不都合な過去であっても変えることは許されない。ついでに、エーレ達の生の否定は誰であろうと許せないので、現在を進むしかない。

現状を変えたければ、現在のこの時間でもがくしかないのである。

というわけで、もがいてみる。

「エーレ、せっかく美しい魂を持っているのですから勿体ないですよ」

「よかったな。全部お前の物だ」

「えほ」

おかしい。

何も口に含んでいないのに咽せることが増えた。呼吸機能も低下し始めたのだろうか。

「俺は全てお前が使えばいい」

「ごほ」

一際大きく噎せ込んだが、おかしなことに私より周りの神官達のほうが激しく噎せ込んでいる。

……いや、おかしくはない。確かに冬が近づき始めたこの季節に山登りは、気管に優しくないのである。皆、肺は労ってほしいものだ。

エーレは私のお腹に額をつけて死んでいる。横向きで死にかけていると、死にかけの海老になっていた王子を思い出す。

しかしこの海老、ぴちぴち跳ねる元気すら既にない。喋っているのが、既に奇跡に等しい。

「俺は有益だ。持ってて損はないから好きに使え」

「エーレが有益なのは世の摂理だと思いますが、私は別にエーレが有益だろうと無益だろうと好きだからどっちでもいいんですけど――うっ」

ごすっとエーレの額がお腹に入り、呻く。死にかけているわりに元気だ。エーレにはずっと元気でいてもらいたいのでいいことである。

私に攻撃したことで最後の力を使い切ったらしく、再び瀕死に陥ったエーレの上に覆い被さる。私の髪で、私達の顔は誰からも見えないだろう。

自分の顔を見られたくなくて、美しい人まで巻き添えで隠してしまう私の悪辣さはとどまるところを知らない。

「……これでうまくいったら、神官長達、思い出してくれますかね」

この件ばかりに構っていられる余裕がないのは嘘じゃない。

先代聖女のことも、アデウスの国土となったこの地にかつて存在していた十二神のことも、色々、沢山、山程。

考えなければならないこと、知らなければならないこと、答えを見つけなければならないこと。方針すら定まっていないことが積み重なっているのに、時間も人手も足りないのだから。

だけど。

「水が原因だった場合、常に微量な呪いを摂取し続け、それにより呪いが維持されていた可能性が高い。摂取を取りやめただけなのであれば、効果が出るのは徐々にになるだろう。解呪をかけたのであれば劇的な変化が期待できるが、現状それは望めない」

解呪ができるのであればもうとっくにやっているのだ。それができないから、呪いの根本を探していたのだから。

そもそもこれを呪い扱いして本当にいいのかと今でも思うほど、尋常ではない規模なのだ。

これは最早、神による所業に近しい。

まあ、先代聖女が神を喰らったのであれば神の起こした禍といっても過言ではない。

それでも、そう定義してしまうとそれはそれで問題なので、これは人の起こした事件として私達は取り扱う。

私達は先代聖女を神と定義しない。

それは絶対だ。

「だが」

身体を捻ったエーレの手が伸び、私の目元を擦る。

「いつかは思い出す。必ず。だからそれまでは泣くな」

「……泣いてなんていませんよ。だって、泣く理由なんてどこにもないじゃないですか」

この件ばかり考える余裕がないのは嘘じゃない。けれど真実でもない。

だって、他のことで頭をいっぱいにしていないと。

もし、もしどうにもならなかったら。この忘却を解く術がどこにもなかったら。そうでなくても、また一から、何の手がかりもない状態に巻き戻ったら。

そう思うと、思ってしまうと。私は取り返しのつかない損傷をこの身に負う気がするのだ。

感情を抱く命の特権を、私は許されていなかった。

しかし、その中でも他とは比べものにならない罪となる感情がある。

それを抱いてしまいそうで、怖かった。今までだって、僅かな差だったのだ。だから私は、この登山の結果をあえて考えないようにしていたのに。

エーレが温かいから。

生きている人間の肌は温かいのだと、私に教えたのはこの人達だった。その優しい体温がここにある。そうすると私はいつも、どうしようもなくなる。

自分では起き上がる体力がなかったらしいエーレの手に引かれるがまま身体を折り、エーレを潰す形でそのお腹に頭をつける。

「お前にはずっと、泣く理由しかなかったよ」

「何ですかそれ」

ふはっと、思わず笑いが漏れた。

「何ですか、それ……」

泣きそうだなんて全く思っていなかったのに、何だか、どこもかしこも痛くて堪らなかった。

「お前ら、なんか猫の子みてぇだな！」

「うわびっくりした！」

近くで頽れていたサヴァスの声に、思わず跳ね起きる。

視線を向けると、自分こそ犬のように地べたでごろりと寝転がったサヴァスが、特に何の含みもない笑顔でこっちを見ていた。

サヴァスが表に出している感情は、基本的に全て本心なので、何時だって彼に含みなどない。含みがあったら、驚きでヴァレトリの顎が外れるかもしれないくらいだ。

サヴァスとヴァレトリは、意外だとよく言われているがかなり仲がいいのである。

サヴァスは、ヴァレトリにとって数少ない気の置けない人間枠に鎮座している。

だから二人をよく知っている立場であれば、仲がいいのは当然の結果なのだが、遠目に見ている人々からはとても不思議に見えるらしい。

そしてサヴァスは、本人は特に大声とは思っていないけれど、間近で聞くとしばらく耳鳴りが残るほど声が大きい。

今も私は、おぉんおぉんと反響が残る自分の耳を宥めている最中だ。

ちなみに、私が跳ね起きたついでに、膝からエーレが転がり落ちている。仰け反ってしまったのがいけなかったらしい。

地面に落ちたエーレがサヴァスを燃やすまで、後半秒あっつ。

短い休憩の間にちょっと色々あったが、私達は無事に登山を再開できた。

ちょっと焦げた私は、ちょっと焦げたサヴァスにより変わらず運搬されている。しかしさっきまでとは少し状況が変わった。

落とすわけにはいかないがしっかり握るのも怖いとサヴァスが泣きべそを掻いた結果、私とサヴァスの間にエーレを挟むことになった。

サヴァスはエーレを抱え、その上に私が乗っている。

サヴァスは私一人を運ぶよりエーレを挟んだほうが気が楽だし、腕も楽だとにこにこだ。どうやら、私が思っていた以上に、私を割るかもしれない心配がサヴァスを苛んでいたらしい。

別に、エーレを潰さない力なら私だって割れないはずなので気にしなくていいし、割れたら割れたで気にしなくていいのだが、駄目だったようだ。

「二人抱えたほうが楽な山登りとか、普通は正気の沙汰じゃないんだわ。ま、お前さんから筋力取ったら善性しか残らんわな」

「おう！　俺は筋肉だけが取り柄だぜ！」

「違うわ。声量ぶっ壊れ声帯も残るわ」

「……すまん」

「お前さんさ、僕と飲むとき声量でグラス割るのいい加減どうにかしない？」

「なぁんで割れるんだろうな？」

「だからお前さんの声だってての。でかすぎるのよ、お前さん」

頭の上から、サヴァスとヴァレトリの会話が降ってくる。

「なんででけぇんだろうな？」

「僕に教えてほしいんだけどね。僕は別に、鼓膜鍛えたいわけじゃないんだわ」

「筋肉はどこでも鍛えたほうがいいぜ！」

「鼓膜の鍛え方なんかねぇよ」

「そうなのか？　相変わらずヴァレトリは物知りですげぇな！」

「でけぇつってんだろ」

懐かしい声音が聞こえる。少し前まで、当たり前に聞いていた二人の会話が、今はこんなにも懐かしい。

前より警戒心が顔を覗かせてはいるものの、ヴァレトリのこんな穏やかで気の置けない声音は、本当に限られた相手にしか向けられない。

限られた相手、そして状況が必須条件になる。

今までのように、正体不明の、怪しさしかない上に神官長の頭を悩ませる悪辣な聖女候補がいる場では、決して聞くことのできない声音である。

ちなみにサヴァスはいつでも感情のままの声音であり、表情だ。だからこそ、親しさがもろに出る。

サヴァスとヴァレトリの声はいつだって両極端なのに、何故だかいつでも滑らかに聞こえて、心地いい。サヴァスの声は猛烈に大きいが。

しかし、歩かなくてよくなったエーレはただいま熟睡中だ。ヴァレトリの鼓膜を試すかのようなサヴァスの声は、エーレの覚醒を促せていない。

かなり疲れていたし、休息は取れるときに取る。当代聖女の代から追加された神殿の鉄則だ。

サヴァスは気兼ねなく私を抱えられて、エーレは休めて、私は砕けない。

誰も不幸にならないので、事態は平和に解決した。

なんか私達の周りにいる神殿の皆が、形容し難い表情を浮かべ、黙々と歩いているだけで。

雰囲気が重苦しいのは、この先にある前代未聞の呪いへの意気込みが深いからだろう。

たぶん。

そう考え、私は深い息を吐く。息を吐いた分、エーレに深く体重が乗った気がする。

実際は抱え上げられた時点で、私の負荷はエーレとサヴァスに乗っているのだから然う然う変わりはしないのに、エーレの体温が深く染み渡った気がした。

目的地までまだ時間がかかる。だから、身体の下にエーレの体温と呼吸を感じながら、私も目蓋を閉ざした。

エーレの体温は心地いい。静かで深い寝息は柔らかい。インク、紙、神殿の香が混ざった香りもなだらかで。温度も音も香りも、相変わらず優しい。

人間とは柔らかく、優しい命なのだと。そうではない人間を圧倒的に多く見てきたというのに、そう思う。

それはこの人達のおかげだ。

『あの方のような人間が報われないのなら、それはこの世が間違っているんだ』

そう言ったヴァレトリの声を、思い出す。

ふと視線を感じた気がして、閉ざした目蓋を開く。すると、斜め前を歩いていた神官長がこっちを見ていた。

疲れは見えるが、穏やかな顔だ。だが、瞳が案じている。

私が神殿に害為す行動を起こさないかを、ではない。私の体調を、ただ案じてくれている。

これは、神官長としての義務ではなく、ただただ彼の為人(ひととなり)が表に出てきただけの行動だ。

美しい人達。器用で賢明で真っ当な人達。真っ当であろうと自らを律することのできる、温かで穏やかで優しい人達。

それ故に、苛烈で過酷な生しか選べない、不器用な人達。

守りたい。この人達の命は勿論、在り方に至るその生全てを。

その為に私がいる。その為に私が創られた。私の廃棄をもって、この人達の明日は確定する。

けれど、私の廃棄とこの人達の命運が紐付けられてしまった今、それでは駄目なのだ。それしかすべがない故に、基本であり最も簡単な過程を描けないのは、それを拒絶できなかった私の呪わしさが招いた結果だ。

そしてその責を、私の崩壊以外で支払わなければならない。

私の崩壊を解としてはならないだなんて、こんなに難解な問題は世界に存在しないだろう。

けれど、やるべきだ。やらなければならない。

それが、エーレの、そして忘却して尚、私を守ろうとしてくれた神官長達の願いなのであれば。

私は再び目蓋を閉ざす。

今日を見せてくれてありがとうございます。

明日を与えてくれてありがとうございます。

夢の見方を教えてくれてありがとうございます。

私という個を認識し、マリヴェルという個を形作ってくれて、ありがとうございます。

その恩に報いきることは決してできないけれど。せめて、せめてあなた達の夢は私が守ろう。

それが、私があなた達の恩に少しでも報える唯一だというのなら。

エーレの体温と繋がったまま、深く深く沈んでいく。

私の中には、解がある。

神がフガルから引きずり出した記憶。その縁から剝ぎ取った、先代聖女の記録。様々な解は、私の中に収まっている。

忘却が解けた今、私は私の関与が許された情報への接続が可能だ。解放された情報もこれから解放しなければならない情報も、雑多に詰め込まれているだけだけれど。

身の内に世界を持つ存在を、人は神と呼ぶ。

神は世界であり、世界は神だ。

故に世界は一つではない。

ハデルイ神はその残滓を残すのみとなったが故、あの方の世界は真白い虚無と化した。延々と続く真白い世界。あれはあの方の世界だ。

時の流れも命の理も関与しない神の世。創造神である一神のみを理とする、永遠の世。神であろうが創造神以外の神であれば、創造神の赦(ゆる)しがなければ立ち入れぬ、一神による一神だけの世界。

ハデルイ神の真白い世界の中にある、私が持つ小さな小さな球。あれは私の世界だ。

本来私の赦しがなければ私以外の存在の出入りは赦されないけれど、私はハデルイ神が創った神の器であるが故に、ハデルイ神の一部といえる。だからこそ、あの方は出入りが可能だ。

そもそも私は神ではないので、あの場所でさえハデルイ神の権能を借りているといったほうが正しいのかもしれない。

私は、人が持つ心も、神が持つ世界も、どちらも中途半端にしか持ち得ない。しかし、感情を抱いてしまうことが人に近しい何かに変貌した証左であり、身の内に世界に近しい何かを抱えていることが神より連鎖した創造物である証左だ。

私が神の器である以上、果たさなければならない定めがある。

だが、私が神の器であるが為、できることがあるのもまた事実。

今まではマリヴェルである私という個が揺れすぎていた。だから、神の器であるが故に可能となる領域に沈んでしまえば、戻ってこられなかったかもしれない。

けれど今ならきっと、大丈夫だと思うのだ。

だってエーレが温かいし、神官長の背中は真っ直ぐだし、サヴァスとヴァレトリはいつもの会話をしているし、カグマの目はついでに薬草がないか探してるし、ココは取り調べのついでに研究について根こそぎ聞くつもりで張り切っていたし。

だから、大丈夫。だってここにはマリヴェルの全てがあるのだから。

だから、大丈夫。与えられた器に近づいても、私は私を見失わずにいられる。

たぶん。

私は静かに頷いた。

やったことがないので確定ではないが、まあ大丈夫だろう。少しずつ、少しずつ。私の中から記録を取りだしていくつもりだ。

私が身動ぎしたことにより、下敷きにしているエーレが呻いた。だが目を覚まさない。当たり前だ。熟睡中である。

私はエーレの寝息と静かな心音を聞きながら、更なる奥へと沈んでいく。

世界の果てであり世界の全てへ沈みながら、けたたましく笑う女の声が、聞こえた気がした。

先代聖女の記録を探ろうと潜った先に女がいた。だから私は首を傾げた。

女がいる。女が、いるのだけれど。

知らない女なのだ。

少し焼きすぎたパンみたいな髪色をした女が何故、先代聖女の記録の先にいるのだろう。

身長は平均より高いが痩せすぎていて、年齢の判断がしづらい。おそらくは二十代だろうが、それより幼くも年上にも見える。髪は長く足首まであるものの、艶を失い、泥や砂にまみれていた。

身に纏っている服の意匠にも馴染みはない。少なくともこの近隣の国ではない。

それどころか、近代のものでもないと思われた。縫製技術が拙く今の時代よりずっと簡素な作りだ。だが、刺繍だけはきっちり施されている。

これも文化というよりは技術の問題だろう。刺繍は勿論、縫製に使われている糸は、私が知っているものに比べれば随分太い。しかし、刺繍自体は繊細で細やかだ。

彼女の生存圏内の貧富の定義は分からないが、服自体は悪いものには見えない。荒れているのは女の身と、その土地だった。

女は靴を履いていない。剝き出しの足で、荒れた大地を走っている。

大地も酷い有り様だ。

地は割れ、どす黒い雲が渦巻く空から夥(おびただ)しい数の雷が地上へ降り注ぐ。雨も風も、上下左右、天地を失ったかのように荒れ狂っている。山は数え切れない命を呑みこみながら谷を埋め、その谷を黒に覆われた赤が覆い隠していった。

そんな大地を見下ろすこともせず、髪を振り乱し、女は走っている。

女の進む先にだけ道がある。これは尾根だったのか、それともそこだけを残して大地が崩れ去ったのか。

女は走っている。周囲の様子をまるで気にすることなく、ただひたすらに剝き出しの足で。その様は、軽やかでさえあって。

その瞬間、けたたましい笑い声が轟いた。

鳥が発した渾身の警戒鳴のような、吹き荒れる嵐が叩き壊した扉のような、穴の空いたバケツに止めどなく叩きつけられる雨のような。

それは、およそ人が出していい音ではなかった。

女の声は、この世の災害全てを詰め込んだかのような世界の中、どんな轟音よりも響き渡る。

女が走る。荒れ狂う世界の中、けたたましい笑い声を上げながら、まるで踊るように。

息が、続くはずはないのだと。

そう気付いたのは、私自身の呼吸が止まっていると気付いた瞬間だった。

息を、しなければ。これは記録だ。記録の中に私という個は存在しない。けれど、息を、しなければ。

そう、思った。

思った瞬間、私の身体は反射的に呼吸を開始していた。

同時に、あれだけ止めどなく続いていた笑い声がぴたりと止まり。

ぐるりと。

女の顔が、私を向いた。

私自身、この世界のどこに意識を置いているか定かではないのに、確かに女の目は私を捉えている。

再開したはずの私の呼吸が、引き攣り、止まる。

首の角度が、おかしい。

人が生命を維持できる角度はとうにこえていて。斜めにねじ切られたかのような角度で私を見ている女の口ががぱりと開き、再びけたたましい笑い声が響き渡る。

これは、誰だ。

そう思った自分の正常稼働を疑った。だって、どうして。

どうして。

私はこれを、人だと認識しているのだ。けたたましい笑い声は続いている。それなのに何故。

「お前だ！　最後はお前だ！」

女の言葉が聞こえているのだ。

「待っていろ、ハデルイ神！」

転がり落ちそうなほど見開かれた女の目玉が、ぎょろりと動き、再度私に固定される。

「お前達の存在は、最早人には必要ない！　そこで滅びを待つがいい！」

私を創造した神の残滓に向け、女が笑い声を撒き散らす。

おかしい。何かがおかしい。

何もかもがおかしいのに、何かが。

思考が、働かない。赤黒い世界の中、まるで凍り付いたかのように。呼吸すらうまく、できなくて。この場では必要かどうかも分からない呼吸が。

「人を解さぬ神など存在自体が害悪なのだから！」

女の言葉に私の目が見開かれたのと、女の顔が目の前に現れたのは、同時だった。

蛇のようにがぱりと開かれた大きな口の中に、並んだ歯が見える。

喉の奥まで見えてしまう程大きく開かれたそれは、最早人が開閉可能な可動域をとうに超えていたのに。歯はどこまでも人のもので。

それが、おかしいのに。

違和を感じなかった自分の判断が、どこまでも苦しかった。

反射的に頭を傾けようとして、踏みとどまる。頭を動かせば首に食らいつかれる。それだけは避けなければならなかった。

ろくに動かない腕では到底間に合わない。頭蓋骨の強度にかけるしかない。

せめて視界を守れたらと、顔の真っ正面は外した瞬間、あれだけ響き渡っていたけたたましい女の笑い声がぴたりと止まった。

ついで響き渡ったのは絶叫だった。

眼球はあったほうがいいと閉ざしていた目蓋越しでも分かる明るさには、覚えがある。ありすぎるほどに。

目蓋を開いた視界の中、私は私から噴き出している炎に叫び出したくなった。

同じ光景を見た。かつて、この女と同じ言葉を吐いた女を焼いた炎が、今もここにある。温かで、鮮やかで。穏やかで、苛烈で。

容赦なく女を焼いていく炎は、こんなにも優しくて。

絶叫を上げ悶える女の姿が遠ざかっていくのは、誰かが私の身体を引いているからだ。摑みかかるよう強引に摑まれた身体が、急速に浮上していく。

その温度と怒りに、泣き出しそうになる。

だって、呼吸ができるのだ。こんなにも簡単に。

どうしていつも、この人はここにいるのだ。どうしていつも、私と繋がれているのだ。

どうしていつも、私は一人ではないのだろう。

この世に創り出された時ですら、私の傍にはこの人がいた。私が初めて見た人間であり、命だった。私という個体を初めて認識したのもこの人で。

この人は、あの日からずっと私の中にいた。色んな形をして、ずっと私の中にいたのだ。

どうしよう。神様、どうしたらいいのでしょう。

私、ただでさえ欠陥品だというのに。神の器を覆う表皮として、許されない変質をしているのに。

どうしてなのだ。どうしたらいいのだろう。

神官長達の願いを守りたいのに。エーレの幸いを祈りたいのに。

そう頑張れば頑張るほど、私はどんどん脆くなって、怖がりになって。世界は恐ろしいものばかりになっていく。

最早姿も見えなくなった女のけたたましい笑い声が再び聞こえてきたのに、私はそんなことばかりを考えていた。


「マリヴェル！」

鼓膜が切り裂かれそうな大声に、意識までもが浮上した。

目の前には沢山の顔があった。見慣れた人々が私を覗き込んでいる。

その多くが切羽詰まった顔をしていた。その中で最も落ち着いた顔をしているのはカグマで、最も怒り狂っているのは当然エーレだ。

「このっ、馬鹿が！　俺の上で呼吸停止する奴があるかっ！」

記録の中で呼吸ができないと思っていたが、実際に止まっていたらしいと、エーレの怒りによって知った。

　けれど、思考がうまく感情へと繫がらない。感情が直結している思考は、もっと別のことで。さっきからずっと、それればかりで。

　手を伸ばしたのは無意識だった。

　エーレの顔を見たら、無意識にその服を摑んでいた。

「エーレ、私」

「…………マリヴェル？」

　私はよっぽど変な顔をしているのだろう。いつもなら怒りのまま続いたはずの怒声が、戸惑いの音に変わっている。

「私、あなたのいない世界で、息を、したことが、ない」

　神の愛は確かに私達に忘却を齎した。けれどその間もエーレの精神はずっと私の中にいて。精神が私の中から出た後もずっと、私の中にいて。

　私は、エーレを知らない世界で稼働したことがない。

　だから、どうしよう。

「あなたは神が私を創ったその場にいたから、私本当に、あなたのいない世界を知りません。どうしましょう、エーレ。私、あなたがいないと息もできなかったら、個体としても不完全に」

　自己を維持する術を持たないだなんて、人間としても人形としても欠陥品だ。

誰かがいないと自己を保てない存在は、最早個ではない。そんなもの、個体としてすら成立していない。

それなのに、私は、この温かさを知らず稼働したことがないのだ。

どうしよう。こんなこと、考えたこともなかった。

気付いた事実に愕然としたのに、エーレは拍子抜けした顔をする。そのまま顔を近づけてきて、私の頬に口づけた。

「何の問題もないだろう」

エーレが言うならそうなのだろう。……そうなのか？

「………………問題ない……わけではないのでは？」

「……遂に知恵をつけてきたか」

「エーレさん？」

私達、猛烈に話し合う必要があると思うのだが、どうだろう。

意識がはっきりしてきてようやく、自分の体勢が分かってきた。

サヴァスの腕から下ろされて、地面に横になっているらしい。何か柔らかい感触があるので、地面にそのまま寝転んでいるわけではなさそうだと、見慣れた人々の顔で見えない空を探しながら考える。

癒術を纏ったカグマの右手が私の首元に触れながら、左手が私の下眼瞼を引っ張る。しばしの沈黙後、重たく切れのいい息を吐くと同時に身体の力を抜いた。

「落ち着きました」

神官長を見上げながら身体の位置を変えたカグマがいた場所に、神官長が膝をつく。

神官長が膝をつく度、この美しい人の服が汚れてしまうと、居たたまれない気持ちになったのを覚えている。ちなみに今もなっている。

「私は君に、報告の必要性を教えなかったのだろうか。それとも、君一人を矢面に立たせ、我々は後方で傷を負わぬよう見物していたのか。ならば私は、自らの評価を未熟ではなく神官長としての資格を有さない無能と断じ、罰を受けるべきだ」

「申し訳ありません違います事実ではありませんそんな事実は微塵も存在しませんごめんなさいすみません申し訳ございません！」

私は全力で身体を動かした。うまく身体が動かなかったので、地上へ這い出た死にかけのミミズみたいになったが、これは心からの土下座である。

瀕死の海老と死にかけのミミズ。私達、お似合いの夫婦ですね、エーレ。

しかし今は、そんなことどうでもいいのだ。

のたくたと、今の私の全力でのたうち回りながら、さっき見たことを報告する。

その過程に辿り着く前の前、始まりの、たぶんいけるだろうと思ったことを言った段階からエーレの炎が飛んできた。

結果的にマリヴェルという自意識は全然揺れなかったけれど、それらを維持するための肉というか臓器が揺れちゃったようですねと言ったらエーレの炎が飛んできて、とりあえず後でもう一回気をつけて潜り直しますと言ったら、神官長の大きな手が私の頭を鷲掴みにした。

驚いた。

だが、驚いたのは私だけではなかった。神官達も皆驚いていた。

だが、誰より驚いていたのは神官長自身だ。

神官長は、私よりずっときょとんとした顔で、大きな瞬きをした。

神官長の手は大きく指も長いから、片手であろうが私の頭を摑んでしまえる。

その大きな手から、じわりと温かな体温が染み渡っていく。皮膚は勿論、骨にまで届くと思える程に、神官長の手はいつだって温かい。

「……すまない。君の許可なくみだりに触れるべきではなかった」

大きな温もりが離れていった途端、その手が頭に触れる前よりずっとずっと寒くなった。

これはいつも不思議だった現象だ。温かな存在が私に触れていたのに、それがなくなってしまったら、まるで氷が載せられていたのかと思うほど寒くなってしまうのだ。

「い、え、それは、別に……別に、いつも通り脳天粉砕拳を繰り出していただいても」

「私は君に、暴、力、を……？」

「違いますすみません申し訳ございませんエーレぇ！」

「暴力というのであれば、腕を折り腹に穴を開け足を千切れさせかけ眼球を潰しかけ半身を焼くという結果が極一部の負傷である事実を全く申し訳ないと思っていない聖女の行動が、我々神官への暴力であり虐待です」

「え？　お前聖女の権限使って神官長に何しやがった？」

「僕くそ忙しいんだがな、お前の診療録を読み終わらない限りは絶対に眠るわけにはいかないと確信した」

　確かに私は報告を怠った。

　損害としての結果が出るのであれば恐らく私だけでとどまる範囲だと思っていたので、報告が必要な行為だと判断していなかったとはいえ、それは事実だ。

　だが、神に紐付いた記録を探った結果出てきた、人とは思えない女が先代聖女と同じ言葉を吐いた事実より優先される事象とは思わなかった。

　記録であるはずなのに私の呼吸が停止するような攻撃を仕掛けてきた事実も、尋常ではない明確な狂いだ。現在から過去に手を加え、歴史をねじ曲げる行為ほどに悍ましい事象である。

　それなのに、エーレが全方位に放火して回った結果、完全に優先対象から外れている気がするのだ。

　誰も彼もがそれどころではないと言わんばかりである。

「エーレ！　何かあったらすぐ神官長に言いつけるの止めません⁉」

ついでに私もそれどころではない。

思っていたよりずっと情けない声が出た私からの抗議を受けたエーレは、そんな私を鼻で笑う。

「俺は末っ子だ。上に言いつけるなんざお手の物だ」

「襲われたりとか色々あったこと、お兄さん達に言いつけたりしなかったじゃないですか！」

「徹底的に燃やした上で、法に照らし合わせて念入りに処分したからだ」

「確かに全部自分で対処してましたね……」

末っ子とはかくも強いものなのか。最強の特権を手にして生まれてきた、選ばれた存在とすら思える。

だが、全世界の末の子として生まれた人々は、エーレに抗議する資格を有する気もするのだ。

「……エーレは様々な困難を一人で対処できる素晴らしい胆力を持っているのですから、私なんて厄介な存在を所持なんてせず、気楽な生を送るべきではありませんか？　たとえば、ほら、婚姻解散とか」

せっかくなので、この流れならいけるのではと、ちょっとした話題として滑り込ませてみた。

「どこをどうすればこの流れでその話題を持ち出せると判断したかは知らないが、一つ言っておくぞ、マリヴェル。俺はお前のものだが、お前が俺のものだったことは一度もないぞ」

「確かに……エーレが私のものという認識については厳密な話し合いが必要だとは思いますが、私は人の不運や不幸の捨て場としてハデルイ神が創ったので、公衆のゴミ箱みたいなものですもんね……」

「待ちなさい、二人とも。話の最中に割り込む非礼を詫びる。すまない。だが、聖女。全ての命は等しく平等に死を迎える以上、その生もまた平等であり、権利もまた同様だ。肉体と精神を健やかに保つ権利を君は有し、それを阻む権利を持ち得るものは存在しない。それはどれだけ時代の価値観が変わろうと、侵されてはならない道理だ。命に対し所持という言葉を使用したくはないが、君の言葉を借りたほうが分かりやすいというのであればあえて使おう。君の肉体、精神、その生全て、所持する権利を有するのは君だけだ。たとえ君が他者へ明け渡すよう願おうと叶わない。他者によって決定づけられることなど尚更、言語道断だ」

「僕はいま、エーレそして診療録からの情報に、一瞬でも気を抜けば腹立たしい事態が起ると書かれていた意味を深く実感しているぞ」

「おい待て聖女。暴力と虐待行為の詳細を僕はまだ聞いてないんだけど？」

どうしよう。混迷してきた。

そして誰一人としてこの混迷を収拾する様子がない。唯一収拾可能な神官長がこちら側にいるので、もうどうしようもない。

途方に暮れかけた私の前で、はっとなったヴァレトリが目にもとまらぬ速さで神官長の耳を塞いだ。

ついで私とエーレも気がついたが、一歩遅かった。

「積もる話は身体動かしながらしたほうがいいと思うぜっ！」

「うっっっるせぇええええええええええ！」

ヴァレトリ渾身の感想が響き渡ったが、特に大声を出したつもりのないサヴァスの余韻のほうが大きかった。

と、神官長以外で唯一無事だったカグマによって後から聞いた。

暴れる患者を押さえ慣れているカグマの鼓膜は強い。ついでに反射も腕力も強い。

それ以外の面子は皆、ヴァレトリ含め全員鼓膜に重傷を負っていたので、聞きようがなかったのである。


時間がないのは確かであり、ここでとやかくしていてもどうしようもないのもまた事実だ。

私達は粛々と登山を再開した。

登山の形態はさっきと変わっていない。変わっているのは、カグマの視線が私から外れないことと、エーレの手が私の首を鷲掴みにしていることくらいだ。

流石エーレだ。脈の測り方が斬新である。

首をへし折りにかかっていると言われたほうが納得できる表情をしているが、きっとこの測り方に必要な標準手順なのだろう。

斬新な脈の測り方はともかく、とりあえず登山を開始しながら、先程私が見た記録とそれに伴い起こった現象についての議論は始まっている。

だが、過去の記録を文書や歴史物以外で読み取るという行為が初めてなので、それを確証とした異常の検証は困難を極めた。

当たり前だ。誰だって、不可能な調査範囲を、知らない調査方法で出した結果で判断しなければならなくなったら、困る。

何せ、前例どころかありとあらゆる基準が存在しないのだ。

検証は慎重にせねばならず、確信を持って結論づけることも難しい。だからといって保留するわけにもいかない。

この事態、最早どこを取っても私達が常に最前線であり、前例となる。

帯同している神官の一部は、歩きながらも必死に私達の会話を書き留めている。その為の人員だ。その中にひっそりと交ざっている王城側の人員も同様に。

私達は今を、この事態を、後世に残さなければならない。大々的に発表できるか否かの判断はまた別に議論される。

だが、記さねばならない。残さねばならない。

残し、遺してでも。

過去は変えられない。そして今はやがて過去となる。未来永劫変わることのない過去が失われる術はただ一つ。無関心による忘却だ。

獣とは違うと自負があるのなら、人は過去を喪失してはならない。いずれ過去となる己達が後世にできることなど、記し残し、前例で在り続けることだけだ。

記す術は、人が人に伝える為にある。文字とは、言葉とは、その為にあるのだから。

私達にとって、アデウスにとって、そして恐らく世界にとって、これは初めての事件となるだろう。

私達は前例だ。願わくは、唯一の前例で在り続けたいものだが。

その為に、記録を残すのだ。

事件も事故も。故意であろうが過失であろうが関係ない。起こった事実をあるがままに書き残す。

それは人が己と獣を線引き、世界の支配者然として振る舞う義務であり、代償だ。

人類に忘却は許されない。前世は善悪を選ばず残し、後世はそれを継いでいかねばならない。

人類は生み出すことに長けた生き物だ。人類は破壊に長けた生き物だ。人は獣より早くは走れず、空を飛べず、自らの住処（すみか）となる材料をその身から生み出せず、水の中では暮らせない。

だが、脳の進化を選んだが故に知恵を得た。

故に、人は賢くあらねばならない。人は理性的であらねばならない。人は他を慮れる余裕を持った己であらねばならない。

人は、正しくあろうとする努力を怠ってはならない。

全ての命を尊び、守り、慈しむ。その義務を怠るのであれば、神は人より知恵と繁殖力を取り上げ、地の底へと埋めてしまうだろう。

命への尊重なき命は、命としての権限を剝奪される。自ら滅亡の一途を辿るだけならばいいのだが、他の命を根こそぎ巻き添えにしてしまうからだ。

人が現在の命を尊重するのは当たり前だ。だが、後世の命へも同等の尊重を向けることもまた、当然の義務であり責務だ。

これより先に前例を押し付けない為、私達が前例で在り続ける為に、何があろうと記録だけは失わせてはならない。

文字を焼く。記録を消失させる。それは人という種族にとって、神殺しと同列に数えなければならないほど許されざりし大罪だ。

それらは過去と未来を焼くと同義であると、人は忘れてはならないのだ。

「過去の記録であるはずの女が私を認識していた理由は、まあ幾つか推測しようと思えばできるんですよね。神が関わっている故に、どう足掻いても推測止まりで確信には至れないのが痛いですが」

「確信には至れぬ事象を、都合だけで確定してしまうことほど危ういことはない。寧ろ今は、確信に至れぬと認識できている状態を大切にすべきだ。君の意見を聞きたい」

神官長のゆっくりとした重い声は、いつだって安心する。

この声がかつて絵本を読んでくれたのだと、くまさんとうさぎさんのダンスを語ってくれたのだと思うと、くすぐったい。

しかし今はそのくすぐったさに浸っていられない。この人の為人が、その有り様のまま当たり前に過ごせる世界を守るためにできることは何でもやらなければ。

「今のところ最有力候補としては、あれが過去の記録ではなくまさしく過去である可能性ですね。つまりは私の意識が過去に到達していたということになります。それならば、あの女が私を認識してもそこまで不思議ではありません。ちなみに意識だけとはいえ過去に戻れるか否かは今回論争しないものとします」

何せ神が関わっているのだ。全ての常識は通用しないと思ったほうがいい。故に答えなどないのだが、仮令推測であろうと可能性を考えたか否かで、状況は大いに変わる。間違っている。その前提があれば次へ進めるのだ。

「そうしたほうがいいだろう。しかし今回重要視しなければならない論点は、君がいとも簡単に負傷し、尚且つ生命維持が困難になることだ」

「あーそれはまあ、私もだいぶ残り滓なんで。稼働していることがわりと奇跡の類いなんですよ。本来ならば既に廃棄されていた部位が、稼働期間を終えたのに惰性で動いているみたいな感じでご理解いただくと分かりやすいかと」

「……君の認識に物申したいことは山ほどあるのだが、それが事実であるのなら、我々はその上で君の無事を確保しなければならない。それが黒を纏う神官の役割だ。……君は」

　ほんの僅かの間、神官長が悲しげな瞳になった気がした。

　しかし、私が飛びあがって驚く前に、その瞳は消え去り、残ったのは時に痛々しさすら感じると評される生真面目な形を色濃く纏った、いつもの神官長だった。

「いや、君が聖女である以上、神官の務めを侮ってはならないと、過去の私は君に教えなかったのだろうか。ならば私は、神官長の位を戴くにはあまりに未熟であり、不相応だ。今すぐ聖女へと返上し、二度と神殿に関わらないと誓うべきであろう」

「あ、なた方を、侮っているつもりはありません。それだけは決して」

　きっと私が間違っている。間違っているのだ。

　それは分かっている。

　私はきっといつも、間違えている。

　この人達に言葉を飲みこませてしまったとき、いつも、心の片隅でそう叫ぶ自分がいる。

　私は何か、在り方を間違えているのだと。

　だけど、できないのだ。この人達が望む形には、なれない。なってはならないのだと、そう叫ぶ自分がいるのもまた、事実で。

　神官としてのこの人達の在り方を蔑ろにして、優しい、美しい命としてのこの人達を悲嘆の海に沈める言動を私がしているのだと、それだけは分かっていても。

私がそれを認めてしまうと、あなた達は確実に、罪人となってしまうのだ。

あなた達は、そうなっても構わないときっと言うのだろう。現にエーレはそう在りたいと言ってしまった。

けれど私は認めてはならない。認めたく、ない。

絶対に、それだけは。

だから分からないままでいい。私という存在は、あなた達を悲しませ、あなた達の決意を蔑ろにする塵屑でいいのだ。

私が彼らという命を貶め、罪人へと引き摺り落とした。だから罪の在処は私だ。私にだけ存在する。

神を前にするにはあまりに稚拙な言い訳かもしれない。けれど、命を誰より愛した神であるハデルイ神ならば、愚かな私の稚拙な逃げ道を、きっと汲んでくださるはずだから。

「申し上げた通り、一瞬でも気を抜けばこうなるので、弱った隙に全力で叩きのめす戦法をお勧めします」

「……改めて確認をしたいのだが、エーレ、君が彼女へ向ける感情は愛情で間違いないのだね？」

「腹立たしさと憎らしさが大部分を占めていますが、人間が掲げる定義における幸せを享受していない状態を見ればその何百倍も腹立たしいと思いますし、どうせなら俺の隣で、更に言うならば俺の手によって幸せになっているのであれば溜飲が多少下がります」

「……………判断に、少し時間をもらおう」

とりあえず、頭上で苦悩を浮かべている神官長と、私の下でだんだん腹立たしさが再燃してきたらしいエーレの間にいると藪蛇（やぶへび）が顔を出しそうなので、そろそろ話に戻っていいだろうか。

確証には至らずとも、様々な角度からの話し合いは続く。ついでに登山も続く。

しかし、雄大な霊峰の頂へはまだ少し時間を要する位置で、私達の足は止まった。

霊峰は王都にとってだけではなく、アデウスにとって水の要所だ。とても細く小さな源流から始まり、やがては大きな川となる。その過程で、様々な名所が生まれた。

頂上付近にある巨大な湖。そこから連なる場所にある巨大な滝。そうして脈々と流れる過程で様々な美しい景色を作り出している。

先代聖女が仕込んだとされる呪具は、そのどれでもない場所にあった。

一番高い位置にあるわけでも、一番大きいわけでもない。されど標高が低い位置にあるわけでもなければ、大きくはないが小さくもない。

現在は本流とされる流れから少し外れてはいるもののいずれ合流する、そんな湖に、それはあった。

「これはまた……三班でなければ湖から引きずり出すことも困難だったでしょうね」

エーレごとそっと地面に下ろされた後、エーレと神官長の手を借りてなんとか直立の体勢へ移行しながらも、思わずそんな感想が漏れた。

「君の言う通りだ。この部隊でなければ即時撤収を命じていた」

私が立って初めて、神官長は私から視線を外し、私と同じものを見た。

湖の中央に浮かぶのは、神殿の要と呼べるヴァレトリ率いる一番隊、その中でも呪いなど特殊な事例を扱う専門家達の手によって湖から引きずり出された呪具だ。

禍々（まがまが）しい。それ以外の言葉が必要ないほどの悍ましさが、そこにはあった。

私の両手で包み込むことはできずとも持つことは可能な大きさの、丸い物体。

どこまでも丸い完璧な神玉が、悍ましい呪いを垂れ流している。

本来ならばあり得てはならない事態だ。だが、あり得てはならない事態が積み重なり続けている現状、最早神殿は驚くことにも疲れ切っている。

それにしたって、呪いの濃度が酷い。

かろうじて視界は確保できるものの、既に張られていた結界がなければここにいる人々の肌は爛（ただ）れ、神殿が襲撃されたときと同じ惨状になっていただろう。

冬が近いこの季節、霊峰は既にかなりの寒さになる。朝晩ともなれば白い息が出る。しかし結界がなければ、ここで出るのは白い息ではなく呪い混じりの吐血だったはずだ。

現にあのとき、神官達の多くがその肌を爛れさせ、視界を失い、臓器に多大なる被害を受けていた。

それが今こうしていられるのは、彼らの努力の賜だ。

あのときの経験を元に、神官達は己の結界を調整している。当然、神官長もだ。

だからこそ、この場にいる神官達は誰も負傷していない。勿論それは、誰にでも出来る芸当ではない。しなければならないと、彼らの誇りが無理を押し通し、その才と無心の努力を経た結果が、強固なる結界の進化である。

「事前の報告で聞いてはいましたが……私だけではなく皆に視認できるほどのこの呪いが、湖から引きずり出されて初めて放出された事実には感謝するしかありませんね」

「同感だ」

忌ま忌ましげな舌打ちはエーレからのものだった。舌打ちで済んでいるのだから、かなり抑えているほうといえた。

アデウス全土に忘却を齎したにしては小さすぎる呪具の形も、これだけの呪いを内包していた呪具から放出された忘却の術を皆が飲んでいた事実も、全てが許し難い。

三班の神官達が、針に通した糸を更に針で貫くような繊細さで以て維持させている高度にある禍々しい神玉を、私達は見つめ続ける。

呪具の形が、古い。……古すぎる。

私が記録で見たあの女と先代聖女の間に、何か繋がりがあるのだろうか。

ふっと小さな息を吐く。最近ずっと、重大な疑問を後回しにしなければならない状況が続いている。重大でいて、されど晴れぬ疑問を積み重ね続けなければならない皆の負担が心配だ。

何はともあれ、これを何とかしなければ何もできない。この流れもまた、最近いつもこればかりだと頭を過るけれど。

明日からこの山は、聖女選定の儀の会場となる。

そうでなくても、こんなものが沈められている水をアデウスの民に飲ませるわけにはいかない。命の要である水源を呪いの発生地として選んだその判断、ヴァレトリが言う通り、確かに性格が悪い。

湖から引きずり出した呪具は、複数の神官達の神力によって宙に鎮座している。複数の神力によって現状を維持できているとしても、そこには必ず要が存在する。

湖の円周へぐるりと視線を流し、三班班長の姿を見つけ、彼女のもとへ移動してもらう。移動しているのは神官長とエーレであり、周りの皆だけだ。私は自力歩行していないので、移動というより運搬だ。

三班班長ガリナ・ボウギー一級神官は、私達が近づいても、私は勿論神官長に対しても視線を向けない。

真剣な顔で呪具を見上げ続けているその額には、薄(うっす)ら汗が滲んでいる。

少しふくよかな体型をしている三人の子どもの母である彼女は、元来穏やかな女性だ。胆力は凄まじいが、基本的に礼儀正しく、ゆっくりと挨拶を返してくれる、そんな人だ。

だが今は、私達の接近に気付いているであろうに、一瞥もくれない。

当たり前だ。呪具を引きずり出している神官達の神力は、彼女が統括している。少しでも制御を誤れば、そこへ集中する神官達の力がほんの僅かにでも嚙み合わなくなれば、あれはすぐさま湖の中へ戻るだろう。

辺り一面に轟音が響いている。この音が嵐でも山鳴りでもなく、呪いが生み出した暴風からだと、実際目にしなければ誰も信じられないだろう。

あれだけの呪いを放出したままの呪具を、アデウス全土に通ずる水源に落とすわけにはいかない。

これは単純に、毒物を水に混ぜ込むという問題ではないのだ。

それだけならば、水を堰き止めればいい。だが、これは駄目だ。

たとえここが水源でなくとも、この山に、アデウスの霊峰であるここに、この悍ましいものを紛れ込ませるわけにはいかない。絶対に。

神具を呪具に利用する。かつて聖女と呼ばれた女がそれを行える精神など理解したくもないが、その技術も理屈も分からないことが何より歯がゆい。

全てが古すぎる。知識も、記録もない。

見つめてもその謎が解けるはずがないと分かっているのに、じっと見つめてしまう。ともすれば睨みつけそうになる。

これが、この呪いが、私からお父さんを、あの温かな場所を。

私を、この世の幸いから追い出したのだと。

揺らめきかけた思考を、唇を噛みしめ、振り払う。

駄目だ。それは抱いてはならない感情だ。

意識を散らし、神官達へと向け直す。

「ガリナ・ボウギー一級神官。私が結界から出ると同時に、あの呪具から自身の神力を切り離すよう班員に伝えてください」

「聖女様っ」

流石に驚いたのか、それまで呪具へ集中していた彼女の意識が散りかけた。すぐに冷静さを取り戻していたのもまた、流石だ。

神官長はひとまず私を自由にさせてくれている。制止すべきか判断できるほど、神官長は私を知らない。

エーレ？　勿論冷ややかな炎を浮かべている。いとも簡単に矛盾するの止めてもらっていいだろうか。

「大丈夫です。切り札はきちんと持っていますので。寧ろ、指示に従わない神官がいたほうが危険です」

「切り札の説明を求めよう」

「おいお前、さっき呼吸停止したの覚えているだろうな。医師の前でふざけんな」

「マリヴェル、お前の切り札は俺だろう」

「満場一致で反対意見が出たようですので、私も賛成いたしかねます聖女様」

「エーレはちょっと黙っててもらっていいですかね」

とりあえずエーレは置いておくとして、神官長には説明すべきだろう。

そう思った瞬間、全身が総毛立った。

「総員神力を切り離しなさい！」

叫んだのは、最早反射に近い。そしてその反射に、神官達は従ってくれた。

当代聖女を覚えていない神官達は皆、置き去りの理解もそのままに、ただただ聖女の言に従い、アデウス国民を危機に陥れる可能性を取ってくれた。

それが、どれだけ。

どれだけ。

私の中に、叫び出したいような感情を生み出したとしても、意識を割くことはできなかった。

彼らの信頼の結果を、無惨なものにしてはならないのだから。

叫ぶと同時に浄化の力を発動した。何故か花が散るようになったが、ある種発動が分かりやすくていい。

呪いすら視覚化しているのだ。現状を誰の眼でも把握できるのは、集団戦では大きな利点となる。個々人の能力が高く判断に信頼ができる戦況なら、尚のこと。

花が呪いの中を舞い散り、混ざり合う。呪いの色に変色した花もあれば、呪いをかき消して回っている箇所もあった。現状拮抗していると言いたいところだが、若干こちらが劣勢だ。

一度この力で呪具を無効化しているからかもしれない。対応が早い。

だが、私に切り札があるのは嘘ではない。

「エイネ・ロイアー！　あなたに一つ忠告しておきましょう！」

私の顔面を削るために用意された呪具からでさえ、彼女に繋がったのだ。こんな大規模な呪いを設置している呪具が通じていないわけがない。

だから私は胸を張り、不敵に笑った。

「今の私は、あなたが思っている百倍は脆いですよ！」

「――――は？」

とっておきの切り札を出したのに、エーレ含む神殿側の反応はそれ一択だった。

何故だろうと思ったが、とりあえず続ける。

「今すぐこの呪いを解かないと、この余波だけでも私は壊れます！　いいのですか⁉」

エーレが私を見つけるまで、私は無防備な状態だった。私自身も、スラムで当然すべき自衛以外にまで手が回っていなかった。

あの状況で先代聖女派に襲われていたら、私という個はあの段階で終わりだっただろう。

だが、そうはならなかった。そうなっていないから、今こうなっているのだ。

エイネ・ロイアーには、私を壊せない理由がある。私が絶望し、自壊するよう促すことしかできていないのだから、恐らくこの推測は当たっている。

ならばこの状況は、彼女にとって不都合極まりないだろう。

「あなたが私の中から取り出したいものを抱えたまま、ここで壊れても構わないのであればそのまどうぞ。あなたのご判断にお任せしましょう」

一際激しく風が鳴いた。色濃く呪いを纏った風は軋むように鳴いた後。

ぴたりと、止まった。


辺り一面を覆っていた轟音が、瞬き一つの間に忽然と消え失せる。突如訪れた静寂と清浄な山の空気は、不気味なほど清々しかった。

後には、目的を見失った私の花だけが舞っている。変色した花は舞いながら消え、残った花は水面に触れるや否や、溶けるように消えた。

私の世界全てを裏返したかのような崩壊を齎した呪いの発生源は、その被害には似つかわしいとはとてもいえない呆気なさをもって。

消失した。

「……私の中に何仕舞ってるんですかね？」

確かに私の核は神の器であり、私という個はそれを覆う表皮なのだが、私は別に金庫ではない。ついでに箪笥でもないし、収納棚ですらない。

そもそも神が創作した私という器に、余計なものを入れないでいただきたいのだが、何が入っているのかすら分からないので、当然取り除く方法もさっぱり分からない。

「どうしたものでしょうかねぇ」

「……マリヴェル」

「まあでもひとまず、アデウス全土を覆った呪いの発生源を除去できただけで良しとしましょうか！」

「マリヴェル」

土が見える。山の土は湿っている。こういう土は食べやすい。

でも石がかなり交じっているから、取り除かないとなると大変だなと思いながら、地面に中途半端に埋まっている小さく尖った石を見つめる。

靴先が視界に入りかけて、もう一つ向こうの石を見ることにした。

そんな私の視界を、温かな手が覆った。土も靴先も何も見えなくなる。

「後は俺がやるから、お前は少し眠っていろ。カグマ、マリヴェルを眠らせてくれ」

「何言っているんですか、エーレ。呪いの残滓探知とか、場合によっては除去作業とか、私いたら便利ですよ。ここまで私運んでもらっただけだったんで、ちょっとは働きますって。そうでなくても忙しいのに。ほら、私が逃亡せず仕事するんですよ。こんな希少なこと逃しちゃ駄目ですって！」

瞬きができない。見開いたままの視界は赤い。光が透かしたエーレの命の色が見える。

それだけが。

「……まだ呪いが消えていない神官長達の顔を見るのは、目覚めてからでいい。カグマ、頼む」

「分かった」

笑っている。私はちゃんと笑っている。

それは確かだ。

それなのにエーレは、私の意識が解けるように落ちるその時まで、決してその手を離さなかった。

十九聖 ✦ 歴史

“Saint Mariabelle”

My life exists for this child.

ぶつぶつ意識を途切れさせていては迷惑極まりないが、皆の手を借りて眠りにつかせてもらっていては更に迷惑だ。

そんなことを思いながら、いつの間にか戻ってきていた神殿の特別医務室で資料に目を通す。

ちなみにこの医務室が特別なのは、聖女が特別扱いされているというより、私が隔離されているだけである。どうやら重病人判定されているらしい。皆は優しいので、私のちょっとした怪我でも丁寧に扱ってしまうのだ。

他に傷病者が出れば臨時医務室に収納される手筈になっている。臨時なのは言わずもがな。カグマの城は大破しているのである。

神殿は、半壊とは行かずとも三分の一壊はしていると思う。今はせっせと修復中だ。そして私もせっせと修復中である。

そういえば、目が覚めたら私の指には新しい指輪がはまっていた。装備の値段は聞かないでおこうと思う。

私の右腕側では、既に隠す気がなくなったアーシン・グクッキー改めフェリス・モール王立研究員が、雑に髪を縛り上げ、盛大に袖をまくり上げて作業中である。服も神殿で借りたのか、少年そのものだ。

「本当にこれ治したら、嘘ついてここに来たこと怒られねぇの？」

「秘密厳守の徹底も。それができるなら罰則は設けないと神官長は約束した。どちらにしても、王立研究所へは厳重注意」

「えぇー！」

「当たり前」

フェリス・モール及びその周辺に先代聖女派の影はないであろうという見解がひとまず出たので、現在は外との連絡方法を断った状態で私の修復が開始されている。

なんでも彼がこの聖女選定の儀に潜り込んだ理由は、先輩やなんと上司も含めた王立研究員達の旺盛な好奇心によるものだったらしい。

確かに聖女選定の儀は、公開されているのはその試験内容だけで、手順や詳細などは全て秘されている。この儀でしか確認されていない現象も在るため、数多の研究者達が調査を申し込んでは散ってきた。

選定の儀が行われないのなら諦めもついただろう。だが、彼らにとっては先代聖女就任以来の選定の儀が行われるのだ。知りたいと思うのは当然だ。研究職に就いている人間なら尚のこと、いても立ってもいられないだろう。

それは理解できた。気持ちは確かに分かる。分かるのだが、「だから潜り込もう！」と潜り込んできた挙げ句、ここまで残ってしまう研究員が出るとは思わなかった。

ここまで来ると、私が出ていた選定の儀に潜り込んでいなかったことが、彼らの辛抱の証と言えてしまう。……あの時も潜り込んでいたらどうしよう。一次試験で落ちていたことを願うしかない。

「……怒られるのはやだけど、潜り込んできた甲斐があった。だってこんなの、研究所でも絶対触れない！　腕つけるだけじゃなくて全身調べたい……ねえ、この腕の持ち主が誰か本当に教えてもらえないの？」

「駄目。腕以外は私がやるから、早く検査結果出して共有して」

「時間なさすぎだろ……適当にやった検査ほど意味ないものないんだからな！」

「適当にやったら罰則」

「ひでぇ……」

「規定を破っていると自覚した上で、ここにいるほうが悪い」

フェリスはなかなかやんちゃで元気な性格らしい。確かに初めて話したときも、私のことをあんたと呼びかけては直そうと苦労していた。

年齢ゆえに表へ出てこなかったし、元より人と会うより目の前の現象と向き合う時間の多い研究職だ。あまり言葉遣いを改める機会がなかったのかもしれない。

右腕側と私との間は、特設の覆いで隔てられているので、フェリスからこっちは見えないし、会話も聞こえない。こっちからは見えるし聞こえる、一方的な覆いである。

聖女選定の儀に偽りで潜り込んだことに対する罰則を設けないのだから、これくらいは我慢してもらおう。

「んー……初代聖女の資料が少ない……」

私は右腕だけを差し出し、残りは歴代聖女の資料と睨めっこ中である。

私が見た謎の女が古い時代に存在していたと思われるので、神殿にとって一番古い時代である初代聖女をとりあえず洗い直しているところだ。

彼女自身に何かはなくとも、彼女が関わった事件なり背景なりなんやかんやを調べていれば、芋づる式に何かしら出てこないかなと思ったのである。出てきたらお得、出てこなくてもまあ仕様がなしだから、調べない選択肢はない。

この忙しいときに取りかかるにはあまりに確証も根拠もない調べ物であるが、僅かでもとっかかりの可能性があれば手当たり次第しなければならないほど、神殿は切羽詰まっているのだ。

しかしこの初代聖女、自身の情報をあまり残したがらなかったらしく、資料が非常に少ない。神殿内の行事やらの資料はある程度残っているが、初代聖女自身の記述は少なすぎる。

これだけ極端に少ないと、流石に初代聖女自身の意思だろう。

外見ですら結構あやふやだ。何せ、写し絵の技術がまだない時代だったので肖像画しかないのだ。その肖像画も、化粧が濃く描かれているため、素顔が判断しづらいのである。この時代、濃い化粧が流行したのは、確実に初代聖女の影響だろう。

唸りながら資料を読む私の横では、エーレが報告書に目を通している。ちなみにエーレがベッドに直接腰掛けているのは、私が今日も今日とてベッドの住人だからだ。そろそろ椅子に引っ越したいが、転居許可が出ないので致し方ない。

「神力喪失事件の公表は、明日の正午に行われるそうだ」

「その時間だったら聖女候補は霊峰へ移動完了しているでしょうから、丁度いいですね。神殿代表の神官長が往復しなきゃで大変ですが……」

報告書には後で私も目を通すが、ひとまず急ぎで知っておくべき情報だけを伝えてくれるので助かる。

助かるのは助かるのだが、エーレは神殿にとってあらゆる意味で重大戦力なので、私のお手伝い要員として貼り付けるにはあまりに勿体ない。

「エーレ、あなたともあろう人が、神殿の危機とも言える非常事態に私の面倒を見るだけの任につくわけにはいかないでしょう。他が盛大に滞るのでは？」

「面倒を見ているわけじゃない。大事にしているんだ」

人形であらねばならない私を砕きかねない発言は、何かしら予告してから言ってほしい。胸が砕けるかと思った。

「こ、れ以上は、してもらわなくて結構ですよ。もう充分、してもらっています」

「言っておくが、愛した女を大事にすることに際限などないぞ」

「ごほ」

ちょっと砕けたかなと思って、襟元を引っ張って胸を覗き込んでみる。相変わらず見事な花が咲いているし、蔦は元気に張っている。手入れはしていないのに、立派な園芸模様である。

影が落ちてきたので視線だけを向ければ、エーレが一緒に覗き込んでいた。

「痛むか？」

「いえ、別に。なんか砕けたかなと思って」

「カグマ！」

止める間もなく召喚されたカグマにより、一通りの診察を経た後、私達は調査を再開した。カグマは呼ばれればすぐ現れ、去るのも一瞬だ。忙しすぎて、最近医術の妖精というあだ名がつき始めている。

それはともかく、今度から破損箇所を調べるのは誰もいないときにしようと心に誓った。

その結果いつも通り恙なく燃やされた後、お互い黙々と書類を読み込んでいると、ふとエーレが顔を上げた。

「マリヴェル、ここ」

「んー？」

私にも見えるよう身体を傾けてくれたエーレに凭れつつ、その肩に頭を乗せる。身体の機能が鈍ると、傾きを維持できないので台になってくれて助かる。

「先代聖女の付き人調査に行っていた神官からの報告書だ。本人はまだ現地だが」

「報告だけ吹っ飛ばしてこれる術、便利ですよねぇ。皆が使えたら、空が大渋滞起こしそうです。空にも道を作る時代が来たら面白いですね」

以前本人にそう言ったら、「吹っ飛ばしてるんじゃないやい！」と猛抗議をくらったものだ。もっと繊細で多大な集中力を要する術であり、決して大雑把な力業ではないらしい。

それは分かっているのだが、それを聞いた上で他の皆の感想も吹っ飛ばしているだったので、間違ってはいないと思うのである。そして、情報だけを吹っ飛ばしてくる術に長けているが為に、王都勤務を希望し続けている彼は、常に伝達係で遠征要員に入れられる。

世界とは、必ずしも本人の希望に添う能力を授けてくれない悲しい仕様で回っているのだ。

そんなことを考えながら報告書にざっと目を通していたが、その一文に辿り着いた瞬間、無意識に眉が寄った。

「…………十一代聖女に仕えていた元神官から、傷跡隠しの技術を教わった？」

思わずエーレと顔を見合わせる。先代聖女の火傷について調べていたが、十一代聖女にも火傷があったなんて初耳だ。

「えーと……掌に火傷の痕……熱いものでも摑んだんですかね？」

「確か十一代聖女は、基本的に手袋を嵌めていたんじゃなかったか」

「あー……確かにそんなこと聞いた気がします。年がら年中手袋嵌めてた手袋聖女は――みたいな劇観ませんでしたっけ？　ほら、その劇観ている間に凄い雨が降ってて、神殿に帰れなくなった日」

とりあえずエーレの家に泊まることにしたのだが、寄る予定ではなかったので食料が全くなかった。それらの調達に外へ出たが最後、大惨事となった日である。

その日王都では火事場泥棒ならぬ水場泥棒が発生し警邏がそっちに集中したらしく、その余波で若干スラムが溢れ、治安が一足飛びに荒れていた。

エーレが襲われるわ水が燃えるわエーレが襲われるわ賊が燃えるわ私が襲われるわ私が燃えるわエーレが襲われるわ、それはもう大変だった。エーレが。

最終的に、私の上着をそっとエーレにかけて終わった。と思いきや、私が燃やされて終わった。

その結果には未だに納得がいっていない。

同じことを思い出していたのだろう。若干遠い目になったエーレは、しかしすぐに難しい顔となった。

「手袋聖女は他にもいなかったか？」

「それは覚えていないんですが……一時期首回りを派手に着飾る時代があったって、ココが言ってませんでした？　ココが装飾の歴史やらなんやらかんやらの本を読んでたときだった気がするんですけど、あれって聖女が発祥だったとかなんとかかんとか…………二代続けて、絶対に首を出さなかったって。だから、聖女の意匠はそれが定番になると想定されていたのに、その次の聖女は普通に首を出してたって。けれど……次は胸元を出さない貞淑な服装が流行ったとかなんとか」

私達は互いに無言となり、積まれていた資料から聖女の姿絵があるものを片っ端から開いた。フエリスの監視はカグマが引き継いでくれたので、事情を聞き私達と同じ表情になったココも、本格的に参戦してくれた。この手の歴史はココが詳しいのでありがたい。
服装の変化などは、身内過ぎるほどの身内以外ならば、全く無関係な他人のほうがよく見ている
ものだ。
王族、聖女など、民からは生涯関わることがないと位置づけられた存在は、良くも悪くも注目を
浴びる。だからこそ、本人または関係者の言がなくとも、記録として残っている。
ちょっとした変化が取り入れられた結果流行となったり、ちょっとした失敗が大々的に取り沙汰
されたりと忙しない。
三人がかりで調べた結果を書き記した一枚の紙を覗き込み、私達は全員項垂れた。途中、法則性
まで出てきてしまった時から、全員の表情は変わっていない。
もう、これは、どうしたらいいのだ。

一代聖女　推測火傷箇所　顔
二代聖女　推測火傷箇所　掌
三代聖女　推測火傷箇所　足の甲
四代聖女　推測火傷箇所　背中
五代聖女　推測火傷箇所　胸
六代聖女　推測火傷箇所　首
七代聖女　推測火傷箇所　首

八代聖女　推測火傷箇所　胸
九代聖女　推測火傷箇所　背中
十代聖女　推測火傷箇所　足の甲
十一代聖女　推測火傷箇所　掌
十二代聖女　推測火傷箇所　顔

エーレとココの顔は真っ青だ。私は二人ほどではないが、頭痛と吐き気を覚えるほどには参っている。

だって、これは、こんなの。

「……神官長を、呼んでください」

私の声でびくりと揺れたココは、弾かれたように部屋を飛び出していった。

部屋の中には、私の腕の修復作業音だけが響いている。私達の声はフェリスとカグマに聞こえていないのだから当然だ。

真っ青になったエーレの頭へ動く左手を回し、そのまま私の胸元に押し付ける。言葉もないエーレは、痛いほど私を抱きしめた。

しがみついているようにかき抱かれたことで、身体が揺れたのだろう。カグマが覆いを通り私達を確認した瞬間、青ざめた。

それほど酷い顔色をしていたのだろう。即座に私達の状態確認へ入ったカグマの視線が、置かれたままの書類に落ち、ぴたりと止まった。

「これは……神殿の根幹が、揺らぐな」

そう静かに呟いた後、誰より早く冷静さを取り戻したカグマが私達の状態確認作業を再開した様子を、私はどこかぼんやり見ていた。

神殿を、そして聖女選定の儀を作り上げた初代聖女から先代聖女まで。アデウスに存在した総勢十二人の聖女が皆。

同一人物だった可能性が、ある。

そんなこと、神官の皆に、どう説明すればいいのだ。彼らが負う傷を、絶望を思うと、息が詰まる。

アデウスに祀られている神の根拠までもが揺らいだ事実を、神官達に、アデウス国民に呑みこめだなんて、どうして言えるだろう。そんな絶望を受け入れろだなどと、どうして。

私達はずっと、何に祈っていたのだ。

アデウスの神。名もなき、けれど聖女の存在によって信じられ、脈々と継がれてきたアデウスの神様。アデウスの民の、導の先。内的規範。祈りの先。願いが集約する場所。

それが、いなかった?

私達の祈りの先が、願いの先が、全て初代聖女によって作り上げられた虚像であり、彼女の欲に捧げられていたかもしれないだなんて、どうやって。

この国は一体いつから、彼女の業によって形作られていたのだ。

重たい泥が張りついているかのような疲労感が、身体を覆っている。それなのに、虚空に落ちていくような空っぽの虚しさが胸を満たす。

だがこれは、私の絶望ではない。私に温もりを与えてくれた人達の絶望だ。だから私は顔を上げた。

エーレに、あの人達に絶望が降りかかるのであれば、それは、それこそが、私の絶望だ。

この人達が報われるよう、絶望に苛まれぬよう。それでも避けようのない悲嘆が彼らを覆おうとするのならば、その盾となるべく創り出された私という存在がここにいる以上、彼らのもとに絶望を届かせたのは私の罪だ。

「大丈夫です。大丈夫ですよ、エーレ。神殿の基盤がどうであれ、私が神より創り出された聖女である事実は何も変わらないのですから」

それだけは、どんな事実が現れようと覆らない。

「だから神の存在は確約されていますし、アデウスに聖女は存在します。エーレ、大丈夫、大丈夫ですよ。私は廃棄されるその日まであなた達の聖女であり、その後は、新たな、神が、あなた方の祈りの先となってくれるでしょう」

「………………どう転んでも絶望だろうがっ」

「めきっていった！」

骨がいったかと思ったが、カグマによるといってないらしい。よかった、私の骨は無事である。まさかエーレの力で肋骨の心配をする事態に陥るとは。人の子の成長は、いつだって目を見張るものがある。

私はエーレを抱えたまま、紙へと視線を落とす。

聖女選定の儀も、神殿も、初代聖女から作られている。その仕組みに何かが仕込まれていたとしても不思議ではない。事細かな規則がある選定の儀は、まるで一つの儀式だ。

前から、少し不思議だったのだ。選定の儀で、優劣をつけるものがあっただろうか。中身を慮るものがあっただろうか。

聖女は死んでも次が生まれる。もしかしたらもう既に生まれているのかもしれない。そんな歴史を、アデウスの聖女は辿ってきた。

聖女とは消耗品だ。死ねば補充が現れる、必需品である消耗品。

私ではないというのに、歴代聖女の立ち位置はずっとそうだった。死ねば代替品が現れる。どんな時代にもただ一人現れるアデウスの聖女が、何故そんな消耗品のような現れ方をするのだろう。

アデウスに神がいないというのなら、何故そんな現れ方をするのだ。人の都合で扱えない選定の儀を経た結果聖女と成る女達が、何故。

結局、聖女とはなんなのだ。神殿とは、聖女とは、何のために存在するのだ。

初代聖女は、神の声を聞き、荒れた世を治めた。

だが、その後も聖女が生まれ続ける理由は？　聖女がいなければ世が荒れる理由は？

それまで聖女がいなくても回っていた世界は、いつから聖女がいなければ回らなくなったのだ。

神はいるのだと、私の中に確固たる自覚があるのは、私が神によって創り出された存在だからだ。

だが、ハデルイ神はアデウスの神ではない。アデウスが祀ってきた神では、ないのだ。

聖女選定の儀を越え、聖女と成ったものに脈々と継がれる何かが、あるのかもしれない。それなら、私の中にいつの間にか仕舞われた存在がある現象に納得はいく。

選定の儀によって選ばれていたはずの聖女。それなのに、ただ一人が巡っていただけだというのなら色々事情が変わってきてしまう。

十三番目の聖女はあり得なかった。

ハデルイ神はそう言った。私という存在はきっと、初代聖女にとってあり得なかったのだろう。

神が私を十三番目に据えたのには意図があったはずだ。どの順番でもなく、あり得なかったとされる場所に私を滑り込ませたのは、そこに初代聖女が現れてはまずいからに他ならない。

これまで、嫌な数が一致しているのだ。この地に存在していたはずの神の数。そして聖女の数。

聖女の力は、それまで誰一人として現出させることのできなかった能力。

……エイネ・ロイアーが初代聖女であった場合、初代聖女が、神を喰ったことになる。

それならば、荒れたこの地を治めたという逸話の意味合いが変わってくる。意味合いというより、順序と言ったほうが正しいのかもしれない。

初代聖女が神を喰ったから、地が荒れたのだ。そして、全ての神を食い終わったから、世は凪いだのだ。

しかし神の力など、人の身で消化できるはずがない。まして十二神も一つの身に収めるなど、魂が受け入れきれるはずがない。

だが。

「……十二回に、分ければ」

聖女の神力は、代々違う。全て類を見ない特殊な力として顕現した。そしてそれ以降、民にも少しずつ現れ始めている。

「歴代聖女の神力が、それぞれ、喰らった神の力なのであれば……そして、人の身に収めきれなかった神力を、アデウスの民へと分配していたとすれば…………他国にはあり得ない、全国民が神力を持っている現象に、説明がついて、しまうのではないでしょうか」

私に神力が存在しない理由も、神力喪失事件が起こっている原因も、全て、繋がってしまう。

歴代聖女が全て同一人物である。そう仮定すれば、全て、今まで疑問だったことのあらかたが繋がってしまう。

体勢を戻したエーレとカグマは、それぞれ器用な表情を浮かべている。驚愕とも怒りとも悲嘆とも、そして虚無とも取れる、絶望の顔だった。

先代聖女派との因縁だけを念頭に置いていたあのときから、随分遠くまで来てしまったように思う。

部屋に飛び込んできた神官長へ視線を向け、私は苦笑するしかない。

「あなたは本当に、大変な時代に神官長となってしまいましたね」

私の大切な人達は皆、激動の節目に生まれてしまったらしい。

だからこそ私が創られたのだと、神に告げられずとも分かるほどに、私の役目はここにある。この時代、どうあっても一人の女の業に振り回される人の子らの為に、神は私を創ったのだ。

「今すぐルウィード第一王子に連絡を。その後、王城と協議に入ります。当代聖女忘却事件及び、先代聖女の罪状を国民に周知します」

「――聖女の御心のままに」

神官長、そして神官長の後ろに控える神官達のみならず、エーレとカグマも神官としての礼を取っている。

ただ一人、覆いの向こうで楽しげに作業しているフェリスが奇妙なこととなっているのだが、それもまた時代の一部だろう。

いつの日か、今日という日が遠い過去となり平穏が訪れた際、歴史に残る事件の雑学として面白おかしく覚えられていくようだな。そんな一幕となってほしい。

珍しい事例に取りかかれる興味と興奮を隠しもせず、わくわくと目を輝かせて私の腕を修復している少年を見て、そう思う。

今日という日がいつか、そんなこともあったんだと驚愕されるような。そんなとき同じ部屋に、何も事情を知らず楽しげにしていた少年がいたと知った人が、何だそれと思わず笑ってしまうような。

そんな平穏が訪れたのならば、私は創られた意味を果たせるのだ。

「そして王城との協議結果如何によらず――当代聖女権限により、聖女選定の儀を停止します」

「御意」

それで世界が揺れなければ、私の中に仕舞われた何かの正体は決まってしまうのだろう。

ただ、今更だなと思う自分も確かにいた。

何故なら、当代聖女である私が聖女の任に戻れていなかった今の今まで、世界は一度も揺れなかったのだから。

日が傾き始め、昼間より更に風が冷たくなってきた。そんな中、神殿と王族含む限られた上級貴族達と政務官、そして彼らが率いる兵士は、ぞろぞろと外へ集まっている。

王城側の武装解除は求めなかった。神殿も神兵を並べてはいるが、王城側との兵力数の差は、単純に計算しても十分の一以下だ。

しかし引き換えに、協議場所は神殿が指定し、王城側はこれを受けた。神殿が提示した場所は、神殿と王城の狭間にある狭間の間にある狭間の庭。

狭間ばかりのここが、場所としては無難だろう。だが、狭間の間という建物があるのにあえて狭間の庭を選んだ理由はただ一つ。

狭間の間は、わりと全壊に近いからである。

賓客を出迎える場所でもある常に美しく整えられていた庭、歴史ある建物。それらは最早見る影もない。

これでも被害を食い止められたほうだ。何せ王城側への被害はほとんど無いのである。それを自分の目で見てもらおうというのも、場所を決めた理由の一つにはなっていた。

さすがに地面くらいは均(なら)しているが、後はもう悲惨な状態だ。瓦礫の撤去は間に合わず、かつて美しかった庭を押し潰しながらそこら中に散乱している。辺り中、掘り起こされた土や、削り飛ばされた土ででこぼこだ。

だからこそ、この場に現れた人間達は状況を肌で感じやすいだろう。過去最大兵力と呼ばれている今代の神殿が、総兵力を挙げてもここまでの被害を出したのだと。

報告書では感じづらい焦燥を少しでも抱いてくれるのなら、この場を指定した甲斐もあったというものだ。

この場に現れた王城側は、少々動揺を見せた。狙い通り、場の被害状況を目の当たりにしたことも理由の一つではあるだろう。

彼らを出迎えた神殿側の異様さがとどめを刺したのだとしても。

未だあちこちの傷跡を残す、地面の一部を均しただけである剝き出しの土の上に、椅子と机が配置されている。王城側と対峙する位置には、既に神殿側の面子が着席していた。

白い服を着用する、頭から長い白のベールを被った存在を中心に、神殿は座っていた。

このベール、特殊な製法で作られているので、内からはそれなりに外が見えるが、外から中は見えないようになっている。夏場の市井で、民が家の窓にかける日除けも似たような手法が凝らされていると聞く。

ベールは腰を越える長さだが、私の髪はそれ以上の長さなのでベールでは覆い切れていない。白のベールと白の服の間で、赤紫色の髪がやけに目立つも、別に髪を隠すために被っているわけではないので特に問題はなかった。

しかし、おそらく王城を怯ませた異様さはそこではないだろう。

神殿は、そんな存在を中央に据え、その前後左右……前は机なので後左右にいる神官の服を着ている面子は神官神兵などの役職に限らず、神官長に至るまで全員が、黒に染められてはいるものの同じ布で作製された覆いを顔面に着用していた。

眼だけはかろうじて露出しているが、顔の半分以上は布によって遮られ、その表情を窺うことはできない。

異様な光景に、王城側の足は完全に止まってしまった。よって、ここは聖女の仕事だろうと口を開く。

「場を整えきれなかった点につきましては謝罪をいたします。ですが現状を鑑み、ご容赦いただけるものと思っております」

本来、王より先に発言を許される存在など先触れくらいだ。しかし、アデウスの聖女には適用されない慣習であり、権利だ。

アデウスの法は神殿に、そして聖女に関与できない。この強い権限もまた、歴代聖女達の企みであったのだろうが。

第一王子、第二王子を左右に連れた王は、十代で第一王子をもうけているのでまだ年若い。厳ついとも柔和とも呼べない、王子と似ているような全く似ていないような、整っているようなそうでもないような、特に印象に残らない顔として有名だ。

ヴァレトリが物凄く羨ましがっている顔をしている王は、髭をもごりと動かした。普通に口を動かしたのだろうが、充分すぎるほど距離を取った位置で立ち止まっているため、髭が動いたようにしか見えない。

「神殿側の異様な姿を説明せよ」

だろうなぁと思う。私も、王族を出迎えるにはちょっと野性味溢れる場だなぁとは思うものの、それに対して王城側が動揺しているのではないことくらいは分かっている。

彼らの動揺の在処は、誰がどう見ても異様な神殿側の姿だ。しかし異様と素直に口を出してしまう辺りで分かるだろうが、この王、総体的には特に可もなく不可もない王との評価がついている。

ちなみに私評ではなく第一子評である。まあ、いつもの王子である。

「事前にご連絡差し上げた通り、聖女たる私の顔に罅(ひび)が入っておりますので。神官達はそれに殉じております。神官の忠誠心を、今更あなた方に説くべきとも思いませんが」

先代聖女率いる神殿に、散々苦労させられた記憶は未だ鮮明だろう。むしろ当代聖女時代の記憶が一切ないのであれば、それだけが彼らの経験した神殿なのだ。

私の言葉に返事はなかった。これ以降、王の発言は止まるだろうとの予感がある。

基本的にこの王は、積極的に口を出す類いではない。最初と最後の締めに言葉を発することが多いのだ。

政務官達も慣れたもので、粛々とその後を継ぐ。

「王の許可なく座するとは何事か」

まあ始まるのは攻撃か厭(いや)みか不満か、なんかそういうのなのだが。

そして今回は、王城側の不満が正しい。何せ椅子に座っているのは聖女だけではなく、発言権を持っている神官全てが既に着席済みなのである。

私の左右に神官達六名が着席済みだ。勿論神官長とエーレもいる。エーレは私の隣、神官長はその向こうで少し遠い。

地面に直接置くことを想定されていない巨大な長机の向こう側、王城側は神殿側より多目に椅子を用意している。主要貴族達の中には見慣れた顔ぶれも交ざっている。

サロスンとかリシュタークとかリシュタークとか。この辺りを主要貴族と数えなければ、どの貴族もこの場に参加はできないだろう。

……サロスンの三男が出てきたのは、ちょっとかなりとても意外だったが、致し方ない。あそこはあそこで今は家の損害を最小限にとどめようと必死で、人手が足りないのだろう。

「今は一秒を争う事態である。それが神殿の判断です。あなた方の判断をお聞かせいただきたいとは思いますが、立ち話も如何かと。――着席なさいませんか？」

神殿側は、私以外誰も言葉を発しない。そして私も含め、誰一人として身動ぎ一つしない。これは立ち話で済むような話ではないし、王族を立たせっぱなしにするのは王城側としても避けたいはずだ。

だが、神殿の言いなりも腹が立つ。そんなところだろう。

私は視線を僅かに政務官から逸らし、王子へ向けた。王子は瞳だけで面白がっていた光を瞬き一つで散らせ、気負いは欠片も持たず一歩踏み出した。

「ではそうしよう」

王子より一歩半遅れ、第二王子も足を踏み出した。そして、ゆっくりとした動作で分かりづらくはなっているが、明らかに躊躇（ちゅうちょ）の見えた王の足が進んだ。

その後を、不満を浮かべていたりそうでなかったりしている面々が続く。

王族が着席すると、他の誰より早くリシュターク家が席に着いた。早い。場合によると王族、正確にいえば王様と同時だった可能性すらある。

いつもだったらちらりとエーレを見るところだけれど、この場ではそうもいかない。私は視線を固定したまま、着席が済むのを待った。

王城側の着席を待つ間、足音と衣擦れの音、そして風に擦られた草木の音が響く。虫の声も水の音も鳥の声もする、なんとも忙しない協議会場だ。

掘り返された土の匂いは、噎せ返る水の匂いの中でことさら際立つなと思っている間に、王城側の着席者は全て位置についたようだ。

兵士やその家の当主以外で帯同が許されている面子は全て立っているが、そこは許してほしい。何せ野外だ。座ってもらってもいいが、瓦礫や地べたになるので、嫌な人は立っていてもらうしかない。

「それでは、始めよう。これはアデウスの明日を決める協議である」

王城側である王子が始まりの声を上げる。そこで少し、王城側の溜飲は下がるはずだ。

こんな事態でとの憤りはない。先代聖女により長年作り上げられてきた不信感と腹立たしさと呼ぶのも憚られる憤りを、王城側こそが持っている。

だから神殿は、彼らの怒りを否定しない。正当な嫌悪と憎悪は、彼らの権利だ。

それを踏まえた上で、浅く静かな礼にて開始の言葉を受け取った。

そんなこんなで話し合いが始まったのだが、当代聖女忘却事件と私が当代聖女であること自体は、わりとすんなり受け入れられていたことが確認できた。

それは王子のおかげだろう。まあ、意識の端から外されていただけで、十三代聖女がいた物理的な証拠はわんさかあるはずなので、そこは想定内だ。

国民も、多大な混乱はあれどそこは問題ないと思われるという意見で一致した。

しかし先代聖女……もうどう呼べばいいのか分からないが、先代聖女の罪をどこまで周知するかは、荒れている。

当代聖女忘却事件及び神力喪失事件の主犯である旨は、周知せねばどうしようもない。ここを秘してしまえば、疑念は当代聖女陣営と王城へ向いてしまう。

当代聖女陣営と王城は、この事件に関してはここまで功績と呼べるものがないので、できる限り批判対象は排除しておきたい。

事件を事件として発覚させたことは、民にとって大した功績には成り得ない。解決。それが全てだ。

議論は現在行き詰まっている。

初代聖女から先代聖女に至るまで、全ての聖女が同一人物である可能性も、その女が神殺しであり神喰らいである確信に等しい可能性も。

どこまで、周知すべきか。そもそもが、周知していいものなのかどうかすら、誰にも分からない。

これは、人の身が耐えうる絶望なのか。

そう、思う。視線の先で、不信感を隠しきれない王城側の面々ですら、恐怖と絶望を浮かべている姿を見て、更に。

視線だけを流し、神官達を見る。顔の覆いにより表情が分かりづらい。この覆いは、王城側に告げた意味合い以外にもいくつか理由がある。

その一つが、これだ。

動揺を、絶望を悟らせない。混乱は混乱を呼ぶ。この件で、少なくとも神殿が王城の絶望を助長する行動は避けたかった。

今この場に着席している面々は、選択し続けねばならぬ人々だ。誰かに決断を委ねることはできない。沈黙を続けることも、誰かが下してくれた決断に乗っかり、それらの粗を見つける行為を自身の意見に見せかけることも許されない。

勿論、他の人間達もそうだ。誰だってそうなのだ。けれどこの人達は、誰より先に、大勢の人々のもとへ認識が届く前に、その決断を下さなければならない人々なのだ。

問題は、今の王城がどこまで現在の神殿を信じられるか。そして、神殿もまた同様に。

「そもそもがおかしな話だ。神殿の言い分が真実であるというのなら、全ては神殿の不始末。全ての責は神殿が負うべきであろう。それなのに何故、その犠牲を我々が支払わねばならぬと言うのだ」

　中年の当主が言う。

「ははは、始まりに責を求めるのであれば、そもそもが神殿の設立を許した余ら王家の罪であろうな」

　青年の王子が言う。

「それらの問答は既に済ませたはずだが」

　青年の当主が言う。

「相も変わらず、リシュタークは神殿贔屓が過ぎるようですな」

　老年の当主が言う。

「弟贔屓という意味であれば、我らサロスンも身に覚えがありますとも。しかし、ラブル殿。今は我らが割れる時間も惜しいのでは？」

　青年の当主代理が言う。

　会話から察するまでもなく、この問答は城で散々行われているのだろう。王城はこれを機に神殿を叩き潰したいはずだ。

　この事件の発覚が神殿側からの共有でなければ、確実にそうなっていただろう。

　この件に関して王城は、神殿の報告まで事件に気付かなかった負い目がある。その負い目を抱えたまま、全国民が神力を持ち、尚且つ他国では百年に一度の逸材と呼ばれるほどの神力持ちがごろごろ存在するという強みが失われる可能性を抱えきれるか否か。

数百年間変わらなかったアデウスという国の国力が揺らぐ今この時、その意図はどうであれ、アデウスを支えてきた二本の柱の片割れである神殿を切り捨てて、アデウスが保つか。否か。

王城はずっと、揺れている。

仇敵である神殿を前にして尚、内輪もめとも呼べる問答が起こってしまうほどに。

しかしこれは、これまでアデウスが平和だった証だ。

アデウスはずっと無敵だった。それほどに神力の存在は大きかったのだ。

王城の敵は他国との小競り合い以外は何もなかった。先代聖女エイネ・ロイアーが顕著な牙を王城へ向けるまでは、ずっと。

アデウスは、平和だったのだ。

豊かな資源に豊富な神力。資源と人材が潤沢に溢れかえるこの国は、ただひたすらに平和で在り続けた。

この時代、他国との戦争を視野に入れ、自国の強度を上げようと大規模改革を仕掛けていたルウィード王子のような存在が生まれていたのは、神の差配か。はたまた運命という名の偶然か。

「十三代聖女、まず一点問いたい」

これまで沈黙を保っていた政務官の一人が手を挙げた。エーレとよく討論している、王城側として筆頭戦力であろう政務官だ。

政務官達は主流貴族に場を譲っていたというより、状況を見ていたように思える。これまでただの一人も発言していない。

「お答えいたしましょう」

「此度の協議、聖女であると仮定される貴殿及び神官長が出席している以上、神殿代表は貴殿らであると理解はする。だが、これまでこのような協議の場に必ず出席していたエーレ・リシュタークー級神官は如何した。貴殿が引き連れた神官達の中には姿が見えないようだが。彼が貴殿を聖女として認知していないのであれば、我々も考えを改めねばならぬ。聖女候補達の中に当代聖女がいない証明を、貴殿は差し出せるのだろうか」

彼の言葉を聞き、私は覆いで表情が見えないことを分かってはいるが、ゆっくりと微笑む。

「我々もあなた方同様に、時間の猶予がありません。できうる限り、要件は一つに纏めたいところなのです」

政務官達の眉間に皺が寄った。

気分を害させて申し訳ないとは思う。私とて彼らをおちょくるつもりは欠片もないし、煙に巻きたいわけでもない。

「聖女候補達の中に当代聖女がいるのであれば、彼女達が関わらず、ここまで事態が進むとは到底思えません。現状、事件の軸になってきたのは私である事実が何よりの証左かと」

むしろ私が聖女選定の儀から外れている状態になっているとも言えた。

それでも何も変わらない。聖女候補達はずっと事態に関わらず、被害者にも加害者にもならずただそこにいるだけだ。

「既に済ませた問答はご遠慮願います。今ここで、神殿と王城が争う理由はありません。敵はただ一人。全ての元凶であり、最大の害悪。初代聖女であり先代聖女エイネ・ロイアーのみであると判断しております。我々が争っていては、小賢しい彼女の思い通りになってしまいます。それは双方、望まぬ結果を生むかと」

「……貴殿が先代聖女と同様の理念を持っていないと、どう証明する」

「問いに問いで返す行為をお許し願いたいのですが、あなた方は如何なるものを証明となさるのでしょうか。私に証明を求めるのであれば、あなた方はご自身の納得する基準を持っていらっしゃることが前提となります。失礼ですが、そのご準備ができていらっしゃるとは思えません」

私は、不自然にならない程度に大きく息を吸った。

「十三代聖女及び現神殿は、王城との諍いを望みません。我々には王城へ敵意を向ける理由が無いのですから。我々が望むは、アデウスの平穏であり民の安寧です。それらを乱す行為でしかない愚行は、先代聖女であるエイネ・ロイアーだけが目論んだもの。当代は一切関与しておりません。十二代聖女エイネ・ロイアーは、高い残虐性を持つ、強かで卑劣で下劣な女です。そんなものと我々を同一視しないでいただきましょう。それはアデウスにおける最大の侮辱となるのですから」

私の顔は政務官達を向いているけれど、視線はそこを通り過ぎている。巡らせて確認することはできないが、私以外の神官達もそうだろう。

「胡乱な物言いは好みません。よって申し上げますが、十二代聖女エイネ・ロイアーは、この世で最も価値のない塵屑で」

最後まで言い切る前に、政務官達の背後が動いた。正確には、彼らが従えてきた兵士の一人が動いたのだ。

上級貴族であっても参加できない家がほとんどであるこの協議。限られた護衛以外、こちらの会話は届かない仕様が場に施されている。

そのはずだった兵士から放たれた攻撃に、王城側は驚愕の視線を向けた。王も、第二王子もだ。

このとき私を見ていたのは、王子だけだった。

鬼気迫る顔で振りかぶられた腕の先から、凄まじい神力が一直線に投げ飛ばされた。鍛えられた戦闘職から放たれたそれはただでさえ脅威だというのに、そこにあの悍ましい呪いの気配が混ざっているのだから、とんでもないことだ。

私以外の眼にも見えるほどなのだから、その濃度は口にするまでもなかった。

そんなものが一拍も開けず、眼前に迫る。

そうして私は、ほっと息を吐いた。

釣れてよかった。

私の安堵と同時に、凄まじい炎が噴き上がる。私達がつけている覆いが炎の勢いに煽られ、激しくはためく。

白のベールへ向け一直線に飛ばされた脅威は、白のベールに届くことなく焼き切れていく。当然だ。

その呪いを纏った神力はエイネ・ロイアーから付与されたものだろうが、こちらは神の寵愛を受けた上でそのエイネ・ロイアーを焼いた男の炎である。

その存在を捉えたのであれば負けるはずがない。本体でないのなら尚のこと。

白のベールを大きくはためかせながら立ち上がるものだから、私の髪色と白のベールが交互に私の視界を塞ぐ。交互に塞がれる視界の隙間から、か細い糸のような残滓すらも燃え尽き、無と消えた様が見えた。男による攻撃は、完全に消滅した。

「現神殿とエイネ・ロイアーの共謀を疑う前に、自らの足元を顧みていただこう」

流石ともいえる反応を見せた兵士達に押さえ込まれた男は、自身の届かなかった攻撃の先を見て、目を見開く。

まあ、聖女と思っていた白のベールの下から美しい人が出てきたら、誰だった驚くだろうとは思うのである。

私の髪を模した鬘を被り、白の衣装を身に纏ったエーレは、邪魔そうに剝ぎ取った白のベールを私の前に置いた。自分の前に置いてほしい。

「その鬘、なんかずっとエーレ専用ですね」

「うるさい」

小声で会話を交わしながら、エーレの手を借りて立ち上がる。同時に、神官長達とお揃いの覆いを外す。

聖女が黒を纏ってはならぬという法はなく、また聖女の許可を得た神官が白を纏ってはならぬという法もない。

元より神殿は法の範疇外ではあるが、王城はよく分かっているはずだ。神殿では、正常が法だと。

エーレは私を支えながら、私の頭に載っていた茶色の鬘を外した後、自身の鬘も外した。

「あなた方は忘れてしまっておりますが、リシュターク特級神官が先代聖女派による刺客に対し、当代聖女の影となっていたことは周知の事実でした」

まさか今でも影として立って……座ってもらうことになるとは思っていなかったが。

いやでも、私が知らないところで囮の任はしていたと言っていた。エーレならいつまでも聖女の影を務められる気もするが、当代聖女の囮なら当代聖女を使えば早いのに、本当に律儀な人である。

神官長の手も借り、エーレと場所を入れ替わった。これで名実と共に、聖女が中心となった神殿の出来上がりだ。

「あなた方が私を忘れてくださっていて助かりました——おかげで、先代聖女派の一人を炙り出せました」

神殿側が覆い着用で現れた最大の理由はこれである。

理由ならいくらでもつけられた。ちょうど顔に罅が入っていて助かった。いい理由付けができたものだ。

「前神官長フガル・ウディーペンは我々が確保し、エイネ・ロイアーは未だ民の前に姿を現わさず。……そろそろ、焦れてくれると思っていたのです。王城側には今一度、人員の洗い直しを要請いたします。先代聖女派はどこにでも潜り込む。何せ派閥を増やす方法が思考なのです。思考の感染は外から見えづらく、隠蔽しやすい。我々も、非常に苦労しました」

主に神官長がだが。私は命を狙われていただけである。

先代聖女派は、何の躊躇もなく命を狙ってきた。それは先代聖女の狙いと矛盾する。

先代聖女が自身の計画をどこまで明かし、忘却させていたのかは分からない。だが、妄信と呼べるほどの執着心で結束していた先代聖女派の乱れは、彼女が企てた狙いが狂い始めた証左だ。

「実際に見ていただいたほうがよろしいかと思い勝手をいたしましたが、お分かりいただけたかと。あれが、彼女の力をほんの僅かに譲渡されただけの威力です。あれを身に宿した人間が、あなた方の内に潜んでいるのだとご理解ください」

ずっと、厄介なまでの堅固さを誇った先代聖女派の足並みは、彼女の不在後すぐに乱れ始めていたのだ。絶対的な求心力を持った当主が不在のままなのだから、その妄信が彷徨わぬはずがない。

絶対的な指導者のいる集団ほど、それを欠けば脆い。私達にとって強みとなる部分はそこだけなので、遠慮なく突かせてもらおう。

さらにフガルの例もある。先代聖女派は、短絡的であり、感情的になりやすい。だからちょっとした煽りで我を忘れ、姿を現してしまう。

思慮深い御仁だったと神官長が評した人間でさえそうだった。為人ががらりと変わってしまったのは、単純な加齢による衰えなのか。そうは、思えなかった。

先代聖女は、人を壊すのだ。

「神が愛した人の子らよ。警戒心を抱き直しなさい。先代聖女は言わずもがな、彼女を妄信する先代聖女派に、守る人の道理はありません。……神喰らいが率いる集団なのだと、どうか、どうかもう一度深く、その恐怖を抱き直してください」

これは皮肉でもなければ忠告ですらない。

欠陥品から人の子へ紡ぐ、ただの懇願だ。

お願い。私など信用しなくていい。私など認めなくていい。

だけど、けれど、お願いだから。

「これ以上、彼女を起点とした禍に生を奪われないでください。お願いします。どうかもう、誰も殺されないでください。誰も、誰一人として――もう二度と」

私は人としても人形としても不完全な、中途半端な欠陥品と成り果てた。それでも願いは変わらない。

神はその悲劇を回避する盾として、私をこの国に配置した。けれど出来損ないの私では、神の命を遂行しきれていない。

私は彼らに禍を届かせてしまう不良品だ。

私の欠陥の結果を人の子らに押し付ける罪を、彼らは許してはならない。だが私の無価値さを理由に警戒を強めてくれるのであれば、それは喜ばしい結果だった。

「この件は始まりから既に、利権や身分など問題にならぬほどに正気の沙汰ではないのです。その生で築いた立場どころかあなた方の人としての尊厳、生まれそして今日この日まで紡いできた成り立ちによる有り様全てを壊されるどころか、そもそも国として、人間として在り続けられるかすら定かではないほどに」

あれが過去に人であったとして、未だ人の枠から外れきっていないというのなら。

ここで食い止めねば全てが終わるほどに、あれは災厄そのものに等しい。そこまで行き着いてしまった存在だ。

「……これは最早、生存競争に近いとお考えください。そう承知した上で、改めて協議に臨んでいただけないでしょうか。神殿と王城を隔てた亀裂でさえ、先代聖女が作り上げたもの。我々は本来、争う理由などどこにもないのです。アデウスに生きる命が、色鮮やかな豊かさの中、穏やかな幸と生を紡ぐために、我々はあるのではないのですか。私達が異なる立ち位置なのは、手を取り合うためではなかったのですか。協力するために、違う組織としてあるのだと。少なくとも十三代聖女である私は、そう理解していました」

王城側からは、未だ神殿への疑念は取り除かれていない。猜疑心はそこかしこに漂っている。

それでも、そこに切迫した危機感が増した。それが恐怖心から生まれたものであっても、生存本能がうずくほどの危機を感じたのであれば、正解だ。

「先に共有した情報の通り、始まりから仕組まれていたのであれば、聖女選定の儀は彼女が喰らった神の力を自身に馴染ませる儀式であった可能性があります。彼女が喰らった神の数は十二。彼女はもう、十二神の力を手に入れる用意ができているはずです。けれどまだそうなっていないということは、最後の鍵を回収できていないのでしょう。最後の鍵は恐らく、本来存在するはずのなかった十三代聖女、私の中にあると思われます」

そうでなければ、とうの昔に。

終わっていた。

「お願いします。私は彼女の企みを真にするわけにはいかないのです。彼女を祈りの先にするわけには——あれを、あの狂気を、あなた方の神とするわけには、決して」

私達は、初代聖女を人の枠組みに留め続けなければならない。そうでなければもう手の施しようがなくなってしまう。敵が作り上げた分裂の中で争っている場合ではない。

長らく平穏だったアデウスはこれから、全てが一丸となっても足りないかもしれない時間と戦力で立ち向かわなければならないのだ。

押し止めなければならない。

あの禍が、神に到達する前に。

何を擲ってでも戦わなければならない。

何も喪わないために抗わなければならない。

人の子が、人の子のまま、その命を紡ぎ続けるために。


神力による篝火は、夜の闇も冷気も通さない。日の光とは違う色をしているが、それでも昼間のような明るさを保ったまま、協議は続いた。

王城側はほとんどの兵士を下げた。同時に神殿も神兵を下げている。

そうは言っても、エーレのように神官が戦闘能力を有していないわけでないのだが、それでも兵としての立ち位置が強い存在を互いに下げたことに意味がある。

言葉では誰も紡がない。王城は神殿への言質を重く警戒する。しかしその行為は明確な、私達への信の証だった。

協議は長く続いた。

始まりのように、牽制や疑念からではない。ただただ、議題が難儀すぎたのである。だがそれは最初から覚悟の上だった。

どこまで国民が耐えられるか。情報開示の境界調整には一番時間を使った。

ただでさえ先代聖女を敵と定義することに抵抗感を持つ国民が多いところに、人には想定すらされていない恐怖を叩き込まなければならないのだ。開示範囲を間違えば、アデウスは人の内から瓦解する可能性も否定できない。否定できないどころかその危険性が高すぎる。

何せ他国から見たアデウスは、人材含め資源溢れる夢の国なのだから。

現にウルバイが大変きな臭い。神玉が優秀な呪具に加工できると判明した今、それらがウルバイに流されていた事実が効いてくる。しかしそれを流したサロスンの弱みを握れた強みが効いてくるのもまた事実。

どの事象をいつどこで誰にどう使うか。これが協議を進めていく上で重要となる。まあ、星落としみたいなものだ。

ひとまずの結論が出たとき、朝はもうすぐそこまで来ていた。


国民には段階を踏んで情報開示を行うことは当初の予定通りだ。第一段は、神力喪失事件、当代聖女忘却事件、主犯が先代聖女。ここまでである。

これだけでも相当な情報量なので、アデウス国内ではそれ相応の混乱が巻き起こるだろうことが予想されている。

だが致し方ない。この三つは情報開示の上でどれも外せないのだ。

神力喪失事件の規模は増す一方で、既に隠しようがない。犯人の目星がついていないと、錯綜し凶暴化した混乱がそのままかそれ以上の大きさで、怒りとなってこちらに飛んでくる。

事件発見と犯人の目星をつけた功績を引っ提げておかないと、敬愛する先代聖女を犯人呼ばわりする謎の当代聖女がどこからか登場する形となり、混乱と不安の矛先がこれまた攻撃という形で当代聖女と神殿に向いてしまう。

それが共同発表した王城にも向いてしまえば、アデウスは全土で一致団結しても太刀打ちできるか分からない強大な敵を前に、真っ二つどころか木っ端微塵に割れてしまう。

というわけで、ここが落とし所として妥当だろうと纏まった。無難である。

その無難な結論を出すまでにかかった労力を思うと嘆きたくなるが。

しかしそれも仕様がないことだ。どこかに抜かりがないか、希望的観測で被害を低く見積もっていないか。思考の無意識下に現れる楽観がどこかに潜んでいないか。

徹底的に洗い直しておかないと、始まりから致命傷になってしまうのである。

細かいところをきっちり詰めるまでは到底時間が足りなかったが、ひとまずお互いの方針を把握した上で足並みを揃えられるくらいにはなったはずだ。ある程度共有できていれば、私や王子がいなくても大きく方針から外れることはないだろう。

場を締めたのは王だ。神殿以外の全員が頭を下げた。神殿と王子は浅く、全ての頭が下がった後、王と私だけが正面を向いたまま、協議は終わった。

王は護衛と側近を連れて王城へと戻っていった。

残りの面々は、座しているか立ち上がっているかの違いはあれど、場に残っている者がほとんどだった。

疲れたから少し休んでから戻ろうと、なんとなく疲労回復をしているように見せてはいるが、そんな理由ではないことは明白だ。

突如現れた、しかし突如ではなかった当代聖女の為人を見ておきたいといったところだろう。

まあ私は人ではないので、どんなに観察しても為人は分からないだろうし、姿形は服を着ているから分からないはずだ。

ひとまず私からの敵意はないことが分かってもらえれば大体事足りると思っている。

鑑定されることも品定めされることも慣れている上に、元々特にどうとも思わない。姿形を知りたければ私が服を全部脱げばいいし、品質を見たければ髪でも肌でも持っていけばいい。

私にはそんなことより意識を向けなければならない問題があるのだ。

私は、場が解散し、人が散会し始めようやく空気と音が動き始めた狭間の庭の中、こちらに向かってくる人々を確認し、静かに覚悟を決めた。

否、まだちょっと覚悟を決めきれない。

ちらりと視線を向けて再確認した顔ぶれを前に、思わず笑いが漏れる。リシュタークにリシュタークにサロスン。わりとどれも、どうしようこれ案件である。

どうしようと思っていても事態は変わらないので、とりあえず覚悟を決めていた私の隣の椅子が引かれた。

「はっはっはっ、今日も見事な満身創痍だな、聖女」

真っ先に机を回ってきて、さっきまで神官長がいた場所に座った王子は今日も元気だ。王子は私の肩に腕を回し、顔を寄せる。

「王子、肩を組むの私は別にいいんですが、そちらの方々は今にも卒倒しそうですよ。この罅も生えている花も、内部崩壊からくる自滅の類いなので感染などはしないと一応お伝えしていますが、後でもう一度念を押しておいてもらっていいですか？　王子の顔に罅を入れたとあっては、色んな意味で大問題です」

「顔に罅か……なかなか小粋ではないか？　それに感染症の類いであれば、とうの昔にエーレの顔に罅が入っているであろうな」

「そうなったら国難ですよ。別の意味で暗殺者殺到です」

しかしエーレのためであろうと、私に向けた暗殺者を阻むのは、私の影であるエーレである可能性が高い。誰の想いも報われない悲しい結末となりそうだ。

それはともかく、護衛含む側近の方々、ついでに第二王子が可哀想な表情となっている。王子は第二王子と肩を組んであげればいいいと思う。

第二王子とはあまり話したことはないが、私と王子が何故か噂になった時分に偶然会った際、「兄上は、家族にご興味がおありではないからな」と寂しそうにしていた。

ちなみに王子は興味があろうがなかろうが、基本的に用事がないと会いに来ない人である。

王城側はわりと絶望的な顔を隠し切れていないが、神殿側は平常通りだ。神官長もエーレもとうに席を立ち、王城側の面子と社交と世間話の顔をした責任の所在合戦を繰り広げているところなので、神殿側に第二王子達と同じような顔をしている人はいない。

さっきエーレの存在を確認した政務官と話している、エーレの背中が若干燃えている気がするが、気のせいということにしておこう。

「余と聖女の友情を示しておいたほうがよかろう。まあ、余は覚えておらんがな！」

「これで王子に何かあったら、また私が寝首かいたって言われそうなんですよねぇ」

「ほお？　そんな愉快な話を余に隠していたとは。不敬ではないか、聖女よ」

「忘れてるの王子なんですけどね。それに大して愉快でもありませんし。あれですよ、王子と空き部屋で昼寝してたら王子由来の暗殺者が来ちゃって、私が手引きしたとか王子の子種もらおうとしたとか、王子が私を手籠めにしようとしたとか先代聖女派と手を組んだとか、なんか、それまでの鬱憤だの暇潰しだのが錯綜して大荒れになっちゃったんですよ。最終的には、エーレを巡る私と王子の三角関係で落ち着きました」

そして私の脳天は毎日七回くらいはかち割れ続けた。

エーレ曰く、エーレと婚約した人間は他人と同じベッドで寝てはいけないらしい。つまり私か王子が床で寝ていたらよかったのだ。

次回から気をつけようと思っていたのに、その件も忘れていたので同じ失敗を繰り返してきてしまった。今度から気をつけようと思う。

今度が来るような明日を迎えられるかは知らないが。

「王子、海老になりかけてますが、要件言ってから海老になりません？」

「一国の王子を活きのいい海老呼ばわりするは、聖女くらいであろうな」

活きがいいとは別に言っていないが、現に活きがいいので訂正する必要はなさそうだ。

活きのいい海老は、私の肩に回していた腕を更に引き寄せた。これ以上は身体の傾きを維持できず、王子に凭れる。

「陛下はこの件より手を引かれるおつもりだ」

「病と怪我、どちらできますか？」

「また一つ陛下の持病が増えるであろうな。平和な時代に息を潜めていた革命児となる胆力をお持ちではないのだ、致し方ない。――明日、先代聖女をアデウスの敵と公表した後、陛下は病に倒れ、余が全権を託される」

「分かりました。陛下の病は先代聖女の呪いやも……的な雰囲気作りに勤しみますね」

「流石聖女、話が分かる」

「この会話で聖女判定されたことに関しては、先代聖女にはっ倒されても文句言えない気がしてきました」

小さく笑った後、王子はすぐに愉快げな笑い声を高く上げた。

私に回していた手を離し、ついでに元の傾きに直していく。その後、切れの良い優雅さで立ち上がる。

「さて聖女、互いの仕事を回そうぞ――人事を尽くして天命を待つ、と、言うべきか？」

「天命の先が、神基準しか持ち得ない神と呪いの先代聖女になるので、今は天命を待たないほうが無難かと」

「であろうな。ではな、聖女」

「王子もお気をつけて」

既に向けられている背に向かい言えば、王子は慣れた手つきで裾が絡まらないよう再度踵を返した。そうして腰を折り、同じ位置に肩を回してきた。

「そなたはこの後が一番の難関であろうなぁ」

「そうなんですよねぇー！　王子がエーレに許可出すからですよ!?」

「数少ない友の頼みだ。これを弾けば王子が廃るというものよ。それに」

ちらりと視線を向ければ、流石に王子が陣取っている間は待ってくれているリシュターク家のお二方と、その二人と談笑しているサロスン家が見えた。

談笑しているのは当主代理だけだが、些末事であろう。

しかし王子が見ているのはそこではないことは分かりきっていた。サロスン家三男が絶えず視線を向けているその近くで、政務官をやり込めている人だ。

「人生を砕いてもいいと言い切った男の決意を無下にしては、それこそ男が廃るであろう？」

王子の笑顔は珍しくない。だが、感情の動きは、それを瞳に出すことは決して多くない。

執着の持ち方を、在り方を。知らないのか分からないのか、自分でも定かではないこの人が誰かに憧憬を抱いたとき、その瞳はきっとこんな色をするのだろう。

一度目蓋を閉ざした王子はすぐに開き、背を伸ばす。そうしてさっさと踵を返し、今度こそ振り向かなかった。

会話が届かない距離に留まっていた第二王子と、その側近達と一緒に去っていった王子の背中を見送りつつ、そういえばエーレが静かだったなと視線を向ける。珍しく怒ってないのかなと思ったが、いつも通り怒っていたので何の問題もない。

「浮気者」

「今までのどこに浮ついた気の現れる要素が!?」

いつの間にか隣に戻ってきていたエーレは、今日も元気だ。

普段ならそろそろ体力が尽きているはずだが、気力だけで保たせている気配が漂っている。

ちなみにさっきまでエーレと話していた政務官はよれよれになり、場を離脱していく。何かしらやり込められたらしい。

「ちなみに俺がお前を燃やしていないのは、兄上達が俺達の不仲を疑うと面倒だからであって、浮気を許したわけじゃないぞ」

「……つまりお兄さん達の前で喧嘩をすると、リシュタークが婚姻解除に乗り出してくれる？」

「立ちはだかるのもリシュタークだぞ」

「世界って不思議に満ちてますよね……」

お兄さん達がいるから大変なことになりそうなのに、お兄さん達がいるから大変なことになる一歩手前で抑えられている。

そしてどうして私は、先代聖女に全く関係ないところで窮地に陥っているのだろう。

……否、そもそも窮地に陥る必要などないではないか。私がすべきことは、最初から決まっているのだ。

お兄さん達は、既に歩みを開始している。サロスン家は謁見待ち状態として、やんわり遮られていた。神殿に弱みを作ったサロスンは、現状リシュタークより前には出られない。

そうして、私の前で揃ったリシュターク家三兄弟の兄二人に向け、私はゆっくりと口を開いた。

「あなた方の愛し子たるエーレを誑かして本当に申し訳ありませんでした！」

全力の謝罪、これ一択である。

普段であれば全力で頭も一緒に下げるのだが、王城側の面子が残っている場所で聖女が頭を下げるのは大変まずい。協議自体は終了しているが、ここはまだ公の場なのだ。

そんな私の謝罪に対し、長兄は無言無表情を返し、次兄は笑みを濃く浮かべる。

末っ子？　私の隣でどうでもよさそうな顔をしている。見てほしい。これが当代聖女に誑かされ、盛大に人の道から外れようとしている男の顔である。

悲壮感が欠片もない。

「俺を誑かした責任を取るそうです」

「今の謝罪がそんな結論に!?」

「へぇ……僕達の可愛い弟を誑かしておきながら、責任を取らないと。兄上、どうしましょうね。これは」

「責任の取り方として婚姻解除をですね!?」

「君は、私達の弟を愛してはいない、と？」

「私のような存在ならば、相手からの消失だけを愛と呼ぶのでは!?」

「誑かした挙げ句、俺を捨てると」

「ここからまた同じ会話が一周しそうな予感がするんですが!?」

末っ子、次男、長男と巡り、末っ子に戻ってきた結果、ほぼ同じ会話がもう一周繰り返された。

酷い時代、互いを抱きしめ乗り越えてきただけあり、この兄弟、息がぴったりだ。

「ラーシュ、コーレ」

後ろからかけられた神官長の声に、対象の二人は身体の向きを変えた。

神官長は疲労を隠し切れていないが、穏やかな表情を浮かべこちらに歩いてきた。疲労を隠し切れていないのはこの場にいる全員がそうなので、誰も気にかけられていない。

「もう夜も明けるため多くの時間は取れないだろうが、休む時間を取れそうかね？　君達はいつも無理をしているのだから、少しでも身体を休めなさい」

神官長以外。

流石神官長だ。何時如何なる時も人としての決断を間違わないこの人の存在を知っている。それだけで誰かの救いとなるほどに、ディーク・クラウディオーツという存在が齎す安心感は凄まじい。

現に、名を呼ばれたリシュタークの二人の雰囲気は急速な緩みを見せた。柔らかく、穏やかな気配を纏う。顔つきまで少し幼く見えるほどだ。

「お気遣いありがとうございます。神官長こそ、疲れた顔をしていらっしゃる。どうかご自愛を」

「そうですよ、神官長。もう若くないんですから」

返された言葉に、神官長は苦笑した。

「君達は相変わらず優しい子だ。十代の子達すら休ませてやれない私の至らなさを、君達は責めていいのだよ」

「神官長が倒れたら、余計にエーレが休めないじゃないですか」

「コーレが失礼を。そろそろあなたへの贈り物を、健康に関する物にしようと調べているというのに、素直になれないようです」

「兄上」

リシュターク家は、家族ぐるみで神官長と仲がいいのだ。羨ましい。

そもそもこの兄二人が、信用も信頼もしていない相手にエーレを預けるわけがない。

神官長が二人と話している隙に、エーレの手を借りて立ち上がる。エーレがよいしょと立ち上がらせてくれる一連の動作も、だいぶ手慣れてきた。介護と呼ぶべきか介助と呼ぶべきかは分からないが、エーレの物覚えはこんな所でも遺憾なく発揮される。

「お兄さん達、神官長と会えて嬉しそうですね」

「神官長は、兄上達が懐いている数少ない年上の人だからな」

人の欲に掻き回される生を知っている人間にとって、正しく背を伸ばし、誠実に前を見据え、美しく歩く大人がいる。まるで当たり前のように、しかしそれらが人の道理だと定めたゆえの行動であり、そうあろうとしている事実が。

そんな大人がいると、その存在を信じさせてくれる。

それがどれほどの救いになるか、恐らく神官長が一番分かっていない。

この人はもっと自分の価値を理解してほしい。自身が他者から向けられる敬愛と親愛の情にもっともっと敏感になってほしいものだ。それなのにいつも無理をするので、周りはいつもやきもきしている。

神官長はもっと自分を大事に守り、甘やかしてほしい。そうしてくれたら、私達はとても嬉しいのに。

エーレに支えてもらっていても、立ち上がるとやはり疲れてくる。ずるずると落ち始めている私の身体を抱えるように持ったエーレに悪いと思いつつも、そっちに傾く。エーレは、よろめきつつも怒らず抱え直してくれた。

人の温度は温かい。その温度と自分の温度が混ざるように重なったときが一番、他者の存在を明確に感じるように思う。離れているときより混ざっているときのほうが鮮明だ。

夜が終わろうとしているこの時間、今の今まで神経をすり減らす協議を行っていた人々の間には共通の倦怠感が漂っている。それでいて妙な陽気さもひょこひょこ顔を出している。

祭りの始まりのような、失敗できない壇上前のような。何かを控えている前のように浮き足立っているようであり、居ても立ってもいられない焦燥が駆け巡っているようでもある。

酩酊感に似た独特の不安定さが残る空気だ。

この空間は、人でなければ作れない。そこに交ざっているような気持ちになるのは、エーレの体温が混ざっているからだろうか。

人だけが作り上げられる空間を、私の大切な人達が作っている光景を見ると、いつも思考が揺れる。身の置き場のなさと、安堵に似た心地よさが不安定な精神を作り出す。

その精神は不快ではないのに、うれしいのかさみしいのか、わからないのだ。

しむ。

「……マリヴェル？」

人の気配は騒がしい。命の躍動はけたたましい。まるで太陽のように。命を奪い育み、燃やし慈しむ。

「私はどうして」

人として生まれてこられなかったのだろう。

その思想を、音として世界に放つことはできなかった。それが私の意思だったのか意地だったのか、それともただの禁忌だったのか。私には分からない。

けれどどうでもいいことだった。私が何を思おうが、世界は何も変わらない。私という存在は世界に何の影響も齎さない。先代聖女という災厄による嘆きを、アデウスの民に齎さないために創り出されただけなのだから。

そんなこと最初から分かっていた。そこに不満や嘆きなど一つもなかったのに。

言葉を続けなかった私を、エーレは問い詰めなかった。

そろそろ夜が明ける。つられて寄ってきた篝火によって視認できていた虫達の姿は、逆に篝火に近づくにつれて視認しづらくなってきた。

人の動きによって未だ冷気を纏った夜風が掻き混ぜられ、時々ここまで届いてくる。それでも人は温かい。エーレはずっと、温かいのだ。

「未来と呼べる先まで稼働が保証されていない私と、あなたの未来を繋げるべきじゃないんですよ。そんな物にあなたの生を費やしてほしくないと思う気持ちは、愛と呼んではいけないのでしょうか」

私の大切な人達が生きている音が、寝静まった世界を騒がせている。声も、作業音も、衣擦れの音も、生を紡いでいる音も。

そのどれもが美しい。夜に光を灯し、静寂に音を宿す。この営みの中で生きていってほしい。これらに弾かれる異物は私だけなのだ。

「お前に限らず、命はいつか死ぬ。誰の明日も保証されていない。お前も俺も、何も変わらない。終わるものと生きることに価値がないというのなら、この世に価値ある生は一瞬たりとも存在しないぞ」

分かっている。命はそれだけで価値があり、尚且つそもそも命に価値という基準は存在しない。それに私だって、エーレに価値があるから好きなのではない。価値があるから幸せになってほしいわけじゃない。

「……エーレはどうして、私のために生きようなんて思っちゃったんですか」

いくら言葉を積み重ねてもらっても、いつも疑いようのない行動を取ってくれていても。到底納得なんてできない。分からない。エーレほど賢明な人が、どうしてと。

どうしてこんな、奈落の底へ堕ちる道を。

この人をそんな場所へ引き摺り落とす可能性を排除したい。そんな願いを、諦めきれない。未来の約束は、未来が確定されてからでもできるじゃないかと。真っ当な命が溢れるこの世界で、どうしてよりにもよって。

何度も同じことを繰り返す私に飽いてくれたらいい。その度言葉も想いも尽くしてくれるのに、それら全てを蔑ろにする私を疎ましく感じてくれたらいい。

いい加減にしろと、何度同じことを繰り返すのだと、鬱陶しいと怒ってくれたらいい。そうして徐々に重荷に感じ、手放してくれたらいい。

だってそれが当たり前なのだ。それが正しい形なのだ。日が空にあるように、星が夜に瞬くように、当たり前の形なのだから。

私は私だけで皆を愛せるし、エーレを好きでいられるのだから、それでいいじゃないか。叫びだしそうな痛みも、砕け散りそうな苦しみも、吐き戻しそうな絶望も、私の愛する人達には何の関係もないのだ。

皆から手を離してもらえる安堵に比べたら、私の崩壊などどうでもいい。嫌だと、一人にしないでと、呪わしくしがみついてしまう前に早くそうしてほしいのに。

今だって、もう。

私も、人に生まれたかっただなんて。

願いと呼ぶにはあまりに滑稽な、笑い話と呼ぶにはあまりに、あまりに、命に対して侮辱的な思考が。私の奥で、人が作り出した文字や音になりたいと、のたうち回っているのに。

言葉にも文字にもしてはならない、自分の中で言語化してはならない物が、何を馬鹿げたことをと、自分を嘲笑う行為にも、もう、疲れ果てるほど。

穏やかに会話を続けている神官長を見ながら、息をする。命を紡いでいる人達の中で、私だけが稼働する。

エーレも私と同じ景色を見ている。この気怠い喧噪が漂う世界にいる権利を、エーレは手放してはならない。

「神々しい存在は、幾つか見た。それこそ、神そのものに至るまで」

それが世界の申し子たる証明だろう。

この時代の神殿に集った人々の才、平和な世には不要なほどの資質を持った王子。幾度も神と邂逅し、愛された子。

神と時代は、きちんと世界を維持する術を構えていた。

それなのに。

「だが、これが聖なる存在なのだと思ったのはお前だけだ。お前だけが、そう思えたんだ」

どうしてそんなに穏やかな顔で笑うのだ。

「これは害されてはならない存在だと、この存在を美しく整えることが人の責務だと思った。お前を保つことが、人が人であるゆえの理だと、そう思った」

どうしてそんな瞳で、世界を裏切るのだ。

「お前が生きていけないのならそれは世界が間違っているのだと思った。お前が砕かれるのならそれは人の罪だと思った。そうして、お前が笑っていられないのなら、そんなものをお前に届かせたのなら、それは俺の罪だと思った」

ああ、神様。

「そこまでなら信仰心で終わらせられた。だが結局はこのざまだ。お前と他の男との幸せを願えなかった時点で終わりだろう」

どうしてこの人なのですか。

「俺の生に泥を投げつけてくる奴らを引き寄せた生まれも、顔も身体も、その全てがお前の役に立つのならそれでいいと思えた。他の誰でもない、俺が持って生まれた物が役に立つのなら、誇らしいとさえ。言っただろう、マリヴェル。俺が他者より恵まれたもの全て、その全てがお前の物だ。お前のために俺がいる。そう思えたことが、俺にとってどれだけの救いであったのか」

どうして、どうしてこんな人が。

私の発生から消滅まで、傍にいてくれるのだろう。

「敬虔たる神子であったお前を、人である俺の欲で引き摺り落とした。それはきっと大罪だろう。だがそれがどうした。罰を恐れる程度で、俺がお前を諦めるわけがないだろう。その程度の熱で、自分の神と定めた女に惚れるか」

身体が重い。心が軋む。神様がくれた身体が機能を終えかけている。

エーレ達がくれた心が、悲鳴を上げている。

「…………神の愛し子として生まれてきた人が、何てこと言うんですか」

「それでお前の唯一を得られるのなら安い代償だろう。生まれたときから恵まれていた俺は、大抵のものが手に入る。ゆえにこそ強欲だ。何せ諦めることを知らない。俺のように強欲な人間に目をつけられた自分の不運を嘆け」

「……エーレはきっと、私より馬鹿です」

「残念だったな、お前の男だ」

どうしようかな。どうしたらいいのかな。

この人から私を切り離さなくてはと焦げ付くほどの焦燥があるのに、酷い倦怠感が身体を覆っている。その倦怠感が、つらくも不快でもないのだからこそ、耐え難い。

他者を抱きしめ、抱きしめられているゆえに動きづらい。その窮屈感に近しい不便さで、苦しい。

「しかし、君達がエーレの婚姻を後押しするとは思わなかった」

いつの間にか、神官長達の話題はエーレの戸籍の話になっていた。

神官長はずっと困った顔をしている。兄二人は顔を見合わせ、エーレを見た。

「僕達も寝耳に水でしたし、本来なら厳密な調査と検討を重ねますけど、ご存じの通り僕達はエーレに甘いんですよ」

ひょいっと肩を竦めたコーレは、やれやれと首を振りながらラーシュに凭れる。

「ですよね、兄上」

ラーシュもゆっくりとエーレを見つめ、細めた瞳を神官長へと戻す。

「ああ言われてしまっては、私達に止める選択肢は生まれませんでした」

静かに笑ったラーシュの顔は、どこか神官長に似ていた。

穏やかな二人の視線を受けた神官長は少し驚いた後、柔らかく微笑んだ。事情は分からずとも、相手が心穏やかに過ごせることを喜べる人なのだ。

私は、神官長がこんな顔をしている時間がとても好きだった。きっとこれからも、私が稼働している間、ずっと好きなのだろう。

神官長はエーレが二人に告げたという言葉を問いはしなかった。けれどエーレは口を開く。

それは私への攻撃と成り得るのだけれど、エーレは私への攻撃を躊躇わないどころか推奨行為として優先的に行うのである。

そういう人なのだ。この人の、そういう優しさを愛してしまった私以上の大罪を、人の子らは犯しようがないだろう。

「俺はマリヴェルを愛して初めて、誰かの為に生きることが誇らしく思えたんです」

「ああそれは……とても、幸せなことだ」

まだ夜も明けていないというのに、朝日のように柔らかな温度で浮かべられた笑みがぼやけ、その熱で開けていられなくなった目蓋を閉ざす。

熱くて痛くて苦しくて、幸せで恐ろしくて悲しくて。

人形はこんな、自分が解けるような熱を流すべきではない。

誰かがかけてくれた白のベールの中、それでも私は世界を見つめることなく熱を落とす。

この熱を抱えて終わることこそ、私が犯した罪への報いだ。

そしてこの熱こそが、神官長達が私に与えてくれた祝福だった。

二十聖✶死

“Saint Mariabelle”

My life exists for this child.

アデウスの民はいま、恐怖と絶望と猜疑と憤怒と困惑と悲哀と。

その他諸々、決して喜ばしい方面に部類されない感情に苛まれていることだろう。

最終的に国民感情の傾く先はまだ分からないが、神力喪失事件という既に隠しようがなくなっていた事件を、神殿と王城が把握している事実を公表した効果は大きいはずだ。

多少なりと安堵を渡せてよかった。

本来ならば、そこから更に王城と当代聖女が手を取り合う場面を演出すべきだった。

だが私の顔が割れている上に、身体も機能不全のままだ。よれよれの聖女が出てきては、安心どころか不安しか煽らない。

当代聖女は、先代聖女派による襲撃で負傷。現在治療中と公表された。国王は突然の病に倒れ、王城と神殿による厳重な調査と治療が重ねられている。らしい。

当代聖女の負傷ついでに、しれっと国王が寝台の住人となってしまった。国民に事件を周知してから移住すると聞いていたが、早急に引っ越したくなったようだ。

寝台の国は、よほど魅力的な国らしい。

これからしばらく、国王はアデウス王城国王居室及び寝室帝国から、居住地を移す予定はなさそうだ。

代わりに王子がアデウス王城玉座に居住地を移している。

国民への通達は、王子と神官長達がうまくやってくれるだろう。

私の身体は、フェリス・モールがほぼ休憩なしで調査し調整してくれたおかげで、多少はましになっている。しかし多少は多少だ。彼自身も付け焼き刃の応急処置だと何度も念を押していた。ついでに、フェリス・モール、ココ、カグマの見解としては、満場一致で一人で歩くな、であった。こけるなぶつけるな殴られるな何が何でも衝撃を与えるな、である。割れ物注意の札でも貼っておくべきだろうか。

まあ割れたら割れたでいいとして、私は私の役割を果たそう。

神官により開かれた扉を進む。エーレに支えられながらよたよたと入室したら、室内の時間が止まってしまった。

たくさんの、息を呑んだ音が聞こえた。

「っ——マリヴェルさん！」

ぐしゃりと顔を歪ませたアノンが椅子を蹴倒し、私の前に転がり込んだ。

私の罅割れは手当ての要領で隠しているので分からないだろうが、怪我人を前にした判断だろう。アノンは私自身には触れず、私の足元で泣き出しそうな顔をしていた。

「よ、よかった。あれから全然、全然会えなくて。神官様達も、怪我とか、教えてくださらなくてっ！」

「あ、あなた、あなた本当に、あなた！」

アノンより奥にいたため位置的に一拍遅れたものの、アノンより派手に椅子を吹き飛ばし駆け寄ってきたアーティは、地上で溺れそうだ。

ゆっくりと追いついてきたポリアナは、その肩に手を置いてなだめている。

「あんた、その髪……いや、こいつはまた、驚いたね。ああ、ほら、あんたらは落ち着きな。……それにしても、神官様達にいくら聞いても容体一つ教えちゃくれないし、見舞い許可も出ないときた。相当まずい状態だと思ってたのに、もういいのかい？」

「ええ、私はずっともういいんですが、神官達曰く全く駄目らしいんです」

「駄目なんですの⁉」

アーティの反射が一番早く、大きかった。サヴァスの波動を鼓膜で感じる。

若干エーレが瀕死だ。

「あんた声大きいねぇ。それはともかく、あたしはこの子に聞きたいことがあるんだけどね」

ポリアナは、まだ呼吸が整わない二人へ向けていた柔らかな瞳を、猫のように絞り上げた。

「これ、どういうことか説明してもらえるかい？」

表情としては笑顔に分類される顔をしながらも、私と三人の間に割って入っている神兵達の肩越しに向けられるその声は、随分冷ややかだった。視線は面白がっているようにも、殺気立っているようにも見える。

私は周りを囲む神兵と神官をぐるりと視線で巡り、再びポリアナへと返す。

「見ていただいた通りかと」

「へぇ？　あたしはこれでも、あんたのこと結構好きだったんだけどね」

「あなたの感情はあなただけのものですので、それらに私が関与することはできません。けれど嫌いよりは好きと言っていただけるほうが嬉しいのもまた事実です」

ポリアナはちょっとだけ歪に片眉を上げた。

挑戦的にも、困り顔にも見える。

「だったらさ、そのお綺麗な顔で神官様達を誑かしたかのような布陣はやめてくれないかい？　聖女候補に貴賤なく、皆平等。まさか神殿がこの理を破ろうってのかい？　そんな服まで着せちゃってさ」

「神殿は正常に稼働しております。ゆえにこそ、私がここにいるのです」

足元で泣いていたアノンに手を貸し、共に立ち上がったアーティの案じと怪訝な視線が私を見た。

私は、開かれたままの扉の奥へと視線を巡らせる。

現在残っている聖女候補は、私とフェリスを除いて七名。

ベルナディア・マレイン
ドロータ・コーデ
アーティ・トファ
ポリアナ・キャメラ

アノン・ウガール
アレッタ・ポルスト
ラダ・ルッテン
会話の機会を得られた人がほとんどだが、一言も交わさなかった人もいる。

候補者の選定は神の所業であり、人が疑念を持つことは許されぬ。

初代聖女の取り決めによりろくに調査が許されていなかった彼女達の身元を改めて調べた結果、色々、もう、色々、頭を抱えた。

おのれ初代聖女、つまりは先代聖女エイネ・ロイアー。神殿がここまで後手しか踏んでこられなかったのは、面倒な決まり事を作ってくれたおかげである。

しかし最早、神殿に枷はない。

「皆様方、席にお戻りを」

神兵が部屋から出ている三人を室内へと促す。後ろ髪を引かれるように、または疑念を抱きながら、ひたすらに困惑しながら、三人が室内へと戻されていく。

その間に私も、エーレに支えてもらいながら歩を進める。

三人の着席と、聖女の服を着た私が彼女達の前方に用意された椅子に座ったのは、残念ながら同時とはならなかった。私は非常にゆっくりなのだ。優雅に余裕を持たせた歩に見えているといいのだけれどと、座りながら思う。

私の前には重たい机も置かれている。そこに手を置くことも可能だが、今は背を伸ばし、姿勢を正す。

「これより、神殿の主、十三代聖女マリヴェル様よりお言葉を賜る。皆、拝聴せよ」

今この瞬間、室内には人が浮かべることのできる負の感情全てが沸き立った。人の感情は肌を打つ。それでも結果は変わらない。私が彼女達へ伝えるものは、何一つ。

「まずは結論から申し上げます。此度の聖女選定の儀は、十三代聖女である私が存在する時点で全て無効となります。よって十三代聖女マリヴェルの名において、聖女選定の儀を中止します。同様の内容は現在、神官長及び第一王子によりアデウス全土へ通達されています」

ざわめきは起こらなかった。誰もが言葉を発さなかったからだ。

呑まれた息だけが、驚愕と動揺を発した人数分重なり、音となる。そしてここで無に帰したのは、ベルナディアだけだった。

「当代聖女の存在がアデウス全土より忘却された此度の事件、及びアデウス国内に発生している神力喪失事件。我々神殿と王城はどちらの事件も、首謀者は先代聖女エイネ・ロイアーであると結論づけました。彼女の罪状はこれだけではありませんが、今のあなた方はこれだけ把握していただければそれで結構です」

ベルナディアだけが、怒りも嫌悪も敵意も、動揺も困惑すらない瞳で、どこかぼんやりと私を見ている。

「既にご存じのこととは思いますが、神殿の全ては私の管轄であり、権限もまた全て私にあります。よってこの決定が覆ることはありません。そしてあなた方の身柄は、今この時より神殿預かりとなります。私の権限により、あなた方にはこれまで通り外部と一切の接触を禁じた上、行動範囲も制限します」

ついにドロータが立ち上がる。目が血走り、額には青筋が走っているその身体は震えるほどの怒りを纏っていた。

「座りなさい、ドロータ・コーデ」

「何をっ！　そんな言葉に従えるわけがないでしょう！　これは、これは神に対する謀反と同義です！　神殿はその自治権への誇りを忘れたのですか！　王城へ媚を売りたいが為に、先代聖女様の御心を宿すベルナディア様を排除せんと言わんばかりの態度！　こんなことが許されるはずがない！　民意はあなた方を裁くでしょう！」

先代聖女派が大々的に打ち出してきたベルナディアの付き人としてこの場にあり、唯一選定に残った娘だ。その胆力は折り紙付きだろう。

だがそんなもの、この場では何の意味も持たない。

「これより先、神殿はあなた方を聖女候補として扱わない。それを理解した上で、私への対応を考えなさい。ドロータ・コーデ、分かっているのですか。ここは神殿ですよ」

ドロータは、はっと周囲を見回した。神官と神兵が、武器に手を当て神力を纏っている。

聖女が統轄する神殿に王城が関与できないのは、聖女に法が適用されないからだ。法は聖女を裁けない。だから神官長は、私に己を律する方法を叩き込んだのだ。

そしてアデウスの聖女は同時に顕現しない。そう定まっている。

初代聖女が、神の名を使い、そう定めた。聖女は一つの時代に一人だけ。私がここにいるのであれば、法が裁けない聖女は私だけ。

初代聖女が定めた規律が、彼女の願いを阻む私を守るのだ。

ドロータは青ざめ、その唇を震わせた。しかし、ぐっと噛みしめ、再度開く。

「……逆らえば、どうすると仰るのですか。あなたが隣に従えているのは、エーレ・リシュターク様とお見受けします。幼い時分より人を焼き殺すことに慣れていらっしゃる方。相手は罪人ばかりとはいえ、恐ろしい方。その方に、私共を焼かせようと仰るのでしょうか。武力で以て人を制するのであれば、当代聖女を名乗るあなたの格は、たかがしれているのでは」

この状況下でなおも食い下がってくるので、少し笑ってしまう。

私が軽んじられるのは別にいい。正しい判断だ。だが、神殿を、神官長を、エーレを軽んじるのであれば、それは彼女の判断の誤りである。

「確かに私は、彼に人を焼かせることを躊躇わないでしょう。ですが、それではあなた方も恐ろしいでしょう。ですので、教えてあげましょう。どうすれば彼に焼かれないのかを」

それまで正していた姿勢を崩し、肘をつき、掌に顎を乗せる。

「神殿に、許可なく侵入しなかったらいいんですよ」

人を食った笑みは、王子が相手を挑発するときに使うものを真似ている。だから、どこで使っても評判は上々だ。何せ結構な確率で結果が伴う。神官長からは怒られるが。

「または人を襲わなかったらいいんです。物を盗まなかったらいいんです。つまりは人に危害を及ぼさなかったらいいんです。ようは、罪を犯さなかったらいいんです」

くつくつと笑う。

本当なら背もたれに背を預ける形でふんぞり返り、足を組みながら笑ってみせたいところだけれど、如何せん身体が動かない。なので、とりあえずそのまま笑っておく。

「そんなに難しいとも思いませんが……それとも、あなた方には難しいのですか？　ああそれは、法の下で生きる人間としてさぞかしご苦労なさったことでしょう。あなたが主と仰ぐ方の格もしれてしまいますし、大変だったことでしょう」

ドロータの顔がどす黒い怒りに染まる。

「ですが心配ありませんよ。あなたのお話を聞きましょう。ここは神殿。アデウスの神と人を繋ぐ場所。よろしければ、私がご案内いたしましょう。何せ、先代聖女が終わった瞬間から、ここは私の神殿ですので」

「き、さまっ！」

「ああ、それとももう一つ申し上げましょう。ベルナディアを聖女と掲げたいと願うあなたの祈りは結構ですが、神殿を蔑ろにするのであれば、それは聖女を蔑ろにすると同義では？」

「――……っ、失礼、いたしました。無礼をお許しください」

どす黒い顔のまま何かを叫ぼうとしたドロータは、ぐっと堪えた。それが少し意外だった。耐えたと、思った。

先代聖女派は、深くそこに沈んでいた人々ほど感情の制御が危うくなる。彼らはまるで、心を剝き出しにされているようだった。

自身の誇り、培ってきた経験、見栄、恥、理性、理想。それら全てを剝ぎ取られ、剝き出しの、怒りと憎悪を抱きやすくなった心で日々を生きている。

それはとてもつらいことだ。

負の感情は、ただでさえ自身を剝き出しにしがちだ。負の感情表出方法にこそ、その人の為人が現れる。だからこそ私は今回、多用しているわけだが。

決して、厭みを言える人間が強いわけではない。煽りを返せる人間が賢いわけではない。それらは簡単な方法だから誰にでもできるだけだ。

厭みに厭み以外を、煽りで感情を曝け出させるのではなく対話で開かれる心を待つ人が、強く優しく、そして正しい。だからこそ難しく、尊ばれる。

私はそんな存在には成り得ない塵屑なので、こんな方法しか扱えない。誰にでも簡単にできる手段しか選べないのだから、情けない話だ。だからこそ私は、塵屑のままなのだろう。

そして、ドロータは耐えた。これは彼女が先代聖女派としての関わりが薄いからだろうか。

否、そんなはずはない。先代聖女派の切り札であるベルナディアの付き人としてここにいるのだから。

先代聖女の影響の仕方がよく分からない。

静まりかえった部屋の中へゆっくりと視線を巡らせながら、常に答えを探さなければならない疑問として思考の隅に追加した。

反応は様々だ。部屋に入ったときから変わっていない。

ベルナディア・マレインは、ぼんやりと微笑んでいる。

ドロータ・コーデは、憤怒を堪えている。

アーティ・トファは、困惑している。

ポリアナ・キャメラは、私を見ている。

アノン・ウガールは、困惑している。

アレッタ・ポルストは、エーレを見ている。

ラダ・ルッテンは、動揺している。

感情だけが充満する部屋で、一人が手を挙げた。ポリアナだ。

「質問は許されているのでしょうか？」

これまでの気さくな話し方とは打って変わった、静かな声だった。

しかしそこまで意外でも無い。これまでの状況判断、そして対応。粗雑な物言いで覆い隠されてはいるが、そのどれもが感情的に行動している人間とは真逆のものだった。

調査報告書による経歴を見れば、それも頷ける。

「勿論ですよ、ポリアナ・キャメラ。聞きましょう」

「ありがとうございます。あなたが聖女であるというのなら、聖女選定の儀が中止されるのは真っ当な有り様でしょう。けれど、わたし達が拘束される理由をお話しいただけない理由は？」

「いまお伝えする必要性を感じておりません。あなたご自身のことを、ここでお伺いする必要がないように」

ポリアナは僅かに目を開いた後、ひょいっと肩を竦めた。

「他に質問のある方はいらっしゃいますか？　――では、これで終わりとしましょう。皆様方、後程またお会いいたしましょう。それまでは引き続き、神官の指示に従ってください」

エーレの手を借りて立ち上がる。できるかぎり可動域に問題を見せないよう。ただ神官を従えさせているだけのように。

当代聖女が壊れかけだとは、あまり知られたくない。神殿外では勿論、神殿内にいる彼女達にも。先代聖女からどう見えようが別に構わないが、それとは全く無関係な元聖女候補が不安を抱くかもしれないのだ。

聖女は民の不安を取り除き、私という存在は彼らの不幸の盾となるためにある。決して、不安を振りまくためにあるわけではない。

　私の意地で、少しでも安堵の要因を増やせるのならそれに越したことはない。

　雄弁な感情を背に受けながら、私はエーレと数名の神官達を連れて退出した。


　神官により扉が閉められた瞬間、背後から感情の爆発が音として聞こえてきたが、中に残っている神官達に任せよう。

　詰め寄られるために残っている神官達は、エーレ直属である歴戦の戦士達だ。体力より知識、口弁、根気、執念などに長けた面子である。

　正直、エーレと彼らが一緒になれば、王子でも引き分けに持ち込めるか少々怪しい。

　安心して後を任せつつ、扉が閉まると同時に私の自律歩行は終了した。サヴァスではないが、神兵に抱え上げられたのだ。

　これは最初から、神兵による運搬をお願いしているからだ。杖でもつけば歩行は可能だが、猛烈に遅い。無駄にできる時間など全くないのだ。

　エーレもさっさと私の頭がある側へと移動し、歩行を開始した。

「どうする」

「予定通り一人ずつ隔離した後……まずはポリアナ・キャメラからとしましょう。ここを放置すると、先代聖女であろうがなかろうが一番響く」

両手で顔を覆い、深く息を吐く。ここが正念場だ。ここでの対応を誤ると、事態がよくて停滞、悪ければこちらに不利な状態で急変してしまう。

そう思うと、全身に鉛が張りついたかのような重さがのし掛かる。私の崩壊に、神殿が連動してしまうのだ。あまりの重さに自壊してしまいたくなる。

閉じた目蓋を薄く開き、自身の顔を覆っていた両手を見る。

応急処置であろうと動くようにしてもらった。動くのなら、動かねば。動かなくなっても、動かないと。

道具は使ってこそ意味がある。神官長達は私を使ってくれないので、私という道具が使われることはない。だから私が使うのだ。私が私を使うのは、なんだか不思議な気持ちだけれど。

だってどうしてだか、神官長に拾われてからずっと、私は私が使ってきた気がするのだ。

だから不思議と不思議が重なって、なんだか当たり前のようにすら思えて、また不思議で。

「さあ、正念場ですね。頑張りましょう！」

気合いを入れて両手と目蓋を開ききれば、猛烈に渋い顔をした神官達が私を見ていた。ここは、よしきたと皆で気合いを入れ直すところではなかろうか。

「今のお前を頑張らせている時点で、神殿は機能不全に陥っていると言われても反論できない」

「神殿は正常に稼働していますよ。初代聖女が自身の都合のように定めた形であるとしても、民が望む救いの形としてちゃんと機能していますす」

神官長率いる神殿は、民の祈りの先を守ってきた。瓦解しかけていたその場所を守り切ったのだ。

「だって民にとって、神も神殿も、最早同義でしょう？」

先代聖女は自身に異様なまでの信仰を集めた。そして聖女とは神殿に宿るものと、民は認識している。だって神殿は聖女の家なのだ。

神は聖女を選び、聖女は神殿に位置し、神殿は民を受け入れる。

民の祈りの先も、救いの先も、神で、聖女で、神殿だ。

実際は全く違うものであっても、民はそう認識している。その神殿が、正しく美しく存在してくれる。それは紛う方なき救いだ。

祈りの先が惑えば、救いが乱立する。人は乱立した救いに混迷し、地獄を救いと取り違え始める。いま手にしているものよりもっといいものがあるかもしれないと、他者が手にしているもののほうがきっといいものだと。自身の幸いの先に惑い、他者の幸いを最も素晴らしい幸いだと誤認した瞬間、その生は地獄の歩みとなるだろう。

救いとは、素朴で単純なものから突然零れ落ちてくる。だからこそ、人だけがそれに難癖をつける。救いを高尚で絶対的なものだと思い込んでいるがために、こんなに簡単に手に入るわけがないと、こんなにすぐ傍から落ちてくるはずがないと、一人で勝手に惑うのだ。

これまでアデウスが平和だったのは、祈りの先が惑わなかったからに他ならない。

「神官長の神殿はずっと美しかったですよ」

人の救いで在り続けられるほどに。

それが嬉しい。自分の功績でもないのに誇らしい。

「ここはお前の神殿だ」

エーレの手が、私の頬にかかった髪を耳へと流す。

「神官長はお前の神殿を整え、守ったんだ」

その手の温度と鼓膜を震わせる音は、同じほどに温かい。柔らかな温もりは、鈍い痛みを私に与え続ける。

私は人ではないけれど。私は人に生まれることはできなかったけれど。

この人達と同じ時代に稼働できた。その事実があるだけで、私はこの世界に存在してからずっと幸せだったと思えるのだ。


厚い壁と重い扉。神殿には、牢屋以外にもそういう部屋がいくつかある。

その内の一室。五人が向かい合える机を縦に挟む形で、向かい合う。何人もの人間がいる中、座っているのは向かい合う私達だけだ。

見た目の同じ椅子は、私のほうは軽く、相手のほうは酷く重い。咄嗟に引けるよう、急には立ち上がれぬよう。

たっぷりとした青髪が特徴的な人を前に、私は最後の最後まで決めかねていたことに決着をつけた。

「ポリアナさぁん、困りますよー。国境付近でウルバイが大規模演習を始めているこの情勢で、ウルバイの傭兵がその身を明かさず神殿にいるのは」

ばさばさ振った聖女候補身元調査の束を手元に投げ出し、その隣にべったり頬をつけた私に、ポリアナは面食らった顔をした。

「……おや、まあ。いいのかい？　そのあたしの前で、聖女様の振り止めちまって」

「私がどういう行動を取ろうと、私が聖女である以上結果としてそれが当代聖女の行動になりますから、特に問題はないかと」

もう一度、改めて面食らった顔を見せたポリアナは、徐々にその相貌を崩した。

震わせた肩を盛大に背もたれへと預け、大きく口を開く。

「あっはっは！　そりゃそうだ！　あんた、最初からそう言ってたもんね！」

机をばんばんと叩くその手は、傷が多く厚みがある。決して大きいと言えるわけではない掌は、彼女の人生を示していた。

ポリアナ・キャメラ。職業傭兵。十三歳の時分よりウルバイに居住。

本名ポリアナ・クルーム。十年以上前に断絶した、クルーム元子爵家長女。

出身、アデウス。

「で、いきなり牢獄行きじゃなかった理由でも聞こうかね」

ポリアナは笑いすぎて滲んだらしい目尻を拭いながら、前のめりに近い体勢でついた肘に顎を乗せる。

私は身を起こし、背筋を伸ばしながらにこりと微笑む。

「王城に引き渡されるのと、我々に情報を提供するの、どっちがいいですか？」

「あんたらに情報を提供した後、王城に引き渡されない保証でもあるってのかい？」

「現在神殿には、今朝この事件の全権を任された第一王子の友人が二人いるんですよね」

「豪儀だね、そりゃ」

さっき投げ出した調査書を持ち直し、端を揃えて置き直す。

「流石に、この後王城からの取り調べくらいは受けてもらう予定ですが、身元を引き渡すか否か、権限は私にあります。というわけで、どうします？」

「さぁて、どうしたもんかねぇ。命惜しさに雇い主売ったとあっちゃぁ、どっちにしろ傭兵で食っていけなくなっちまうからね」

「用心棒でよければ職の斡旋もできますが」

「へぇ？　あんたを守れってか？」

挑発的な笑みが様になる、手慣れた表情をしている。しかしどこか厭みのないさっぱりとした感情が見えるので、サヴァスを思い浮かべてしまった。サヴァスは常にからっとしているか、しょぼんとしているか、爆音出しているかのどれかであるが。

「いいえ、未成年保護義務法により設立された保護機関での用心棒です」

「——は？」

人手不足なのである。

「詳細としましては、拳、鈍器、刃物などを振り回しながら怒鳴り込んでくる保護者を名乗る何かなどから、子どもは勿論職員も守っていただくお仕事です。警邏とも連携していただきますが、身体を張っていただくお仕事なのと時間制で夜間の勤務もあるので、賃金は平均収入より高めに設定されています。所長は甘い物好きなので、職員へ頻繁にお菓子のお土産があります。後、子ども達が手紙とか描いた絵とかドングリとか虫とか葉っぱとか枝とかくれます。後は、えーと、あ！　子ども達が遊んでくれます！」

慢性的に、深刻な人手不足なのである。

この仕事の利点を真剣に並べていると、だんだんポリアナは背を折り曲げていった。その背は小刻みに震えている。待ってほしい。海老は王子だけで充分なのだ。

弾けたように大笑いを始めたポリアナの声は、静かな会議室に響き渡った。

彼女が落ち着くまでそれなりに要した時間が無駄だったとは思わない。上げられた顔を見て、そう思った。

そこにいたのは、傭兵ではない。かつて子爵令嬢だったその人が、真っ直ぐに私を見ている。

「本当に、先代聖女の罪を暴いてくださいますか」

かつてこの国で子爵令嬢だったその人は、そう言った。

かつて、先代聖女を害そうと企んだ罪として、先代聖女の付き人を務めていた母親のみならず父親までもを処刑され、一族郎党離散した先で幼い弟妹を亡くしたその人は。

そう、言った。

この目は、この光は、先代聖女を宿した人間には紡げない。ポリアナが宿す光は、先代聖女に壊された人間が宿せる怒りではなかった。

剝き出しにされた心から反射のように感情を放出する、先代聖女派の怒りとは全く違う。長く静かに煮詰め続け、深く沈めていたそれが今、浮上した。ポリアナが、浮上させたのだ。

私には、この感情に答える義務があり、この祈りに報う願いがある。

「無論です。当代聖女は、先代聖女の罪を白日の下へと曝し、アデウスをあなた達の手に返すために存在するのですから」

ポリアナはゆっくりと、けれど滑らかに頭を下げた。その動きは傭兵のそれではなく、洗練された貴族令嬢の、美しい礼だった。

雇い主を売るという、傭兵としての職を生涯擲つ選択をしてくれたポリアナは、洗いざらい話してくれた。

　新たな情報を得る度、即座に神官達が飛び出していく。その度入れ違いで補充されていくが、正直入れ替わりが激しすぎて、扉の開閉を担っている神兵の筋力が試される事態となっている。

　機密性を重視した部屋の扉が重たいばっかりに……。

　ポリアナの話を聞きながら神兵に申し訳なく思っていたが、平静を装っているように見えて、嬉々とした表情が垣間見られる神兵二人を見て杞憂だと悟った。

　あれは筋肉鍛えを楽しんでいる。

　流石サヴァス直属。目に見えるもの全てが筋肉を鍛える道具に見える猛者（もさ）達。彼らはいつも人生が楽しそうで、私も嬉しい。

「ああ、そうだ。あたしのことが調べられてるくらいなんだから、全員の調べもついてるんだろうけどさ。ラダ・ルッテンには気をつけてやってくれないかい？」

「あ、はい。ここまでの参加者への対応同様、保護する予定です」

　そう答えれば、ポリアナさんは少しだけ奇妙な表情を浮かべた後、穏やかに笑った。

　ラダ・ルッテンは男爵家の令嬢だ。

　父であるルッテン男爵と愛人との間に生まれた令嬢であり、愛人の死をきっかけにルッテン家に引き取られている。茶色の髪を持って生まれてきたが、みっともないからと金に染められここまで生きてきたらしい。

報告書にあった令嬢の生は、決して愉快な生育環境ではなかった。

本妻からの憎悪と、兄弟姉妹からの嫌悪と、男爵からの無関心は、たったこれだけの時間で令嬢の人生を詳らか（つまび）にできてしまうほどあからさまだったのだから、想像するに難くない。

「あの娘さ、最初は全く会話にも加わらないし、ずっと頑なだったんだけどさ。アノンがしょっちゅうお茶だの食事だの昼寝だのに誘ってたら、いつの間にか仲良くなっちまってね。ぽつぽつ、今までのことを話してくれたんだよ。そうしたらさ、どう考えても真っ当な家じゃなくてねぇ」

「私には真っ当な家というものがよく分かりませんが、心身どちらであっても負傷することが常である生育環境が、命にとって正常でないことは理解しています」

「あんた、独特の言い回しするよね……まあいいさ。ラダはさ、自分が聖女になったら家族に愛してもらえると思って、それだけに縋ってここまで来たみたいでねぇ。無邪気に話しかけるアノンにだいぶ絆されちまってはいるけど、最後の砦として縋った夢がそう簡単に諦めきれるとも思えない。だからさ、ちゃんと面倒見てやってくれよ。あの娘らは、まだ、子どもなんだから」

「無論です。大人が保護者を名乗れるのは、子の代わりに責を担うからに他なりません。その義務を放棄し権利だけを主張するのであれば、それは保護者ではなく所有者です。そして保護者が存在しないのなら尚のこと、社会が子どもを守らねば国は秩序の意味を見失う。どのような分野においても、育成が為されぬ地は廃れ枯れ果てるのみです」

ポリアナさんは静かに笑んでいる。だがそれを、額面通り受け取るわけにはいかない。

少なくとも、当代聖女とアデウスの王族だけは、絶対に。

「――ああ、あんたと話していると、本当にアデウスの聖女は代替わりしていたんだって思えるよ。

……この国は、先代聖女が平民や女の権利や自由をうたって言葉通りのものを与えていったけどさ

……子どもの保護には、全く手を入れないままだっただろ」

笑顔と同じ、まるで霧雨のような静けさで紡がれる言葉がこの温度になるまでに、どれほどの慟哭があったのか。私には分からない。だが、その過酷さを想うことはできる。

怒りを、そして憎悪を。今に至るまで煮詰め続けてきた人が、それを音と、言葉として放出するまでに至ったが故の、安堵にも似た静寂の惨さを、アデウスは知らなければならないのだ。

「先代聖女が子どもの保護に力を入れていたのなら、あれだけの数の子どもがスラムの塵山で腐り落ちることはなかったでしょう」

今まで当たり前として蔑ろにされていた分野の人権に尊重をと掲げ、あれだけ国民の信奉を集めることに心血注いでいた先代聖女は、子どもの権利には一切手をつけなかった。

これには幾つか仮説を立てている。

先代聖女が国民に配分している神の力、神力を回収するとき、自身に信奉があったほうが拒絶反応がない可能性。死者のみならず、場合によっては生者すらも傀儡として扱いやすい可能性。

そして、役に立たない存在として、切り捨てた可能性。

「今回の聖女選定の儀、ほぼ全員が妙な感じで訳ありっぽいからこそ、普通に周りを気遣えてわた

わたしてる奴が目立つ。皆一杯一杯の中、一人思い詰めていたラダを気遣えるような子が、普段なら聖女に相応しいと思ったもんだけど、どうしてもそうは思えなかった。だってさ、あんたが強烈過ぎるんだよ」

ポリアナは、浮かべていた穏やかな表情をどこか泣き出しそうな苦笑へと変えた。

傷跡の残る節くれ立った掌で、ぎゅっと自身の前髪を握りしめる。俯き、影が落ちた顔でさえも隠してしまうように。

「……当時の聖女があなた様であったのならば、わたしの弟妹は今も生きたまま、ウルバイで暮らしていたでしょうか」

「いいえ」

そんなことはあり得ない。

「その時代、私が当代であったのならば――クルーム家はそれまで通りアデウスでずっと、穏やかに暮らしていました」

私は、そんなあなた達と出会いたかった。

その願いを口にすることは許されないけれど、心からそう思う。

ポリアナは俯いたまま顔を上げなかった。その肩は震えず、嗚咽（おえつ）が漏れることもない。

「ありがとう、ございます」

真っ白になるほど握りしめられた拳だけが、彼女の悼みを如実に示していた。

最近狭間の庭が大活躍だなと、撤去する手が足りず、放置された瓦礫の上に座りながら思う。すぐ隣に立つエーレと神官達が周囲を囲む中、今は私だけが暇をしている。

だってエーレ達は私の見張りという名の仕事中で、私が視線を向けている先では王子が自らの部下を相手に仕事中なのだ。

「誰がどんな手を使おうが責は問わん。ウルバイが建造している兵器、必ず全てを破壊せよ」

「しかし殿下。あれはアデウス国境外となります。彼奴(きやつ)らは、我々からの先制攻撃と周知するでしょう」

目の前で膝をつく王子直属である部隊長の進言に、王子は笑い声を上げた。

「構わん。この状況下で、先代聖女が流した神玉を使い、何かしらを建造しておるのだ。そんなものの完成を、目と鼻の先で指をくわえて待つ必要もあるまい。全ての責は余を含めた王族で取る。行け」

「御意！」

部隊長は素早く立ち上がった。共に立ち上がった部下三名を連れ、マントを翻し足早に去っていく。

私達の視界から外れた瞬間、派手な鎧の音が聞こえてきたから駆け出したのだろう。今は一秒も無駄にできない事態だ。

ポリアナからの情報は、大変ありがたかったと同時に頭を抱えさせるもので、結果的に私達の速度を速めた。

ウルバイが、アデウスとの国境付近で何かしらを建造している。

それもアデウスから大量に横流しされた神玉を使ってときたら、もう誰からもはっ倒すぞ以外の感想は出ず、完成前に破壊する以外の選択肢は消え失せた。

どんな無茶をしようが、世界中から非難を浴びる可能性がないとはいえなくても破壊する。

その建造物が何を目的としたものかの調査より先にまず破壊。おやつ食べるよりまず破壊。昼寝するよりまず破壊。全ては破壊してから考えるのでまず破壊。

それが私と王子の決定だ。

王子も言っていたが、この状況下で、まさか遊技場を造っているわけもなく。どう好意的に見てもアデウスに対する兵器か、アデウスへの呪具か、最高に楽観視しても自軍を底上げする何かである。

しかしこの王子、さりげなく自分だけでなく王族全てが取ると責任を分配した。

これで何かがあった際も、即座に王子から指揮権が取り上げられることはない。とりあえず、責任を取るという形で真っ先に隠居の流れになるのは国王であろう。

国王は永久的に、移住した国から出られない可能性が出てきた。

王子の部隊長達はこの後すぐに、神殿の兵力と共にウルバイとの国境へ出てもらう。神殿も王城もいま兵力を割くのは痛いが、そうも言ってはいられない。大々的な呪い発生装置など造られては、それこそ目も当てられないことになる。

部隊長達の背を見送ると同時に王子は踵を返し、私と向き合った。

「全ての責とは申したが、神官の責任までは取らんぞ」

「場合によっては王子の責任も私が取りますよ。何せ先代聖女の後始末。責の在処は当代聖女が相応しい」

「そなたの道理ではそうであろうが、流石にそれを許せば王家の威信が揺らごうぞ。責の在処は、そなたと余の折半だ」

笑いながら髪を掻き上げた王子は、その動作の間に小さく息を吐いた。

目の前に立っている王子を見上げているからこそ分かるほどの小さな吐息だが、これは珍しい動作だ。

王子が人前で疲れを見せた。どこもぎりぎりで回っているのだ。

疲れを散らすように大仰な、人によっては優美と表現するであろう動作でひょいっと腰を曲げた王子は、座っている私の顔の上に己の顔を持ってきた。

「ポリアナ・キャメラとの橋渡し、感謝する。――先代聖女により裁かれた犠牲は、王家の罪であるがゆえに」

私を覆った王子の影が隠しているのは私ではない。これは、己の表情を隠しているのだ。

世界で今、私だけが王子の顔を見ている。降ってくるのは王子の吐息と、懺悔と似た、全く違う何かだ。

だって王子は、許しを請いはしないのだから。

「いいえ。あなたと話すと決めたのは彼女自身の決意です」

「……我らがアデウスの民の強さ、余は生涯誇ろうぞ」

王子が許しを請うのは戯れ時だけだ。

「しかし聖女よ、弱った男は慰めておいたほうが後々有益であるぞ？」

「えー、王子慰めを同情に感じる類いですし、情けをかけるのは日常でもかけられるのは好まないじゃないですか」

「うむ、その通りだ」

この状態で慰めておけと助言してくるのは罠ではなかろうか。そして廃棄物に慰められて癒されるのは人としてどうかと思うので、全くおすすめしない。塵山に向かって飛び込んでいるようなものである。

そう思っていたら、ごつんと音が鳴った。ついでに星が散る。

「いったた」

痺れる痛みは、王子が落とした重さによるものだ。人の頭は重いのだ。

「王子、痛いです」

「はっはっはっ。気落ちする余を放置した償いとしておけ」

「えー……」

慰めていたら王子は私を二度と対等の位置には置かないだろうし、慰めなかったら頭突きである。

つまり、どっちであっても結末は悲しい。ついでに痛い。

「余は何も覚えてはおらぬが、そなたを悪友とした過去の余の慧眼、賞賛に値するものだ」

「どっちであっても褒められるのご自身なんですよねぇ」

「王子であるからな」

「王子関係なくないですか？」

「さて、戯れは終いとするか」

曲げたときと同じくらい軽い動作でひょいっと背を正した王子は、先程まで影を負っていたとは思えない顔で笑う。相変わらず、常に楽しそうに生きている顔で笑う人だ。

「そろそろ、そなたの屋根から許可が取り下げられる頃合いよ」

「屋根？」

思わず上を見る。曇りだ。

ここは屋外だし、現在狭間の間は壊滅状態なので、もしここが屋内区域だったとしても屋根は失われていたと思われる。

そんなことを王子が理解していないわけがない。ならばこの場合、屋根は比喩で、対象は人なのだろう。

ひとまず、一番近くにいる王子以外の人間へと視線を向けてみる。うむ、いつも通り怒っている。見なかったことにしよう。

反射的にそう思ったが、どうも普段とは様子が違うようにも思えて、逸らそうとした視線を向け直す。

エーレは確かに怒っている。いつもならもうとっくに、その怒りが私に降ってきてもおかしくないほどには。けれど怒りはエーレの中に留まっている。

エーレと視線が合った。エーレは私の視線を絡めたまま、自身の視線を流す。その先を見て、ぱっと嬉しくなった。

神官長だ。神官長がこっちを見ている。

神官長の周りには、常に報告と指示を待つ神官達がわんさかいるくらい忙しいので、ここを通りがかったのは偶然だろう。素晴らしい偶然だ。こんな素晴らしい偶然なら、毎秒あってもいい。あってほしい。

嬉しくなっている私と目が合った神官長は、瞬き一つの後、ちょっと困ったような、怒っているような、悲しんでいるような。そんな顔になった。

何をやらかしたのかは全く分からないが、私がいつも通り真っ直ぐな顔をした神官長を困らせたと、それだけは分かる。

　とりあえず、私が砕ける程度では許されない大罪だ。

「あれはご自身が関係性を忘却している相手であるお前が顔を見ただけで子どものように破顔するから自責の念に駆られている顔だ」

　エーレ一息翻訳がなければ即死だった。エーレ一息翻訳があったおかげで瀕死で済んだ。

　泣きそう。

「分かったら今すぐその泣き出しそうな表情を引っ込めろ。神官長が更なる自責の念に駆られた結果、ヴァレトリが出てくるぞ」

「私の終わりがすぐそこですね」

　それはともかく神官長を悲しませるなんてこれまた大罪だし、何はともあれ神官長と目が合った事実は猛烈に嬉しいので笑顔なら任せてほしい。そんなもの、作らなくても勝手に染みだしてしまう。

　意識的に作り出しているものはその限りではないが、表情とは基本的に感情が表面へ滲みだしたことにより現れる。

　だからこんなときは、自分がまるで命に似ているように感じて申し訳なく思うのに、少しだけくすぐったくなる。まあ私は廃棄物なわけなんだが。

「ヴァレトリが本気で向かってくるなら俺が出るが、その前に今尚猛烈に忙しい神官長のお手を煩わせることになるのは確実だ」

「大罪ですね。そんなことになる前に自分で砕けときますね！」

「今この場で噛みつかれるのと甘やかされるのと口説かれるの、どれが嫌だ」

「自ら処刑方法選択できる制度、斬新すぎません!?」

忘却が解除されたエーレは以前に増して突拍子がないし、いつも通り容赦が微塵もない。

「そなたら余の存在忘れるの早すぎない？」

「忘れてはおりませんが、何時如何なる場合も優先順位は聖女が上です」

神官かリシュタークか王子の友達でないと許されない台詞だが、そのどれもであるエーレによる発言なので全く問題がない。

……どうしよう。エーレを止められる人が思い浮かばない。

「当代聖女は、見事扱いにくい頑固者で周囲を固めておるなぁ」

「固めた覚えは皆無ですし、皆は芯が強いしっかり者なんです」

「してそなた、固められた覚えは？」

「それも特にないですねぇ……え？　ないですよね？」

エーレを見る。

「王子、そろそろお時間では」

「エーレさん？」

「マリヴェル、神官長が場を離れるようだが手くらいは振ったらどうだ」

「あ、神官長ー！　お仕事頑張ってくださーい！　でもちょっとは休んでくださいねー！」

いま私が出せる全力の速度と威力で、手をぶんぶん振る。これ以上はたぶん、腕が肩からもげ落ちる。

神官と神兵に囲まれつつ、移動を始めていた神官長は一度立ち止まり、振り向いてくれた。

「その動きは腕への負担が大きい。気をつけなさい」

私のような大声ではない静かな声なのに、神官長の声はよく通る。

「だが、ありがとう。君も休憩を挟みなさい」

「はい！」

神官長は手を軽く上げてくれた後、去っていった。

その背が見えなくなってもずっと見てしまう。神官長の姿を見られただけではなく、目が合い、尚且つ声までかけてくれた。

幸せすぎて、身体がぽかぽかしてきた。思考が嬉しいと身体まで嬉しくなるのだから、心とはありがたい存在だと、こういうときいつも思う。

「そなたいつも、余の存在すぐ忘れる」

「大丈夫です王子。エーレの存在も若干忘れていました！」

「エーレ、言ってやれ」

「王子、そろそろお時間では」

「ここでも余を追い払わんとするその胆力。流石余の友。二人とも不敬」

実際王子も時間がないのだろう。この会話を小休止とし、すぐ人の渦に戻らなければならない。

王子という渦の中心がいないと、人は波となり散ってしまう。

「その胆力を持った希有な人間達が、主と定めるそなたと同じ時代に生きている差配は、神に感謝しよう」

私の前に片膝をついた王子は、自身の胸に手を当て、私を見上げた。

「聖女、祝福を」

私は一度閉ざした目蓋を、ゆるりと開いた。

「アデウス国第一王子、あなたが先代聖女という禍を退け、アデウスに安寧を齎さんことを祈りましょう」

そして。

「ルウィ。あなたの生が終わるとき、虚無が微塵もありませんように」

自身がやるべきと定めたことも、やりたいと願ったことも、予想だにしなかった幸いも。

全てを得た充足感と共に、虚しさなど欠片も抱えず終えますように。

その額へと唇を落とす。王子は目蓋を閉ざしてそれを受けた後、緩やかに笑った。

「余の生において、友からの祝福を得られるとは思わなんだ」

「王子は人の何倍も祝福と怨嗟を授かる生でしょうから。一つくらい増えても問題ないかなと思いまして」

「違いない」

笑い声を上げながらさっと立ち上がった王子は、私の頬に唇を落とした後、背を向けた。そのまま王城の面子を一塊連れて、狭間の庭を出ていく。

全ての兵が去ったわけではない。王城の兵は現在、伝達役も兼ねて狭間の庭に常駐しているので、残った面子はそのままここにいる。

最近ずっと狭間の庭が混雑しているなぁと思いながら、伸ばしていた背はそのままだけれど身体の力は少し抜く。

さて、これからまた忙しくなる。

まだまだ元聖女候補達と会わなければならないし、ウルバイの動向は気になるし、加速している神力喪失事件は最早歯止めが利かないし、悪いとは思うがこの状況下ではどうしたって七代聖女の子孫となるトファ家は軟禁状態になってもらわなければならなかったしそれをアーティに伝えなければならないし。

……先代聖女がこんなことをしでかさなければ、どれもしなくてよかった仕事だ。

誰の命も、失われるべきではなかったのに。誰も、誰一人として、涙を流す必要など、なかったのに。

湧きそうになった感情を、溜息になり損なった息と共に散らす。

「じゃあエーレ、私達も頑張りましょうか、ったぁー!?」

視線を向ければ、本日二度目の星が散った。そろそろ星と一緒に砕けそうだ。

エーレから降ってきた頭突きを真っ正面から正しく受け取った私は、額を押さえたまま呻く。エーレは無情にも、そんな私の頰を鷲摑みにして顔の向きを変えた。

必然的に私の顔は上を向き、エーレを見上げる。痛みに俯くことすら許されぬ大罪を私は犯したというのだろうか。

犯したな、色々。

神の意に反している段階で、どう考えても私は大罪を犯し、今尚犯し続けているがらくただ。

つまり、頭突きが落ちてきた上に指をめり込ませ、顔面が半分になるくらい潰されているこの罰は必然である。

「マリヴェル」

「びゃい」

「俺に何か言うことは?」

言うことは特に思いつかないが、この体勢では思いついたことも言えないのではなかろうか。

表面的に見れば思っていたより怒っていないように感じられるエーレだが、エーレが怒っていない状態は夏の雪より珍しい。眠っているときも怒っているくらいである。

寝相が悪いわけでも、歯ぎしりや寝言で表現をしているわけでもなく静かなものだが、怒っている。そんな不思議な寝方をする人なのだ。

最近はエーレもちゃんと眠れていないだろうなぁ。目の下にできた隈を見ながら心配になっていると、やけに静かなエーレの目が据わった。

「この状況下でお前の手を煩わせる必要もないと俺だけで内々に処理するつもりだったが、丁度いい。お前も巻き込んでやる」

「何の情報もなくて全く内容が分かりませんが、私が盛大に巻き込まれることだけは分かりました」

何の追撃もなく顔が解放されたものの、手ぶらでの解放とはいかなかったようだ。

まあそれがなんであろうと、私が役に立つなら存分に使ってほしい。私は万人が使える塵箱だが、やっぱり好きな人に使ってもらえると嬉しいものだ。

「マリヴェル」

「はい、何したらいいですか？　何でもしますよ！　どうぞ私を好きに使ってくださ――……」

とりあえずエーレはしばらくの間、噛みついてくるの停止してもらっていいだろうか。

口もげるかと思った。

「うわー！　凄い！　マリヴェルさんって本当に聖女様だったんですね！　あ、あのですね！　ラダさん、あ、聖女候補仲間のラダ・ルッテンさんなんですけど！　その……お家の方が、その、なんだか……あの、ご家族を悪く言うのは駄目なんですけど、その……ちょっと、ひどい、みたい、で……え？　知ってる？　あ、じゃあラダさんを助けてくれるんですか!?　よかったぁ！　私ずっとそれが心配で！　私の家は町の小さな雑貨屋で、お金持ちとかじゃ全然ないんですけど、家族の仲はよくて、お話聞いたときほんとびっくりしちゃって！　うちは、そりゃたまには喧嘩しますけど、両親やお姉ちゃんと弟とも、そんな……全然。そう、そうなんですよ。だからびっくりして……私、ちゃんとラダさんが元気になれる言葉言ってあげられたかなぁ」

「……保護…………………………そう、ですか……そう、ですね。私なんかと仲良くしてくれる人が、家の外には、いたのなら……私はルッテンに、あの家にいないほうが、私にもあの人達にも、いいのかもしれません……きっとそうなのでしょう。そう思える日が、来ると……いいな……」

「あ、貴女本当に聖女で……何が、どうなっていますの…………え？　お父様と話した？　お父様なんと仰っていましたの？　え!?　貴女わたくしのお爺様とお話ししたことがありますの!?　昔、夜会で？　そ、う、なんですの……そうですわよね。貴女が聖女であるのならば、貴族の夜会に出ていてもちっともおかしくありませんもの……え、あ！　お爺様がよく仰っていた、ふざけて仕事から逃げているように見えても、その実調和を保つためあえて愚かな振りをしている人間もいるの人間って、貴女でしたの!?　あ、嫌ですわ！　わたくしいつもお爺様から、お前は一度走り出すと止まらない傾向があり、そういう相手を見ると表面だけで判断してしまいがちだから気をつけるようにと！　あ、嫌ですわ嫌ですわ嫌ですわ！　わたくし、昔から事あるごとに注意されてきたことを、そのまま、よりにもよって教訓の対象者として教えていただいていた貴女相手にっ、いやぁー！　わたくしトファの恥ですわー！」

アノン・ウガール。

ラダ・ルッテン。

アーティ・トファ。

落ち着いていたのはラダ・ルッテンだけだったなぁと思うけれど、ラダ・ルッテンの反応は落ち着きではなく、虚しさと諦めと不安と、そして安堵に到達しきれていない小さな希望によるものだった。

トファ家は現在、事情が事情なので一族郎党軟禁状態にある。その旨も、アーティには伝えている。アーティはその件については、何一つ取り乱さなかった。

それがアデウスの為に必要ならばと、生真面目で真っ直ぐな礼すらも向けてくれた。その態度は、同様の旨を伝えたトファ家総員と同じものだった。

トファ家は何一つ不平不満を表さず、神殿と王城を静かに受け入れた。

調査にも非常に協力的だ。

寧ろ、あれ見ろこれ見ろ、こっちは使えないかそっちも怪しいと、一族挙げて屋敷を解体しそうな勢いで協力的らしいので、トファ家はちょっと落ち着いてほしい。

トファ家はひとまず屋敷が無事かどうかだけが心配だが、もっと問題なのはマレイン家だ。


先代聖女派の旗頭とも言うべき家であり、今回の聖女選定の儀に先代聖女によく似た子女ベルナディア・マレインを投入してきた家。

こちらは当然協力的ではなかったため、籠城される前に突入し、制圧した。

強制執行は最初から視野に入れていたので、その辺りは恙なく行われ、屋敷内の人間は全員拘束済みだ。ありがたくも戦闘行為による反抗をしてくれたので、それを口実に全員牢獄に入ってもらった。

問題となったのはマレイン家の対応ではない。マレイン本家屋敷の異様さだ。

何も、なかった。

本当に、何もなかったのだ。

先代聖女との関係、ウルバイと密通していた文書。そんな物は山ほどでてきた。国家転覆罪だけではなく普通の犯罪含め、恐らくつかない罪状はないのではないかと思えるほどに。

出てこなかったのは、その屋敷になかったのは。

生活の痕跡だ。

表面的な、恐らくは来客を出迎えるためであろう空間には、貴族らしい様式が施されていた。

だが、その裏は。その区画以外は。

建てられたばかりの家のような、引っ越しを終えた後の家のような。何もない、がらんとした空間がただ存在しているだけだった。

そこはベルナディアの生家であり、今尚家族と暮らし続けているはずの屋敷なのに。

住み込みの使用人達は、常駐している私兵達は、ベルナディア達は、どうやって暮らしていたのだ。


マレイン家以外にもまずいことがある。

元聖女候補と三人立て続けに話をした結果、一つ確信できた。これはポリアナ相手でもそうだったが、全員、魂がよく見えないのだ。

恐らく聖女候補達は、誰かの中に潜んでいる先代聖女と長く同じ空間にいすぎた。先代聖女が、自身の気配で彼女達の魂の表面を均してしまったのだ。

今の私の目があっても、気配を探し当てることができなかったことは痛手である。だがこれは、聖女として彼女達全員の前に立ったときに分かっていた。改めて確認しただけのことだ。

問題だが問題ない。そして私は事実確認できた現実に落ち込むより先に、やらねばならないことがあるのだ。

それは。

「あのような者を聖女と掲げるのであれば、神殿もそれに付き従う神官も、神の雷によって無惨な死を遂げるでしょう！」

違う、これじゃない。

私は予想だにしていなかった音量に仰け反った。

エーレによる私巻き込み宣言。それはアレッタ・ポルストによるものだった。

ポルスト家は家の格上げを悲願としてきた。確かにポルスト家は上位貴族ではあるものの、今朝の会議に出席できる立ち位置ではなく。

だからこそずっと、リシュタークとの婚姻を悲願としてきた家だ。昨今は、年頃の令嬢が存在していることで余計にその熱は強まっていた。

そうして育てられてきたアレッタは、例に漏れずエーレにご執心である。

軟禁状態であることより、エーレとの謁見を求め続けた。当然受け入れられずそのまま放置となっていたが、身分を盾に脅し始めたので、エーレにまで報告が行く事態となった。

エーレは一人でさっさと解決するつもりだったらしいが、私が盛大に巻き込まれる運びとなったわけである。

確かに、聖女が出てきたほうが早く済むかもしれない。問題は選民思想が強いということなので、スラム出身聖女がどこまで効力を発せられるかが分からない点だ。

だがエーレが私を巻き込むと判断したのであれば、聖女の権威が有効なのだろう。

そうして私が運搬されてきたのは、聖女候補達を隔離している一棟だ。今は彼女達の隔離にのみ使用している。

棟に入るや否や聞こえてきた叫び声を聞くに、中々に混沌としているようだ。

突然軟禁された人々に、平静でいろというのも酷な話である。だからこの怒り自体は想定内なのだが、私がエーレによる盛大巻き込みとなった案件対象者はアレッタ・ポルストであって、ドロータ・コーデではなかったはずだ。

「…………なんで各々隔離していたはずの三名が、廊下で向かい合っているんですかね？」

確かにアレッタ・ポルストもいるにはいる。だが他にもドロータ・コーデやベルナディア・マレインまでいるのだから不思議議である。

確かに見張り兼護衛の神兵と神官はついているものの、まず部屋から出ている時点でまずいし、廊下で鉢合わせしているのはもっとまずい。

隣を歩くエーレを見る。特に驚いた様子はない。

「ドロータ・コーデはベルナディア・マレインに会わせろと暴れ続け、アレッタ・ポルストも同様の内容を要求し続ける。ベルナディア・マレインもドロータ・コーデとの面会を希望していた。よって三者の要求を叶えてぶつけた」

「何で!?」

本当に何で!?

「神官長には許可をいただいている。一般的に精神支配などの術は、対象の精神が乱れている場合が最も円滑だ。しかし乱れすぎた結果、支配者が表出しすぎる事例がある。だからその可能性を検証するため、試している最中だ」

一理あるが、せめて私にも教えておいてもらえないだろうか。そしてそれだと、最初から私の目が必要だ。それなのに内々に済ませる予定だったとはどういうことなのだろう。

とりあえず私を運搬してくれていた神兵に下ろしてもらい、エーレの腕を支えに自分の足でかろうじて立つ。

「当初は俺への面会要求を通すために、アレッタ・ポルストが監視を脅す件を収拾するだけだった。だがどうせお前を巻き込むのならば、ついでに仮説を試そうと急遽決定した。よってマレイン家に出した戦力の回収が間に合わなかった」

成程。何故かいつの間にか結成されていた配偶同盟で、アレッタ・ポルストへ断りを入れる手伝いをしろと引っ張り出されたが、こちらが本命なのだろう。たぶん。

確かによく見れば、廊下の周囲あちこちに神兵と神官が配置されている。騒ぎに乗じて集まってきているように見せているが、ここだけで王城とそれなりにやり合える戦力が揃っていた。

エーレは戦力の回収が間に合わなかったと言ったが、あっちの陰とそっちの陰にヴァレトリとサヴァスがいる。神官長の姿は見えないけれど、対応できる距離にいるはずだ。

ならば、エーレもいるここが神殿の最大戦力と言っても過言ではない。

この面子でどうにもならなかったら、正直どうしようもない。

長い金髪を持った十代半ばほどの少女、アレッタ・ポルストへと視線を向ける。

真っ直ぐな背中は頑なさよりも美しさに重点を置いた柔らかさがある。同じ真っ直ぐな背中でも、アーティのほうはどちらかというと騎士に近い背をしていた。

あのお嬢さんがエーレを口説き落としたいポルスト家である。

エーレから選民思想が強いと聞いていたが、確かに話したことは一度もない。忘却していた過去を含めて、一度もである。

顔を見たことはあった。明け方まで続いた王城との協議への参加権こそなかったが、ポルストは上位貴族の一員だ。夜会だの何だので、顔を見る機会はそれなりにあった。

だがしかし、真っ当な命である大多数の人々でさえ下賤という思考を持っているらしいので、スラム出身の塵などと言葉を交わそうとするはずがないのである。

でもそう言われてみると、確かにエーレが随伴している仕事で顔を見たように思う。あれはエーレがいたからゆえの希少な邂逅だったらしい。

つまり私はいま、希少生物と一緒の空間にいる貴重な経験中というわけだ。

「エイネ・ロイアー様の正統なる後継者であるベルナディア・マレイン様を蔑ろにするなど、神官は能無しの集まりですか！」

ドロータは髪を振り乱し、このままでは泡を吹いてもおかしくないほど興奮している。

流石に対応していた神官が口を開こうとしたとき、それまで沈黙を保っていたアレッタ・ポルストがくるりと横を向いた。

「ベルナディア様」

マレイン家も名家であり旧家の一つなので、彼女が話す相手として相応しいのだろう。しかし名を呼ばれた当人は、廊下に飾られている絵を見つめている。

「ベルナディア様」

再度世界に放たれた己の名に、ベルナディアはようやく反応を示した。ゆっくりと首を傾げ、視線をアレッタへと向ける。

「わたくしを呼んでいるの？」

「マレイン家のお世継ぎはあなたしかいらっしゃいませんでしょう？」

「そうだったかしら。ええ、そうね。皆がそう言うのなら、きっとそうね」

ふわふわと微笑んでいるのに、まるでここにいないかのような話し方を、ベルナディアはする。楽しげに、歌うように、軽やかに。私とはまた違った意味で地に足が着いていないような。浮かれているわけではない。私のようにつける地を持たないわけではない。

だが何か、どこか。危うい雰囲気を、纏っている。

今だって、微笑んでいるのにどこかぼんやりしているように見えるのだ。

「お、お待ちください、アレッタ様！　ベルナディア様へのご用は私が仰せつかります！」

神官に凄まじい剣幕で食ってかかっていたドロータが、今度は泡を食ったように飛んで戻ってきた。忙しい人だ。

アレッタは、自身とベルナディアとの間に滑り込んできたドロータに、一切の反応を向けなかった。

「ベルナディア様、躾のなっていない犬を連れ歩いては、あなた様の品位に関わりますわ」

選民思想が強いとエーレが言っていただけある。目の前にいるドロータの存在を完全に無視し、その肩越しに見えるベルナディアにしか話しかけていない。

流石だ。ここまで来るとあっぱれである。尚更私とは話したくなかっただろうし、同じ空間にいるのも嫌だっただろうなぁとしみじみ思う。

「まあ、アレッタ様。わたくし、犬を飼ったことは一度もないの」

「はぁ……あなたはいつもそうやって、誰とも会話をしないのですね。それならそれで構いません。

ただ、あなたの子飼いの無礼は見過ごせませんわ。下賤な犬には相応の態度を取るよう、きちんと躾けておいてくださいまし。躾のなっていない犬を我々の前に連れて来てはいけないわ。それが貴族の務めです。神殿には、下賤な犬ではその名を口にすることはおろか、視界に入れることすら許されない御方がいらっしゃるのですから。この犬はそのどちらも犯したのですよ。きちんと罰してくださいませ」

ドロータは顔を真っ赤にしていたが、言い返すことは立場上できないのだろう。

どんどん険悪になってきた空気の中、アレッタの背へ向けて、はっきりとした機敏な声が別の方向から飛んできた。

「アレッタ様、確かにわたくし達は貴族であるけれど、だからこそ果たすべき義務と、散らしてはならない礼儀がありますわ」

アレッタは、声の方向へゆっくりと振り向いた。私とは逆の方向ではあるが、さっきまで私と一緒にいた人がそこにいた。

再び軟禁状態へと戻されるためここに戻ってきたアーティは、生真面目なほど真っ直ぐに背を伸ばしている。

「トファ家は下賤贔屓が過ぎませんこと？　お家の格に関わりますわ。お気をつけあそばせ」

「貴族であろうが平民であろうが、同じアデウスの民ですわ。義務による責の違いはあれど、それだけでしょう」

そもそも命に貴賤はない。選民思想とは、自分達が選ばれる側であり、選び弾く側だと思いたい人間だけが作り出す夢想だ。

「そのようなことを仰っていては、貴族の血が泣きますわ」

アレッタは再びゆっくりと身体の向きを変えた。

視線の先は、エーレだ。

「……神官様、お話がございます。どうかお時間をいただけないでしょうか」

優美な礼は、幼い頃より培ってきた美しさだ。呼吸のように、意識せずとも崩れぬ形。

それは確かに生まれが作り出したものだろう。正確には、教育、だけれど。

「要件は自身の担当神官へ告げていただく。どの神官へ告げようと結果は変わらない。神官へ告げた言葉は全て神官長へ上がる。初めに説明があった通りだ」

「わたくしはあなた様個人にお話がございますの」

「ならば尚更、時間を割く理由はない。担当神官へ告げていただく」

「エーレ様！」

アレッタ嬢、粘るなぁと思う。貴族以外を人とは見做さない思考の持ち主らしいので、貴族以外は観客として捉えていない可能性が高いが、それにしても凄い。

エーレは眉一つ動かさず、更に抑揚のない声で対応しているのに、何一つ怯んでいないのだ。

……もしかして、いつもこの対応をされているのだろうか。

その上で求婚を繰り返しているのだとしたら、彼女の肝は屈強なる戦士の形をしている可能性がある。きっと筋肉質な肝だ。神兵と気が合うかもしれない。

エーレ曰く、アレッタは聖女の立場にはそれほど固執していないとのことだ。エーレとの邂逅機会を狙っての参加だというのが、エーレ以外の皆も含めた見解なので正しいはずだ。

そうまでしてここにいるのに、目的であるエーレは、私が咲いたり焼けたり襲われたり砕けたり終了しかけたりで、ほとんど聖女候補の前に姿を現していない。

つまりは私も聖女候補の中に全く交じれなかったわけだが、それにしても何だか申し訳ない。怒りは是非とも先代聖女へ向けてほしい。

そんなこんなでここまで来たのだ。やっと到来した機会に粘る彼女の行動も理解はできた。

「どうか今一度、わたくしとの婚姻を考えてはくださいませんか？」

粘る行動は理解できるけれど、衆人環視の前で求婚するのは予想がつかなかった。

……ちょっとエーレを思い出したが、エーレはそういう言葉を恥とは感じないだけで、観客を人として捉えていない結果ではないのでだいぶ違う。

「ポルストは必ず、必ずあなた様に相応しい生をお約束致します。リシュタークの名に傷をつけることも決して致しません。わたくし達は良家の格を高め合う、良き夫婦となれるはずです」

熱のある、それでいて艶(つや)やかなアレッタの声に、アーティはただひたすらに驚愕し、ベルナディアは画の額縁をぼんやり見つめ、ドロータを慌てさせている。

一人の女性の求婚が、この場に混沌を生んでいる。

私はずっとこの中に潜んでいると思われる先代聖女の痕跡を探ろうとしてきたわけだが、そんなこと全く関係ない場所で混沌が幅を利かせている現状はどうしたものだろう。

「既にリシュタークより回答済みだ」

「それでも今一度機会をいただきたいと願う女心を、どうか汲んでくださいまし。お願いいたします。それともわたくしに、この場で恥をかけと仰るの？」

「それを望まれるのであればそうしよう。だが、断る以前の問題だ」

……何だか嫌な予感がしてきた。

エーレと目が合った瞬間、私は慌てて距離を取ろうとした。別の神官に支えとなってもらいたい。しかし当然ながら、今の私が移動するよりエーレが言葉を発するほうが早い。何だか私の行動を見てから、若干喋る速度を速めたように思えるが、気のせいのはずだ。

「私は先日婿入りを果たした。よって婚姻相手としての要件を満たしていない」

「――――――は？」

アレッタの言葉が、静まりかえった空気の中、やけにはっきりと響き渡った。

私が室内にいる神官達へ視線を向けると、皆一様に視線を逸らす。巻き込まないでほしい。

そんな気配をひしひしと感じる。味方がいない。

なので、階段の隅からこっちを見ていたペールを見てみた。こっち見んなと、瞳でも手信号でも告げられた。見てほしい。これが読書仲間だった人が私へ向ける現在の対応である。

忘れられる前と何一つ変わっていない。

……手信号は咄嗟に出たのだろうが、記憶は本当に戻ってないんですね？　面倒事に関わりたくないから、まだ思い出せていない振りをしておいて、他の人が思い出した状況で自分も名乗り出ようなんて思っていませんよね!?

別の意味で若干寂しい。

しかしペールへ疑念を向けている暇はなかった。

「き、希少な経験を、させていただきました。よもやあなた様が、ご冗談を仰るだなんて」

アレッタの声は最初こそ僅かに震えていたが、言葉を紡ぐにつれ平静さを取り戻していった。

それが本心なのか矜持から来るものなのか、私には分からない。エーレには分かったかもしれないけれど、きっと教えてくれないだろう。

「私とあなたは冗談を言い合う仲ではない。状況が状況ゆえ周知してはいないが、リシュタークス家三男の縁定めは終了した」

「いつの、間に」

アレッタの気持ちに全面同意したい。

この人、本当にいつの間にか結婚していた。

「……どなたか、伺ってもよろしくて？」

「話す必要性を感じない」

「…………リシュタークがお選びになるのですから、さぞや高名な家名の、素晴らしい方、なのでしょうね」

エーレは私を見た。私はペールを見た。ペールは壁を見た。壁はエーレを見た。たぶん。

「いや、隙あらば離縁しようとしてくるわりと最悪な部類だ」

「なっ」

どうもすみません。

そこは本当に申し訳ない。だがエーレは私を見ないでほしいし、アレッタも私を向かないでほしいし、全員私を見ないでほしい！

いや、全員は言い過ぎた。神官達はエーレ以外全員顔を逸らしている。高潔なる神官達が皆、壁やら床やらを見つめ続ける空間ができあがってしまった責任を、エーレは取ってほしい。

「ま、さか」

わなわなと震えるアレッタを前にして、エーレは私の左手を持ち上げ、そこに唇を落とした。大きく口を開けていたら噛みつく前兆だが、今回は噛みつかれなくて何よりだ。

しかし状況は全く何よりではない。

持ち上げられた私の手には指輪がはまっている。これだけで多大な価値ある指輪だ。

二つをすぐには間に合わせられなかったと言っていたはずのエーレの手にも、いつの間にか同じものがはまっていた。今朝はまだはめていなかったはずだが、流石リシュターク。全てにおいて超特急。

アレッタはあまりのことに、貴族の血筋以外に認識を示さないという自身の戒律を破った。

「聖女の権威でこの方に婚姻を命じるなど、浅ましい。そんなものが十三代聖女だというのですか」

嫌悪感たっぷりの視線をいただいたところ大変申し訳ないのだが、この件に関して私は悲しいほどに関われていない。聖女の権威は凄まじいほどに無視されている。

「口を慎め、アレッタ・ポルスト。我が主に対する暴言、二度目はないぞ」

「ですがエーレ様っ。それ以外の理由で、貴方様がこんな、こんな、ものとっ！　貴方様が神官であらせられる。それ以外の理由など……あり得ません！」

「ならば一個人として答えよう。俺はこれまでの生において、物事の達成でこれほどまでに苦労したことはない。その苦労をないものとされ業腹だ。この女は俺が落とした。俺達の婚姻に、それ以外の理由はない」

アレッタの驚愕と絶望と憤怒が入り混じった顔を見ている人は、極少数だ。

ベルナディアは相変わらずどこかを見ているし、ドロータはそんなベルナディアへ必死に話しかけているし、神官達は壁やら天井やら虚無やらを見ているし。

そんな中で、そっと頬を染めたアーティだけが救いであった。

この空間、絶望と虚無を浮かべている人が多すぎる。

そして私がここにいる意味がだんだん分からなくなってきた。とりあえず、感情が激しく乱れてもそれぞれの魂がよく見えないことに変わりはなかったので、帰っていいだろうか。

全員部屋に戻ってもらいこの場はお開きにしようと口を開けたとき、歌うような声がした。

「ドロータ、ねえ、ドロータ。素敵ね。沢山の人がお話をしているわ。ねえ、ドロータ。素敵ね」

「べ、ベルナディア様、お待ちください！　どちらへ!?」

浮いているように。

ふわり、ふわりと、ベルナディアが歩を進める後を、ドロータが慌ててついていく。その腕を掴んだドロータを、ベルナディアは振り向き、微笑んだ。

「ドロータ、あなたまるで、乳母のよう」

その言葉は彼女が発した安定感のない声の中、唯一何らかの温度がこもっているように思えた。

その思考が、最後だった。

凄まじい奔流が視界を覆う。それが先代聖女が散々差し向けてきた呪いの色だと気がつけたのは、奇跡に近い。

だって全く違うのだ。

規模も威力も桁違いなまでに跳ね上がり、まるで呪いの大樹のようだった。そんなものが何の予兆もなく間欠泉のように噴き出した。

巨大すぎて力の出所が見えないどころか、触れているはずのエーレの姿すら視認できない。

「マリヴェル！」

「損傷軽微！　問題ありません！」

折角修理してもらった腕に、改めて鏬が入り直した。しかしどうでもいい。今はこの呪いの奇妙さが先だ。

悲鳴と怒号が入り混じる声を聞きながら、呪いが覆い隠した世界に意識を向ける。

轟々と立ち上る呪いの奔流。これに比べれば、神殿を破壊した際の威力が小枝のように思える。そんな威力の呪いがこの場を覆った。

ここにいる命全てが、一瞬で溶け堕ちても。瞬き一つも許されぬ、短い、間に、絶命していても、不思議ではなかった。

それなのに、生きている。エーレが生きている。皆の声もする。神官長の声も、だ。

皆が生きている。無事だ。それは叫び出したいほど喜ばしい事態のはずなのに、心が弾むことはなく、安堵も訪れない。

砕け散りそうな胸を撫で下ろすことはできなかった。だって神官長の結界が作動していない。あれだけ、意識の外で反射よりも早く取り出せていたエーレの炎が、今ようやく立ち上るほどに、異常が蔓延している。

「マリヴェル！　絶対に離れるなよ！」

私を掴むエーレの力が強くなる。その手はいつだって温かい。

この異常の中であっても、いつだって正常に命を紡いでいる。

「エーレ!?」

「神力がおかしい！」

ざっと血の気が引いた。エーレの声がする方向へ向けていた視線を、再び呪いへと戻す。

これは、まさか。

「何、何か、わたくしの、中に……やめて、やめなさい！　わたくしの中で、話さないで！」

「何、が……お黙りなさい！　高貴なるポルストの血に触れるなど許すものか！　恥を知れ！」

アーティとアレッタの声が聞こえる。

サヴァスとヴァレトリが互いに背を預けているのであろう応答をしている。神官長の指示が飛び交う声がする。それに応える声がする。

沢山の声がしているのに、誰もが持つはずの神力による術を、エーレしか発動できていない。

私達を覆っているこれは、呪いではない。

アデウス国民より徴収された、今尚され続けている、神力の塊だ。

アデウス国民の中に散らばっていた十二神の力が、いま一所に集約しようとしている。回収され凝縮された神力が濃すぎるが故に、視認してしまうほどの濃度だ。

先代聖女が、本格的に決着をつけようとしているのだと一目で分かってしまう。

「これ何だ⁉」

「何かの根っこ……枝か⁉」

「植物にしては、色がっ！　くそ！　生長が早すぎる！」

私でなくても見えるほどに、その力は異様だった。

凄まじい速度で、大樹が育っていく。

強制回収されている神力が呪いと同等の色をしているのは、食われた神の怒りであり憎悪だ。それら全てをねじ伏せ自らの力とした女によって、神の憎悪が一所に集約し、実体化した。

神の憎悪で彩られた大樹が、ここで花開こうとしている。

何故、いま？

今できるのであれば、今までだってしようと思えばできたはずだ。

しなかったのは、できなかったからだ。できたとしても、代償があったからだろう。

それなのにいま行った理由は？

いまこの場で、無理を押してでもすべきと判断した理由は？

鼓動が、命に似せて作られた身体の中で、偽物の生が鳴り響く。

「あ」

息、が。


身体がよろめく。どこにも力が入らず、左側へと倒れ込む。

川の中に落ちた。そう思ったほど、床が水浸しだ。

水が。水が溢れている。だってアデウスは水の国だ。どれだけ災難に見舞われようと、水が枯渇したことはなかった。神殿も王城も、アデウスは常に水と共にあった。

だから、おかしな話ではない。

その、はずなのに。

瞬き一つできない私の視界が急速に晴れていく。全ての力が小さな器、人の中へ収まろうとしている。その先を見なければならない。その先を知らなければならない。

そうと分かっているのに、私の身体は動かない。

だって、私が倒れ込んだのなら、私の左側にいた人は。

「――エーレ」

私の前に横たわる美しい人は、自らが流す赤い命の海で、既に絶命していた。

「カグマっ――――！」

サヴァスの絶叫が響き渡る。

血相を変えたカグマが、駆けつけた神官長達を押しのけながら飛び込んでくる。血の海で泳ぐように倒れ込み、エーレにしがみつく。

素早くその身体に手を這わせ、傷口を特定し、息を呑んだ。

「何やってんだよ、カグマ！　神力が使えなくても治療はできるだろ!?」

利き手とは逆の左手で頭を押さえ、片目を固く瞑ったサヴァスが泣き出しそうな声を上げる。

「カグマ！」

「……駄目だ。もう、死んでる」

「カグマぁっ！」

「心臓が砕かれたのに、どうやって蘇生しろって言うんだっ！」

カグマの悲鳴のような絶叫が、どこか遠くで聞こえた。

ヴァレトリもカグマもサヴァスも、神官長も。皆が何かを言っていて。皆が、自分がやるべきことを、自分がすべきことをやっていて。やり続けていて。

泣きながら、叫びながら、痛みと悼みを隠しきれず、それでも今ではないと堪え、為すべきことを。どこか、頭痛を堪えるように頭を押さえ、目蓋を揺らしながら。

それなのに、大好きな神官長の声すら、どこか遠い。意味として、把握しきれない。

だってエーレがいないのだ。

私の前にいるエーレは、まるで眠っているようだ。

けれどその胸には穴がある。大きな大きな穴だ。この穴に落ちれば、赤い海に落ちるのだ。エーレの命が作った、赤い海。

エーレは、その命を失ったときでさえ空っぽにならない人なのだなと、ぼんやり思った。


肌が重なる音がする。

決して強くはない、ともすればただ手を合わせているだけ。その程度の力で打ち合わされた掌が作り出した音が、混沌とした世界の中、やけに響いた。

音のするほうへ、どうしてだか意識が向いた。

糸で繋がっているかのように引っ張られた身体ががくりと起き上がり、頭が傾いた。その拍子に、エーレの命の中へ私の破片が降り注ぐ。

美しい彼の命で、私の破片が泳いでいる。好き放題な方向へ向け漂っているのに、エーレはちっとも怒らない。

エーレが音を発さない。いつだってあれだけ明るく鮮やかに、苛烈な美しさを持つ優しさで、生の音を紡いでいた人なのに。さっきからずっと静寂を保っている。

どうして？

どうしてどうしてどうして？

そんなの簡単だ。

死んだから。

エーレが死んだから。

死んだからですよ。


ゆっくりと手を打ち鳴らしながら現れた少女は、無邪気な顔で笑っている。

少女は、アノン・ウガールの形をしていた。

この地に立つ少女は一人だけなのに、その姿が重なっている。金の髪が広がり、重なりを解くかのように完全に一つの姿を作り出す。

「ふふ」

アノンが口を開く。けれどそこから聞こえてくる声は全く違うものだった。

ああ、でも。もう全てが。

遠いのだ。

「そうして人形は、美しい人間の男の命と引き換えに、人の心を得たのでした」

めでたしめでたし。

うっそりと笑う女の唇が吊り上がると同時に、全てが。

砕けた。

「あ、ああ！」

人の子への憎悪は、人形には許されぬ。

禁忌ですらない。これは、ただただ許されぬ。そういう法則の下、積み上げられた理だ。

私が砕ける。

表皮の私だけではない。私の核である神の器までもが砕け散る。

人形は人を憎んではならない。

神は愛と無関心以外の何かを抱いてはならない。

私は人形の領分を超えた。

私は神の器としての資格を失った。

故に、廃棄は妥当だ。

「自壊しろ、人形！」

分かっていた。分かっていたのだ。

それでも。

どうしても。

許せなかったのです。

殺してやる。殺さねば。
死んでしまえ。
殺してやる。
許さない。
許せない。
許されない。
ああ、でもやっぱり。
許さない。

私を砕く憎悪が沸き上がる。
地の底から、天の内から、怒りが、憎悪が、止まらない。

内から溢れ出る力に私の身体は耐えられない。肉は砕け、皮膚は散る。けれど血が流れることはない。

私の身体を流れるものは、最早人に似せられた何かですらなかった。

砕けた私が巻き散らすものは、人形の残骸と憎悪だけだ。世界を穢す害悪しか、もう何も。

命のためにあれと神より授けられた力全てが裏返っても、何とも思えない。私の全てがあの存在を排するために使われても、後悔など浮かばない。

その為の燃料でこの身が使われるのなら、本望だと思った思考すらとうの昔に散り失せた。

「ああアアああああああアあああああああああああああああああああああああああああ阿あああああああああああアア嗚呼あ亜吾亞ああ！」

命への害悪を排除する意思などない。願いなどない。意志など浮かばない。

ただ、他者を害する憎悪を振りまく厄災と成り果てた私には、それしかないのだ。

それしかあり得ない。それだけが私の存在価値だ。それだけが私という個を保つ唯一だ。

エーレ。

エーレ。

エーレ。

廃棄されることが務めである人形が、人の子に生まれたかったなどと分不相応な憧憬を持った報いが、これなのか。

私が人となる代償がエーレの死なのだとしたら、私の報いをエーレが受けたのだとしたら。

あなたのいない世界で息をしたことがない私が、あなたのいない世界を作り出した。

私が殺した。

世界の宝を、神の愛し子を、時代の申し子を、アデウスの要を。リシュタークの愛子を。

私の夢を。

私が殺したのだ。

分からない。私の罪だ。分からない。

贖（あがな）い方が。分からない。

分かったところで、それが何だというのだ。

罪が、償いが。憎悪が、罰が。何だというのだ。

だって罰が堕ちようが償いが覆おうが。

えーれはかえってこないのに。

神の憎悪を一人の女がねじ伏せたがゆえの大樹が砕けていく。私の憎悪が侵食していく。

大樹の世界への侵食速度と私の憎悪。どちらが早かろうが関係ない。最終的に、あの女を殺せればそれでいい。

女の姿を大樹が呑みこむ。大樹を盾にしたところで私の侵食は止まらない。

神の憎悪を纏った女より余程穢らわしく悍ましい侵食で崩れ落ちた先から、新たな根が増え、枝を張る。

「自壊とはかくも見苦しい。それでも私の大願が叶う前座としてならば、こんなにも愉快で美しい！」

アイしている。愛していた。あいしている。

こいしい。恋しい。コイシイ。

あなたが、あなたたちが。

わからない。とまらない。ゆるせない。ゆるさない。

エーレ。エ・レ。‥ーレ　――・

――

憎悪の厄災はまるで光のような色を伴い、女を追う。
だが私には全てが無音だ。それらを認識する器官全てを砕き放つのだから、当然の末路だ。
それなのに、音がするのだ。
音が
――――――
――――――
――――エ――
――――エル
――リ――エル
――リヴエル
マリヴエル
マリヴエル
マリヴェルっ――――！

音が、声が。

やまない。やまない。
それらがわたしをかためようとしている。
くだけちったわたしを、個におしとどめようと。
わたしにつながったくさりが、重いのです。
わたしを個に固めようとするくさりが、あたたかいのです。
やまない。やまないのです。
温もりが
止まないのです

暗殺者に突き落とされた水面から、力尽くで引き上げられたときと同じように。

「マリヴェル！」

私という個が、世界に浮上し、固定された。

目の前にあったのは、血みどろの人だ。

いつもきちんと整えられていた髪は乱れ切れ、帽子は少し離れた場所で八つ裂きになっている。

傷だらけだと、そう認識するより早く、反射のように癒そうとして上がった手を、大きな手が包み込むように握りしめた。

「マリヴェル」

「————————————————————————！」

だからわたしは、わたしのてがあることをおもいだした。

「マリヴェル」

「————————————————————————！」

だからわたしは、わたしのおとがあることをおもいだした。

だからわたしは、わたしがあることを。

「マリヴェル」

このひとのおんどがわたしの。

「マリヴェルっ」

わたしの、ゆめ、だと。

おもいだしてしまった。

砕け散った私という個を、その大きな身体で包み込むように抱きしめた神官長の力が、体温が、私という個をこの世に固定している。

夢から覚めるように世界を認識し、夢の中に帰ってきたかのようだった。

「マリヴェル、すまない、マリヴェル。マリヴェルっ」

その声に熱がある。その瞳に情がある。その熱に郷愁がある。

ここに、私が知り得た全てがある。
ともすれば瞬時に砕け散りそうな思考が、身体が、その人の声と熱によって固定されている。
その背後では、神官が放てる全ての神力が解き放たれ、大樹に抗っている。衝撃と轟音と怒号と、泣き叫ぶかのような絶叫と。

「————、————」

「っ……アデウス十三代聖女、マリヴェル」

それら全てが飛び交っている世界の中で、その人の静かな声と熱は、鮮やかな柔らかさで私に届く。

応えなければ。応えなければ。応えなければ。
どこからが夢でどこからが現実なのか、そもそも私に夢見ることは許されていたのかすら曖昧だけれど。

この人の声に、言葉に、その全てに。
私は応えたかったのだと、思い出してしまった。
思い出してしまえばもう、私の心という名の反射は既に応えていた。

「——はい」

神官長は一度固く目蓋を閉ざし、しっかりと開いた。
いつか、いつかこの人達が私を思い出してくれたなら、どれほどの喜びだろうと思った。その瞬間砕け散ってしまいそうなほどの幸福で、私は消滅できるだろうと。

そう思ったのに。いま、何を思えばいいのか、分からない。

何を想っているのかも、何も。

「神官長として、撤退を進言する。この状況では神殿に勝ち目はない。我々が時間を稼ぐ。その時間を使い、君は王子と逃げ延びなさい」

神官長の視線の先を、無意識に追う。

そこには王子がいた。いつの間にここに来たのか分からない。あれからどれだけ時間が経ったのか、全ての意識が曖昧だ。

王子が連れている部下は少なく、王子を含め無傷とは到底言えない。その後ろで、大樹が世界を呑みこんでいく。

私達がいる場所は、かろうじて残された地面だ。

見慣れた人々も、一人たりとも傷を負っていない人間はいない。それでも誰一人として大樹との戦闘を止めてはいなかった。

否、一人だけ。

一人だけ、その命を失った人だけが。皆の中心で、静かに横たわっている。

「仮令我々が壊滅しようが、君達は生きてこの場から落ち延びる必要がある。その責がある。――君には、分かるはずだ、マリヴェル。私は君に、その責を教えたのだから」

どう、して。

私の感情は、そう言葉を紡ぎたかった。けれど掠れた吐息しか世界に音を放てない。

「……覚えているよ、当然だ。無くすものか。お前との記憶を、思い出を。どれだけ覆われてしまおうと、決して失くしてしまうものか」

それなのに神官長は、私の言葉を見つけてくれる。

いつも、そうだった。そのいつもがここにあることがおかしいのに、神官長はいつもの神官長だった。

神官長の視線が初めて私から逸れた。その先には物言わぬ屍が横たわっている。神官長の瞳が震えるように歪められ、すぐに開かれる。

「此度の件で、我々神殿が自らへ施した聖印は右腕にある。無論エーレにも存在している」

えーれ。

えーれ、えーれ、えーれ。

エーレ。

私の夢。私の今日。私の明日。私の昨日。私の熱。

人形としての私を遠ざけた私の歪み。私の罪。私の、私の、私の。

私の、命。

「……だが、エーレの身体には我々の知らない印があった」

その言葉を聞いた瞬間、唐突に、理解してしまった。

既に砕けたはずの世界が再び千切れ堕ちた気がした。

呪いが神殿を襲った日。私とエーレの忘却が解けてしまった日。私は違和感を覚えた。

だって神殿が刻んだ聖印は、皆の右腕からその気配を発していた。だがそれより前に、私を使った神は言った。

『その胸にある刻印は、人が考え出した力の一つか。成程。面白いことを思いつく』

神は言った。

「エーレの胸元に彫られた入れ墨は、聖印を原型とした新たな術だ。術式を起点とした印と共に、お前の名と、お前だけが自身の主だと刻んであった」

戦慄く唇よりゆっくりと、されど小刻みに。首を振ることしかできない。

そこに私の意思はない。そこにあるのは恐怖なのか、叫び出したいほどの絶望なのか、私にも分からなかった。

「……あれは、自身が死亡した際発動する術式だった。自身が持つお前に関するあらゆる情報を敷き詰めた術式を、他者に触れることで広めていく——まるで呪いのような術式を、自らに刻んでいた」

親しい人以外の体温を、肌を、酷く嫌う人だったのに。サロスン家の夜会で、男達の誘いを断らなかった。

あのときからおかしいと、分かっていたのに。

『気付いておるか、人の子よ。それは呪(じゅ)に等しいぞ？』

神はそう、言ったのに。

私は深く思考しなかった。他にも考えなければならないことが沢山あるからと、違和感を追いかけず、いつか考えようと。

私が殺したのだ。

私がエーレを殺した。私がアデウスから、リシュタークから、この人達から、世界から。あの人を、あの命を、あの愛子を。

あの愛の申し子のような人を、奪ったのだ。

激しい絶望と虚無が、私の中で点滅する。

「罰を、受けなければ」

どんな罰を受けたところで、贖える償いなどどこにも存在しない。それでも、それ以外、何も思い浮かばない。

エーレに報えるものを、私は何一つとして持っていないというのに、償いを探すことすら許されなくてもそれしか、私にはそれしかなくて。

神官長は崩れかけた私を包み込むように抱きしめた。

「マリヴェル、エーレはお前の死も罰も望んでなどいない。ただただお前の幸いを願った。そしてそれは私達とて同様だ。行きなさい、マリヴェル。必ず、生きなさい」

「――っ、あなた達は、私などを知るべきではなかった！　私という存在を認識することなく、その生を正しく穏やかに全うすべきだったのに！　……それが叶わぬならばせめて、せめて思い出すべきではなかった。私は歪みだ。あなた達の生の、歪みなのです」

「人がここにだけは触れてくれるなと定めた場所を、その主導権を知らぬ間に書き換えられる。それは不快感どころでは収まらない怒りの対象だ。……マリヴェル、お前は私達の願いなのだ。お前の幸いがあることこそが、私達の幸いの前提だ。何を擲ってでもお前の無事を祈るほどに、お前が大切なんだ」

「私にあなた達を欠けさせるような価値などありませんっ！」

「逆だ。逆なのだよ、マリヴェル」

神官長の声は、私に絵本を読み聞かせてくれたものによく似ていた。

「我々が、我々こそが、君を捧げてもらえるような人間なのか、国なのか。常に詮議され、その採決を越えられる存在であらんと務め続けなければならないのだ」

「お父さんっ……」

私の無意識が放った言葉は、最早絶叫だった。非難ですらあったのかもしれない。

それなのに、神官長は笑うのだ。

「そう、呼んでくれるのかね」

この世の幸いに触れたと言わんばかりの顔で、そう言うのだ。

「お前を傷つけたこの身をそうと呼んでくれるのなら、私はこの生の全てが報われたと思えるよ」

「あ、なたは、何も、何も悪くは」

「……すまないね、マリヴェル。こんな私を父と呼んでくれたお前の涙を、ずっと拭ってやりたかったのだけれど、私が泣かせてしまうとは不甲斐ない」

神官長の大きな手が私の目元に触れて、自分が泣いているのだと知った。知った瞬間、嫌悪感が湧き上がる。

だって、エーレ。

エーレの死で涙を流しはしなかったのに、自分のためには流すのか。

私は本当に、塵屑だ。こんな塵屑のために、役目を果たさず何の役にも立たないまま崩壊したがらくたのために、あの人は、命を、失ったのか。

「神官長、そろそろ」

抉れた右肩を歩きながらカグマに治療してもらっているヴァレトリが、神官長に耳打ちをする。

神官長は小さく頷いた。

「王子、我らが聖女をお願い申し上げます」

「謹んで承ろう。聖女の御身、必ずや。そして——王族として、神殿に敬意を」

胸に手を当てた王子に、神官長は美しい礼を返した。

身を起こした後、脱いだ上着で私を包む。そのまま回した腕でもう一度抱きしめ、額に唇を落とす。

「マリヴェル、愛している。お前の父になれて、光栄だ」

「まっ、て」

「元気で」

「いや、嫌です、やだ、お父さんっ！」

その腕を離した神官長は立ち上がり、私に背を向けた。

癒さなければ。皆を癒さなければ。

そう思うのに、私は何の力も発することはできなかった。

これが憎悪の代償だ。そしてこれが、罰なのか。

誰より、何より、傷ついてほしくなかった人達を癒す術を失う。それこそが、私に下された罰なのか。

神の器。

その表皮でしかなかった人形が神の器を穢した代償を、私の大切な人達が払うことが。

「聖女、抱えるぞ」

「待ってください！　放してっ！」

「よいせっと」

「ルウィ！」

王子によって抱え上げられたことで視線が高くなり、見えるものが多くなった。皆の傷が、終わりが、広く、鮮明に。

大樹は最早神殿全てを呑みこみ、王城にまでその枝葉を伸ばそうとしている。アデウス中から回収されていく神力が、それらを可能としていた。

しかし、それらを神殿と王城の兵が押さえ込もうとしている。

聖女の目だからこそ見える神力の流れを把握し、息を呑む。

神官長達が、一度引きずり出された神力を奪い返している。回収されたとて、生まれてから今までその身に馴染んだ神力を、己の気配を頼りに発見し、周囲の神力ごと強引に奪い返しているのだ。

そしてその神力を、他者にも分配している。

「駄目、駄目です！　そんなことしたら！」

叫んだ瞬間、神官長が大量の血を吐き出した。

当たり前だ。医術以外、他者の神力は人の身体には害でしかない。そんなものを身の内に取り込めばどうなるか。私が試練の最中に、実行したではないか。

他の人間も多かれ少なかれ血を吐き、膝をつく。

嫌だ、こんなのは、嫌だ。

先代聖女が壊した神殿と王城の関係を正すことが、当代の責務だと思った。アデウスの安寧のため、手と手を取り同じ敵に立ち向かえる関係へと戻すことが、願いだった。

だが、こんなことは望んでいない。

「ヴァレトリ！　神官長が死んでしまいます！　止めて！　ヴァレトリぃ――！」

「悪いな、マリヴェル！　僕は神官長の命令しか聞かないんでね！」

手と手を取り、死地に向かってほしいだなんて、一度も。

「あと、忘れて悪かった！　じゃあな！」

そう言って駆け出したヴァレトリの姿は、凄まじい速度で伸びてきた人より大きな根に阻まれ見えなくなった。カグマの声も聞こえない。あんなに大きなサヴァスの声も。

横たわる、エーレの姿も、どこにも。

「王子、お伴できるのはここまでのようです」

「うむ。大義であった」

「光栄です。では、おさらばです！」

短い言葉を交わし、王子が連れていた兵達も散っていく。

私達がいた平面も、もう平面と呼べないほどに波打っている。地の底を根が侵食している。

ここもすぐに、堕ちるだろう。

「余の手は埋まった。そなたらは自力でついてこい。歩けるな、マレイン嬢」

「――ええ」

ふわりふわりと漂うような声。そんな声しか知らなかった少女が発したとは思えない声がした。

ふわりと揺れる金の髪はそのままで、その身も傷一つない。その少女の横にぺたりと座り込んでいる少女、ドロータも無事だ。

しかし、様子がおかしい。虚ろな瞳は虚空を見つめ、薄く開かれた唇からは何の音も発せられない。あれだけ激しく言葉を紡いでいた少女はいま、人形のように座り込んでいる。

ふわりと金の髪を揺らしたベルナディアは、座り込んでいるドロータの腕を摑むと、自らの肩に回して立ち上がった。

「ドロータ、さあ、ドロータ。立って」

立ち上がったドロータの頭がかくりと倒れる。それを、背を支えていたベルナディアの手が直し、自らの頭が支えとなるよう傾けた。

「ドロータ、大丈夫、大丈夫よ、ドロータ。わたしがいるわ。歩きましょう。大丈夫、歩けるわ。あなたは強い子だもの。まるで乳母のような、ドロータ。乳母のように、あなたのお母様にそっくりな、優しいあなた。約束したでしょう？　あの日、乳母がお父様に殺されたあの日、いつか二人で逃げましょうって。ねえ、ドロータ。大丈夫よ……わたしがいるわ。わたしが、いるから。ね？　だから、平気よ。歩けるわ」

ベルナディアは微笑む。

重たいものを持ち慣れていないと一目で分かるほどよろめきながら、力を入れ慣れていない足で、ドロータを支えたまま歩き始める。

その後ろでまた一つ、誰かの血が飛び散った。

王子が歩き始める。神官長が遠くなる。

「神様！」

手足が動かない。身体が機能していない。もうどこからどこまで砕けて、何が稼働できるかすら分からない。

指一本も動かせず、私に残るのはこの首だけだ。

「神様！　お救いください！　神様、お願いします、神様！」

神は私の願いなど聞き届けてはくださらない。

分かっている。だが私に出来ることは祈りしかなく、そして神は言ったのだ。人の手に余ると願えば、手を貸してくださると。

私は器としての機能を果たせなくなった。だが、残骸ならばまだ使えるかもしれない。

「神官長！　神へ、ハデルイ神へ祈りを！　私の残骸を使えば、神の降臨が叶うかもしれません！だから、お願いします神官長！　どうか、神に祈りを！　世界はあなた達を愛しているんです！」

ここは美しい場所だった。美しい、国だった。

塵として終わる人形でさえ、人を夢見るほどに。優しい時間が流れる、世界だった。

再度大きく吐血した神官長が、振り向いた。

「私達はお前を愛しているよ」

そう言って、笑うのだ。

魂を削りながら、お父さんの顔で。

「あなた達がいない場所で、私は稼働できません！」

「やれなくてもやりなさい。命を諦めないことは人の義務だ。そして生を諦めないことは、お前を愛する私達への救いだ。——お前を忘れた私達を恨んでいるのならば、この場に留まりなさい。それが私達への罰だというのなら、私達はそれを受け入れるより他ない。私は自らを呪い、何も為せなかった絶望を抱き死んでいこう」

そんな、馬鹿げた、ことを、言うのだ。

私はきっと、酷い顔をしたのだろう。神官長は私を見て苦笑した。

「いきなさい、マリヴェル」

巨大な根が神官長を呑みこんだと同時に、私を片手に持ち直し、反対の手でドロータの腕を掴んだ王子が走り出す。

私はたぶん、絶叫した。

喉が砕けるほどに、何かを叫んだ。何かを撒き散らした。

けれどそれら全てに意味はない。私という存在は、何一つとして救えはしない。何の意味もない。

何も為せなかった、唯一為せる術すら投げ出した、最早聖女でも人形でもない何かなのだから。

そんなものを守ろうと、世界の愛し子達が呑まれていく。優しい人達が、死んでいく。神官長と歩いた道が、ココとお喋りした東屋が、サヴァスと遊んだ木が、カグマと夜食を食べた部屋が、王子と昼寝した屋根が。皆と過ごした全てが。

エーレと、笑った、全てが。

大樹に薙ぎ倒され、呑みこまれ、失われていく。

それら全てをちらりとも見ず、王子は半ばドロータも抱え込みながら駆け抜けていく。その王子の服の端を握りしめ、ベルナディアも懸命に駆けている。

私だけが何も、何一つ。泣き叫ぶことしかできない役立たず。

誰かを癒すことも、守ることも、戦うことも、祈ることも、救うこともできない。

神を迎えることすらできなくなった、無能な塵屑。

空に到達した大樹は日の光を遮っていく。アデウスは永劫の夜を迎えようとしていた。

世界の終わりが体現されていく中、けたたましく笑う女の声だけが響き渡っていた。

夜だ。夜が来た。

明けることのない、夜が来た。

恐怖を主とし、絶望を拠り所とする深い夜が、アデウスに訪れた。

神殿と王城を呑みこんだ大樹は、霊峰でさえも呑みこんでいく。根と枝葉は王都を夜に閉ざすだけでは飽き足らず、やがてアデウス全土を覆うだろう。

城下町まで下りてしまえばもう、神殿も王城もその痕跡すら認識は難しくなる。大樹だけがその大きさゆえ、どこにいても視認できる。できてしまう。

アデウスの民が逃げ惑う。

巣をつつかれた蜂のような勢いだが、人々に敵意はない。あるのはひたすら、恐怖と惑いだけだ。建物の中にいるべきか、否か。王都を出るべきか、否か。

何もかもが錯綜している。大人も子どもも、女も男も、者も物も。

溢れ出した全てが暴走し、薙ぎ倒し、踏み倒し、倒れ込み、消えていく。子どもだけはと、この人だけはと、これだけはと、我だけはと。

守ろうと、押しのけようと、消えていく。

砂利より緻密に人が折り重なる大通りを外れ、王子は路地裏で一度背を壁へとつけた。激しく呼吸が乱れている。王子がここまで外聞を取り繕えないのは初めてだ。

無理もない。大地がうねり空が堕ちるこの状況下、逃げ惑う人々の中、走り慣れぬ女二人と荷物を抱えて走り抜けたのだ。

王子の足元では、ベルナディアが地べたに座り込み、肺を患ったかのような咳をしている。最早荒い呼吸という表現では追いつかないほど限界を見せていた。

そんなベルナディアと共にぺたりと座り込んでいるドロータは、息一つ乱していない。ずっと、ぼんやり虚空を見つめたままだ。

大樹のせいか、命が駆けずり回る土埃のせいか。視界はずっと霞み、空気は濁り淀んでいる。そんな状況下で呼吸を整えるのは、少し時間が必要だ。

正常な意識を保っている二人の息が整う前に、向かいの建物の裏戸が開いた。

慌ただしくも、恐怖より欲を取った目をした男三人が抱える鞄には、彼らが金目の物と判断した物体が詰め込まれている。

何をしているのか、考えなくても分かった。

王子が私を抱えたまま、剣を抜こうとした。それより早く、男達が倒れ込む。

首元と喉を押さえ、地べたでのたうち回る。男達の手から離れた鞄から、彼らが掻き集めた盗品が音を立てて散らばっていく。

「——聖女、何をしておる」

王子の声に答える意識が構築される前に、私の視線は大通りへと向いた。

「どけ！」

「死ねよばばあ！」

「神殿は何をしてるのよ！」

「邪魔だってば！」

「どいて！」

「平民は道を空けろ！」

「うわ、汚い！」

「当代の神殿はくそほどの役にもたたねぇじゃねぇか！」

「この、邪魔なガキなんざ殺しちまえ！」

倒れ込んだ幼子が潰されぬよう、必死に覆い被さった母親を蹴り飛ばそうとした男が倒れ込む。隣を走る女の首から宝石をむしり取ろうとしていた女が倒れ込む。老爺(ろうや)から鞄をひったくった子どもが倒れ込む。建物に火をつけようとしていた人間が倒れ込む。

人間が人間が人間が、倒れ込む。

スラムから溢れ出した物も、王都に住まう者も、区別なく。

あれだけ入り乱れていた人々の足が止まったのは、本能的な恐怖だろう。だってここにいるのは、神が授けてくださった命への愛を裏返した厄災だ。

私の髪は意思あるかの如く不自然に波打っている。まるで生き物のような様に、嗤(わら)いがこみあげてくる。

こんな物が命であってたまるものか。こんな物を人にするために、何が砕けたか。彼らが砕けてまで与えてくれた命がこんなものだなんて許されない。

だからわたしはさいごまでずっと、物でなければゆるされない。

「聖女、さま……」

大樹が夜を呼んでいる中、人々はへたり込んだ。

無秩序な混乱を自ら益にしようとしていたものだけでなく、全てのものが、新たな恐怖に顔を引き攣らせ、一歩も動けなくなっている。

「マリヴェル様っ」

「お、お許しください、聖女様！」

「貴女様を忘れたわたくし共へのお怒りはご尤もでございます！　ですが、ああどうかお許しください！」

アデウスの民にとって、最早神も神殿も聖女も同じだ。同じだからこそ、こんなにも震え上がる。

だが、私は怒ってなどいない。

そんなもの、もう残っていない。まともな思考を抱く精神すら残っていないのに、最も心を消費する怒りなど抱けるはずもないではないか。

顔を酷く青ざめさせた貴族の男が、震える声を上げる。

「あれが当代聖女だというのか!?　あれではまるで」

化け物じゃないかっ！

その言葉への賛同は、私を見つめる人々の視線が語っていた。

その通りだ。ひび割れた身体は血を流さず、裏返った神の愛を人へと向ける。命もないのに稼働していた私は、誰より善良なる人たらんと存在していた人々の命を吸って、その稼働を持続している。

これを化け物と呼ばずして、何とする。

「我らが人である以上、愛する者を守ろうとその身を砕く存在を、化け物と呼んではならぬ」

王子が言葉を発し、人々は初めてその存在を認識した。

貴族の男が、その丸い体で転がるように王子の足元へ駆け寄る。

「お、おお、殿下！　我らがルウィード殿下ではございませんか！　わたくしめ、ズタ男爵家当主カガーイと申します！」

男は王子へ向けて手を伸ばす。しかし、見上げる過程で私と目が合い、慌ててその手を下げた。

「殿下！　そのような危険な存在、捨て置いてくださらねば御身に危険が迫りましょう！　この大事件、全ての元凶は先代聖女によるものと我らにお伝えくださったのは貴方様でございます！」

「王城と当代聖女の神殿は協力体制にある。そなたの発言、不敬罪と捉えるぞ」

「で、ですが！」

いくら王子が気さくに見える対応を取るとはいえ、本来ならば余程の事情がなければ男爵の身分で王子に話しかけることなど許されない。ゆえに男爵は今、興奮状態にある。

この非現実的な状況もまた、それらを後押ししているのだろう。

「あの禍々しき大樹をご覧ください！　当代聖女は先代聖女の不始末を神殿内に止められず、あの禍をアデウスへと溢れさせたのです！」

何をすればいいのだろう。どこへ行けばいいのだろう。

何を守ればいいのだろう。

「やはり我々アデウスの民には王城こそが全て！　王族であらせられる貴方様こそが、我らの導！　当代の神殿など、金を使ってばかりで大した功績もない！　国家への寄生虫だ！　ゆえにこそ、我らの輝かしき太陽は貴方様方王族でございます！」

「その方、しばし口を閉じよ」

あの人達によって形作ってもらったマリヴェルという存在は、あの人達を失ってまで稼働する必要はあるのだろうか。

「神殿など落ちて当然の無能の集まりでございますゆえ！」

あの人達が守り続けてくれた聖女という存在は、何も救えはしなかったのに。

あの人達が命を賭して守り続けたこの国の民は、善を、理を、簡単に投げ出してしまうのに。

「聞こえぬか。ならば素っ首、余が落としても構わんな」

お父さん、ねえ、お父さん。

「……聖女、よせ」

ねえ、エーレ。

守られるべきは、生を紡ぐべきは。

そうしてほしかったのは、あなた達だったのに。

「聖女……！」

神の器を覆っているだけの表皮が、神の器を堕とした。私の身は、最早災厄そのものだ。その災厄が、私の身体から溢れ出そうとしている。それをかろうじて身の内に留めていた私の意識が曖昧になっていく。

救わなければ。救わなければ。救わなければ。救わなければ救わなければ。

救え。

それが定め。それが役割。それが存在。それが私。それが命令。それがそれがそれが、創られた意味。

堕ちるならどこまでも堕ちてしまえばいい。

奈落の底より遥か遠く、いずれ天すら割るほどに深くまで。

そうすればあの女を殺せるだろうか。

救わなければ救わなければ救わなければ救え救い救う救う救う救う救う救う。

救う。

――救う？

「マリヴェルっ……」

世界はあなた達を救わなかったのに？


お父さん、ねえ、お父さん。

いなくなるのなら、救われてくれないのなら。

報われてくれないのなら、幸せになってくれないのなら。

私をおいて、いくのなら。

どうして。

どうして私に、心なんてくれたの。

怒りに、憎悪に焼けた、最早水を零すこともないのに――に覆われた、私の思考が焼き切れる。

そうして燃え尽きた先には何があるのだろうと、考える個が。

もう、保てない――――……

「マリヴェル？」

全てが崩れ去る瞬間、澄んだ声がやけに響いた。

ぐるりと眼球が動く。

その拍子に破片が転がり落ちていく。引き攣った悲鳴があちこちから上がる。

私を呼んだ澄んだ幼い声は、制止の声を振り切ったのかだんだん近づいてきた。

「――マリ、ヴェル」

子ども達に応えられたのは、無意識の反射だった。

そうありたいと、そうでありたいと願った、私の残滓。

私の応えに、王子の背後から聞こえる声が、嬉しそうに弾む。

「やっぱりマリヴェルだ！」

「マリヴェウ！」

そしてこんな姿を王子の陰で見せずに済んだのは、神の采配だったのだろうか。

「こっちに来ては、駄目ですよ。今はとても危ないので、所長達と一緒にいてくださいね」

「……ごめん。あのさ、あの、マリヴェルのきれいなかみの色が、みえたから。げんきかなって。ながいからちがうかなっておもったんだけど、でも、そんなにきれいなはるのいろしたの、マリヴェルしかしらなくて、それで、げんきかなって」

「はい、元気ですよ。ありがとうございます。あなた達も元気ですか？　毎日、楽しいですか？」

「たのしい！　まい日いっぱいたべられるし、おもちゃであそんでもいいし、え本もいっぱいあって！」

「うん」

「みんな、だっこしてくれる！　おいしいものもいっぱいで！　ね、ヴェル！」

「がじゃいもすき！」

「うん、そっか。それは嬉しいですね。あなた達が毎日楽しいのなら、私も嬉しい。」

熱い滴が頬を滑り落ち、ひび割れた、かつて肌として構成されていた物に吸収されていく。

嬉しいと、そう思えた自分に募るのは、安堵か惨めな浅ましさか。

あの人達を殺して維持された私が、そんなことを思っていいのか。あの人達が生を尽くして教えてくれた心で、こんなことを思えない自分でいていいはずがない。

相反する思考が、ぐるぐると。

「マリヴェル？　どうしたの？　どこかいたいの？　あたまいたいの？　ころんだの？」

「マリヴェウ、たいたい？」

「――いいえ。いいえ、いいえ、どこも痛くはありません。私は元気です。ありがとうございます。傷一つなく、ぴんぴんしていますよ。だから、マリ、ヴェル、大丈夫ですから、所長達といてくださいね。転ばないように、怪我をしないよう、どうか気をつけて……所長、子ども達をお願いします」

駆けつける大人の足音。その中で、他とは違う三つの音。杖をつくのに杖に頼り切らない、少し不思議な足音を立てる人へ、言葉を繋げる。

「……ええ、聖女。子ども達の生を真っ当に守り通す。それが、君がこの老いぼれを信じ託してくれた、約束なのだから」

「がじゃいも、ヴェウのあげう！」

「マリヴェル、またね！」

ああ、愛おしいと。

この子達が、命が、生を紡ぐ人の子が幸いであれと。

どうしたって、願ってしまう私がいるのも、本当なのだ。

そう創られた。そう稼働するよう設定された。そう祈るよう定められた。

けれど、思い、想い、願うのは。

そうあれるのは、そうありたいと思える私なのは、あの人達がそうしてくれたから。

教え、聡し。

愛し。

そうやって、そういう私を、紡いでくれたから。

そして、そして、ああ、エーレ。

エーレ。

あなたが自身にかけた術が、あなたがいなくなった後も、私を一人にしないのか。

あなたは、そうだった。ずっと。ずっとそうだった。

私がこの世界に発生し、誰からも認識されていなくても、全てから忘れ去られても。

あなただけが、私を一人にしなかった。

私と一緒に二人ぼっちになってまで、傍に居続けてくれた。

自分の死と連動させてまで、あなたは最期まで、私を一人にしなかった。


「何をっ……お前は何を言っているんだ！」

杖をついた青年が、王子の足元にへたりこんでいた男の背を杖で叩いた。

「当代の神殿が何をしてくださったかっ！　お前にはどうせ分からないだろうさ！」

青年は、泣いていた。

「先代聖女は、そりゃ凄かったんだろうさ！　でも、俺達には何もしてはくださらなかった。小さな、目立たない不幸には、何も！　ずっと！」

「い、いた！　痛い！　ひぃ！　助けろ！　誰か、助けろ！」

泣きながら、震える手で杖を振り回す。

「でも、マリヴェル様は助けてくださった！　誰もが知っている差別や不幸じゃなくて、小さくて目立たない、当たり前の不幸にも手を差し伸べてくださった！　俺達みたいな、新聞の片隅にも載らないような不幸はどこにでもあるんだよ！　働き手が死んだり、事故に遭ったり、病気になったり！　死んじゃいねぇけど、生きていくことはできるけど！　でも、前と同じようには絶対に生きられなくて！　できないことと苦労と不安が大量に積み重なるような、そんな人生に一瞬で変わっちまうのに、生きてはいるから。生きてはいけるからっ……生きてはいけて、しまうから。だから、頑張ってって、他にもたくさん大変な人はいるって、もっと大変な人はいるからって、そんな言葉で今までと同じ世界に放り出されてっ」

泣いているのは、青年だけではなかった。

「……分かってるよ。今にも死にそうな人に金や人手は使われるべきだって。そっちのほうが急ぎだって、分かってる。でもさ、じゃあ、俺達はいつになったら順番が回ってくるんだよ。生きてはいけてしまうから、一生、普通には生きられないまま、普通の基準で回ってる世界で死なないだけましだと思いながら生きていって、どうしようもなく追い詰められて、死にたくなりそうなほど苦しんで、死にそうになったら助けてもらえる権利を得る。ずっとそうだった。それが社会の仕組みだった。俺達みたいなのはいっぱいいて、当たり前で。当たり前のことは、誰も助けてくれなかった。ずっと、そういうものだってことで、社会は回ってきたんだ。継続して金と手間がかかり続けることは、暗黙の了解で、最初から触らないようにされてきた」

あちこちで、啜り泣くような声が聞こえる。

「でも……マリヴェル様は、マリヴェル様の代になってからの神殿は、目立たない、誰にでも起こりうる不幸にも手を差し伸べてくださった。明日をも知れないわけじゃない、だけど確実に普通より苦労する。普通では苦労する。そんな状況に陥った人間を助けようとしてくださったんだ。……小さいことで、よかったんだ。当事者じゃないと分からない、日常の苦労って、そういうことなんだ。そういうものが積み重なって、苦痛だらけになるんだ。本当に小さいことで、いいんだよ。その少しがあるとないとで、変わる。その少しで、救われる。そういうものがあるってことすら、あんたらは知らないだろ……。毎日、時々、ほんの少しだけ助かる。それだけで、人生がうんと楽になるって、あんたらには分からないだろ」

貴族の男は頭を抱えて丸まったまま、ぶるぶる震えている。

青年の杖は、もうとっくに止まっていた。それなのに、ずっと、ぼろぼろと泣いている。

「マリヴェル様が俺達にしてくださっていたことは、そういうことなんだよ……先代聖女が王城への非難にかけていた時間と手間と金を、俺達に向けてくださった。子ども達に向けてくださった。すぐに社会のお荷物扱いされる俺達や子ども達じゃ、権力とか財力とか、そんなものは普通の人よりなくて。マリヴェル様のお力になるどころか恩返し一つできやしないのに、そんな俺達に使ってくださったんだよ。なあ、分かるか。助けてもらえるってことがどれだけありがたいか。助けてくれない誰かを恨んでしまう自分の傲慢が、どれだけ情けなくて惨めか。自分の苦しみを上の人が知ってくれていることが、そうして助けようとしてくれて、実際に助けてくれることがどれだけ……どれだけ、嬉しいか」

啜り泣いていた人達は、呼吸が心配になるほどの嗚咽を零している。

「俺は、俺はな……生きてていいんだよって、言ってもらえた気がしたんだ。苦労に歪まず、変わらず、俺のまま生きていっていいんだよって、許してもらえたとさえ、思えたんだ」

一際激しく大地が揺れた。

人々が悲鳴を上げる。引き攣るような悲鳴が重なりすぎて、まるで一つのうねりのように響き渡っていく。

数え切れない王都の民の悲鳴を呑みこもうと、大樹が巨大な口を開けた。根の、枝の数が多すぎて、もう命が生を紡ぐ場所がない。

今までこの規模で大樹が稼働していなかったのは、あの中心で、最後まで抗っていた人達がいたからだ。

大樹はどこまでも私を追ってくる。

だって私の中には、初代聖女が長い年月をかけた鍵があるのだ。

聖女選定の儀と銘打ち、そうして十二神の力に十二回の生をかけた。人の身に取り込めるよう儀式を繰り返し、次の代へと渡し続け。

それら全ての集合体となる最後の鍵が、私の中にある。この鍵を初代聖女が手に入れていた場合、生まれたのは十三代聖女ではなく。

新たな神だったのだろう。

だからハデルイ神は言ったのだ。

本来、十三番目の聖女はあり得なかった、と。

私の胸に咲いた花が大樹と共鳴している。私の身体中に宝石のような根を張る音が、他者へも聞こえるほどに。

私がいつまで経っても砕けぬから、痺れを切らした女が追ってきた。私の命を殺し尽くした女が、私ごと、全てを吞みこまんと歓喜に叫んでいる。

「聖女」

「はい、王子」

「アデウスは、終わるか？」

もう空は、ほんの欠片も見えなくて。

「嫌だ！　死にたくない！」

「助けて！」

「誰か助けて！」

「お救いください！」

人々の恐怖に引き攣った絶叫でさえも、大樹に吞みこまれ、もうどこにも届かなくなるだろう。

「そうかも、しれませんね」

「そうか」

けれど今はまだ聞こえている。

「神様！　お救いください！」

「神様どうか！」

「聖女様と王子様を、お二人だけでも、どうか！　神様ぁ！」

私達には、聞こえているのだ。


「そうであったら諦めますか？」

「いや？　ここがアデウスであり、余がアデウスの王子である限り——そして我が友マリヴェル。余とそなたが揃って尚、諦めるなどとつまらぬ選択をしたことがあったであろうか。さて、余の記憶にはないようだが」

「私の記憶にもないから脳天かち割られてばかりだったんですよねぇ。……ルウィ、一つだけ試していないことがあります。今まで思いつきもしませんでしたが、私達の初めての諦めは、全て試してからでも遅くはないかと」

「論じる必要もあるまいさ」

王子はそれまで大樹へ向けていた穏やかとさえ思える視線を、背後へと巡らせる。その視線を受けた所長が、静かに歩み寄った。

一瞬だけ私へと向いた所長の視線は痛ましげに歪められ、静かに王子へと辿り着く。

「余の名を使って構わん。サロスン家へ向かえ。幼子を連れての王都脱出、現状不可能であろう」

「有り難きお言葉……お二方、ご武運を」

「所長、今までありがとうございました。子ども達をよろしくお願いします」

所長は一度強く杖を握りしめ、すぐに下がっていった。

それを最後まで見送らず、視線を空へと戻す。

随分と、世界は窮屈になった。

空が堕ちてきて狭くなった世界は、息苦しくやかましい。音も視界もぎゅうぎゅうで、成程、命が生きる場所がないのも頷ける。

あれは一人だけが生きる世界だ。他者が生きる隙間が欠片もない。

今にも落ちそうな腕をかろうじて動かせる部位で押さえながら、お腹の上で移動させていく。視線の中に入った指輪を見て、一度目蓋を閉ざす。

お父さん、皆。ごめんなさい。

あなた達がくれた全て、大切に使うのであれば、あなた達は許してくれるでしょうか。

お父さん、皆、ありがとうございます。

あなた達が紡いだ全てがアデウスを救うのであれば、私は憎悪より誇らしさを抱けると思えるのです。

エーレ。

この結果がどう転ぼうと、何故かあなたは全く違うところで怒るような気がするんですけど、怒りに来てくれますかね。……来てくれたら、嬉しいな。

私とあなたは違うから、終わった後に出会えることはないでしょう。

あなたは命で、私は物。終わった後に残るものなど何もない。

それでも、エーレなら。エーレなら全ての常識を力尽くでぶち破り、会いに来てくれるように思えてしまう。そんなエーレの無茶苦茶を勝手に想像して、思わず笑ってしまう。

そう、笑えるのだ。私は、笑える。

あの人達が教えてくれたものを、過（あやま）たず持っていける。あの人達が分けてくれたその生で紡いだものを、余さず持っていける。

それにしても、ずるいですよ、エーレ。

私が死んだら一緒に死ぬだなんてとんでもないことを言っていたのに、最初から私より後に死ぬつもりがなかったんじゃないですか。

私には散々死ぬなと、壊れるなと言い続けたのに、その実、後に残るつもりが更々なかったのはあなたのほうで。

置いていかれるのが嫌なのは、あなたも私も同じだったのだろう。

そしてエーレのほうが、私よりずっとずっと要領がよくて。言わなければ止められることもないと、こんな時まで、末っ子力全開の作戦を押し通し、やり通した。

私の命は、そんな人。


勢いよく開けた視線で、ルウィを見る。

「ではルウィ、私と死にましょうか！　好きに使え！」

「心中相手として申し分なし！　好きに使え！」

本当に楽しそうに笑うルウィが、私を抱きしめながら振り回した。

「…………綺麗」

恐怖ばかりを紡いでいた人々の口から、ほろりと言葉が零れ落ちる。

きらきらきらきらきら、私の破片が散らばっていく。雨のように、涙のように、花のように、夢のように、欠けた私が世界を彩っているとさえ思えた。

あの人達が紡いでくれた私が、人の心に安らぎを渡せるのならば、こんなに嬉しいことはない。

神様。神様。神様。

ハデルイ神。

そして、新たに生まれ出ずるはずだった、幼き神よ。

神の器である尊き栄誉を自ら放棄したがらくたではありますが、人に愛してもらった人形では如何でしょう。人に、素晴らしい命達に与えてもらった心を持った人形では、如何でしょう。

神の器に人から与えられた心が入った人形には、あなた方が必要とした世界への繋がりが入っています。

「マリヴェル」

「はい、ルウィ」

ルウィは笑う。私も笑う。

「余の恋以外の全ての愛は、そなたに捧げよう」

「えぇー……、ルウィ、生涯恋愛する予定はないって言ったじゃないですか」

「無論よ。余は王子である故にな。よって王子に許された愛全て、そなたにくれてやると言っておるのだ。いらぬしな！」

「……王子がいらないもの、基本的に私もいらないのでは？」

「それよ」

そして、あの恐ろしい脅威から何百年も王座を守り続けた、特異な一族の血と魂は如何でしょう。その中でも顕著に突出した、彼の血と魂は如何でしょう。

神力による影響を受けづらいその特異は、あの脅威への手立てと成り得ないでしょうか。

「まあいいや。ルウィ、私もあなたのことを大雑把に愛してますよ！」

「はははははははは！」

あなた方と彼への繋ぎに、私をお使いください。

器としての務めは最早果たせぬ私ではございますが、美しく優しい命達が仕上げてくれた人形です。人とあなた方を繋ぐ任くらいは果たせましょう。

人形として創られ、人としての心をもらった。

神が創り、神官長達が仕上げた。

神と人の創作物が、私という個だ。それが私という創作物の終だ。

この形を終とし、私という個は固定された。

人々は堕ちてくる空に押されるように座り込んだまま、立ち上がれないでいる。いまこの場で立っているのは、私を抱えて踊るルウィだけだ。

私の破片が人の上に降り注いでいく。その破片を、人々は握りしめた。両手で、皆で、固く固く握りしめ、祈るように額をつける。

歌が聞こえた。澄んだ美しい歌は、王子の足元でドロータを抱きしめるベルナディアから紡がれている。

私は知らなかった、誰もが知っている歌。

アデウスの子守歌。

優しく静かで穏やかな、まるで神官長のような歌。他者の平穏を願う、慈しみの歌。他者が紡がねば知れぬ歌。

命だけが紡げる、愛の歌。

その歌を、私に歌ってくれた人がいる。その人が与えてくれたこの心を、憎悪に使おうとした私の愚かさに。神よ、どうか裁きをお与えください。

そしてどうかアデウスに延命を。

憐れみを。

慈悲を。

慶びを。

神様。どうかアデウスに生きる命を。

どうか、どうか、どうか。

神殿と王城の献身を以て。

第一王子と聖女の贄を以て。


どうか、お救いください。

外伝 ✴ 忘却神殿〈IV〉

【書き下ろし】

"Saint Mariabelle"

My life exists for this child.

「そろそろ子どものお守りから解放されては如何ですか？」

神官長の執務室を訪ねると、ちょうど来客中だったらしく会話が聞こえてきた。これは入室を諦めるべきかと、手に持っていた籠の中に入っている山盛りのクッキーが落ちないよう持ち替える。

「それは神官長である私への言葉でしょうか？」

開いた窓から神官長の穏やかな声が聞こえてくる。

「い、いいえ、とんでもないことです。恐れながらも、貴方様一個人へ向けたお節介でございますとも」

「そうでしたか。これは失礼。神官長である私への言葉であれば、聖女への侮辱と捉えるところでした」

「は、ははは、それはそれは……」

神官長のゆっくりとした話し方は、こちらの眠気を誘う。来客も言葉尻がどんどん小さくなっていくので、きっと眠たいのだろう。私も眠くなってきた。

窓から少し横にある壁のへこみと、その近くまで伸びている枝両方に足をかけた体勢で聞いている私でも眠くなるのだ。きっと座って聞いている来客はいちころだろう。

世間話をしているようだし、深刻な話でもないのだろう。だが、山盛りのクッキーを持って、五階にある神官長の部屋に窓から飛び込んでいいかは微妙なところだ。私の品格はどうでもいいが、神官長と神殿の品格に響くと問題である。

誰かまでは判断をつけられないが、声を聞く限り、来客は神殿の人間ではないようだ。つまり、やめておいたほうが無難だろうという結論に至った。

ならばこのまま立ち聞きするわけにもいかないので、音を立てず体勢を変え始める。本来ならばすぐに撤収しなければならないのだが、立ち位置が立ち位置なので、音を立てず撤収するまでに少々時間をもらいたい。ここは五階なので落ちたら怒られる上に、全てのクッキーを死守できる自信がないのだ。

「老婆心とでも申し上げましょうか……その、貴方様は長らくお一人でいらっしゃるゆえ、お寂しいのではと思いましてね。そろそろ子育ても一段落といった頃合いでしょうし、一度考えてみては如何かと。わたしの娘も、それは気立てがよくて」

「お心遣い痛み入ります。しかし私は、生涯独り身で過ごす予定ですので」

「確かにずっとそのように仰っておられますが……貴方様ともあろう御方が、血筋を残さぬのはあまりにアデウスの損失でありましょう。クラウディオーツ家のお血筋を残されたいとは思われないのですか？」

「血筋を残すことだけが価値ある生き方ではありませんので」

この声、どこかで聞いた覚えがある。どこかの誰かが開催していた夜会に出席していた誰かが、こんな声をしていたように思う。確か貴族の誰それさんだったはずだ……。

どうか分かってほしい。私は勉強が苦手なのだ。

そんなことを考えながら、壁側にかけていた重心を徐々に枝側へと戻していく。こんな風に外から侵入できてしまうので、地上に戻ったらこの枝の撤去をお願いしたほうがいいだろう。

そうこうしている内に、焦れたような客人の声が聞こえてきた。

「……しかし、貴方様はずっとお一人でいらっしゃる。これでは、早くに亡くなられたご家族も悲しまれるのではありませんか？」

私は、ぴたりと止まった。

神官長の家族の話を聞いたのは、初めてだ。

「屋敷が全焼するという痛ましい事故でしたな……。故にこそ、幼少の砌よりお一人で過ごされた御方であるからこそ、共に寄り添い温かな家庭を築かれることをご家族も望んでおられるのではないでしょうか」

料理長と一緒に焼いた焼きたてのクッキーが一枚、地上へと落下していく。その様がやけにゆっくりと見える。落ちた食料を食べてはいけない。だって、神官長達が悲しそうな顔をする。

これ以上聞いていては、不可抗力ではなく私の意思で盗み聞きをしてしまう。そんな、追い立てられるような焦燥の中、私の思考は落ちていくクッキーを追いかけていて。

だから私は、咄嗟に飛びおりた。

「そろそろ、貴方ご自身の人生を彩るべきではないでしょうか」

それでも、追いかけてくるように聞こえてしまった客人の言葉が、頭の中を離れなかった。

アデウスの王城は、神殿同様古く、歴史がある。その上神殿以上に増改築を繰り返したものだから、当然のように空き部屋があちこちに存在していた。皆、これまた当然のように新しくなった部屋を使いたがるのだ。

そもそも、元々の部屋が古かったり使い勝手が悪かったりが理由で増改築がされてきたのだから、それもまた当然の流れだろう。

そんな、警備または警護する側は盛大に頭を抱えるが、ちょっとさぼったり昼寝したり、密談したり密会したりしたい面子には大変ありがたい部屋の一つに、私達はいた。

床に座り、神妙に正座する私の前では、片膝を立て、どうでもよさそうな顔でクッキーを食べるエーレがいる。

「……神官長が、お見合いを勧められていました」

「だろうな」

「…………そろそろ、子どものお守りから解放されるべきだと」

「まあそう言ってくるだろうな。奴らにはそれしか手札がない」

ある程度食べ進めたクッキーの山を指さし、「もう満腹だ。後で食べるからその一山置いていけ」と言ったエーレは、お茶を欲した。だがこの場にお茶はない。

クッキーを持って窓から神官長の執務室を訪れると来客中だった為、出直そうとして偶然聞こえてしまった会話に、私は中々の衝撃を受けた。

ゆえにそのままとって返した勢いで神殿を出て、王城で休憩中のエーレをとっ捕まえ、空き部屋に引きずり込んだ私にクッキーの山を供えられたエーレは、ひとまず話を聞いてくれた。ついでにクッキーも食べてくれた。

そして若干咽せているが、ここにお茶はない。

エーレは休憩中らしく伸びをして、背後の床についた後ろ手へ体重を預けた。完全に仰け反るには、宣言通り満腹だったのだろう。寧ろ、昼食を摂ったばかりのエーレにしては食べてくれたほうだ。

若干重心をずらしただけの体勢で、エーレの視線だけが私を向いた。

「お前然り、俺然り。サヴァスもヴァレトリも、現在神殿の主要人物とされる面子の多くが適齢期と定義された年齢でありながら結婚していないんだ。婚姻関係を縁にしたい面々からすれば格好の獲物だろう」

「そういう……ものなんですか」

「そして聖女への申し込みは、盛大にふるい落とされた上で、最終突破地点である俺と神官長のもとで九割以上が止まる。だから先にここを落としてから、お前へ到達したいという思惑も絡んでいるだろうな」

「……………つまり、私がどこかのお見合いで結果を出せば、皆が常日頃から鬱陶しいと言っているお見合い催促攻撃が減るということですね？　分かりました！」

「恋人を前によく言った。はっ倒す」

はっ倒すと言ったのに燃やされたなぁと思っていたが、燃やされた後にはっ倒された。エーレは有言実行の男である。

恙なく恋人を燃やした上にはっ倒した男は、ところでと話題を変えた。

「お前、左手首どうしたんだ」

「手首ですか？」

「痛めてるだろう」

「ああ、五階から飛びおりたときに枝摑みまくってたらこうなりました」

「カグマに連絡を入れておく。この後、絶対に行け」

「カグマに言ったら怒られるじゃないですか」

「俺にならから怒られないと、何故思った？」

恙なく恋人をはっ倒した上に燃やした男は、眠たそうに欠伸をした。

エーレは最近の主な勤務場所である王城では勿論、本拠地である神殿でもあまりこういう態度は取らない。大多数にとって、エーレの欠伸は希少だ。しかし、彼と親しい間柄の面子にとってはさほど珍しくもない。

何せエーレは常に寝不足なのだ。大体全部私の所為で。

それについては、致し方ない状況も多いとはいえ、いつも大変申し訳なく思っている。

私の髪を適当に編んで遊んでいるエーレは、おねむの目蓋がうとうと揺れる現状を我慢するつもりはないようだ。

「俺達もそうだが、神官長も見合いの催促をされ続けているのは知っていただろう。何をそんなに落ち込んでるんだ。大方、自分の存在が神官長の人生を妨げていると思い込んでいるんだろうが、神官長のような人の人生を妨げるのは至難の業だと思うぞ。よってお前の落ち込みは無意味だ。よかったな。終了。俺は寝る」

何をそんなに落ち込んでいるんだと言いながらも、私の相槌すら一切必要とせず結論まで言い切ったエーレは、向かい合っていた身体をのそのそと移動させていく。最終的に、壁を背にした私の隣に落ち着き、壁と私に凭れて寝始めた。

それを邪魔するわけにもいかず、しょぼしょぼと座り直す。一人分の体重を支える姿勢と、二人分の体重を支える体勢は少し違うのである。

「そういえば」

「うわびっくりした」

寝たはずのエーレが、ぱちりと目を開けた。

「お前明日からしばらく、必要時以外は王城に近づくなよ」

「何でですか？」

「北の辺境伯が来る」

「へぇー……そう言えば、ルウィがそんなこと言ってましたね。息子と娘を連れてくるそうで。北はしばらく王家との婚姻がなかったとかで、王子達とのお見合いかねてるって。まずはルウィからだそうですよ」

辺境伯は、常に王城と懇意でなければならない。それが国家安寧の基盤だ。辺境伯とは即ち国境である。それも意思ある国境だ。ここが揺らげば国家が揺らぐ。当然の帰結である。

そして、それ関係でも王城に詰めている神殿組も忙しいのだろう。エーレもここ数日王城に泊まり込みなのだ。

「成程。確かに私は行かないほうがよさそうですねー。何故かちょくちょく、ルウィと交際しているって噂が流れるんですよねー」

「昨日からまた流れているな」

「へぇー」

「ところでマリヴェル、昨日王子と何をしていた？」

「え？　ルウィを枕にしてこの部屋で昼寝してました」

そこに、この部屋で逢い引きしようとしていたらしい恋人達が入ってきて、ちょっと大変だった。

どうやら二人とも配偶者がいたらしく、大惨事だったのである。流石に不貞の現場を王子と聖女に見られては、言い逃れも出来まい。

そこまで話して、はたと気付く。

「あ、それまではルウィが私を枕にしていたので、負担は折半であっつ！」

エーレの発火地点がさっぱり分からない。今の話の何処に私を燃やす要素があったのか。聖女と王子の負担が半々なのは、国民の望むところのはずだ。

考えている間、私の肩と顔を盛大に枕にしていたエーレは、寝息を立て始めた。おやすみ三秒。乳飲み子であれば、手のかからない子だと喜ばれることだろう。

常に寝不足であるエーレの健康を考えると、少しでも休息時間を減らすべきではないと判断し、そのままにしておく。そもそも貴重な休憩時間を私に使わせているのだから、せめて睡眠くらいは取ってもらいたい。

エーレは同年代の人間に比べて体格が小さく、体力もないのだ。ふた月ほど前に暫定十四歳となった私と並んでも、大差がついたと言えるほどの差が出ていないくらいだ。

頭はいいのに、否、いいからだろうか。最短で物事を解決したがる故、力尽くで物事を解決しがちなエーレが病に倒れる姿は欠片も想像も出来ない。そう思うも、病以外で倒れている姿は簡単に想像できてしまうので、その身を案じるなと言われても無理な話である。

主に、走った後とか、歩いた後とか、重い物を持った後とか、疲れ果てた後とか。椅子に草原に寝台にと、思い返せばあちこちで沈んでいる。

他の人の証言と照らし合わせても、大体全部私の前で沈んでいるという。つまりは、大体全部私の所為である。

今日は睡魔に沈んでいるので、そのまま寝かせておくことにした。

私を枕に眠るエーレの寝息を聞きながら、開けておいた窓から流れてくる風を受ける。

不便な立地として捨て置かれることの多いこの空き部屋は、山に近い場所にあった。そしてここは三階だ。水があちこちを通り抜ける一階は湿度が高い部屋も多いが、ここは適度な湿度に快適な温度、草木の香りを纏った柔らかな威力。つまりは心地よい風しか入ってきていない。

これはエーレでなくても寝るというものだ。いつもの私なら、エーレより先に寝ているだろう。

だが今は、そんな気になれなかった。

見合いの話が、私やエーレ達へ山盛りで送られてきていることは知っていた。同じほどの勢いで、若くして荒れた神殿を治めきった神官長へ来ていることも。

スラム出身の聖女という、異例中の異例である私が聖女となったことで、神官長は歴代の神官長であればしなくてもよかった苦労を背負い込んだ。私が成人に達していない年齢だったことも、不要な苦労の一つだ。

だからこそ、私を理由に勧められるお見合いが多いことも知っていた。

私の存在が厄介で、神官長は結婚しないのかなと思ったこともあった。口には出していなかったのに、どうしてだか気付いた神官長は、違うと教えてくれた。

『私は、恋愛という意味で誰かを好きになることはない人間なのだよ。出来ないと言ったほうが正しいのかもしれないね。そうと気付いたのは随分昔のことだ』

私を膝の上に抱き上げ、視線を合わせて笑う神官長は、寂しそうには見えなかった。

『婚姻というのは、生涯を共にしたいと願う者同士が選択する手段の一つであって、義務ではない。故にこそ、他者に恋慕を抱けない私がその選択をすることはない。ただそれだけの話であって、そこに外的要因は一切存在しないのだよ』

私はこれ以上、神官長の生を妨げる理由を増やしたくはなかった。だから私は、安心していたのだ。神官長が寂しそうではなかったから、ずっと、今までずっとそうだったから。

神官長自身が紡いできた歴史を、私はあまり知らない。神官長が自身のことを語らないのは、それを自慢げに話し続ける類いの人間ではないからだと思っていた。

神官長は寂しくないと言った。つらくもないと言った。自分の選択でこうしているだけだと、穏やかに教えてくれた。

神官長がそう言うのならそうなのだろう。

けれど。

「神官長、いつか寂しくなったら、どうしよう……」

どうしようも何も、私如きがどうにか出来ることなど何一つとして存在していないと分かっている。案じる。そんな権利を私という個は持ち得ないし、神官長に対し失礼だと思う。それに、そもそもこれは案じたり心配したりといった気持ちとは少し違う気がする。

それでも、どうしてだろう。何だろう。よく分からない。分からないけれど。

神官長は、ずっと楽しくて、嬉しくて。穏やかで、鮮やかな幸いの中を生きてほしい。

そう思う。

物心ついた頃、というよりは、スラムで突っ立っていた頃からの記憶しかない私には、家族という繋がりが記憶の中にも存在していない。だから、家族という存在が良いことなのか悪いことなのかも判断しようはないけれど、神官長が寂しいと嫌だなと思う。いつか、神官長が家族を得たいと思ったとき、私という存在が邪魔になったら嫌だなと、物凄く思う。

自分でも、何にこんなに衝撃を受けたのかはよく分からないけれど、総じて判断すると、不安と呼ばれる感情に近いように感じた。何が不安なのか、これが正しい感情の把握なのかも分からないけれど、他に当てはめられる選択を私は持ち得ないのだ。

「マリヴェル」

寝入っていたはずのエーレが、私を呼んだ。寝言かと思ったけれど、エーレはあまり寝言を言わないので、これは彼の意思だろうと視線を向ける。

「神官長と家族になりたいと言う勇気が出ないなら、俺が練習台になってやる。お前は何も恐れることはない。お前が恐れることは全部、俺が排除してやる。だからお前は、望みのまま前を向いているだけでいい」

「……何だかそれ、私と生涯を共にしたいって約束みたいですね」

「そのつもりだ」

「えぇー……エーレ、人生の損失では」

「それを決めるのは俺だ」

「それは……そうですが」

本当に、本当に不思議なのだけれど。

エーレにそう言ってもらえた事実に対して抱いた感情は喜びだった。その上、何度もそんな言葉を聞いたような気がする自分は、到底許されない怠惰の中にいるのだろうと、思った。

だって私が、そんな人の子のような思いを抱くことなど、許されないのだから。


珍しく寝坊せず起床した私は、窓の外を見た。季節は春。少々風は強いが、温度も湿度も快適。

そして朝から空は晴れ渡っている。

今日はいいことが沢山ありそうな気がしてきた。私の予感は当たる確率すら許されていないが、そんな気がするほど快適な条件が揃った朝だった。

いつもなら寝台に潜り込み直すところだが、楽しげな予感に従い、いそいそ着替え、部屋を出た。

偶にはこんな日があってもいいだろう。

日々、何が何でも聖女を叩き起こすと鬼気迫った気迫でいる、神兵も神官もごった混ぜの男女混合型起床係がぽかんとしていた。

「聖女様、何やらかしたんですか？」

「聖女様、隠し事は早いとこ吐いたほうが身の為ですよ？」

「聖女様、今ならまだ間に合いますよ？」

「聖女様、白状しましょう！」

ぽかんとしていたのは一瞬だった。誰一人、意見の摺り合わせどころか目線すら合わせていないのに、満場一致で私の罪を疑ってきた。

「正しく起きたら大惨事なんですが!?」

「日頃の行いです」

盛大に嘆けば、全員から真顔が返ってきた。

至極真っ当な判断である。

聖女の居住区域を出て食堂へ向かっていると、声が聞こえた。即座に背筋が伸びる上に、慶びが沸き立つ声だ。

「マリヴェル、おはよう」

「おはようございます、神官長！」

朝食を食べる前に神官長に会えるなんて、今日は幸先がいい。滅多に当たらないが、今日の幸先がいい予感は当たっていたようだ。最高である。

私は後ろから聞こえた神官長の声に、勢いよく振り返った。

「う」

私の髪が当たったらしい神官長が小さく声を上げた。

土下座した。

「大丈夫だから、立ちなさい」

「……すみません」

笑いながら差し出してくれている手を借りて、立ち上がる。少しでも出遅れると、神官長はすぐに膝を折ってしまうのだ。私のせいで神官長の膝が汚れるのは許されないと思うのだ。

そう思っていたら、神官長は取り出した手拭いで私の額を拭ってくれた。どちらにしろ神官長の持ち物を汚してしまった。万死に値する。

神官長は、今日も丁寧に身嗜みを整えた姿だ。神殿に来るまで掃除の概念がよく分からなかったけれど、場が整っていると安心するという気持ちは、神官長のおかげで分かるようになった。だって神官長は、これから眠ろうというときでさえ、整っているのだ。

神官長がいつものように過ごしていると、それだけで嬉しいし、何だかほっとするのだ。

神官長が笑っていると嬉しいし、ほっとする。神官長が元気だと嬉しいし、ほっとする。そんな自分が、不思議ではないし好きだと思える自分は、どうしてだか許されない気もするのだけれど。

料理長とクッキーを作りながらそう言うと、料理長は何だか神官長のような顔をして、「多くの子どもはな、両親に対してそう思うんだよ」と言った。

「マリヴェル、昨日はクッキーを焼いてくれたのだね。直接受け取れなくてすまなかった」

「…………え!?　私、神官長にクッキー持っていきませんでしたよ!?」

「エーレが持ってきてくれたのだよ。美味しくいただいた。ありがとう」

優しく笑ってくれる神官長はとても物凄く猛烈に嬉しいのだが、何故エーレが私が焼いたクッキーを持っていたのだろう。

エーレ・リシュターク一級神官。彼とは長い付き合いであるが、仕事以外の話はほとんどしたことがないのだ。

驚いたが、そういうこともあるかと思い直した。

昨日、神官長の過去を聞いてしまった動揺のあまり、その辺を歩いていたエーレにクッキーを押し付けたのかもしれない。時間帯からして昼下がり。忙しいエーレが既に昼食を取れていたかは定かではないが、もし食べた後なら、山盛りのクッキーは食べきれないだろう。だから神官長に渡してくれたのかもしれない。

後でお礼を言わなければならないが、忙しいエーレの予定を把握するのは、聖女であっても困難を極めた。本人からの事前申告がない限り、暇な時間を知ることすら中々できないのである。なぜならば、個人判断での行動を許される、それが一級神官なのだ。

私は聖女なので、王城に詰めている神官の予定も聞こうと思えば当然聞ける。けれど、猛烈に忙しいエーレの予定に、クッキーのお礼をねじ込むのもどうなのだろう。

「お前も菓子を焼けるようになったのだね。小麦粉のまま食べようとしていた時代を知っていると、感慨深いものがあるよ」

「九割強は料理長作です！　私は卵を割って、形を抜きました！」

「焼く前に食べなかったのだから素晴らしい」

料理長だけでなく、調理場にいた人が総出でクッキー生地の前に陣取っていたのは、それを案じられていたらしい。料理長など、鉄板に並べたクッキーの上に覆い被さるようにしていた。

焼けたクッキーを見た皆は、今の神官長のようにしみじみと頷いていたものだ。

しかし、神官長達が案じている当時の私だって、小麦粉のまま食べようとはしていなかったではないか。ぼふぼふ逃げて食べづらいから、ちゃんと水溜まりの水と泥を混ぜて食べようとしていた。土は駄目だと言われたから水と泥にしたのに、盛大に嘆かれたものだ。

「ちなみに、自分だけが食べる場合はどうやって作るのだね？」

「はい！　まず卵を噛み砕いて飲みこみます！」

「料理は常に料理長と行うように」

「それ、料理長にも言われています。たぶん何万回か」

他にも誰かの家で何度も言われた気がするけれど、きっと気のせいだろう。私の知り合いの多くは神殿住まいだし、王都に家を構えられる人は限られている。曲がりなりにも聖女なので、誰かの家でお茶を淹れたり料理をする機会など皆無に等しいのだ。

「あれ？」

神官長と並んで歩けることが嬉しくて、ぶんぶん手を振って歩いていると、前方からエーレが歩いてきた。恐らくしばらくは王城詰めとなるであろう神殿組の筆頭でありながら、朝から神殿を歩いているのは何故だろう。

神官長同様、身形はきちんと整えられているが、機嫌の悪さは雲泥の差である。無表情に見えるが、あれは大変な不機嫌だ。

寝不足。忙しい。私が何かやらかした。さあ、どれだ、どれが理由だ！　全部か!?

ひとまず神官長の後ろに隠れておく。暗殺者が来たら前に出て、エーレが来たら隠れるべし。これが聖女として正しい行動であり、鉄則である。

「おはよう、エーレ」

「おはようございます、神官長」

「おはようございまーす……」

「おはようございます聖女さっさと出てこい」

為だ。

しぶしぶ神官長の後ろから出るも、往生際悪く横より前には出ない。何かあったら速攻で逃げる
鉄則は簡単に破られる。苦笑した神官長が一歩横にずれてしまうのだから尚更だ。

「はーい……」

「さて、リシュターク一級神官。用件を聞こうか」

「はい」

エーレは私を睨んでいた視線を神官長へと戻した。そこに不機嫌さはない。神官長には真摯なのである。聖女に対しては、真面目に真摯に怒りをぶつけてくるが、神官長にぶつけないのであれば何一つとして問題はない行為だ。

「シャーウ・サオント辺境伯より、長男ジーンとの見合い申し込みがありました」

「大変ですね。頑張ってください」

何だ、私は関係なさそうだ。

ほっとしたが、神官長とエーレが私を見たので、ちょっと怯む。

「え？　………あ、聖女預かりにしたんですか？　エーレはどうしたいですか？　嫌なら聖女権限で断りますが。大丈夫です。苦情の矢面に立つのが聖女の役目ですので！」

安堵のまま胸を張った私に、神官長は諦念の感情を顔に浮かべた。

「………………マリヴェル。お前に来たのだと、私は思うよ」

「え？　何故ですか？　エーレがいるのに？　私にお見合い申し込もうとした人が、受取人のエーレを見た瞬間申込先をエーレに変更した案件多かったじゃないですか。ですよね、エーレ。私じゃないですよね？」

聖女に申し込むつもりなら、王城へ到着するまでにしていただろう。到着するまでどころか、出立前に手続きを終わらせておくのが無難だ。

何せ私は、腐っても聖女。手続きは煩雑である。

そして今は、今日が始まって数時間経とうが、業務開始までまだ二時間以上ある時刻。こんな時刻では、今日到着予定の辺境伯一団であっても、まだ到着はしていないだろう。場合によっては、宿泊先を出立していない可能性のほうが高い。

……だとしたら、エーレに申し込むことだっておかしいのでは？

思い至った事実に、私は動きをとめた。

北の要、シャーウ辺境伯自体は記憶にある。公的な大きな集まりには、聖女も辺境伯も当然参加しているからだ。そうは言っても、彼の仕事は国境守護が中心だ。そちらが優先なので、欠席もそれなりに多い。

それでも印象に残りやすいのは、大柄と評価されるわけではない細身の身体で、圧倒的な強さを誇る武人だからだ。体格だけでなく、見た目も剣ではなく本を持ったほうが似合うと評されることの多い人だ。柔らかな銀髪だけではなく物腰も柔らかいので、初めて会う人は彼が、国境で無敗を誇る鬼のような辺境伯だとは気付かないらしい。

四十代なので、まだまだ現役を退く予定のない男でもある。その強さもあって、しばらくは彼が北の辺境伯だろう。

場合によっては、その銀髪が白髪になっても戦い続けている可能性があり得るくらいには、外交と政が可能なサヴァスみたいな人だ。

それが神殿内での彼の評価なのだが、「それもう前提からしてサヴァスじゃねぇ」とヴァレトリからの猛反発があり、神殿の総意には至っていない。

ヴァレトリは、身内と判定した相手であれば、その評価にも大変うるさい男だ。それが神殿の総意である。

それはともかく、いつでも常にきな臭い、ウルバイとの国境を守っているのはシャーウ辺境伯の一族だ。アデウス内で最も戦闘回数が多く、戦闘規模も大きいのはこの国境である。

流石の私でも、要となる上位貴族はそれなりに頭に入っているのだ。

そんな辺境伯の長男ジーン。シャーウ辺境伯によく似た、銀髪の青年だったはずだ。

こっちも、会ったことは、ある。

それはエーレも同じはずだ。アデウスを代表する貴族の一角であるリシュタークと、聖女なのだ。辺境伯の息子に会ったことがないはずはない。エーレは、寧ろ私より会っているはずだ。

私は話す機会がほとんどなかったので辺境伯ほどはっきり覚えているわけではないが、生真面目で物静かな人だったように思う。

内心がどうだったかは知る由もないが、多くの貴族が聖女であるからと頭(こうべ)を垂れ、その実スラム出身の小娘などに下げさせられた頭を惜しみ、悪態をついていた中、その輪に交じっていなかった人々の中にいたはずだ。

少なくとも、不平不満を表に出さないだけの分別を持った人間と把握している。

確か、エーレより一つか二つ年上だったように記憶していたが、どうだっただろう。辺境伯が健在でありあまり領地から出てこない為、情報は噂頼りになるが、概ね真面目、堅物、面白みがない、で統一されている。

そんな人物が、辺境伯の策であることを含めても、型破りな見合い申し込みをしてくるだろうか。だってエーレとは、もう何度も会っているはずだ。何せ互いにアデウスを代表する上流貴族であり、年の近い者同士だ。

エーレに一目惚れする人間は珍しくもないし、最早当然と言える流れではあるが、それならばもうとっくの昔に見合いを申し込んでくるだろう。

それなのに今更、この状況で、異例とも言える見合い申し込みを、エーレにする？

何だか嫌な予感がしてきて、思考している間にじりじり下がっていく視線をそろりと上げる。

足元からそろりそろりと視線を上げ、整った顔へと辿り着く。その口が、ゆっくりと開いた。

「お前だ、馬鹿」

「何でですか!?」

「知るか。俺の仕事を増やすな」

「これ私の罪ですか!?」

「知るか」

「そんな殺生な！」

エーレの仕事が増えると同時に、私の仕事も増えているのだ。私は最後の希望として、神官長を見上げた。

「神官長！　当日とんずらしていいですか!?」

「辺境伯のご子息との約束事を破る、いわば禁忌の橋を渡れと、私が勧めることはできないよ」

「ですよねー。でもこれ、断れる状況なんですかね？」

「お前がそう望むのであれば、私が断ろう」

特に何でもないことのように、さらりと答えてくれた神官長は優しい。それがどれだけの厄介事なのか分かっていればいるほど、その優しさは染み渡る。

しかしながら、私は聖女なのである。

先代聖女の尽力の賜により、王城との仲が過去最低値を更新し続けている現状、王城が懇意で在り続けたい、そしてそう在り続けねばならない相手の機嫌を、あえて損ねる必要もない。

この状況で辺境伯の申し出を断るのは、非常に骨が折れるだろう。辺境伯側ではなく、王城側からの抗議と攻撃が殺到することが目に見えている。

そんな未来が目に見えているのに、「うわ、面倒くさい」、そんな理由で神官長を矢面に立たせてしまっては、聖女が廃る。

何より、神官長を大好きな私が私を許せない。

「謹んで承ります」

「では、そのように。リシュターク一級神官、手筈を」

「畏まりました」

神官長には浅く、私へは深く。

礼の姿勢を取ったエーレは、その後さっさと踵を返し、神殿を去って行った。朝食くらい取っていけばいいと思うのだが、忙しいのだろう。残念だ。最近全く一緒に食事を取れていないので、今日くらいはと思ったのだが――……。

「マリヴェル？」

「――え？　あ、はい！」

エーレとは思えない速度でさっさと消えていった背中を見送った後、神官長を見上げる。同じように視線を下ろした神官長と目が合う。身体がぽかぽかするほど嬉しくなる。いつだって、神官長と目が合えば嬉しい。

「お前はいつか、誰かと結婚するのだろうかね」

「神殿の役に立つのであれば、いつでも誰とでもしますよ？　この間申し込みがあった、えーと、確か六十三歳の豪族でも別に」

「お前がその返答である限り、私が許可を出すことはないと心得なさい」

十三代聖女にとっての見合いとは、外交に等しい。だから結婚するつもりが毛頭なくとも、必要があれば受ける。それはエーレのような立場でもそうだろう。

「使えるものは使ったほうが、色々楽じゃないですか？」

いつもそう思う。私の婚姻が有益であるのなら、最高利益の出る対象者と組み合わせたほうが、神殿も楽だ。王城との仲が過去最低値の現状ならば尚のこと。

そこをどうにかする手段として、丁度年頃と呼ばれる便利な私がいるのだ。存分に使ってもらいたい。

「そうだな」

「だったら是非使ってください！　誰がいいですか!?」

「いまお前に申し込んでいる誰であろうと、神官長としても私個人としても、決して是と頷くことはない」

それなのに、誰一人として私に婚姻関係を結べとは言わないのがいつも不思議だ。

「……使えるものは使うんじゃないんですか？」

「その通りだ」

神官長は大きな掌を持ち上げた。この手が力を籠めたまま振り下ろされることはないのだと、分かったのはいつからだっただろう。そう、ふと思った。

神官長の温かな手は、私の頭を撫で、頬に触れる。

「だからこれは、使えないものなのだよ。そもそも、ここに使用する為の物はどこにも存在しない。まだ分からなくてもいい。だが、覚えておきなさい。いいね」

「はあ……」

よく分からないが、神官長の言葉は忘れない。覚えておきたいから、意味が分からなくても覚えておく。ずっとそうしてきた。これからもずっとそうしていく。

神官長が私に言葉をくれる限りずっと。

神官長が私に言葉をくれなくなってもずっと。

さいごまで。

見合いの日程は、思ったより早く訪れた。何せ翌日だ。超特急過ぎる。

場所は王城の一室を、辺境伯側が用立てた。別に神殿で行ってもいいのだが、大抵は神殿を避けて場を構える。そこには、申し込んだ側が用立てるという、礼儀の話だけではすまない事情があった。

何せ神殿という場所は、聖女が全権限を持つ法の管理外区画だ。そんな危険な場所に飛び込みたい奇特な人は少ない……訳ではなく、わりと好奇心で訪れる人も多いのだが、少なくとも見合いの場所として選択する人はあまり多くない。

まあ、聖女が機嫌を損ねて「即刻死刑」とか言い出しても、罪に問われず罷り通ってしまう場所なのだ。それが無難である。

王城の隣に、正式な王城公認の無法区画があるのは世界でも珍しい。だがあるのだから仕様がない。きっと当初は、神殿と王城間でこんなにも割れてしまうとは想定していなかったのだろう。

そんなことを思いながら、正式に入城した見合いの場へは、私のほうが後からの入室となった。これもまた、いつも通りである。

こういう場では、身分の低い立場、立場が同等であれば男性が先に入室していることが多い。辺境伯が国家安寧のため重要な立ち位置であることは自明の理だが、聖女が先に座することはない。

個人的には、一律で申し込んだ側が先に待っていればいいと思うのだが、いろいろややこしいのである。

そのややこしさによって、先にジーンが待機していることは別段不思議ではなかったし、私も事前に知っていた。ジーンと共に並んでいたシャーウ辺境伯も、まあ、こういう場で親を帯同することも、珍しくはないので驚きはしない。特に貴族間の婚姻は、個々人というよりは家同士の問題と判断される場合が多いからだ。

驚きはしないのだけど。そう思いながら、ちらりと視線を上げる。

私の側にも神官長が帯同してくれるとは思ってもみなかった。全く聞いていなかったのでびっくりした。私達の背後に控える護衛の中にエーレとヴァレトリがいるのは、想定内だ。

そう言えば、聖女の見合いの場に、大体いつも神殿帯同としてエーレがいるなと、いま初めて気付いた。

そして私は、息を呑んだ。

見合いの後はいつも、逃亡する暇もなく書類仕事に忙殺されるのは、ここにエーレがいるからではと気付いてしまったのだ。

道理でいつも、まるで八つ当たりの如く、私の罪ではない仕事まで山積みで用意されていると思った。こんな余計なことで駆り出され、自身の仕事が全く進まない恨み辛みを、聖女の仕事へ投入しているのだろう。

つまりこの後も普段同様、私には山盛りの仕事が待機しているということだ。嘆く余地は残されているだろうか。減刑を求めます。

「聖女様、お目にかかれて光栄にございます」

席を立った辺境伯親子を前に、私は立ったまま微笑む。

「よくぞお越しくださいました。アデウスの要が一つ、北の辺境伯。その功、常に王都にまで轟いていますよ」

「まだまだ若い者に負けるわけには参りませぬからな」

私達が護衛を連れているのと同様に、彼らも当然護衛を連れている。シャーウ達より背後となる窓際に控えていた。

まだ年若く小柄な者もいるが、大半は鍛え抜かれた兵士で構成されている。国境を守る屈強な肉体を持つ兵士達が筋肉として投入されてきたのだ。やはりこちらも神殿の筋肉、サヴァスを投入すべきだったかもしれない。

しかし神官長の護衛をヴァレトリが譲るわけもなし。よって神殿は、神殿の要であり最後の良心神官長、最大火力エーレ、最高戦力ヴァレトリ、ついでに聖女という布陣となった。

生半可な戦場よりよっぽど高火力な戦力で構成されてしまったが、安心してほしい。

ただの見合いである。

時と場合と状況によっては、見合って見合って見舞ってみたいな結末になる場合もあるが、今回はそんな騒動が起こらないことを祈ろう。

「今日は我が愚息との見合いを承諾していただき、大変光栄です。神官長殿も、お忙しい中申し訳ありませんな」

「我らが聖女のこととなれば、神殿は何時如何なる時も喜んで侍りましょう」

神官長がいつでも一緒にいてくれる？　ならば、毎時毎分でも見合いをしていたい。

ちょっとうきうきしてきた。私の見合い相手、まだ一言も喋ってないけど。

少し神官長と雰囲気の似ているシャーウの横にいるジーンは、真っ直ぐ立っている。以上だ。終了。他に言い様がないくらい、ただ立っているのだ。

緊張しているようにも、退屈そうにしているわけでも、考え事をしているわけでもなさそうだが、無言で真っ直ぐ。現段階でシャーウの身長を追い越しているジーンは、平均的に見ても背が高いほうなのだろう。その高さも相まって、だんだん柱に見えてきた。

しかし問題ない。いつも通りである。

それに、見合いの場と言っても、誰かに恋愛感情なるものが存在しているはずもなく。

「聖女様、二人で庭を歩きませんか」

見てほしい。私はまだ一秒も着席していないが、退出宣言である。一応部屋の中心にある彼らが座って囲んでいた机上には、お茶と茶菓子がずらりと並んでいたのに、私は辿り着けもしなかったのである。

そうだ、そうだ、それがいい。後は若いお二人で。

そんな常套句をからりと言ったシャーウ辺境伯により追い出された私は、さっき入室したばかりの部屋を離れ、王城の庭園をジーンと並んで歩いていた。

後は若いお二人でも何も前がなかった気がするが、世の中は広く、私の知らないことで溢れている。だから前後の前がないことだってあるのだろう。

シャーウ辺境伯は神官長に用事があるらしい。正式に対談として申し込むより、異例としてねじ込むほうが早い場合は多いから、今回もその類いの案件だったのかもしれない。

辺境伯達は立場上でもそうだが、普段は王都から離れた場所にいるからこそ、王城と神殿の関係にそこいらの貴族より敏感なのだ。こうして時折探りを入れてくる。

当代聖女が王城とどういう関係を築くつもりなのかを、だ。

私が早々に追い出されたのは見合いという体を取ったが為なのか、それとも神殿の実質的な主は神官長と見ているのか。

後者であれば私への侮りであるのだが、まあどうでもいい。今のところ辺境伯と事を荒立てる予定はないのだ。

ヴァレトリは当然神官長の護衛として部屋に残ったので、私の護衛はジーンの護衛の背後を取って歩くエーレである。エーレは文字通り火力が武器な上に一級神官なので、視界にさえ入っていれば護衛任務は果たせるのだ。

ちらりと視線を向けてみる。仕事が増えた上に、ここにいる間自身の仕事を一切進められない大変不機嫌な無表情である。

見なかったことにした。

いつの季節も圧倒されると評判の華やかな庭を、特に会話もなくジーンと歩く。

王城の庭は、いつ見ても気合いが入っている。神殿だって丁寧に手入れされた庭に囲まれているけれど、王城の庭とは目指す方向が違うのだ。

神殿の庭は静かに整っている。王城の庭は華やかに整っている。

だから目に映る色も、植物の高さも密度も、あれこれ色々違うのだ。どちらがどうと、勝敗を競う必要はないし、私はどちらも好きだ。

神殿ではあまり見かけない花の形が面白くて、しゃがみ込んでまじまじと見つめる。ぎざぎざした花びらなのに、触ると柔らかい。神殿と王城に植えられている物には毒がない。

だからこれは食べていい。

食べていい物として記憶する。その間、ジーンは真っ直ぐ立って待っていた。

王城の賓客として非の打ち所がない、格式ある服装だ。格式はあろうが古めかしすぎず、若者として今風と呼ばれる軽さも取り入れている。サオント家も、由緒正しき名門だ。この辺の塩梅はお手の物なのだろう。

ココが見たら喜びそうだなと思った。

しゃがんでいる私は、背の高いジーンのおかげで完全に日陰に入っている。これが意図的ならば彼の優しさなのだろう。しかし私がしゃがんだ瞬間から一歩も動いていないので、単なる偶然か否か、判断は難しい。

ジーンはエーレより一つか二つ年上だったはずだが、大人っぽい顔つきをしているからか、もう少し歳が離れて見えた。

「適当に歩いたら、部屋へ戻りましょうか。歩くのが億劫でしたら、東屋で時間を潰してからでもいいですし、何でしたら別行動して、決めた時間に再集合して戻りましょう」

しゃがんでいる間に膝へ落ちてきた枯れ葉を払いながら、立ち上がる。

「何故でしょう」

「何故でしょう!?」

びっくりして、視線を跳ね上げてしまった。父親譲りの銀髪を丁寧に整えているジーンは、首を傾げることなく真っ直ぐに立っている。背が高い。勢いよく見上げてしまったので、若干首が痛い。

それはさておき、何故はないと思うのだ。何せここに来るまで、話しているのは主に私だけだ。

ジーンから口を開いたことはないし、会話の返事も「はい」「いいえ」「そうですか」「分かりません」以上だ。

最大限楽観的に見たとしても、この見合いに乗り気ではない。だからここは乗り気ではない者同士、協力してこの時間を有意義に使おうではないかと提案したのだ。

さぼり方なら任せてほしい。多種多様なさぼり方のご提案が可能です。

しかし、さぼり方の中でも比較的まともなさぼり方を提案したつもりなのに、何故ときた。

「何かご予定が？　ある程度でしたら案内も出来ますが」

「結構です」

「はあ」

どうしたものか。

何か対策はないかとエーレに視線を向けてみる。相変わらずジーンの護衛の背後を取ってはいるが、さっきよりは断然近づいていた。

助言求む。神殿の手信号でさっと救援要請を出す。すぐに返ってきた。嬉しい。

『眠い』

要請は却下、孤軍奮闘されたしとのことだ。悲しい。

仕様がないので自分でどうにかしよう。分からないことは聞いてしまえばいいのだ。

そう決めて口を開く前に、見合いが始まって初めて、ジーンが自分から会話を開始した。

「貴殿は、ルウィード第一王子と交際しているのでしょうか」

「いえ全く」

「そうですか」

成程。サオント家は現在、ジーンの妹である息女の見合いを控えている。日程は知らないが、彼らが王城に滞在している間に行われるのは確実だ。

それなのに、昨日から発生した私とルウィの交際疑惑が耳に入ってしまったのだろう。それは気になるだろうし、確認しておいたほうが絶対にいい案件である。

裏から探るのではなく、正面から聞いてくれた対応には好感が持てた。彼のような立場で全てにおいて真っ向勝負は難しいことも多々あるだろうが、それでも誠実を知る人なのだろう。

聖女への急な見合いの申し込みも、もしかするとこっちが本命だったのかもしれない。余計な心配事を増やして申し訳ない。

誠実には誠実でお返しする。それが道理だ。

「過去を含め、そうであった事実は皆無です。私とルウィード第一王子が交際していた歴史は、一秒たりとも存在しません」

まあお互い、それが最善なればそういう判断を下すこともあるのだろう。だが、聖女は王室へ嫁がず、王子も神殿へ婿入りがあり得ぬ身。

つまり、結論として存在しない選択肢である。そして婚姻が成立しないのであれば、交際する理由もない。さぼり仲間である私達とて、別段暇を持て余しているわけではないのだ。

「十三代聖女は王城と対立関係を望みません。ルウィード第一王子も同様に。しかしそれを信じられぬ人々がいる現状もまた事実。故に、時として公の場以外での話し合いが必要となるのです。どうにもその話し合いが、噂として構成されてしまうようでして」

そのついでに昼寝したり遊びにいったりしているだけだ。

「では、貴方方のご関係を問えばどう返答なさるのか」

「そうですね……同士、悪友、戦友。この辺りが無難かなと思ってはいるのですが、どの辞書にも先代聖女により悪化した神殿と王城の現状を鑑みた上での、王子と聖女の共闘を示す言葉はありませんでした。よって関係性の提示名は、現在思案中です」

私とルウィは、別にこの関係を隠しているつもりは全くない。だが、それを賛成しないだけではなく、明確に反対している人々は多いのだ。

王城側の人間は神殿を全く信じられず、神殿側もまた、そんな王城への警戒を緩められない。何かと制限やら妨害が入り、まともに話し合いにならない場合が多い。だから隠れているのだ。騒がしいとさぼれないからという理由もかなりあるが。

「そうですか」

「そうなんですよねぇ」

ジーンは生真面目に頷いた。私はしみじみ頷いた。

神殿と王城の関係はなかなか改善されないが、これでジーンの憂いはなくなったはずだ。後は見合い終了時刻まで各自自由時間を過ごす。そういう流れでいいだろうか。

「私と結婚しませんか」

「何でですかねぇ……」

何がどうしてそういう流れになったのかはさっぱり分からないが、とりあえず各自自由時間とならないことだけは分かったのである。

とりあえず、場所は東屋に移動した。

相手がルウィであればもっと奥まって人から忘れ去られた東屋か、木の上か、空き部屋か、草むらか、王城から逃亡するが、ルウィではないので休憩場所の選択肢が限られてしまう。

私とジーンは石で作られた固い椅子に向かい合って座り、それぞれの護衛は東屋には入らず、少し離れた位置にいる。

エーレはいま、ジーンの護衛と並んで立っていた。全く予想だにしていなかった流れなので、流石に距離を詰めたらしい。

その勢いでジーンに詰め寄って、人々を落とす魔性の美貌でジーンの心を是非とも摑んでほしい。そうしたら私は神官長とおやつを食べるのだ。

お腹空いてきた。さっきの花を味見してきていいだろうか。駄目だろうな。庭師が丹精して育てた花だ。だから手入れで引っこ抜かれる草に狙いを定めた。

「聖女様、お返事を」

「いや、お返事をと言われればお断りしますとしか言い様がないのですが」

「何故でしょう」

「何故でしょう!?」

先代聖女派などは、会話が出来ないことも少なくはない。同じ言語を話しているのに会話にならないのだ。そんな事態には慣れているのだが、ジーンとの会話はそれとは違う会話の出来なさに思える。どうしよう、これ。

どうしたものかと悩んでいると、東屋に一人増えた。

「ジーン殿、聖女への交際及び婚姻の申し込みは、当人ではなく私が承ります」

エーレが向かい合う私とジーンの間に割って入った。大変ありがたい。その調子でジーンの心を持っていってくれるともっとありがたい。

人は自身の心次第でどうとでも変わる生き物だ。特に恋慕とは、自分でも何をやらかすか分からないある種制御不能な感情らしい。故に、どんな事情や企みがあろうと恋慕が混ざると予測不可能になる。それはどちらにとってもだ。

企みのぼろが出やすくなってくれれば助かるし、何か事情があるならそれを察しやすくなってありがたい。というわけで、エーレには是非とも頑張っていただきたい。

心の中で応援していたのだが、何故だろう。後でエーレに燃やされるような気配がひしひしと漂ってきた。

エーレはただでさえ仕事が進まず苛ついている。私は気配を消した。

「……エーレ殿、リシュタークがサオントの婚姻に口を出すつもりか」

「私は一級神官として申し上げました。ですが——リシュタークとして出てほしいのならば応じてやろう。ジーン、リシュタークに北の国境を明け渡すか？　まさかリシュタークにそれが不可能だと、高をくくっているわけでもないだろう」

うむ、今すぐ止めたほうがよさそうだ。私は気配を復活させた。

「えーと……とりあえず何か食べませんか？　お腹空いていたら気も立つでしょうし」

何より私がお腹空いた。

「却下です」

「結構です」

「えぇ……」

エーレとジーンの返答に、私と、流石に東屋へ駆け込んできたジーンの護衛の声が重なった。この場において、気が合う組み合わせ相手が違うのではなかろうか。私とジーンの護衛は互いに視線を合わせ、しみじみ頷いた。

お互い、意図が読めない部下と主を持つと大変ですね。

そうは言っても、一応この場で一番身分の高い存在は、悲しいことに私だ。私が場を治めるなり、話を進めるなりしなければならないだろう。嘆きながら、口を開く。

「では、ジーン。私に婚姻を申し込んだ理由を伺いましょうか」

何か困りごとがあるのならここで言ってしまうと手っ取り早いぞ。そう促してみたら、きょとんとした反応が返ってきた。こんな顔をすると、意外と幼く見えるらしい。こうして見たら、エーレと一つか二つ年上と言われても納得だ。

ちなみにエーレはというと、きょとんとしたジーンに対し、物凄くめんどくさそうな無表情を浮かべていた。いつも通り器用な人だ。

「貴方が好きだからですが」

「はぁ」

「はぁ!?」

ジーンの護衛が、飛び出した感情ごと己の口を両手で押さえた。ひっくり返った声が可哀想なほどの勢いで飛び出していたが、聞こえなかったことにしよう。

護衛と主の間で、全く意思疎通が出来ていない。サナント家に仕える人々は大変そうだ。

何せこの人、確かに真面目な態度ではあるが、わりと自由な部類だと思う。しかし安心してほしい。私とエーレの間でも、わりと意思疎通は出来ていない。

「婚姻申請理由は、私への好意のみ。そういうことでよろしいでしょうか?」

「はい」

「はぁ……」

これは、どう判断したものか。基本的にこういったことの決定権は私に一任されているとはいえ、私も自分一人で決めるつもりは毛頭ない。私は私を一番有効活用できそうな場に投入してほしいのだ。

ちらりとエーレへ視線を向け——あ、駄目そうだ。

「では改めまして、お断りいたします」

「何故でしょう」

「私に好意を抱いてくださっているとのことで、その点につきましては大変嬉しく思います。ありがとうございます。しかし私はあなたに好意を抱いてはおりません。よってお断りいたします」

申請理由がそれだけならば、断る理由も明白だ。婚姻は互いの利害が一致していないと成立しないものらしいのだ。そして疲れ果てているらしくどんどん不機嫌な無表情になっていくエーレが何も言ってこないということは、断っていい案件ということである。

今のところ一度も、断らないほうがいい案件ってないなぁと思う。

神殿にとって、一番使い所のいい案件が残っているのだろうか。それとも誰とも婚姻関係を結ばないほうがいいのだろうか。

数年前にも同じ質問をしたことがあるが、神官長から明確な答えは得られなかった。今度もう一度してみよう。

「では、解散ということでよろしいでしょうか」

「何故でしょう」

「何故でしょう!?」

人とは幼少期、世界のありとあらゆることに興味を抱く時期があるという。目に映る全てに疑問を持ち、その解を得ようとする。なぜ、なに、どうして。その質問は大人を悩ませるというが、彼らはこんな気持ちだったのだろうか。

……いや、何故も何もないのではなかろうか。

「ジーンの要件は終わったのでは？」

「私は納得しておりませんので」

「なる、ほど？」

そういうものなのか。

今まで申請者と見合い後の対応は基本的にエーレ達がしてくれていたので、断った後に相手を納得させなければならないとは知らなかった。

「納得しないでいただけますか」

そういうものではないらしい。

エーレは一応聖女への対応を崩しきってはいないが、そろそろ炎が飛んできそうな勢いだ。一度昼寝してきたほうがいいと思う。それか、やっぱり何か食べたほうがよかったのではないだろうか。

「引け、ジーン・サオント。聖女の決定だ」

「リシュタークには関係ない」

「俺は聖女付きの一級神官だ。ただの求婚者であるお前などよりよほど関係がある。聖女はお前に好意を抱いていない。故に足掻こうと結果は同じだ。北へ帰れ」

「聖女が私に興味がないのは百も承知だ。ならば興味を持っていただけるよう努力すればいいだけだ。リシュタークにサオントの行動を制限する権限はない。サオントはリシュタークに損害を与えられる。サオントを侮るな、リシュターク」

長くなりそうだ。

延々と続く応酬を、最初は緊張感持って聞き続けていたが、だんだん飽きてきた。

お互い高位の貴族同士だ。これも口遊びの一環なのかもしれない。きっと高位の貴族同士でなければ出来ない戯れなのだろう。

決定的な状況が起こりそうにない限り放っておこうと、エーレの背中しか見えなかった視線を余所へ向ける。

日の傾き具合から見るに、これもう昼に近くなっていないだろうか。

「お腹空きましたねぇ」

弱り果てた顔をしているジーンの護衛へ話しかけると、彼は更に眉根を下げてしまった。

「……聖女様って、相当自由ですね」

「あの二人のほうが自由じゃありませんか!?」

私は自由な二人によって会話から放り出された聖女である。

「もう見合い続けているあの二人がお見合いすればいいと思いませんか？」

「人の主家を戦火に放り込む提案は勘弁していただけませんか……」

確かに、リシュタークが辺境伯の座を欲すれば、国が割れるであろう。何せリシュタークは、北の辺境を我が物と出来てしまう力を備えているのだ。ジーンの護衛としては、何が何でも止めたい一心だろう。

ぐったりしてしまっても背筋を伸ばしたまま立っているので、護衛は大変だ。私は途中からずっと座っているので楽なものだが、彼は立ちっぱなしだ。しかし彼は私の護衛ではないので、勝手に座ってもらうことも出来ない。それで叱られるのは彼なのだ。

「護衛さんはこの後、休憩とかもらえるのですか？」

「……それは当然、交代がおりますので」

「その後、城下に行きます？」

「それも勿論。家族から色々と土産も頼まれておりますし」

「じゃあおすすめのお店教えましょうか？　お土産は、全部まとめて買いたければ大通りがおすすめですし、職人さんのお店は三本ほど裏通りに行ったほうが多いですよ。食事は露店も美味しいところいっぱいあるんですが、店内で食べたい派ですか？　馬車乗り合い所近辺は、安くて早くて量が一杯ですが大体いつも混んでいるので、静かに食べたければあまりおすすめしません」

「……聖女様がくっそ話しやすくて泣けてきました」

泣かないでほしい。

「皆に羨ましがられながら意気揚々と王都にやってきたのに、十四歳の女の子に泣かされたなんて、誰にも言えない……」

彼が泣いた原因の九割以上は彼の主の所為だと思うのだが、黙っておいた。そして私は暫定十四歳なので十三歳の可能性が残されていることも、不要な情報だと思うのでこれまた胸にしまっておくことにする。


結局しばらくの間、私はジーンの護衛と盛り上がった。楽しく王都巡りしてほしいものだ。

ジーンの護衛は、ジーンと同じほどか、もしかすると少し若いのかもしれない。彼は恐らく、腕はともかく護衛としては未熟なのだろう。感情が表情や反応として表出しすぎている。

その彼が、神殿への護衛に抜擢されている。

これは不敬というより、サオントが神殿への敵意なしとする意味合いが強い。聖女が法である神殿が最も近い場所へ、護衛として未熟な者を連れてくる。神殿を信頼していない者からすればかなりの賭けだ。しかも護衛対象が辺境伯の跡継ぎとされているジーンなのだから、相当である。

エーレとジーンの戯れ合いが終わるのを待っていたが、いつまで経っても終わる気配はない。何せどちらも引く気がないようなのだ。どちらも負けず嫌いらしい。

エーレもいつもは無表情で淡々と相手をやり込めるのに、今回はわりと素が出ているように思う。きっとジーンと親しいのだろう。エーレが同年代の相手と仲良く過ごしている姿は希少なので、今日は珍しいものを見られた。

私もエーレも、幼少期より神殿内で過ごしていた為、同年代と関わる機会は少なかったのだ。それは王子も同じだった。どうしても、周囲には大人が多くなる。

それを不満に思ったことも、物足りなく思ったこともないが。そもそもが私に与えられたもの全て、私にはありうべからざる奇跡なのだ。

「あ、そういえば」

王子で思い出した。

「ジーン、あなたの妹さんは王子と見合いをなさると聞いているのですが、そちらと縁談が纏まった場合、どちらにせよあなたからの申し出はお断りすることになりますよ？」

流石に、一つの家に聖女と王家への婚姻が集中するのはよろしくない。勿論歴史を辿れば重なっていることもあるが、同じ時代に集中させたことはないはずだ。

権力の力加減が大きく乱れると、大体碌なことにならない。

それまで一歩も引かずエーレと向かい合っていたジーンは、急に立ち上がった。エーレより身長が高いので、それまでエーレの背中で見えなかったジーンの顔が見えたし、ちょっとびっくりした。

「妹の見合いは、サオント家義務によるもの。それは王家も御存じでしょう。この話が纏まることはありません」

「はぁ」

確かに王子はまだ妃を決める予定はないので纏まることはないだろうが、だからといってこちらが纏まる予定もないのである。

そして本当にそろそろ解散してエーレを解放しないと、エーレが今日も徹夜になってしまう。

「ジーン、私もあなたからの申し出を受けるつもりはありませんよ。聖女はたとえ婚姻後であっても神殿より居住を移すことはありません。それではサオントも困るでしょう」

「問題ありません。私が王都と往復すればいいだけの話です」

「……えーと、私は好きな方にはずっと傍にいてほしい部類でして」

「そうなのですか？」

「どうなんだろう……」

誰かに好意を抱いたことがないから全く分からない。さっきの条件は、本に書いてあったから言ってみただけである。

ジーンの護衛が小さな声で「聖女様もっと頑張って！」と言ってくれているが、あなたの主がよく分からない勢いでぐいぐい来るからだと思うんですよ！

「聖女様は、思い人がいらっしゃるのですか」

「いえ別に……」

「サオントは神殿と王城の間を取り持つお役に立てると自負しております」

「確かに……」

辺境伯は王城の強みであり弱みでもある。……これは、一考の余地ある話なのでは？

「神殿はサオントを必要としていない」

そう思い始めるも、私の思考をエーレが一刀両断する。確かに、神官長は優しいから躊躇ってしまうだろうが、必要ならばヴァレトリが教えてくれるだろう。

「リシュタークがいてなお解決に至れぬ問題だからこそ、手は多いほうがいいだろう」

確かに。王城が強く出られない辺境伯だからこそ、それは強みとなるだろう。

「現状、王城と繋がり深い家を身の内に抱え込む必要性を感じていない」

確かに。それなら王子と結婚したほうが手っ取り早い気がする。

「そもそも聖女の助けになりたいというのなら、それこそ今更だろう。当代聖女が何よりその手を必要としていた時代、神殿と王城の間に立ったのはリシュタークだけだった」

「どの家も、リシュタークほどの一枚岩にはなれぬ」

「は、リシュタークを一枚岩とは笑えるな。一枚岩なのは俺と兄上達だけだと、それを知らぬ家柄とは言わせないぞ。あの時代、我らを見捨てた全ての家を、俺達が忘れると思っているのか？　忘れるなよ、ジーン。リシュタークを煽ることで聖女への真摯さを見せつけるも結構だが、如何に辺境伯といえど、リシュタークに喧嘩を売って家の存続が可能かどうか、今一度考えるんだな」

何にせよ、そろそろ帰りたいのもまた事実。もうこれ、神官長に相談しよう。最初からそうすればよかった。

見合い自体は受けた。これで王城への義理は果たしたと判断する。結果の有無までは、流石に王城への義理範囲外である。

王城への義理は通す。王城を立てるべき場では立てる。だが神殿は王城に従属せず。神殿が頭を垂れるは神と聖女のみ。それが原則なのだから。

「あの、お断り前提で一度持ち帰ってもいいでしょうか」

「結婚を前提として持ち帰っていただきたい」

「検討する必要もありません。聖女、捨て置いてください」

「以上！　解散！」

このままだと昼を食べ損ねた上に夜も食べ損ねる。そして、さぼってもいないのに私の仕事が山積みのまま放置されていくのは勘弁してほしいのだ。何よりエーレはただでさえ少ない休憩が消えるわけなのだが、何故自らこの時間を延長しているのだろう。

「聖女様……頼りになる……」

今回一番のとばっちり枠となったジーンの護衛は、この後存分に王都観光を楽しんでください。


半ば聖女権限を使ったみたいなものだったが、私の強制解散により、なんとか東屋より散会が叶った。

本来は一度部屋まで戻り、辺境伯に挨拶して解散したほうが丁寧だ。しかし、後は若いお二人でとされた以上、解散は私達で決めても問題はない。そして立場上最も上位となる聖女がその決定権を持つ。

それをいいことにさっさと解散した私は、王城の敷地内でさぼっていた。

結果的に仕事が山積みになっていく現象に変わりはないのだが、私の責任において山積みになっていくのと、私に責はないのに山積みになっていくのとでは訳が違う。どうせ山積みになるのなら、私は私の責任において山積みになった仕事に挑みたい。

どちらにせよさっさと仕事しろとはっ倒しに来る神官達の声は置いておくことにする。

そして今は王城内でさぼっていると言ったが、正確にいえば木の上でさぼっている。辺境伯登城により、警備の様子が変わっているからだ。流石に警備が強化された王城内でさぼれるほど、私の面の皮は極厚ではない。ちょい厚くらいのはずだ。

ちなみに見合いの解散時間としては早かったので、神官長はまだシャーウ辺境伯とお話し中かなと思い、部屋には戻らなかった。神官長のお邪魔はしたくない。

エーレは撒いた。

撒く途中で食堂に寄ったので、料理長が投げてくれた、具が詰まったパンを手に入れた。それをエーレにも渡した上で改めて撒いたので、エーレも昼食を食べ損ねてはいないはずだ。

食べ終わったパン屑を適当に払った腕を、胸の上に乗せたまま力を抜く。枝から片方垂らした足は、ぶらぶらと揺れている。お腹の上に落ちている日差しも、風に揺られて同じように揺れていた。

顔に当たれば眩しい日差しも、木漏れ日となった上にお腹の上で揺れてくれるなら、ただの心地よさでしかない。

右側へ頭を向けているので、寝転がっても安定感がある。ここは寝転がるのに丁度よく、日差しを遮った上で心地よく風を通してくれる素晴らしい枝振りに囲まれている場所で、私とルウィお気に入りの昼寝場所だ。他に誰も来ないから、独占し放題である。

だから、ここに人の気配が現れるのならば、候補は二つだけだ。

視線を移動させ、気配がするほうへと向けた私の視界に、逆さまに映ったルウィが立っている。

ルウィでよかった。もう一つの候補である暗殺者だった場合、私とルウィお気に入りの昼寝場所が知られていることになるのである。

この場所はまだ安寧が保たれるだろう。

ルウィはどの道順を通ってきても、蜘蛛の巣一つつけてこない。

「昼を取り損ねた。持ち合わせはないか、聖女」

「ちょうど料理長特製の肉詰め野菜だれパンを持ち合わせているのですが」

「よし、取引だ。ジーンはそなたに惚れておるとの言、真であったぞ。聖女としての権限は一切欲しないそうだ」

王子の神力は特殊で、他者に直接関与しないが偽りを暴く。口で誤魔化そうとする類いには一番会いたくない部類の神力である。

「何で既にそんな会話終わらせてるんでしょうねぇ」

「さてな。それ、寄越せ」

「はいはい」

ルウィが来なければ私のお腹に収まっていた、三個目のパンがルウィの手へ渡る。それと要求されたので、ほれと渡す。寝転がったまま渡したパンを、ルウィはひょいっと受けとった。

私は起き上がり、ルウィが座る場所を確保する。ルウィが右側から現れたので、私は枝先側へ移動していく。この枝は太く、枝先までまだかなり距離があるので、多少の重心移動ではびくともしない。

ずりずりと尻の位置を変え、空いたばかりの場所へすとんと腰を下ろしたルウィと向かい合う為、私は起き上がった身体を枝の上でのそのそ回した。

アデウスの聖女と王子が膝をつき合わせて何をするか。決まっている。王子は食事で、聖女は欠伸だ。

ルウィは大口を開けて、私が渡したパンに齧り付き、満足そうに咀嚼（そしゃく）する。料理長特製、私が逃亡中でも手軽に食べられるよう、それぞれが見事に調和するよう丁寧に味付けされた肉と野菜がたっぷり入ったパンだ。美味しくないはずがない。

元々は賄い用だったらしいが、私が聖女となった当初、いろいろ、主に初代聖女派と王城の不信により、猛烈に忙しかった頃から片手間に食べられる栄養食として人気を博して今に至る。

だいぶ落ち着いてきた今も、急用時や聖女の逃亡用に重宝される一品だ。実は味付けの種類も豊富な上、季節ごとに内容が変わったりとかなり楽しい一品で、今では特に忙しくもないけれどこれが食べたいという人が続出し、入手できない人も出てくるくらい人気の品になっていたりする。

しかし料理長曰く、もっと考え抜いた上に手が込んだ、料理人魂を擽る料理のほうが人気になって欲しかったとのことだ。

片手間に考えて片手間に食べられる、自分達のとりあえず用に作った品が大人気になってしまったことがかなり悲しかったらしく、おいおいと嘆いていた。

その横でその辺に生えていた草を毟って食べたらもっと泣かれた。土と石を食べたら駄目だというので草を食べたのに、結局駄目だったらしい。料理人とは難しい生き物である。

ちなみにこのパン、ルウィの好物の一つだ。聖女が逃亡中よく食している物が、幾度となく王子の口に入っている上に、好物判定されている。王城の人間が知ったら卒倒ものだ。料理長が聞いても卒倒しそうだが、まあいいだろう。

小腹が空いていた王子と半分こしたのがきっかけだ。私からしか入手不可な一品であることも拍車をかけ、王子の中で大盛況な状況はしばらく終わらないと思われる。

「ルウィ、ジーンと仲がよかったんですね」

登城したばかりのジーンとそんな会話を交わすくらい仲がいいとは知らなかった。

嬉しそうに料理長特製賄いパンを頬張っているルウィは、もぐもぐと咀嚼した後、飲みこんだ。

いつも通りとても美味しそうに食べるので、私ももう一個食べたくなってきた。

「そうでもないぞ。余が友と呼べる存在はそなたしかおらぬ故な」

「友達になりたい人がいるんですか？」

「エーレだな」

「あー……」

神殿でも気難しさ代表エーレ・リシュタークで通っているので、道のりは高く険しく成就の光景が欠片も思い浮かばない。だがルウィは楽しそうなので、まあいいのだろう。

エーレとは長い付き合いだが、悲しいことに私も友人とは程遠い関係性である。幼少期から付き合いがあるにもかかわらず、未だに仕事の話と燃やされる関係でしかない。

「それはともかく、仲もよくないのに初っ端からそんな話題になったんですか？　貴族が選ぶ会話って面白いですねぇ」

「なに、またもや上がったそなたとの噂に反応したが故の牽制であろう。そなた、この手の話題は一切理解せぬよなぁ。当代の神殿の苦労が忍ばれるというものよ」

「はぁ。多くの人々にとって色恋沙汰が大変重要事項だということは分かっていますよ。人生を左右する選択の重要な部分を占めていることも。その上で、私には関係のない話だと理解していま す」

色恋沙汰が人生の分岐点において強大に関与してくるということは知っている。それまで誠実に生きてきた人間が好いた人間に合わせ罪を犯すこと然り、その逆も然り。強固に人生を懸けてまで属していた集団からの離脱然り、人生を懸けて避けていた集団への所属然り。

それは分かるのだが、私事として把握する術は持ち得ないのだ。そもそも精神性を以て繫がりを強化する関係性は、全て命の特権である。

「そういえばこの前読んだ本に書かれてたんですけど、恋と愛の違いって何なんですかね？　ルウィは分かりますか？」

「そうさなぁ。妥協できれば愛、できぬならば恋でいいのではないか？」

「へぇー」

「王子より解を得ながら、全く興味を持たぬ反応を返すはそなただけよな」

知識として知っておかねばならぬ事柄としての興味はある。だが、それ以外の反応を返しようがなかっただけだ。聞いておいて何だが、特に感想が浮かばなかったのである。

パンを食べ終わったルウィは、満足そうに伸びをした。

「そういえば、ルウィは結婚するんですか？」

「余は此度の話も進めぬ。故に終いだ」

私とは違い、明確に断り文句を告げることはないが、王子が話を進めない。それだけで終わりとなる。王族の見合いとはそういうものだ。国によって違いはあるだろうが、少なくともアデウス内ではそうだ。

「何だ、そなたは受けるのか？」

「いえ別に。そうしたほうがいいならしますが」

「まあ余もそうなのだがな。今しばらくはこのままでもよかろう」

ルウィはもにもにと口を動かしている。食後の睡魔が襲ってきている最中なのだろう。大変眠そうだ。くぁっと欠伸まで披露されたのだから、眠そうも何も眠いのだろう。

「神殿は何と言っておるのだ？」

「特に何も言われていないので、好きにしていいのだと理解しているんですが、なんかエーレは不満そうです。リシュタークとして喧嘩してましたし」

「ほお？」

「まあ、今これ以上仕事が増えるってなると、エーレじゃなくても勘弁してくれって思ってるんじゃないかなと。派手なことは何もないのに、安定した忙しさが続いてるんですよねぇ」

昔に比べたらかなり落ち着いているにもかかわらず、徹夜が続くほど忙しい状況はさして珍しくもないのだ。その上更に聖女の婚姻なんて特殊行事が発生すれば、神殿の忙しさは計り知れない。止める気持ちも分かる。分かりすぎる。

「そなたの色恋沙汰は大層面白そうなものだが、一度も到達しておらぬのが惜しいものよ。今まで幾度も機会はあったように思うがなぁ」

「そうですか？」

ルウィの色恋沙汰は全く想像がつかない上に、それを楽しめる自分の姿も思い浮かばない。つまりは興味が欠片もないというわけだ。

私も眠くなったので、再びごそごそと向きを変えてルウィに背を向ける。そのまま寝転び、ルウィの膝を借りた。

ルウィも拒むことはない。私もまた、同様の状況であればそうするからだ。お互い、去る時間になったら勝手に去る。別れの挨拶も、次への約束もしない。相手を起こすことはなく、起こさぬよう努力することもなく。

どうでもよくないがどうでもいい。それが私達の共通認識であり、それ故に続く関係でもある。そこが合致している以上、私とルウィはずっとこうなのだろう。そこにずれが生じた瞬間、私とルウィは十三代聖女と第一王子になり、二度と今には戻らない。

恋も愛もよく分からないけれど、この適当な関係が永遠に失われるのは暇だなとは思っている。ルウィと過ごすさぼり時間が存在しないと、私の自由時間は手狭どころか異様な手広さを得るのだろう。それはとても退屈な時間になるだろうとの確信は、あった。

結局私が神殿に戻ったのは、そろそろ夕焼けが空を彩るだろうが、まだかろうじて青空が保たれている時間だった。つまりは寝過ごしたわけである。ついでにルウィも寝過ごしていた。暗殺者が来ないと、よく眠れすぎて困る。

何か夢を見ていた気がするが、内容はよく覚えていない。とりあえずエーレが出てきた気はする。そして燃やされた気がする。

それは確実にこの所為だろうなと、目の前で山積みになっている書類を見てしみじみ頷く。
今夜は徹夜である。

忙しいというのにその為だけに神殿に戻ってきたエーレに燃やされた後、夕食を食べ、私は聖女の執務室に引き籠もった。

聖女の執務室は、私が座る椅子と向かう机、本棚、棚、花瓶と花、そして来客用兼順番待ちの神官達が座る椅子と突っ伏して眠る机で構成されている。

それらの上に、所狭しと書類が積まれている。椅子の上は勿論、もう床にまで溢れている。

流石にそろそろ取りかからないとまずい。

ちなみに順番待ちの神官達がよく突っ伏している椅子と机は、聖女が仕事を溜めすぎるせいで、聖女が執務室にいる時間を逃してなるものかと神官達が殺到するから置いた。一応来客用でもあるのだが、その用途より神官達の使用率が九割を占めている。

書類はその辺に置いといてくれたらいいのだが、置いといたらやらないし、聖女が逃亡するので仕様がないそうだ。道理である。

王子の執務室は、王子以外に政務を執り行う官吏達が何名か机を並べている。そのほうが断然効率的だ。何かあれば互いにその場で聞けば事足りるのだ。

王子と机を並べる状況に緊張して、普段の実力を発揮できなくなってしまう人はいない。王子曰く、そのような可愛らしい神経の持ち主はまず王子の側近になりたがらないとのことだ。

その状況で私のように逃亡を繰り返す王子は、私が言うのも何だが相当だと思う。

しかし王子の政務環境がどれだけ効率的だろうと、私がそれを取り入れるわけにはいかない。

非常に手際よく王城を貶めた先代聖女のおかげで、王城の警戒心が跳ね上がっている現状。当代聖女が真面目にてきぱきと仕事をこなすわけにはいかないのだ。

さぼり癖があって、仕事は適当で。優秀な神官長率いる神官達で、神殿の総力挙げて支えなければ成り立たない不出来な聖女であったほうが、王城の精神は安定する。

そもそも、その先代聖女も一人で執務室に座る方針だった。ここで私が執務環境を変えてしまうと、それだけで王城の不信を買うだろう。

この山となった仕事はどこまで終わらせようかなーと、ぱらぱら捲って確認していく。

まあなんだかんだ言っても、私にさぼり癖があって仕事が適当なのは事実だし、やらなくていい仕事はやりたくないし、やらねばならない仕事も最低限にしておきたい所存である。

それでもその負債が神官達に降り注いでいる現状は、非常に申し訳ないと、思ってはいる。

私は開けた窓から、王城に向けて手を合わせた。今も仕事中であろうエーレが、今晩こそ徹夜ではありませんように。

心から祈ったのに、王城のどこかで炎が上がったような気がする。気のせいであれ。

「さて、やりますかぁ」

誰もいない執務室で、黙々と机に向かう。今すぐ処理しなければならないものの中、提出資料では判断しきれない物だけ除き、後はざかざか進めていく。

紙同士が擦れる音、インクが紙を彩る音。そして時が刻まれる音。それだけが単調に続いていたが、開けっぱなしにしていた窓から入ってきたらしい虫が視界を飛び、ふと顔を上げる。

時計を見れば、そろそろ日付も変わろうかという時間になっていた。

料理長が用意してくれたお茶と軽食も、すっかり冷めきっている。そうは言っても夕食をしっかり摂取した後の軽食なので、果物と甘く炒った木の実だ。そもそも温めて食べることが前提ではない。そしてお茶も、いつも冷めることを見越して淹れてくれるので、むしろ冷めたほうが美味しいらしい。

どんな茶葉をどう淹れたらそうなるかはさっぱり分からないが、料理長は美味しく食べられる方法を見つける天才なのだ。その内、石と土も美味しくしてくれるのではないかと思っている。

ペンを置き、大きく伸びをする。大きく息をすれば、窓の外から入ってきた夜の草木の匂いが強く香った。夜露に濡れた草木は、まるで深い森の中にいるかのような香りを放つ。それらがインクと紙の匂いと混ざり合い、何だか眠くなってきた。

眠気を覚ます為に、座りっぱなしだった椅子から立ち上がる。そのまま窓枠に腰掛けて、まだ一度も口をつけていなかったお茶を喉に流し込む。

地上を見渡せる高さにある執務室であっても、夜の匂いが舞い込んでくるのだから、当然音もそうだ。夜風で揺れる草木の音。ぶつかり、跳ね、それでも恙なく流れていく水の音。獣の気配が薄くなるからこそ、存在感を増す虫の音。

静かな夜は、神殿に来て初めて知った。それまで夜は、夜闇に紛れて寝静まった者の世界を侵略する物の世界だった。怒声と、悲鳴と、大鼾（おおいびき）。殺した息に、追いかけ回す足音に、隠した物音。漂う臭いは、塵と血と酒と薬と絶望と。

夜は物の気配が色濃く滲み出す時間だった。だから、昼よりもっともっと警戒して、誰にも見つからないよう細心の注意を払って過ごすのだ。

明るい昼間は見つかりやすいから眠るわけにはいかず、夜は物音一つで目を覚ます眠りでやり過ごす。

そんな夜だけしか知らなかったのに、今は開いた窓枠に座って夜を眺めているのだから、者の世界は過ごしやすい。

夜は何ものにも存在を認識されないよう過ごす時間だったのに、神殿に来てからは眠る寸前まで誰かと話すなんてことも可能で。それが珍しくもなくなった今でも、不思議に感じることがある。

神官長に拾ってもらってからもうずっと、私は不思議な世界にいるのだ。

眠る寸前まで誰かと話すことが、あんなにも楽しくて嬉しくて温かくて。明日を約束するような時間だとは知らなかった。

神官長が読んでくれた絵本は続きが楽しみだったし、ココが楽しげに語る次に作りたい服の話は楽しみだったし、――が明日買いに行こうと言った――は神官長に見てほしかったし。

「神官長、遅いなぁ」

私は王城へ視線を向けた。

神殿同様いつだって全ての機能が寝静まることのない王城は、夜闇の中でも明るさを保っている。そこから神殿へ繋がっている道までは見えないが、神官長は夜に私が執務室にいれば、寝る前に必ず会いに来てくれるのだ。

私が寝過ごしてしまった所為で、結局あれから一度も神官長に会えていない。今夜の神官長は、北の辺境伯をもてなすため王城が開催した夜会に出席している。

私の代理だが、これは私が寝過ごしたからではなく、初めからその予定だった。

神殿と王城の仲が過去最低であろうと、この二つが国の要である事実は変わらない。国の政に関する集まりがあれば、王城は神殿を招く。公的な会議だけでなく、今回のように政治的な意味合いが強かろうと体裁としては茶会や夜会であろうとだ。

王城が神殿を蔑ろにしていると国民からの批判が出やすくなっている現状、神殿を排除しては悪手なのである。

そしてその招待に、聖女が出没するのは十回に一度。神官長が出席するのは七回に一度。後はすべて、王城に詰めている神官の役目だ。

つまりはエーレである。

エーレ以外にも同じ任に就いている神官は勿論いるが、リシュタークであるエーレのほうが色々都合がいいらしい。

よって出席回数はエーレが不動の第一位に君臨している。別に聖女が指示してそうなっているわけではなく、そのほうが面倒が少ないとエーレ自身が言っていた。

今日のジーンとの遣り取りを見るに、強気に出るところはかなり強気に出ていると見た。神官として対応する際はそうではないのだが、公的な会話ではなくなった途端リシュタークがにょきっと出てくる。

スラム出身の聖女を嘲った瞬間、国を割る威力を持つリシュタークを相手取らなければならなくなった人々の断末魔は、今でも記憶に残っている。

それはともかく、今日は神官長が王城へ出向く日だったのだ。王城で開かれる盛大な夜会は、日を跨ぐこともそこまで珍しくはない。さっさと撤収する人もいるにはいるが、夜会であろうと政の場。様々な思惑が飛び交っている。

別れを惜しんでいる人もいれば、目的が達せなかったからと最後まで粘る人もいた。

神官長は引き際を綺麗に見極められる人なので、誰かに巻き込まれて撤収が遅くなることはほとんどない。それなのにこんなに遅いのだから、必要な時間なのだろう。

十中八九、今日の見合いのことだろうが。

エーレがリシュタークしてたなぁと思い出していると、扉が鳴った。生真面目なほど均等な間隔を空けてノックされた音に、私は窓枠から飛びおりて駆けだした。

「はーい！」

そのついでに机の上へカップを置いていく。跳ね上がった慶びの勢いを殺しきれなかったため、陶器がぶつかる音がした。割れたり欠けたりはしていないはずである。

そうして私は、走り寄った扉を開けた。

「お疲れ様です！」

「相手を確認してから開けなさい」

「はい！」

「お前は、返事はいいのだけれどね」

苦笑した神官長は、私の頭に大きな掌を乗せた。

王城から戻って、そのまま来てくれたのだろう。きちんと整った身形はいつも通りだが、夜会の匂いを纏っている。

酒と、煙と、香水と、食べ物。それらが濃密に合わさった夜会の匂いは、いつも本と水とインクの匂いを纏う神官長から静寂さを奪うような喧噪があった。

それでも神官長はいつも通り穏やかに微笑んでいるし、今日も明日も神官長は何も変わらない。どこに行っても、誰といても、神官長はいつだって神官長なのだ。

「いま書類除けますねー」

椅子の上にもみっちり積まれていた書類の束を一塊抱え、私の執務机へ移動させる。移動させられたのは椅子に載っていた分だけなので、机にはまだ書類の山がそびえ立つも、ひとまず座る分には問題ないだろう。

「ありがとう、マリヴェル」

神官長はいつも通り、真っ直ぐに背を伸ばして椅子に座っている。だが、いつも見ているから分かる。大変お疲れだ。

さっきまで座っていた自分の椅子を引き摺って、神官長の横に並べて私も座る。

「お茶飲みますか？　淹れてきますよ」

「いいや、構わない。それにしても……今回はまた、溜めたものだね」

ここまできたら笑うしかないといった風に、神官長は笑った。苦笑ですらなく、面白がってさえいるように見える神官長に、そんな場合ではないと分かっているのに嬉しくなる。

神官長が楽しげだと私は嬉しい。何だってしたくなるし、実際出来るし、その為に私を使ってほしい。

「いやぁ、もうちょっと早く取りかかる予定だったんですが、寝過ごしました！」

ごんと、大きな拳が頭に乗った。私は飛びあがって驚いた。

いつもの脳天がかち割れるような痛みではない。つまり、神官長は非常に疲れている！

「神官長大丈夫ですか!?　脳天粉砕拳が鈍っていますよ!?」

ごんっ！

「いったぁ――――!?」

脳天かち割れた。これは絶対である。

恙なく降ってきた脳天粉砕拳を受けた私は、椅子の上で身体を折り畳み、打ち上げられた魚のようにびちびちのたうち回った。

私が復活するまでの間、神官長は私が資料不足で判断しきれなかった書類に目を通していた。神官長からの補足を受け、立ち直るや否やそそくさ書類を処理していく。助かる。

私の執務机から、インクもペンも移動させてきた。本格的にこっちで取り組もう。

大変お疲れの神官長を手伝わせてしまうのは大変遺憾であるが、ヴァレトリが淹れたてのお茶と神官長用の軽食を持ってきた辺りで腹をくくった。

神官長の身体を、誰より丁寧に細やかに執念を持って気遣うヴァレトリが、大変お疲れの神官長がここに長居することを受け入れている。即ちこれは、神官長の意思だ。

そして神官長が私の書類を手伝ってくれる為だけであったなら、ヴァレトリはもっと渋い顔をしていたし、私にさっさと仕事を終わらせるよう言っただろう。それなのにそのどちらもなく、さらりと部屋から出て行った。

つまりは別の要件があり、今日あった特殊事項など一つだけだ。

「神官長、私、結婚したほうがいいですか？」

「何故、そう思ったのかね？」

「エーレが神官としてではなくリシュタークとして対応していたので。神官としては強く断る理由がなかったのかなと」

「成程」

そして、いつもなら改めて話すことなく終わっていた見合いの話題が、未だに続いているからである。

「王子曰く、なんかジーンは私が好きらしいです。奇特な人ですね」

「さて、今日の予定の何処に王子との謁見があったのか、聞いてもいいだろうか」

「一緒にさぼって昼寝しました！」

ごんっ！

「いっだぁ――！」

流石神官長。エーレとはひと味もふた味も違う拳である。

「今夜はもう遅い。その件についての説教は後日にしよう」

神官長は崩していたわけではない姿勢を、それでもあらためて正した。その姿を見て、私も姿勢を正す。

「マリヴェル、ジーン・サオントは、少々口下手で不器用なきらいはあるが、誠実で真摯な、心優しい青年だ」

昼間、エーレと話していたジーンの姿を思い浮かべる。

「そしてサオント家もまた、道理を知る家だと私は思っている」

前はなかったけれど、後は若いお二人でとしてきた姿を思い浮かべる。

「家族仲も良好で、お前とルウィード王子に上がった噂を聞いたジーンを応援しようと、急遽お前に見合いを申し込んでくるほどに」

「はあ」

神官長が何を伝えようとしてくれているのか、よく分からない。つまりここが私の使い所という話なのだろうか。

「私は、今までのどんな申し出より、今回の申し出が一番お前の為になると思っている」

私は首を傾げた。

「神殿の為になるのではなく、ですか」

「確かにサオント家が神殿と縁続きになれば、助かることは多いだろうね」

「じゃあそうしますか？」

私は今まで誰とも婚姻関係を結んだことがないので、何をすればいいか分からないが、とりあえずそれなりに忙しくはなるだろう。仕事が増えるのは大変だが、神殿の仕事がその後楽になるというのならそれでいい。

どれくらいの期間で婚姻関係にする予定なのだろう。それまでさぼる頻度を考えなければなと、頭の中で計算していく。

「だが私は、誰が相手であっても、今のお前の婚姻を望ましいと考えることは出来ない。相手がお前を思ってくれているというのなら、尚のこと」

「どうしてですか？」

「お前が、誰かの利益でしか婚姻を考えられないからだ」

強い夜風が吹いたのか、揺れた木々の音がやけに大きく聞こえた。

神官長の言う通りだ。家同士の婚姻では、当事者の気持ちが置き去りになることはままある。だが、よくあるからと言ってそれが推奨されていいことにはならない。

「マリヴェル、今のお前では、ジーンに対して不誠実となる」

確かに私の対応は、最初から不誠実だった。見合い相手に対し、思うところが何もないまま、両者の利益でしか考えられない。不誠実どころか、物語で言えば悪の親玉みたいな思考である。

「……申し訳ありません」

「お前のその思考を知っていながら、今日この日まで来てしまったのは私の罪だ。だから、マリヴェル、少し話そう。私は怒っているわけでも、お前を叱っているわけでもない。ただ、お前に知ってほしいだけなのだよ」

恋愛、という意味であれば、本と他者の様子で学んだ。人は好きな人とは一緒にいたいらしい。

自分を一番好きになってほしいらしい。だから、その人と同じ生を歩む為に結婚するらしい。家柄や資産などは、その付属物だ。

それらの規模が大きくなればなるほど、付属物のほうが重要になってしまう傾向があることも知っている。それは知っているけれど、恋愛も婚姻も、よく分からない。それらはいつも、私とは違う階層にあるものだった。

「マリヴェル、婚姻とは相手の生に対し、責任を持つ。生涯相手の幸福を祈り、その為の努力を怠ってはならない。誠実と信頼がなければ成り立たないのだ。それが、一から家族を作るということなのだよ。だからお前が、その縁を生涯途切れさせたくないと願った相手でない限り、私はどの婚姻も望ましいとは思えない。分かるかね？」

「はい」

ゆっくりと穏やかに語られる言葉は、確かに私を叱っているわけではないのだろう。諭されているのとも、また違う。ただ語りかけてくれているのだ。

神官長は、私の理解が及ばない話をするとき、いつもこうやって言葉を紡いでくれる。それでも全く理解が出来ない役立たずな私を怒ることは、一度も無かった。

「お前の現状を鑑みれば、婚姻は早いと判断している。だが……お前は誠実で、優しい子だ。誰かを好きになったのなら、その相手に対し、不誠実な行動を取るとは思わない。故に、お前が好きになった相手と婚姻関係を結びたいというのなら、私が反対することはないよ」

「…………よく、分かりません。恋愛感情というものは、独占欲が伴うものと理解しています。しかしこの世界に存在するありとあらゆるものの中に、私が所有していいものは存在しません。だから、もしも私が誰かに好意を抱いたとしても、それは無意味なものではないのでしょうか」

「その言い分に対する反論は山のようにあるのだが、そういったお前の理屈が意味を為さなくなるものが恋愛感情なのだと、私は思うよ。そういった感情を抱けない私が言っても、説得力は薄いだろうがね」

神官長は苦笑した。

「ですが神官長は、愛を知る人です」

「お前に教えてやれないのであれば、そうとは言えないな」

苦笑の形が、変わったと気付く。

「知っています。神官長が教えてくれました」

「お前が他人事としか感じられていないのであれば、それは私が至らないということだ。……不思議だな、マリヴェル。お前にほんの少しでも伝えられたのではと思ったことは幾度もあるというのに、気がつけば、お前の認識は出会った頃のままに戻ってしまうのだね」

どこか寂しそうな笑い顔を、この人はよくする。私がさせてしまっているのだと、気付いたのはいつだろう。

「お前にとってそれほどに……恐ろしいものなのだろうね」

この人にこんな顔をさせてしまう罪を犯したのは私だとは分かるのに、罪の在処が分からないのだ。罪の性質が分からなければ、罪状だってつけられない。

神官長は大きな掌を持ち上げ、私の頭を包むように撫でた。昔と変わらない温かで優しい撫で方だ。

「そして、私はまだ一つお前に伝えなければならないことがある。お前に婚姻はまだ早いと言ってなお、サオント家はお前への求婚を引き下げることはしないそうだ。ジーンは、お前に思いがなくとも構わないと言っている。いつかを叶えるのは自身の努力次第だと。彼らが王都に滞在する期間は十日。会うも会わないもお前次第だ」

「はあ」

それはなんとも、おおらかなことだ。聖女としてではなく、ただの私としての価値しかない物を欲するとは欲がない上に、生の無駄遣いだろうに。

「何にせよ、この書類は早く片付けなさい」

「うっ……はーい」

「その上で、身体を壊さないよう早く寝なさい。分かったね」

つまり、これからはここまで溜めるなと神官長は言っているのだ。その通りである。

今回はちょっと、采配を誤った。最近はうまくさぼれるようになった気がしていたが、まだまだだ。これからはもっとうまくさぼろう。

そう決意を固めていると、神官長はもう一度私の頭に掌を乗せた。

「おやすみ、マリヴェル」

「おやすみなさい、神官長！」

神官長の眠りが穏やかなものでありますように。その目覚めが幸福でありますように。

毎夜毎朝、そうでありますように。

恋も愛も私にはよく分からないけれど、この人が私に向けてくれる眼差しのような温かさのほんの欠片でも、私の祈りに籠められていたらいいなと思っている。


「はっ倒すぞ」

「開口一番何故!?」

朝食を摂っていると、忙しいはずのエーレが目の前に現れた挙げ句、私をはっ倒す宣言をしてきた。疑問を抱くくらいは許される状況だと思うのである。

思うのだが、猛烈に忙しいだろうに、朝から聖女をはっ倒す宣言をせざるを得なかったエーレの気持ちを考えると、はっ倒すぞ宣言くらい許されるとも思うのである。

とりあえず食事を再開しながら、同じく朝食を持っているエーレに着席を促す。エーレは私の隣に朝食を置き、自身も座った。向かいだとはっ倒せない、またははっ倒しづらい。そんな固い意志を感じる。

「……あの、もしかして」

明確な言及を避けつつも恐る恐る尋ねれば、徹夜したであろう隈を目の下に貼り付けたエーレが鼻を鳴らした。

「サオント家が北へと帰還するまでの間、私が供する栄誉を賜りました、聖女様」

「大っ、変、申し訳ございませんでした！」

「申し訳ないのはこれからだ」

一級神官と個としてのエーレを往復するエーレに、この後ジーンとの謁見を受けてしまった私は、椅子から飛び降りた上、床と額を仲良しとした。

この後、はっ倒された上に燃やされる未来が目に見えていたというのに、どうしてだかエーレがいるという事実に安堵のような感情を抱いた自分がいた。それが不思議ではあったけれど、恙なく私をはっ倒した上に燃やす予備動作に入ったエーレを前に、その感情を追いかける暇はなかったのである。

ちなみに、その騒動に気付いた料理長から山盛りの朝食お代わりが運ばれてきて、エーレは死んだ。

エーレ、わりといつも怒っているなぁと思いながら、復活したエーレを帯同しながらサオント家が構えた王城の部屋へと移動する。聖女が二日連続で公式に王城へ現れたので、周囲がちょっと騒がしい。

日常然り、昨日の夜会然り。聖女代理としての神官が赴くことが多いので、私本人が連続して現れるのは大きな行事か緊急事態くらいだ。

公式としてはそうだけれど、それ以外では十日に八日以上は王城に現れていたりする。神殿で昼寝していると必ず神官達に見つかるので、さぼり場所として神官達の捜索が届かない王城は最適なのだ。王子とも会いやすいので、王城の煩雑な敷地内はかなり重宝する。

王城の人間達の視線を受けながら辿り着いた部屋の扉を、彼の護衛が開く。

昨日の人とは違う護衛のようだ。昨日の彼が、王都観光を存分に楽しめていることを願おう。掏摸(すり)に気をつけてと言いそびれたなといま気がついてしまった。気が利かなくて申し訳ない。

開かれた扉から部屋に入りながら、昨日の彼の楽しい王都観光を祈った。

今は朝食を摂ってまだ一時間も経っていない頃合いだ。だというのに、ジーンは既にその場で待っていた。思っていたより大きな部屋が用意されているなと思う。雑談どころとしては、規模の大きさにはよるが、それなりの人数が参加する茶会でも簡単に開けてしまいそうな広さがあった。

部屋の質は、昨日同様かなりいい。流石辺境伯の要望で王城が用意した部屋である。

昨日と同じく王城で構えられた部屋は、実はあまり馴染みがなくてちょっと新鮮だ。聖女として現れる機会が多い場所としては小さく、さぼり場所として現れるには大きく立派すぎるのである。

「おはようございます、聖女様。謁見の申し出をお許しくださったこと、感謝いたします」

昨日不誠実な見方でしか婚姻の判断が出来なかったが故に、朝一番での申し込みを受けたのだが、既に申し訳なくなってきた。その上眠い。エーレは徹夜だったようだが、私もまた、この時間を確保する為に徹夜したのである。

神官長が去った後の執務室は、とても広く静かだった。神官長の力を借りたおかげで仕事自体は捗ったが、神官長が去った後はどんな状況であれいつも肌寒く感じるので、さっさと仕事を終わらせようと頑張って頑張ってしまったのだ。

ちょっと頑張りすぎてしまったので、思ったより早く仕事が捌けそうだ。この調子なら、近いうちにエーレに休日を渡せるのではなかろうか。

そう言えば休日にどこか出掛けると言っていたような……誰か別の人だっただろうか。そもそもエーレと休日の話をしたことはないはずだ。

私達の入室と同時に立ち上がったジーンは、几帳面な礼をした。そのさまが少し神官長に似ていて、勝手に好ましさを抱く。

「神官長より私の現状は伝わっているでしょうに、その上で貴重な時間を頂いたのはこちらなのでしょうね」

「とんでもないことでございます。……しかし、本日も帯同者はリシュタークなのですね」

私の帯同者について、出来れば一級神官としての対応をしてもらえれば助かった。

そうすれば、ここにいるのは一級神官であってリシュタークではなかったはずだ。

「俺が帯同者であれば、何か不都合でもあるのか」

たぶん。

昨日はさっさと若いお二人へされてしまったが故、庭園へ出たのだが、結果的に失策だったように思う。無駄に時間がかかった上にジーンは引かず、エーレはリシュタークとなり、強制解散しなければどうしようもなくなってしまったのだ。

幸いにも今日のジーンは父親同伴ではないので、若いお二人で発言する存在は不在。つまり、この部屋での質疑応答が可能である。

私は、昨日はありつけなかったお茶と茶菓子を前に着席し、ひとまず思考から睡魔を飛ばすことから始めた。渋いお茶が欲しかったが、用意されていた物はどれも特級品だ。当然お茶も、苦みも渋みもなく、大変美味しいだけである。

「ジーン、私は恋愛というものがよく分かりません。あなたが申し出てくださった婚姻という関係にも、利益、もしくは損得勘定という物差しを採用してしまいます。私に好意を抱いてくださっているというあなたに対し、こういった見方しか出来ない私は不誠実であると考えられます。それ故、婚姻の申し出を引き下げてはいただけませんか」

「何故でしょう」

「……若干、そう来るとは思っていました」

昨日の今日だ。私とて慣れるのである。

「まあ、そういうわけでして。聖女としての婚姻価値はともかく、恋愛をご所望の婚姻ならば確実にご期待に応えることは出来ないかと思われます。ですので、婚姻の申し出引き下げをですね」

「これから時間をかけて絆を育むという手段が残っております。聖女様と近しい神殿の者だけがその権利を得るのであれば、少々不公平かと」

ジーンの視線がエーレを向いた後、二人はしばし見つめ合った。

そこで話を発展させていってもらうことは可能だろうか。そして私は帰りたい。

エーレは一応、リシュタークとしての対応を控えるつもりはあるようで、私と同席せず真横に立っている。……本来は部屋の入り口辺りに立つのが護衛として適切な立ち位置だと聞いているが、今のエーレはリシュタークが滲み出ているように思う。気のせいということにしておこう。既にさっきリシュタークが出ていたので、今は抑えてくれているほうなのだ。

「そもそもなのですが、私、ジーンとそう接点がないように思うのですが」

「接点が必要ですか？」

「……接点があることで、色恋へ移行するものではないのですか？」

少なくとも、私が読んだ本は大体そうだった。接点無くして、人は他者の存在を認識できないので、その通りなのだろうと思っている。理由がなければ、命は他者に好意を抱けない。

しかし、あまりに当たり前のようにジーンが言うものだから、思わずエーレを見てしまった。

「聖女に対する好意の証を証明できないのであれば、虚偽と判断した上、一級神官権限におき此度の謁見を停止する」

「聖女様、帯同者の変更を要求してもよろしいでしょうか。この際、リシュタークス以外の誰であってもよいかと」

「サオントに聖女へ進言の権限があると思うな」

これはもしかして、喧嘩なのだろうか。ジーンの護衛が昨日の彼であればひそひそと問うたけれど、今日の護衛は彼でない上に、私がいる位置とは離れた入り口扉の前を陣取っているため叶わぬ夢である。

つまり孤軍奮闘案件だ。

エーレが引くつもりのないことを、ジーンも悟ったのだろう。僅かに言い淀んだ後は、覚悟を決めたかのように口を開いた。

「相手より優位であろうが、正々堂々たりえると。平等とする為にその力を削ぐならば、いつもと同じ調子で戦えない人が不利となりえる。故に、常なる力で戦える人間が絶対的に有利である。生まれ持った素質、家名、財産、個を培ってきた環境すべて。何を使おうがそれは卑劣な手段ではないと、それを相手が持ち得ずとも、こちらが剝ぎ取ったわけではない」

突然、当たり前のことを言葉として紡ぎ始めたジーンに、私は瞬きで疑問を表した。ちらりと視線を向けたエーレも、怪訝な表情をしている。いつも通り無表情に見えるが、これは疑問を浮かべている顔だ。

私達の反応を前にしても、ジーンは変わらない。この人は、若干エーレに似ているように思う。

「自分の持つ全力を出し切ることは、卑怯でも卑劣でもないと。費やしてきた時間も同様に。正々堂々とは、相手と同等になるという意味ではないのだと。……そう、エーレ・リシュタークにあなたが言っていた言葉を聞きました。私はそれが、今でも深く、心に残っています」

ジーンが虚偽を申告しているとは、思わない。だが、記憶にない。エーレを見るも、怪訝な表情を濃くしている。そんなことを言っただろうか。エーレが覚えていないのであれば、本当に些細な一瞬の出来事だったのだろう。

「辺境伯といえど、サオントをリシュタークと同等に扱うことは許されない家柄でしょう。ですが、曲がりなりにもアデウスの上位貴族一門としての私に、あなたの言は深く染み入りました。それ故です」

全く覚えていないと言って良いものか否か。黙っていたほうがいい気もするが、それは誠実ではない気がするのだ。

彼の誠実さに同じものを返せないのであれば、せめて真っ当に返せる場所はそうしなければ。

「申し訳ありません、全く覚えておりません」

「つまり、あなたにとってああして過ごすエーレ・リシュタークとの時間は常であり、特別な時間ではないのですね。……やはり、帯同者の変更をお願いできませんか」

「断る」

「リシュタークには問うていない」

「聖女の護衛は、聖女と神官長によって定められるもの。サオントが口出し出来るものではないと心得ろ」

もしかしてなのだが、エーレとジーンは仲が悪いのだろうか。ならば何故、忙しいエーレがわざわざ護衛に名乗り出たのだろう。どうしようもないほどの不仲であれば神官長が止めたはずなので、そこまでではないのだろうが、どう見ても仲がいいようには見えない。

そうは言っても、エーレと仲がいい人は数少ないので、これは普通かもしれないと思い直す。親しい人を前にするエーレは、遠慮がない。親しくなくても遠慮があるように思えない場合も多いのだが……これが、リシュタークの末っ子力というものか。

ジーンには是非とも、長子の力でなんかこう……なんかうまく、いい感じに対応していただけると嬉しい。

「あの、それだけで私に好意を抱いたのですか？」

「そうですね」

「そうなんですか……」

よく分からない。彼が提示した場面を覚えていないこともあるだろうが、人が好意を抱く条件が全く把握できない。何か劇的なことがあったわけでも、彼に向けた言葉でもなかったらしいのに、彼は私に好意を抱いたという。

世の中は不思議で満ちている。


こういったことでの誠実さを返せないと分かっているから、とりあえず会いたいという申し出があったので会った。これが誠実さで返したことにはならないと分かっているが、他に術がない。あったとしても心が伴わないのであれば、それは誠実と言えないのではないだろうか。

そんなことを思いながら、午前中はジーンとの謁見なのか会談なのか雑談なのか、よく分からない時間で終わった。これでいいのかよく分からないままだが、ジーンが何となく楽しげだったように思うので、いいのだろう。

私とジーンが会話した時間と頻度より、エーレとジーンが喋っていた時間と頻度のほうが大幅に多かった気もするが、いいのだろう。たぶん。

相互理解が深められ仲がよくなっていれば午前中の時間も浮かばれただろうが、何故だろう、二人が会話を交わせば交わすほど、ジーンの護衛の顔色が悪くなっていく結果しか生み出せなかった。もしかしてなのだが、あの二人は結構似ているのかもしれない。笑顔と愛想が少なく、歯に衣着せぬ物言いが多い。どちらもアデウスを代表する上位貴族で、生まれ育った環境も大多数よりは近い。もしかしてではなく、似ているのではなかろうか。

ならば相互理解は簡単に深められそうなものだが、その気がなければ難しいのだろう。人と人の仲は、状況と理屈だけでは収まらないのである。

ジーンとの時間が終わるや否や、エーレはさっさと王城へ向かっていた。せめて昼は食べてほしかったが、午後一番で会議があるという。王城の政務官を今日も完膚なきまでに叩き潰すつもりらしいので、王城の政務官は頑張ってほしい。

私は、ここ最近仕事を溜めすぎたせいで監視の目が厳しくなったのと、神官達の深い嘆きにより、大人しく執務室に収まっている。私の仕事は捗りすぎてもいけないが、流石にそろそろ神官達にも一段落させてあげたいとは思っているのだ。

これもさぼり具合の練習だと思いながら書類に向かっていると、執務室では珍しい声が聞こえた。

「マリヴェル、今いい？」

「勿論ですよ、ココ」

紙の束を抱えたココが扉から入ってくるのに合わせて、私も立ち上がる。

順番待ちの神官もちょうど最後の一人が去ったところだ。部屋の中には私しかいない。ココの用事が仕事であれ私事であれ、どちらにしても問題ないだろう。

「忙しいところごめんね。これなんだけど」

そう言いながらココが見せてくれたのは、今度の式典で着る予定の新しい聖女の服だった。正確には、それが描かれた図面である。

聖女の服は仕立てが特殊で、通常の服より製作の時間がかかるのでかなり早めから取り組んでおかないと間に合わないのだ。

服について私は毒がついていなければ何でもいい派なのだが、ココは毎回こうやって私に確認を取ってくれる。町に遊びにいく時に着る服も、寝間着夜会を行うときのお揃いの服でさえ、私が何を好きか、嫌いか、いつも気にかけてくれた。

最終的な確認は神官長のもとで行われる。だからそこだけで完結するはずなのに、必ず神官長より前に、私に聞きに来てくれるのだ。

「じゃあマリヴェルはこれでいい？」

「はい」

ココは私と決めた服の画をじっと見つめ、頷いた。

「うん、可愛い。じゃあこれで神官長に出すね」

様々な工程が普通とは違う聖女の服を作るのは、非常に面倒だ。とにかく手間と暇と人手がかかる。材料である布でさえ複数の神官が必要となり、逐一作業手順が決められているのは聖女選定の儀と似ているかもしれない。

それなのに、ココはいつも楽しそうに色々な服の形を見せてくれる。だから、私は何でもよかったのに、だんだん色んなことが楽しみになった。

新しい服の形、昔流行った服の形。利便性、時代の変化による変容。色の出し方、生地の織り方、縫い方。形だけでなく、色や作り方、その歴史にまで造詣が深いココは、それらをいつも楽しそうに学んでいる。楽しそうに教えてくれたから、私も服を着るのが楽しくなった。

「マリヴェルはいま休憩中？」

「はい、一段落ついたところなので。よければココも休んでいきませんか？　お菓子と果実水ありますよ！」

「いいの？　じゃあそうしよ」

ココは、私が仕事を進めた証明である、書類の載っていない椅子にすとんと座った。

これまた書類の存在しない机の上に果実水とお菓子を運ぶと、中腰になって受け取ってくれる。それらを並べ、私もココの向かいへ座る。こっちの椅子にあった書類も片付いているので、書類をどける一手間をかけず簡単に座れるのだ。

「今日は果実水なんだね」

「はい。昨日お茶飲み過ぎたから、今日はこっちになったみたいです」

料理長は毎日、皆の健康を細やかに気遣ってくれるのである。

私も昼食はここで摂ったので、簡単につまめるようにと作ってくれた軽食とお菓子を、ココと二人で食べる。元々、この部屋に来た神官達もつまめるようにと多目に作ってくれるので、まだまだあるのだ。

それでも大体夕食前には全て無くなるので、料理長の配分は絶妙なのである。

「そういえばさ、マリヴェルは辺境伯の息子と結婚するの？」

「必要ならばするつもりですが、思いを伴わないのであれば相手の方に対して不誠実だと神官長が言っていて、その通りだなと思いました。ですので、今のところその予定は皆無です」

「ふーん。ところでエーレと喧嘩したの？」

木の実がふんだんに使われたクッキーを食べながら、ココが私を見た。昨日からやけにエーレの話題を聞く気がする。

「していませんよ？」

「そうなの？　全然喋ってないからまた喧嘩したのかと思った」

寧ろいつもより話しているように思う。何せ昨日から会う回数が多いのだ。でも、ココがそう思うならそうなのかもしれない。

「今はどっちも忙しいので、会話を途中で打ち切ったりしているからでしょうか」

「そうなんだ。今度城下に下りるとき教えてね。新しい服そろそろできるから」

「ありがとうございます。楽しみです！」

ココはいつも色んな服を作ってくれる。ココが楽しそうに教えてくれて嬉しげに作ってくれた服を着るのは、私も嬉しいし楽しい。

「それとね、今度一緒に寝るときに着る寝間着なんだけど」

ココが分厚い手帳を開く。色んな紙が挟まった厚い手帳には、予定ではなくココの絵が所狭しと描かれている。

そこに描かれた新しい寝間着の絵を見ながら、ココが作りたい服の話を聞く。いまクッキーを食べているから、クッキーの刺繍を入れてみるのもいいかもしれない。けれど寝間着を着たらお腹が空くんじゃないか。

そんな話を笑いながらしていると、あっという間に時間が過ぎる。

「そういえば、新しい糸の専門店ができたの知ってます？」

「え？　どこ？」

「えっと、この前行った布の専門店から遠いんですけど」

「……隣り合っててほしい」

「近いほうが行きやすいですよねー」

「そういえばさ、マリヴェルって店の名前覚えないよね」

「確かに」

任せてほしい。人の顔と名前も覚えられていない場合が多いのだから、店の名前を覚えられるはずがない。

自分のコップに入った果実水を飲みきったココは、自分の分を入れるついでに私にも注いでくれた。そして両手でコップを持ったまま、背もたれに体重を預ける。

「もしマリヴェルが結婚するなら、私が衣装作ってもいいのかなぁ」

「どうなんでしょう。それにたぶんしませんよ。私は他者に対して恋愛感情を抱ける気がしません」

「そうかな。……まあ確かに、エーレってマリヴェルがいろいろ思う前に話纏めるの、手慣れすぎてるとは思うけどさ」

ココは手の中でコップを揺らす。その中には透明な水が揺れている。透明なのに果物の味がするので、昔の私はこれをずっと美味しい水と呼んでいた。

「私もサヴァスを好きになる前は、自分が誰かを好きになるなんて思わなかったよ」

以前、眠る前に教えてくれたのだが、ココはサヴァスが好きらしい。サヴァスは気のいい人なので、ココが好きになるのも頷けた。

「誰かを好きになった人は大幅な変化があるものだと思っていましたけど、ココはあまり変わりませんね」

「だって、サヴァスを好きになってからの私は、なる前の私から続いた私なのに、誰かを好きになっただけで変わったら、今まで頑張ってきた私に失礼だよ。それに、私はサヴァスがいなくても頑張れるし、そうしてきた。それなのに、サヴァスを理由にしなきゃ頑張れなくなるんなら、まるでサヴァスが悪い存在みたいじゃない。それは、好きになった人に失礼だよ」

ココみたいな人がきっと、相手に対する誠実な恋をしているのだろう。

「私は、私のことを好きと伝えてくれた人に対し、そんな誠実さを返せません。私は聖女の婚姻を、個としての婚姻と考えられないんです。家と家の婚姻に近しい考え方しか出来ません。婚姻するのなら、神殿に有益な相手がいいと思うんです」

ココはエーレみたいな顔をした。

「マリヴェル、一つ聞くけどさ」

「はい」

「神官長含めてエーレとかヴァレトリがいる今の神殿が、聖女を身売りさせなきゃやっていけないほど困窮すると思う？」

「思いません、けど……」

「それ聞かれたら怒られるよ」

確かに、そうだろう。分かっているのだ。私のこの思考は、神殿、延いては神官長達を侮辱するものだ。その為人を、能力を侮っていると同義なのだと。

分かっているのに、それ以外の考えを抱けない。抱いてはならないのだと、どうしてだかそれも分かっているのだ。

『それ聞かれたら怒られるよ』

当たり前だ。それなのに神官長は怒ることなく、ただただ悲しそうに微笑んだ。

それだけだった。

「マリヴェルはさ、自分の抱く感情が、恋とか愛に定義されるものかよく分からないって言うけど、分かってると思うよ」

「……そうですか？」

「だってさ、いつも私達の無事を祈ってくれるじゃない。悲しい思いをしないように、嬉しいことだけありますようにって。私はそれ、私達のこと愛してくれてるんだなって思ってるよ」

そう、ココは笑った。

その顔があまりに綺麗だったから、彼女が友達と呼んでくれる自分はせめて、彼女達に益を与える存在になりたいといつも思うのだ。だってそれなら、この人達の生の時間を使わせてしまう罪がほんの少し、軽くなる気がする。そうしたら、それならば。

「それにさ、誰かと一緒にいたいって思うなら、それもう、恋か愛かのどちらかだよ」

まだもう少しだけ、この時間が続いても許されるように、思えるのだ。


今日も今日とてジーンと会う。これで四日連続会っていることになる。

なんか彼らが王城にいる間中の謁見申し込みがあるのだ。勿論断ってもいいのだが、なんとなく会っておいたほうがいい雰囲気なのである。

どうやらジーンは、神官達からの受けが結構いいらしい。そして王城からも、辺境伯の機嫌を損ねないでほしいという気迫が漂ってくる。

そんな理由で会うことも不誠実だと思いはするのだが、当のジーン本人が、王城からの圧があることを分かった上で申し込んでいると胸を張って宣言しているので、まあいいのだろう。

話していて思うのだが、ジーンはエーレと似ている。だからエーレで慣れている神官達にとって、ジーンは親しみやすいのかもしれない。

今日は昼食を一緒に食べるらしいが、まだ若干時間がある。それまでは仕事でもしていようと、執務室で時間を潰すことにした。

その選択は、神殿にとっては正しく、私にとっては誤りだったかもしれない。

そう思ったのは、私の椅子の横に自分の座る椅子を引き摺って持ってきたエーレが、自分の仕事をこなしつつも私の仕事をみっちり監視し始めたときである。

エーレは最初の宣言通り、ジーンと会うときは必ず横にいた。正直エーレは私より忙しいのでついてくれなくてもいいし、他の人でもいいのだが、駄目らしい。

エーレが言うならそうなのだろう。

しかしまさか、いつもジーンとの接見が始まる前にふらりと現れ、終われば速攻帰っていくエーレが少し早く現れた挙げ句、私の仕事を見張り始めるとは思わなかった。仕事しようかななんて思わなければよかった……。

自分の仕事もしているのに、何故かこちらの手元まできっちり把握しているエーレの処理能力を侮れる存在などいないだろう。つまり、逃げ場はないということで。

この調子ならば、私がやろうと思っていた量の三倍が捌けてしまいそうである。

それなのに、エーレの視線が次なる書類の山へ向けられたのを見てしまった。

「エーレ、一つ聞きたいんですが！」

「俺も聞きたいんだが、何をどうしたらこんなに仕事を溜められるんだ」

「いやぁ、なんか最近いろいろあったような気がするんですけど……よく考えたらどれも大した用事ではありませんでした！」

「燃やすぞ」

「燃えてますね」

いや本当に、何故ここまで溜まったのだろう。

エーレに言った通り、大した用事はなかったはずなのだ。なんだかちょっと、誰かと話したり、あちこち出掛けたり、出掛けた先でいろいろあったり、何かいろいろ考えるような事態になった気もするのだが、特に記憶にないので大した用事ではなかったのだろう。

エーレに燃やされながら、そう結論づける。

「それで、お前の質問は何だ」

「え？」

「は？」

「あ、えーと」

エーレの意識を仕事から逸らせる為に、特に何も考えず質問しましたとは言い難い雰囲気である。

そんな台詞が言いやすい雰囲気に出会ったことは、今までだって一度もないが。

「エーレって好きな人いますか？」

「あ？」

さっきからエーレが一言しか喋っていない。だが分かる。機嫌が急降下した。その程度には長い付き合いだ。

「何だお前、ジーンに惚れたのか」

「好きになったほうがいいのかなと思いまして」

「馬鹿馬鹿しいが、一応聞いてやる。何故そう思ったんだ」

何故だろう。少し考える。理由はたぶん、いろいろあるのだろうけど。

「……誰かに恋慕の情を抱ける私になれたほうが、神官長は喜ぶ気がするんです」

交際および婚姻を申し込んできた人々に対し、私が神殿と相手の益を天秤にかけてしか考えられないのは、彼らの生を蔑ろにして侮っているわけではない。

彼らではなく、私自身はその使用方法しか許されないからだ。彼らは尊重されて然るべきだ。だが私は違う。彼らが私を使うことは許されても、私が彼らの時間を消費することは許されない。

愛も恋も、個が持つだけならば問題ないのだろう。だがそのどちらも、特に人は、相手と交わし合うのだ。

「私は……神官長が私に与えてくれるあの温かさを、正しく受け取りたいんです」

そして出来るなら、同じには決してなれないけれど、神官長が与えてくれる温かなそれと似た何かを、ほんの少しでも返せたらいいなと願っている。

そう願ってはいるのだけれど、そこに不思議な感覚があるのも事実だ。私は既に、この願いと悩みに、自分なりの解を得ていたような。

そんな奇妙な感覚が燻る己があまりに悍ましくて、嫌悪感と吐き気がぐるぐると思考を巡り始めた。

「それに、聖女の婚姻としての条件だけでなく、ジーンはいい人なのではと思いまして。面白いですし。最初はよく分かりませんでしたが、話しやすい人なんだなと最近思うようになってきました。これだけ毎日会ってたら、もう友達でもいいんじゃないでしょうかね。ああいう人ならば好意を抱くことも推奨されるのではと思ったんですけど、それはそれでやっぱり不誠実な考え方な気がしますし、この話は終わりにしましょう！」

よく分からないけれど、胸が妙に軋む。頭も握り潰されそうなくらい痛いけれど、胸の内のほうが、何かが砕け散りそうな気がする。胸の内だけではなく、私という個が根こそぎ、根幹から、壊れてしまいそうな。

私の言動が神官長を悲しげにさせているというのに、自分の痛みに思考が向かうのだから、やはり私は塵屑である。塵屑は人に使われてようやく物になるので、もう少し使える物にならなければ。

使えなければ意味がないのだ。その為に私があるのだ。どうしたら神官長に使ってもらえるだろう。

そうだ、それだけなのだ。それだけ出来ていれば、私はここに置いてもらえるのだ。それ以外何もないのだ。それだけが私の存在価値なのだ。浅ましくもそれ以外の何を。

「……マリヴェル？」

「はい！　何でしょう！」

「お前いま…………………いや、何でもない」

歯切れの悪いエーレの物言いが珍しくて、驚く。

「え？　どうしたんですか？　あ、気分悪いですか？　そりゃそうですよ、寝不足が続いてますし。今日の付き人役替わってもらいましょうよ」

「煩い。問題ない」

「結構問題ありそうな間でしたけど」

「……何を言おうとしていたか、忘れただけだ」

「え!?　エーレが!?　カ、カグマ呼びましょうか!?　呼びますね!?」

誰より速く攻撃力ある言葉を組み立てた上で放つエーレが、腹が立つことがあれば何年も覚えているエーレが、言おうとしたことを忘れた!?　一大事だ。

エーレの危機は神殿の危機。正直、聖女が死ぬより大問題である。

「カっ」

全力でカグマを呼ぼうとした口を、素早く叩きつけられたエーレの掌が覆った。結構、いい、音がした。

虫だってもっと優しく潰すと思う。痛みに悶えている私を前に、当人は煩そうな無表情を浮かべている。相変わらず器用な人だ。

「俺の寝不足の原因の九割は、お前の所為なんだがな」

尤もである。

流れるように土下座した私を、椅子に座ったままのエーレは見下ろした。たぶん。額は床と仲良しなのでその光景を見ることはできないが、いつものことなのでそうだろう。

「マリヴェル」

「はい、何でしょう」

追撃の声音ではなく、普通に呼ばれた名に頭を上げる。

「ついでだから言うが」

「はい」

この流れのついでならば、やはり常日頃の不満か、状況改善か、とりあえず怒りと説教の合わせ技か。心当たりはそれくらいだ。私は床に座っているので、ちょうど脳天を粉砕しやすい位置である。

私は覚悟を決め、神妙に答えた。

「その思考で決めるなら、俺でいいだろうが」

「何がですか？　とりあえずそろそろ時間なので、ジーンに会いにいきましょうか」

そう言ったら、はっ倒された上に燃やされた。流れるような日常風景であった。


「分かります。冬の朝、惰眠を貪る時間は幸福の一言に尽きます」

「ですよね!?　あ、でも、北はここよりもっと寒いんでしょうね」

「確かに外気温はかなりの差が出ますが、北の建造物はこちらの物より外気温が入りにくく、また室内の温度を逃がしにくい造りになっております。ですので、建物内でしたら北の方が暖かいでしょう」

「へぇー、そうなんですね。初めて知りました」

「是非いらしてください。全力でお迎えいたしま、す…………」

「どうしましたか？」

「いえ……この流れですと冬にお誘いすべきなのでしょうが、冬季の移動を慣れぬ方に勧めるわけにはまいりませんので……」

「あー……成程」

聖女として冬季の長距離移動は初めてではないし、私は寒さに結構強いので平気だとは思う。だが、聖女の移動となると必ず神官達が存在する。私はよくても、神殿が大変だろう。装備もそうだし、寒さに弱い神官もいるのだ。

私の指が凍傷で捥げ落ちようがどうでもいいが、神官達がしもやけになると大変だ。しもやけは痒いのである。

「ですが、ジーンの銀色の髪が雪の中で輝く姿を見てみたいなとは思います。きっととても綺麗なのでしょうね」

「是非いらしてくださいい全力でお迎えいたします」

「あはは、適当でよろしくお願いします」

ジーンは薄く笑った。気をつけてみないと無表情に見えてしまうが、これは笑っているのだと、これまでの時間で学んだ。こういうところもエーレに似ている。その成果がジーン相手に遺憾なく発揮されているようだ。エーレと長い付き合いでよかった。

ジーンと会う場は基本的にずっと王城の敷地内なので、今日の昼食も王城産だ。勿論美味しい。でも、逃亡しながら食べる料理長のお昼も恋しい。

「聖女様」

「はい？」

それはそれとして美味しいので、もっしゃもっしゃ遠慮無くいただく。食事は美味しくいただくに限るのだ。料理長の鉄の方針でもある。

私の向かいで、綺麗に料理を食べるジーンが手を下ろしていた。そして、じっと私を見ている。正確には、顔を見ているようだ。

「紅をつけられているのかと思いましたが、違うようですね。唇を負傷されましたか？　今は色味が落ち着いていますが、最初にお目にかかった際は赤みが強かったように思います。体調がよろしくないのでしょうか」

紅は特に塗っていないので、心当たりを記憶から探す。すぐに思い至った。

「ああ、あれはリシュターク一級神官が――……………………」

私の口をはっ倒したからですと言おうとした私の口は、その動きを止めた。その間も、思考は勝手に記憶を紡ぎ続けている。

『その思考で決めるなら、俺でいいだろうが』

「……………………いやまさか。違いますね」

「違いませんが」

相も変わらず横に立っているエーレが、私の独り言に対していきなり口を開いた。人の思考をさらりと読むという特殊技能に、年々磨きをかけないでほしい。

暗殺者にやられると確実に首をねじ切られている勢いだなと自分でも思う速度で、私は顔をエーレへ向けた。いつも通りの無表情であるが、今この顔を私へ向けるのは正しいのだろうか。

「ジーン、申し訳ありませんが急用が出来ました。本日はこれで失礼します」

「畏まりました。どうぞご自愛ください」

体調不良では、ない。思考不良ではある。

私は今の自分がどんな顔色をしているのか全く分からないが、血の気が引くべきなのかどうかもさっぱり分からない。何だ、これ。

「ですが一つだけよろしいでしょうか」

「はい、勿論です」

こちらの都合で早々に退出するのだ。何でも言ってほしい。刃物を持ち出されると流石に難しいが、ぶん殴るくらいなら聖女権限で不問にするので、どうぞ。

「リシュターク一級神官のどういった行動が、貴方の唇を赤く腫れさせたのですか」

「張り手ですね」

我ながら簡潔で的確な説明が出来たと自負している。その証拠に、ジーンは追加で質問しては来なかった。つまりさっきの答えで解を得たということだ。

そうして私は昼食を中断し、エーレを引き連れ部屋を出た。

さて、何処に行くべきか。ひとまず部屋から離れて歩きながら考える。

神殿に戻る選択が定石ではあるが、神殿に戻ると処理待ちの書類を持った神官達が探しに来てしまう。

　普段ならば王城の空き室に忍び込むところだが、さぼり中で身を隠しているのならともかく、聖女として訪問している場合は難しい。最初から人の目が私を捉えている上に、聖女が王城内で行方を晦ませれば大問題となってしまう。何か事件でも起これば神殿の所為に出来てしまう口実を与えるわけにはいかない。

「えーと……」

　それでも適当な場所は幾らでもある。そのはずなのに、自分でも驚くほど思考が働いていない。

「お前から提案がなければ、俺の部屋に行くぞ」

「あ、はい。それでお願いします」

　王城に詰めている神官には、部屋が与えられている。当然のように王族の居室からは遠く、政務室からも遠い。よってエーレは普段、本当に寝るときにしか戻っていないそうだ。疲れ果て、熟睡したいときは神殿の自室へ戻ってくることを考えると、あまり使用頻度の多くない部屋である。

　初めて訪れた久しぶりのエーレの部屋は、いつも通り必要最低限の物しか置かれていない。しかし、それなりに広く立派な部屋である。勿論、リシュターク末っ子の部屋としての判断は、また別の結論になるだろう。

　そして、王城に部屋を与えられている他の神官の部屋を見たことがないので、これが通常なのかどうか、判断はつけられなかった。

　部屋自体は広いのだが、寝台のすぐ側に机と椅子があり、棚がある。その寝台も洋服箪笥の側にあった。来客が想定されていないことがよく分かる家具配置である。

椅子は一脚しかないし、机は執務机だけだし、家具配置からして、どう見てもここだけで生活しているし。

リシュタークの末っ子は、わりと狭い範囲で暮らせてしまうようだ。

流石、寝る為だけに戻っていると言っていただけある。エーレは見栄も張らなければ卑下もせず、誇張を一切しない男である。

「とりあえず座れ」

「あ、はい」

確かに、立ち話もなんである。私はともかく、徹夜続きのエーレは、そろそろ体力が限界であろう。

そう思いながら床に座ると引っぱたかれた。腕を摑んで引っ張り上げられ、椅子に落とされる。東屋の椅子だったらお尻を盛大に打ち付けて大惨事だったが、流石はリシュターク。ふかふかの椅子だったし、打ち付けるどころかちょっと跳ねた。

座るまでに手を借りたのでひとまず礼を言おうと視線を向けると、エーレが自身の寝台に突っ伏していた。私を引っ張り上げて疲れたらしい。どうやら私を椅子に落としたのは故意ではなく、ただ力尽きただけのようだ。

エーレはそのまま動かない。だんだん嫌な予感がしてきた。

「エーレ、寝てません？」

返事がない。とどめに寝息が聞こえてきた。力尽きただけでなく、限界だったらしい。

確かにここ最近ずっと、エーレは忙しかった。なんか私も忙しかった。ようは仕事が溜まっていたのだ。

そこに来て、辺境伯の登城と聖女の見合い。その付き人がエーレとなれば、エーレは息つく暇もなかったのではなかろうか。

とりあえず寝かせておこう。今は流石に忙しいエーレの予定を頭に入れて、ジーンからの申し出を受ける時間の調整を行っているから、この後の状況は分かっている。

ジーンとの食事を早めに切り上げたので、一時間ほどなら寝かせても大丈夫だろう。

それならちょっと失礼してと、倒れ込んで眠っているエーレの懐を探り、持ち歩いている鍵の束を取り出す。束と言っても、ついている鍵は数個だが。

エーレは寝台の上にそのまま突っ伏しているので、上にかけるものが無い。洋服簞笥から勝手に引っ張り出してもいいのだが、そこは個人の領域。緊急事態以外で勝手に開けるべきではないだろう。

そう判断し、自分の上着を脱いでエーレにかぶせておいた。

そして私は鍵の一つを摘まむと、寝台のすぐ側にある、つまりは私が座っている椅子の前にある机の引き出しに差し込んだ。一番下にある大きな引き出しの鍵穴に差し込んだ鍵は、すんなり回った。

手をかけた引き出しはずしりと重たく、引くには少々力がいる。腰を屈めて背を丸め、両手で引き出しを引っ張り出す。エーレが片手でこれを開けられるわけもないので、いつもこの前にしゃがんで開けているんだろうなと思う。

引き出しの中には、みっちり書類が詰まっている。これは後程、私の部屋、つまりは聖女のもとへと届く書類だ。そして、聖女を通り、再びエーレへ戻る書類でもある。つまりは王城関連の書類だ。

この部屋に到達するまでにもいくつか関所のような場所がある。建物に到達するまでも勿論そうだが、この建物に入る際、この階に入る際、この通路に入る際、この部屋に入る際。兵士は結構いる。だから重要な書類も置いておける。

王城に詰める神官の部屋が、まるで王侯貴族のように厳重な理由は、王城側の警戒心であり、意地でもある。王城にいる神官の部屋に不届き者が入れば、真っ先に疑われるのは王城側であり、尚且つ警備の不備を攻める口実を神殿に与えることになるのだから。

まあその手札を持っていたとしても、王城が何かを言ってこない限り、神殿がその手札を切ることはない。ないのだが、とかく神殿は王城からの信用を失っているのである。

書類の束を一摑み取り出し、一番上の引き出しに入っているインク瓶とペンを取り出す。これだけ疲れさせてしまった責任は取ろう。

私は黙々と書類に向かった。

机の中の書類を、全部とは言えないまでも片手で開けることは可能、そんな量までは減らした。これでエーレも楽々引き出しを開けられることだろう。

ちらりと視線を向けた時計の針は、後十分ほどしたら起こしたほうがいい時間を指している。

ペンを置き、思いっきり背を伸ばす。

固まっていた身体を強制的に伸ばしていく過程で呻くと、その声で起きたのか、背後で衣擦れの音がした。ついで、のそりと起き上がる音も。

「起きましたかー？」

「ん……」

どこまでも眠たそうな声を聞きながら、私ものそりと身体の位置を変える。椅子を動かすのが面倒で、椅子の上で身体を回し、背もたれを抱きながら顎を乗せる。

上半身だけ身を起こし、私の上着を摑んだまま項垂れたエーレは、ゆっくりと寝台の上に乗っていた足を下ろした。

しかし腰掛けたまま動かないので、完全に覚醒しているようには見えない。とりあえず身体は起こしたのだろうが、思考は止まっているのかぼーっとしている。

まだ時間もあるので、その様子をのんびり眺めることにした。ぼさぼさになった髪の隙間から見えている眠たそうな瞳が、のそりと私を見る。

「…………………………俺はお前に、鍵の場所を教えたか？」

「教えてもらわないと知りようがないのですが」

「そうだ、な…………片付いたか？」

「全部ではありませんが、面倒なのの大半はいけたかなと」

「遅い。全部終わらせろ」

「えぇー！」

そう思う心情も理解できるが、頑張ったので許してほしい。神に誓って、一秒もさぼっていないのだ。

「それより、よく眠れましたか？」

「ああ、腹立たしいくらいには」

よく眠れたのであれば、ご機嫌で目覚めてほしい。お休み三秒の大変いい子な就寝をしたというのに、大変ご機嫌斜めで目覚めるのは何故なのだ。

手早く身なりを整えたエーレは、もう完全に覚醒したようだ。何せ、既に腹立たしさを抱いているようだった。確かにエーレは寝ていても怒っていたりするくらいだが、何も寝起き一番から怒らなくてもいいと思うのである。

「それはさておき、書類はここまで終わってますから、後で確認お願いしますね」

「分かった。それでマリヴェル」

「はい？」

「お前は俺と結婚するのか？」

「その話題終わってなかったんですか!?」

そして制限時間の猶予、そんなにないですよ。

「どうして終わると思ったんだ」

「いや……睡魔が限界だったみたいですし、寝言みたいなものかなーと」

そんな寝言を言うほど疲れ果てさせた責任を取らねばと仕事を頑張っていたのだが、どうやら寝言じゃなかったらしい。そんな馬鹿な。

さっきまで抱えていた椅子の背もたれが、今やまるで盾である。心強さは全くないが、何も挟まず対面するよりはまあいいかな。そんな素晴らしい盾だ。全然安心できない。帰りたくなってきた。

「で、どうするんだ」

「説明を求めます……」

何はともあれそこからだろう。理由を聞かねばどうしようもない。

「全てが全て、面倒になった」

理由を聞いてもどうしようもない……。

私は盛大に、抱いていた背もたれに突っ伏した。

「詳細を求めます……」

「お前がぐるぐる迷走した挙げ句、どうでもいい理由で俺の仕事を盛大に増やす選択をするなら、俺が相手でいいだろうが」

詳細を聞いてもどうしようもなかった……。

これもう、どう判断すればいいのだ。どうすればいいのか、選択肢すら思い浮かばず、頭を抱える。

とりあえず思ったことは、この場に神官長を挟んでほしい。それだけだ。

そう思った自分に、胸が軋む。

いつからだろう。困ったとき、弱り果てたとき、判断に迷うとき。神官長にいてほしいと思い始めたのは。

スラムにいた頃は、泥水だけで十日間過ごしたときも、大量の物達に壁際に追い詰められたときも、どうすればいいか何一つ分からなくても、誰かに教えてほしいとか、ここにいてほしいだなんて、一度も思ったことはなかったのに。

分からないことがあったら、神官長が教えてくれた。足が動かなくなったら、動いたとしても、神官長が抱き上げてくれた。熱が出たとき、足をくじいたとき、大きな水溜まりがあったとき。そんな、どうでもいい些細なことで、神官長は私を抱き上げ、歩いてくれた。

様々な理由で私が立ち止まったとき、神官長は一度だって私の手を離しはしなかった。

それがずっと、今このときまで続いている。

だからだろうか。何かあったとき、神官長を思い浮かべてしまう。何かあっても、神官長がいるから大丈夫だと思う。それはとても、不思議な感覚だった。

僅かな光も存在しない暗闇に足を踏み出しても、そこに、神官長がくれた優しさが敷かれているときがある。温かくて、柔らかくて、私が転んでも怪我をしないよう。知らぬ間に、丁寧に、私の道に敷き詰めてくれた優しさに慣れてしまった自分は許されない。

何一つ知らない未知なる道に優しさを敷き詰めてくれるような人の時間が、私に費やされていることはアデウスの損失なのだ。

「で、お前は？」

「え？　あ、返答ですか？」

「それもあるが、そうじゃない。お前が見合いに乗り気になった理由は」

「あれ？　それもう話しませんでしたっけ」

だからエーレは、エーレ判断ではどうでもいい理由で仕事を増やそうとしている私に思うところあり、寝言を言ったのだろう。

首を傾げる私を、エーレは鼻で笑った。

「今更そんな馬鹿馬鹿しい理由で、お前が神官長から手を離される理由を作るものか」

そう嘲るように告げられた言葉は酷く。

酷く、私の胸を砕いた。

何だか今日は、どっと疲れた。

いつもなら速攻でさぼる疲れ具合なのだが、何だか今日は、仕事の気分だ。ぐるぐると回り続けるエーレの言葉に追われながら眠りにつきたくないといったほうが、きっと正しいのだけれど。

だから今夜も執務室にこもり、書類の山に埋もれている。

神官長は既に会いに来てくれた。根を詰めずに早く寝なさいと言って、おやすみと言ってくれた。だからここから先の時間に神官長は訪れない。それはとても寂しいのに、今日だけは少し、ほっとする。

日付はとうに変わった。この夜の間、神官長には会わないのだ。

一山処理し終えたので、一度大きく伸びをする。背もたれに体重を預けた拍子に、窓の外へ意識が向いた。窓から見える王城は、今晩も明るい。あの明かりの一つにエーレがいるであろうと思い、机に額を打ち付ける。

ごんっと重い音がしたが、眠気は晴れても思考は晴れない。

料理長の冷めたほうが美味しいお茶がすっかり冷め切っているのに、飲んでもいつもと同じ味がしないように思ってしまう。料理長が折角用意してくれたのに、いつもと同じくらい美味しいと感じられない私に、このお茶は勿体ない。いつもだってそうなのに、今日は尚更だ。

私はその辺の水溜まりから水を啜って丁度いい。

「…………なんかよく、分からなくなってきました」

そもそも私はいま、何を悩んでいるのだろう。否、これは悩みなのかどうかすら分からない。

ぐるぐるぐるぐる思考が回る。まるで目が回っているみたいだ。回って、落ちて、砕け散るように、思考が渦を巻いている。

まるで追い立てられているようだ。まるで堰き止められているようだ。

思考の辿り着く先がない。そうでなければならない。私という存在は、そういう個で在らねばならない。そんな、根拠のない確信が身の内で回り続けている。

それは何故？　何が、私は何を悩んで。私は何がしたくて。私は何をノゾンデ。

おかしいのだ。全てがおかしい。

私の思考が現在損壊の如き不調を来している解を、私は得ていたように、思うのだ。

私は神官長達が私にくれる──を正しく認識したことがあったような。

私は────を────だと認識できていたような。

おかしい。何かが、とてつもないおかしさでここにある。それは奇妙さではない。不思議、不可解、不可思議。謎を表す言葉は沢山あるけれど、そのどれでもない。

このおかしさこそが正常なのだと、認識している私が、確かに、いて。

「――」

名を、呼んでいた。無意識に口からこぼれ落ちたそれが誰の名だったのか、自分でも聞き取れない。

「――」

だが、確かに呼んだのだ。いつも、こんな時。こんな訳の分からないおかしな正常が発動した時、いつも傍にいた人の名を。

どうしてだが、いつも私の傍にいてしまう、――を。

そうしてぐるりと、しこうがまわり。

おちて。

くだけた。


生真面目なほど均等な間隔を空けたノックの音がして、私は突っ伏していた顔を跳ね上げた。

「神官長!?」

意識より、言葉よりも早く飛び起きて、扉を開けていた。

私の反射の通り、扉を開いた先には神官長が立っている。寝間着ではないが、神官長の服も着ていない。珍しく私服を着用しているが、それも当然だ。神官長は私へのおやすみの挨拶を以て今日の業務を終え、自室に戻っていたのだから。

それなのにどうしたのだろう。緊急事態だろうか。だって神官長、少し険しい顔をしている。

「相手を確認してから開けなさい」

「はい！」

緊急事態ではなく、何度言っても改善されない私の扉開閉事情に対しての顔だったようだ。

神官長を部屋の中へ招きながら、とりあえず反省する。だが、いつも神官長が来てくれたと思う間もなく駆けだしてしまうので、改善できるかはまた別の話である。

「お前はいつも、私が言葉を発する前に開けてしまうが、どうして分かるのだね？」

「ノックの音が神官長だったので！」

「ああ、成程。確かに皆、己の癖を持っているね。しかしお前は本当に、人を把握するのが上手いものだ。幼い頃から観察眼が優れている。お前は凄いね」

神官長の温かな手が私の頭を撫でる。それがくすぐったい。髪を移動させる感覚もそうだが、何よりその温度がくすぐったくて。いつも身の置き場がないような、ずっとこの温度を得ていたいような、そわそわとした不思議な感覚に笑ってしまう。

私の頭を撫でた神官長の手は、そのまま頬へと下りてきた。長い指が私の頬を柔らかく撫でる。

「いつまで経っても灯りが消えないと思っていたが、ここで眠ってしまうほど疲れているのなら、今日はもう部屋に戻りなさい」

「え？」

「頬に書類の痕がついている」

「あー……」

そうなのだ。座った途端眠ってしまうほど疲れ果てているエーレの為にも、これから少しの間は仕事を溜めないようにしようと思った。だから頑張って仕事していたのだが、見事に眠っていたのである。

眠る前の記憶が一切無いので、その辺りで処理していた書類は、後で一応見直したほうがよさそうだ。

それはともかく、その所為でこんな深夜にわざわざ神官長の手を煩わせてしまった事実は大変反省しなければならない。今度から光が漏れないよう仕事をしよう。月明かりだけで仕事をすればいいのだ。今度からそうしよう。

「灯りはきちんとつけなさい」

「どうして分かったんですか⁉」

「間違っても、月明かりを頼りに仕事をしてはいけない。だからといって光を放つ生き物や鉱石などを集めても駄目だ。夜は必ず、人工的に灯された光の下で仕事をしなさい」

「どうして分かったんですか⁉」

月明かりが駄目なら、光る虫や石を集めて使えばいいかと思っていたのに、そこまで封じられた。

エーレといい神官長といい、神殿には口に出していない私の思考を読める人が多すぎる。神官としての必須技能なのかもしれない。神官とは本当に大変な仕事だ。

そうしみじみ思いながら、私はかろうじて粉砕は免れたが絶対割れたと思う頭を抱え、とりあえず呻いた。

私が復活するまでの間に、神官長は椅子に座って書類を読んでいた。私に自室で寝るよう促しに来たのであれば、注意後にはそのまま部屋へ戻ると思ったのだが、どうやら違うらしい。

不思議に思うも、神官長が座る横にいたいので、自分の椅子を引き摺ってくる。そのまま座り、神官長の手元を覗き込む。

手間がかかり面倒だが、期日はまだ先のようだ。まだ放置でいい山に入れておこう。ちなみに山の命名は、放置禁止の山、そろそろ放置禁止へ移動する山、そろそろ放置禁止へ移動する山へ移動する山と続いていく。まだ放置でいい山近辺になると、どの山がどうだったか分からなくなるが、どれも大差はなく気分で選んだ山で構成された山脈なのでしようがない。

神官長はその書類を、そろそろ放置禁止へ移動する山へと重ねた。

「うっ」

「これを後へと回し、困るのはお前だ。早めに頑張りなさい」

「はーい……」

神官長が言うならそうなのだろう。しかも、早めに済ませなさいではなく頑張りなさいと言ってくれた。それならば頑張るしかない。神官長が頑張りなさいと言ってくれたら、私はなんだってできるのだ。

「だが、今日はもう寝なさい。昨日も眠っていないだろう」

逃亡したりさぼったりしていない際の聖女の行動は、基本的に神官長へ報告がいく。だから神官長は私が昨日いつまで仕事をしていたか把握している。

「それとも、眠れないのかね？」

「そ、ういうわけでは、ないのですが」

流石に仕事を溜め過ぎちゃったせいですよと笑えばよかったのに。それは決して嘘じゃないのに。

私は詰まった自分の言葉に、失敗を悟った。

「では少し、私と話でもしようか」

私が眠れないと、神官長はいつもそう言ってくれるから。その度、自分の睡眠を削ってしまうから。ただでさえ忙しいのに、私が聖女となる前から、私を拾ってしまったあのときから。自身が自由に過ごせる時間を、私に使ってしまうから。

私はきっと、情けない顔をしたのだろう。神官長は温かな眼差しで微笑んだ。

「ジーンとの見合いが苦痛かね」

「いえ、そういうわけでは……いろいろ予想外な返答も多くて、話すのは面白いです」

「そうか」

「エーレが盛大に喧嘩するので、それはいつもどうしようと思っています」

穏やかに微笑んでいた神官長の眉が、片方だけ少し動いた。

「……報告を受けてはいたのだが、そんなに酷いのかね？」

「エーレにしては珍しく、最初からリシュタークを前面に押し出してる気がしますね。確かに今まででも、面倒で手っ取り早く終わらせたいときにはさっさとリシュタークを使ってましたし、先にエーレをリシュタークとして扱ったのはジーンです。それでもいつものエーレなら、エーレ個人としてねじ伏せるのが主流なので、今回は珍しいなと」

「そうか……」

「私、エーレとジーンってちょこちょこ似てるなって思うんですけど、似てても仲がいいとは限らないんですね」

「人の仲は、相違で決まるものではないからね……しかし、そうか。これはどうしたものかな」

神官長が困っている。エーレが神官長を困らせるのは珍しい。私はいつでも困らせているし、たぶん存在自体が困らせている。どうしよう。存在しているだけで大罪である。

神官長はよく私を焼却炉に捨てないものだ。それは神官長の突出した人柄と人間性と自制心によるものなのだろう。神官長は凄い。

私だったら私など必要部位だけ取り出して、さっさと廃棄処分にしているであろう。

「一つだけ言っておくのだが、常のジーンはそこまで好戦的な性格ではないのだよ」

「エーレは常に好戦的ですね。あ、じゃあやっぱり似てませんね」

「…………返答は控えよう」

神官長が返答を控えてしまった。つまりエーレは好戦的である。

それも踏まえると、いつもより更に好戦的になっているエーレと、どうやらエーレに大して何か思うところがあるらしく、好戦的になっているジーンを対面させるのはよろしくないように思う。

「ジーンと会う際の付き人、やっぱり代わってもらいましょうか。エーレ、ただでさえ忙しいですし。それに疲れているせいか、いつもより容赦がなくて王城の政務官達が毎日泣いていると、王子が大笑いしていました」

「…………………………………………付き人の選定は、エーレたっての希望によるものだ。よってお前が基準を設け、判断しなさい。手に余ると判断すれば代えなさい」

「分かりました」

私は神妙に頷いた。

どうやらエーレも、ジーンに対して思うところがあるらしい。だから忙しい身でありながら、自ら付き人を申し出たのだろう。それほど執着している相手との関わりを、私の判断で変更したほうが後々大変である。

それだったら、今の盛大な喧嘩を見学していたほうが絶対にいい。

ここで更に機嫌を損ねれば、今でさえ泣いている王城の政務官達の明日が心配になる。何せ、毎日泣いているというのに、ほぼ最高位である上役が大笑いしているのだ。

自分達の嘆きを大笑いで済まされる政務官達の明るい明日のためにも、エーレの機嫌はここで止めなければならない。それができなければ、ちっとも明るくない明日が来てしまう。そうなったら、もう暗日と呼んだほうがいいかもしれない。

私とジーンが話すより、エーレとジーンが話している時間のほうが多い現状をどうにかすれば、多少は緩和しないだろうか。明日、もう二時間以上前から今日だが、明日は私がジーンと沢山話して、二人が喧嘩をするきっかけを少なくしてみよう。ジーンがずっと私とだけ話していれば、喧嘩のしようもないだろう。

そう作戦を立てていると、何だか身体がどっと重たくなっていることに気がついた。

「眠くなってきたかね。ならば、もう寝なさい。後始末は私がやっておこう」

神官長の言う通り、急に眠くなってきた。目蓋が重い。絶対にさっきより三倍くらい重量が増している。

「神官長の……お手を煩わせるわけには、いきませんので」

ここは素直に寝るにしても、後始末は自分でつけなければ。欠伸を噛み殺して立ち上がった私と同時に、神官長も立ち上がる。

そして大きな手が、私の背に触れた。そのまま温かな熱にやんわりと押され、神官長により開かれた扉の外に出される。

「昨日も眠っていないのだから、少しでも睡眠時間を確保しなさい。おやすみ、マリヴェル。どうか、お前がいい夢を見られることを」

こういうときの神官長は、仕様がないねと笑って私の抵抗を受け入れてはくれないと分かっている。だから私は、しぶしぶ引き下がった。次からは絶対、ばれないよう仕事をしよう。

「…………神官長もおやすみなさい。いい夢を見てください」

「ああ、ありがとう。おやすみ、マリヴェル」

もう一度、優しい笑顔と共に就寝の挨拶を繰り返した神官長は、私が角を曲がるまでずっと見送ってくれた。

神官長のおかげか、その後はよく眠れた。

でも何か、夢を見た気がする。

――と――を買いにいって、城下にある――の家で泊まった夢だった。

不思議な夢だった。不思議な夢を。

「――――――――――あー、よく寝た！　神官長のおかげですね！　流石神官長！」

何か夢を見た気がする。

夢なので、起きたら全てを忘れていた。

夢とはそういうものである。

今日はお茶の時間にジーンと会った。

今日の私は、エーレを喧嘩させない計画として立案していた「ジーンがずっと私だけを見ているよう大量に話しかける作戦」を実行した。

「リシュタークは暇を持て余しているのだろうか。俺の護衛は毎日変わるのだが。暇を持て余しているのであれば、本家の邸宅へ泊まられては如何か。兄君達は大層喜ばれることだろう」

「わざわざ王都まで長距離移動してきた北の跡取りが王都滞在中に残した結果が、聖女の休息時間を奪っただけだと知った北の民の顔が楽しみだな」

戦闘は、挨拶を終えた瞬間に始まった。入室直後であった。

つまり作戦開始前から、作戦失敗が決まったのである。悲しみに打ちひしがれそうだ。

エーレとジーンは、怒鳴り合っていないだけで元気いっぱい喧嘩している。私は静かに頷いた。

一人でおやつを食べていよう。

そう決めたと同時に、ふと扉の横にいるジーンの護衛へ視線を向けた。ジーンと最初に会った日、護衛についていた彼だった。道理で見たことがあると思った。

「お久しぶりです。王都は観光できましたか？」

そう話しかけると、彼はぎょっと身体を揺らした。

「お、俺のこと覚えていたんですか？」

「そりゃまあ……」

彼の懐に入り込んだ上、更に自分の口元を掌で半分覆う。

「あのお見合い、わりと大惨事じゃなかったですか？」

「確かに……」

急に真顔で頷いた彼に、私も神妙に頷き返した。リシュタークとサオントの名誉が為、大きな声では言えないが、然う然うある類いの見合いでなかったのは確かだ。

何せ、聖女そっちのけで、その両家が見合って終わったのである。

「あの場で唯一の同士だったのですし、そりゃ覚えていますよ」

「きょ、恐縮です」

「あ、名前は認識していないのでご安心を」

アデウスにおいて法の管轄外に存在し、神殿において絶対的な法となる聖女に、名を認識されることを嫌がる人は一定数いるのだ。特に、明確な地位ある人間の周囲で働いている、当人らは地位を持たない人々に多い。

十三代聖女がその権限を使用したことはないし、余程のことがなければ主は大丈夫だろうが、自分達が何かしらの要因で聖女に目をつけられた場合、守ってもらえる保証はどこにもないのだと思うらしい。そして実際、多くはないが前例があるからこそ、彼らは聖女に明確に存在を把握されることを嫌がるのだ。

だから一応、護衛や付き人を含む使用人達に対し聖女として会う場合、名前を把握しないことがあるのだ。今回もそうしていたのだが、彼はちょっと変な顔をした。

「トラク・トムウルです。北の辺境伯サオント家所属の騎士です」

「あ、どうもご丁寧に。私はマリヴェルです。職業は聖女で、所属は神殿で、家名はありません」

「知ってますよ!?」

そうかもしれないと思ったが、名乗ってくれたので名乗り返すのは礼儀である。名乗ってくれて嬉しかったので、余計にだ。

トラクはまだ若い。護衛としての経験も薄いと思うのだが、もしかすると聖女に名を教えたがらない人が存在することと、その理由を知らないのかもしれない。けれど嬉しくなってもいけないわけではないのだ。

「当代の聖女様って、本当に気さくなんですね……」

「奇策案しか出してこないってよく言われるんですよねぇ」

「なんか嚙み合ってない気がするんですけどね……」

「そうですか？　まあ気にせず、お気軽にどうぞ。今は仕事中なのか微妙な感じですし」

ジーンとの見合いは最初の一回だけで、後はただ会って何か飲み食いしているだけなのである。

今日だって、ただお茶を飲みに来ただけとも言える状況だ。飲めていないが。お菓子にも辿り着けていないが。

エーレとジーンは二人とも元気いっぱいのまま、本日一回目の喧嘩真っ最中だ。つまりは最初の喧嘩が終わっていない。

終わる気配が欠片も感じられないので、今日私がたてた作戦がそっちで開始された可能性が浮上した。私の作戦が家出してしまった。帰還要請を出したいが、どこに出せばいいかさっぱり分からない。

「今日もこれ、二人が見合って終わりな感じでしょうかねぇ。それにしても、護衛って大変ですね。立ちっぱなしですし」

「たぶんこの状況での大変さって、そこじゃないと思うんですけど。っていうか、聖女様も立ってるし」

「座る機会、全くなかったように思うんですよねぇ」

入室してからこれまで、扉の前からほとんど動いていないのだ。座るなら床になる。流石に人目がある場所で床に座るのは怒られるだろう。

ちなみに王子は人目に含まれない。王子も私を人目に数えない。当然である。

私はエーレ達に聞こえないよう声を潜めて話した流れで、トラクの隣に立ったままだ。トラクは真っ直ぐ立っているが、私は壁に凭れている。床には座っていないし、これくらいはまあいいだろう。

「……聖女様」

「はい？」

トラクはちょっと躊躇った後、そぉっと口を開いた。

「聖女様がかなり気さくに接してくださることに甘えて、無礼を承知でお伺いしてもいいですか？」

「勿論です」

この場で暇な同士、仲良くしよう。私も話す相手ができて嬉しい。何せ私の茶会相手も付き人も、見合って見合って、私に全く興味がないのである。

「あの、実際の所、若様如何ですか？」

「何がですか？」

「何がですか!?　……見合い相手としてですよ」

跳ね上がってしまったらしい声を慌てて潜めたトラクは、エーレ達をちらちら気にしつつさっきの私のように自身の口元を半分覆い、私の耳元に近づいた。

「若様、男の俺から見てもかなり好条件だと思うんですよ。ちょっと浮世離れしているというか、独特なんで最初は戸惑うかもしれませんが、強いし、優しいし、冗談にも真面目に付き合ってくれますし、かなりいい人なんですよ。北でも若様、老若男女に大人気なんです！」

「ああ、分かります。かなり面白いですよね」

「分かってくれます!?　あ……いや、今の若様はちょっと変っていうか、いつもはこんなに好戦的じゃないんですよ？　うちの若様本当に温厚というか、怒っている姿見たことないくらいなのに……緊張してるんでしょうかねぇ。いつもなら、領民の子どもが泥団子顔面にぶつけちゃっても、肥だめに落ちた爺さん手ずから助けた上に背負って家まで送っても、全然怒らない人なんですよ？」

成程。正直それで好戦的になる跡継ぎも困り者だと思うが、いい人であることは間違いないのだろう。領民に慕われているのも頷ける。

そしてうちのエーレは本当に好戦的というか、怒っている姿しか見たことないくらいです。……その所為だったらどうしよう。ジーンはただ受けて立っているだけの可能性が浮上した。

二人の間に私の知らない因縁があるのかもしれないが、二人からは何も聞いていないので知りようがない。

「あの二人似ているように思うんですけど、それは仲の良さに直結するわけでもないそうですよ」

「そりゃそうでしょうけど……若様とリシュタークの若様、似てますか？」

「え？　似てません？　頑固、優しい、表情が分かりづらい、面白い。ああでも、エーレは好戦的なのでそこは正反対ですね」

「え、リシュターク家の若様、あの見た目で喧嘩っぱやいんですか!?」

前回と今回の現状を間近で見て尚、喧嘩っぱやくないと思っていたとは。トラクは器が大きいおおらかな人間なのだろう。

トラクは何度もエーレとジーンの顔を見ては、信じられないと呟く。

「見た目への言及は基本的に彼の怒りを誘発しますから、本人の前ではお控えくださいね」

私が相手ではあるまいし、いきなり燃やしてくることはないだろうが、ジーンの関係者なのでエーレがどう出るかいまいち分からない。

でもまあ、エーレが元気ならひとまずそれでいいと思うのだ。

「……あの、聖女様」

それまで驚愕していたトラクが私を見て、恐る恐る窺ってくる。

「もしかして、好きな人、います？」

「それは慕情という意味でしょうか？　それならいませんが、どうしてですか？」

「いや、その……なんとなく……さっきの顔を見て、リシュターク家の若様と、その、そういう話が出てるとか、あるのかなーとか、思ったり、したわけで」

そんなことあるわけがないと言いかけて、はたと気付いた。慕情はともかく、婚姻の話にはなったなと思い出したのだ。

私が束の間黙ったせいか、トラクの顔色がみるみるうちに悪くなっていく。

「……え？　え、本当に!?」

「あの、一つ聞いてもいいですか？」

「聞きたいの俺なんですけどどうぞ!?」

「婚姻って、何の為にするんですか？」

「えぇー……そりゃ好きな人と……あ、でも、えらい人達は違うのかな………」

慕情を抱いた相手と生涯を共にする約束。家同士の繋がりを強固にする契約。子への責任感。様々な理由があると知っている。星の数だけ人がいて、人の数だけ願いがあるのなら、婚姻の理由もそれぞれあると思うのだ。

それは分かっている。理解している。

問題はそれの何がどうなって、私という個がこんなにも訳が分からなくなっているか、だ。

混乱、困惑、不可思議。

何かが引っかかっているわけでもないし、違和感でも嫌悪感でもなければ期待でもない上に、未知への疑問ですらない。

自分でも、何にこんなに衝撃を受けたのかはよく分からないけれど、総じて判断すると、不安と呼ばれる感情に近いように感じた。何が不安なのか、これが正しい感情の把握なのかも分からないけれど、他に当てはめられる選択を私は持ち得ないのだ。

よく分からないが、ジーンは三日後に王城を去る。初めは飽きるかうんざりするか、何かしらの理由を以て数日でこの時間は終わるのだろうと思っていた。だが、なかなかどうして、このまま最終日まで会うことになりそうな予感がある。

私としても、エーレとジーンの喧嘩を見ながら何かしらを食べているだけで、王城への義理は果たされ、私は仕事をさぼっているのにさぼっていない。大変有意義な時間であった。

それに、エーレじゃないのに何だかエーレに似ているところがあるジーンと話す時間は結構楽しい。

しかし、この人と続く先を想定することが出来ない。私の明日にこの人がいる未来を確定するもしもが思い浮かばない。

エーレがおはようを言ってくれて、料理長が美味しい食料を提供してくれて、ココが楽しい明日を見せてくれ、サヴァスが明るい今日を教えてくれて、王子が停滞する今を許容してくれて、ヴァレトリが警戒するいつかの忘却を妨げてくれて、神官長がおやすみを言ってくれる。

そんな、神殿で過ごすいつもの日々があり得てはならなかった私にとって、これ以上の新たな何かを組み込む範囲は欠片も存在していない。それはジーンの所為ではなくて。

そもそも、わたしのなかにたしゃとのしあわせをきょうじゅするくうかんがせっちされていないからだ。

そういえば、だれか、だれか、わたしとのみらいをのぞむ、おろかなせんたくをしたひとをしっているような。

そんなきが、したのだけれど。

ぐるりと思考が回転する。

少し珍しいこの日々が終わっても、いつも通りの今日が戻るだけだ。だが、忙しいエーレを付き合わせてしまったのは申し訳ない。エーレの仕事が若干回しやすくなるよう、少しの間はそっちの仕事を優先的に片付けようと思っている。

不意に、トラクが視線の向きを変えた。それとほぼ同時に身体の向きも変え、扉を正面に据える。誰かこの部屋を訪れたのだ。一拍遅れて、私もそう気付いた。

この部屋の前では、王城が手配した兵士が警備についている。その兵士が対応しているであろう話し声が聞こえてきた。誰か来たのだろう。厚い扉と壁のおかげで、話の内容までは聞こえず、その程度の事しか分からない。

気がつけば、エーレとジーンも喧嘩を中断している。無言で移動したエーレは、私とトラクの間を陣取った。トラクは慌ててジーンの前へと移動した。

そう、本来この部屋の護衛配置はこうなのだ。さっきまで私とトラク、ジーンとエーレが主と護衛のようになっていたのが問題なのである。

しみじみ頷いていたところ、部屋の中に静かなノック音が響いた。

「何だ」

「ご歓談中失礼致します、ジーン様」

この部屋を王城に用意するよう頼んだのはジーンだ。よって扉前にいる兵の対応も、彼にしてもらうのが一番である。聖女がしゃしゃり出ると、余計な不信を招きかねない。言い換えれば、責任者は彼なのである。だから私は黙っていたほうがいい。本当は常日頃からそうしたほうがいい。

私という個が、この世界に関わる全てにおいて、決定権どころか発言権すら持つことはあり得ないのだから。

そんなことを、慣れ親しんだエーレの纏う香りの中で考えていた。

「クラウディオーツ神官長、並びにサオント家辺境伯がお越しです」

「入室頂く栄誉を賜ろう」

「畏まりました」

予想だにしない面子に、ジーンだけでなく私達の体勢も改まった。私も壁から背を離し、自律歩行へと至る。

すぐに扉は開かれた。そこにいたのは、門番代わりの兵士の言通り、神官長と北の辺境伯だ。神官長だ。神官長が来てくれた。同じ部屋に神官長がいてくれるだけでほっとする。それはとんでもないことだった。

だって神官長がこの世に存在する限り、私は常に神官長と同じ空間に存在しているのだ。それなのに、私如きの視界に入っていてもらわないとこの安堵と喜びを抱けないだなんて。そんな馬鹿げた愚かしい現象があっていいはずがない。

ここが神殿なら「神官長！」と叫びながら飛び出していたところだ。だがここは王城で、尚且つ人目がある。私は聖女であり、この場においての責任者はジーンである。つまりは大人しくしておこう。

そう思い、うずうずしていた私の掌に、人の温度が触れた。私の掌に軽く自身の拳を触れさせているエーレは、きっと偶然なのだろう。そうでなければ、私が彼の体温を知る機会など拳以外あり得ないのだ。

「若者が楽しんでいる場に、無粋して申し訳ない。クラウディオーツ殿と語らっていると、どうにも若人の間に割り込みたくなってしまったようだ。これは年寄りの性だろうか、クラウディオーツ殿」

「どうでしょうか。我ら個人の好奇心という可能性もあります故」

「確かに！　申し訳ない、聖女様。我らはどうにも、好奇心が強いようでして。聖女様、失礼致します。歓談中申し訳ございませんが、愚息への伝達をお許しいただいても？」

場を明るくする言い回しをしているが、要は急用が出来たのでジーンと話したいということだ。伝達役を辺境伯が担っているのは大変珍しいが、そこは本人の言通り、好奇心なのかもしれない。

神官長もこの場に現れたのは、これまた当人らの言通り、二人で話していた所に緊急の要件が舞い込んできたのだろう。

神官長と北の辺境伯が、歓談を中断してまで自ら赴く要件といえば、内容は絞られる。

ウルバイが、またもや動いたようだ。

少々大仰な動作で左手を広げ、右手を己が胸に当てたサオント辺境伯は、薄く礼をした。浅くと言うより、本当に薄かった。この場でこれ以上立場の違いを明白にしないよう、古より使われてきた技法に近しい礼だ。

王城において、聖女に傅く上位貴族がよく使う技法であり、私はそれでいいと思っている。

「どうぞ、サオント辺境伯。親子の歓談を妨げては、私こそが無粋というものでしょう。ジーン、今日はこれで失礼致します」

「畏まりました。ご配慮賜り、感謝致します」

ジーンは深く丁寧に、礼をした。聖女はそれを受けた。この場でこれ以上、立場を明白にする行為は無粋である。

辺境伯一陣はすぐに退出していった。

だが、大丈夫だろうとは思う。北は辺境伯当人が不在でも、すぐにどうにかなるような不安定さを築いてはいない。

西は先代辺境伯の病死で世代交代が行われたばかりであり不安定だが、北は当代も次代も健在であり、アデウスの国境守護者の内、類い希なる屈強さを誇るのだ。

護衛であるトラクも当然二人に付き従い、彼らが構えた部屋には神殿組である私達三人だけが残った。神官長がいて護衛の姿が見えないのであれば、今日の護衛はヴァレトリなのだろう。

神官長が一人だと認識し、これ幸いと無礼を働いた人間はこれより先の人生大量の不運に見舞われるので頑張ってほしい。ヴァレトリは執念深い。これは神殿の総意である。

私達は三人とも、お茶とお菓子が用意された広い室内にもかかわらず、扉のすぐ前に立ったままだ。神官長達が入室した際の、私とエーレの初期位置がここだったからだ。挨拶もそこそこに喧嘩を始めたエーレ達のおかげで、神官長にすぐ会えた。これは嬉しい誤算である。

扉が閉まった後、足音が完全に遠ざかるまで待って、私は室内の静寂を破ろうと思っていた。だが私より先に静寂を破ったのは、予想に反して神官長だった。

「マリヴェル、ジーンとの時間は楽しかったかね？」

「はい、概ねは。しかしエーレが即座に開戦するので、お菓子などを食べられないのだけが難点かと思います」

神官長はエーレを見た。私もエーレを見た。エーレは窓の外の景色を見た。

今日もいい天気だ。

その後、エーレは私を見た。舌打ちした。

「リシュターク一級神官、特級神官への昇位試験許可を得るのであれば、己を律する忍耐を身につけなさい」

「……は」

「他では出来ているのだがね」

苦笑する神官長に対し、エーレは苦虫を大量に噛み潰したかのような顔をして、私を見た。舌打ちした。

エーレが神妙に対応する相手は極少ない。しかし、猛烈に珍しいエーレの様子より、神官長の言っていた内容のほうが気になった私は飛びあがった。

「え!?　エーレ特級になるんですか!?　ただでさえ訳分からないくらい忙しいのに!?」

エーレならば、試験を受ければ当然受かるだろう実力がある。

最終認証は聖女が行うので、私がその認識である以上、私のもとまでくれば結果は確実だ。そしてエーレが他で落ちるはずもないので、エーレが昇位試験を受ければ必ず私のもとへと辿り着く。

つまり、エーレが受けたいと思った時点で特級神官への昇位は確実だ。

エーレは暇より忙しいほうが好きらしい。てっきり、適当に椅子に寝転がり、本を読むほうが好きなのだと思っていた。

「煩い」

「エーレ、奇特な人ですねぇ」

「本当にな………どうしてわざわざ多忙の坩堝に飛び込みたいんだ、俺は」

「根本的な理由が定かじゃないの大丈夫ですか!?」

どうしよう。忙しすぎてエーレが血迷ってしまった。やはり激務と寝不足は、命の大敵だ。その執念深さはヴァレトリと張れると言われているエーレが、自分の行動を理解できてないのだからとてつもない事態が起こっている。

「エーレ、だ、大丈夫ですか!?　大丈夫じゃないですよね!?　大丈夫です！　もしボケたんなら私が介護しますよ！」

「神官長、焼却許可を」

「…………マリヴェル、お前は本当に変わらないね」

頭を抱え、しみじみ呟いた神官長から結局聖女焼却許可が下りることなく、エーレは完全なる不完全燃焼で己の仕事へと戻っていった。

後が怖い。

「さて、神殿へ帰ろうか」

エーレと再び相見（あいまみ）える刻限までの執行猶予を得た私は、限りある時間を目一杯堪能している。何せ神官長と並んで神殿へ帰っているのだ。嬉しくないわけがない。

ジーンと北のことを考えると喜んでいる場合ではないのかもしれないが、自身の都合で他者の感情を制限することは許されないので、問題ないはずだ。

それはそれ、これはこれ。区別は大事である。

王城の内を通り、通り慣れた通路を渡り、狭間の間も過ぎていく。そうすると、あっという間に神殿に到着だ。

何だか、ほっとする。王城も狭間の間も同じ立地にあるので、環境はほとんど同じだ。それなのに、神殿の敷地内に入ると身体が軽い。

神殿が聖女の管轄だから。香りが違うから。それもあるだろう。だが何よりの理由は、人の違いだと分かっている。

「聖女様、神官長、お帰りなさいませ」

「お疲れ様です」

「あ、お戻りでしたか！　神官長、後でお時間頂戴したいです！」

「聖女様ー、この間はありがとうございましたー。今度お礼に姪っ子の焼いたクッキー持ってきますねー」

忙しなく穏やかな、いつもの神殿の空気が私達を出迎えてくれる。私はここに戻っていいのだと、いつも、ほっとする。これが、巷で噂の「家」という存在に近いのだろうかと、傲慢にも思いかける浅ましい思考は、私の中に落ちていく前に溶け消える。

声をかけてくれる皆の中を通りながら、今日はこの後、ルウィのもとに行こうと決めた。ウルバイの情報を聞いておきたい。勿論神殿として独自に情報収集も行っているし、王城から情報提供はある。

だが、それ以外はルウィから直接聞いたほうが流れが摑みやすい。政務官個々人の反応を含めて、王子と聖女が共通認識を持てている事実は、時として物事を円滑に進める。

神官長を見送った後に抜け出そう。そう決めて神官長を見上げながら、今日見た王城の警備体制を頭の中で確認していく。

「マリヴェル」

「はい、神官長」

「少し、話をしようか」

「え？」

ウルバイの話だろうか。確かに神官長は辺境伯と一緒に私達のもとを訪れた。偶然一緒になったとは考えにくいので、恐らく一緒にいて、その場所で報告を受けたのだろう。

それを今すぐ聖女へ伝えようとしているなら、事態は私が思っているより深刻なのかもしれない。ならばルウィの行動も普段とは大幅に変わるだろう。たださぼり場所に行くだけでは合流は難しそうだ。

今晩、外の道を使ってルウィの寝室に入ろう。それでも会えなければ仕様がない。事態の深刻さを把握するだけでも意味がある。

ああ、でも。ルウィの寝室に行ったら、――――が怒る。だから黙っていよう。

黙っていよう。でも誰に？　誰に――――――――――神官長は、西にある東屋の一つに歩を進めた。ここはよく、神官長が私と過ごしてくれた場所だ。

拾ってもらったばかりの頃、屋根と壁のある、建物として機能している家屋にいることが落ち着かなかった私を連れて、神官長はよくここに来た。

適度に森に近く、適度に人の気配が届く場所にあるこの東屋に。

神官長は私に、人が人へ伝える術である文字を教えてくれた。文字を教えてくれた。人が築いてきた文化、文明、娯楽を教えてくれた。習慣も、小さな、些細なものまで、余すところなく。何一つ理解していなかった私の疑問を疎ましがらず、丁寧に拾い上げてくれた。

神官長が私に教えてくれたのは、即ちありとあらゆる人の営みであり、歴史だった。

「お前とここに来るのは、少し久しぶりになるね」

神官長は、椅子の上に載っていた葉っぱを軽く払った。そうして、私を座らせてくれた後、隣に自分も座る。神官長にそんなことをさせてしまってはならないと思う。

けれど、特にこの東屋へ向かうときは、どうしてだか神官長の背中を見てしまう。神官長の後をついていってしまう。神官長と並んだり、その前にいるのは、手を繋いでもらったときと、抱き上げてもらったときがほとんどだったたから、そう思うのかもしれない。

あの頃に比べたら、神官長が近くなった。私の背が伸びたからだろう。神官長はほとんど変わらない。身長も、体型も、顔も。私に向ける表情も。

ああけれど、どうしてだろう。眼差しは。その眼差しだけは、今のほうがもっと、ずっと、温かいように、思えるのだ。

そして、その神官長の瞳を見て、話の内容はウルバイに関することではないと察した。

「マリヴェル、お前は私に、何か聞きたいことがあるのではないかね？」

神官長の言葉に驚く。神官長が何か聞きたいことがあるのだと思っていたのに。

「……分かりません」

最近ずっと分からないことだらけの自分の思考を掘り返すも、ぐるぐる回って落ちて砕けて忘れて終わってまた始まって。そんなことばかりしか思い出せな――――どうしよう、何も思い至らない。私は何かをやらかしただろうか。否、神官長は聞きたいことといった。だったら私のやらかしではなく、神官長の何かしらの事象に対する問いがある状況なのだ。

「……お前の瞳は、こういう時にはいつも、不意に虚ろになるね」

そう言った神官長の瞳があまりに悲しそうで、思考が止まった。

そして、のろり、のろりと動き出す。だって、神官長の言葉は、全部聞きたくて。理解、したくて。

でも、思考が止まる。最近、もう何年も、ずっとこんなことばかりだったように――――神官長の言葉を理解したい。だから止まっていた思考を――――思考が止まる――――いつも何処から止まって――――いつも――――いつも――――……

思考の先を、探せるはずだ。はずなのだ。

だって頻度が高すぎて、―の定めた――が、時々、綻んで。

綻びによる隙間を強制的に遮断して。度重なる強制遮断は、私の中に不具合を発生させ、負荷による損傷を作り、――――としての私を砕き。今や私は、――――としての基準を満たせているか、分からない。廃棄規定間近の。

だから　いつも
いつも
ぶつりと
「お前にとって本能的に拒絶するほど受け入れ難いことなのかもしれないが、聞いてくれるかね、マリヴェル」

「それは勿論です」

神官長に聞きたいことはどうにも思い出せないが、神官長の話は何でも聞くし、全部聞きたい。いつもそう思うし、迷う必要もその可能性もない。

「マリヴェル、お前がクッキーを焼いてくれたあの日、私と来客との話を聞いていたね？」

「あ、…………はい」

「咎めているわけではないよ。彼は急な来客だったのだし、極端な話にはなるが、神殿内のどこであっても聖女が聞いてはならない事柄は存在しないのだから」

それは、そうなのだけれど。それでも神官達の私的な空間は守られるべきだ。まあ、あそこは神官長の執務室なので、聖女の職務の範囲内といえばそうなのだが。

それでも、職務とは関係のない内容であったのなら、私という個の存在を示さず聞くべきではないと把握している。神官達の私的な事情は、興味本位で暴かれてはならない。それは彼らが持つ正しき権利だ。

「お前が珍しくジーンとの会食を毎日続けているきっかけは、私が来客と交わしていたあの会話だったのではないかね」

「……分かりません」

本当に、分からないのだ。

「家族を作ろうと、思ったのかね？」

なのに神官長は、私よりも私のことを分かってしまうらしい。

婚姻というのは、生涯を共にしたいと願う者同士が選択する手段の一つだと、神官長は以前私に教えてくれた。

家族という存在が、私には分からない。故に、それらに付随する感覚も感情も把握できない。家族を失った神官長がとても悲しかったことは分かるけれど、私の薄っぺらい人の真似事のような精神稼働では、何一つとして分かっていないと断じるほうが正しいだろう。

「マリヴェル、私を理解しようとしてくれたことはとても嬉しい。ありがとう。そして自らの知見が及ばない事柄を学ぼうとする意思は、とても素晴らしいものだ。だがそれが、お前と他者、一生の選択に繋がるというのならば止めなさいと、私は言うよ」

「…………はい」

自分でもよく分かっていなかった自分の行動原理を教えてもらって初めて、理解した。私は家族という存在を知りたかったらしい。

そんな浅ましい思考に巻き込まれたジーンには、本当に申し訳ない。

分かり合う時間が欲しいと、その時間が聖女に近しい神官達だけに与えられているのは不公平だと。そう言って申し込みを続けていたのはジーンでも、受けていたのは私だ。彼からの申し込みを受け続けていたのは、彼の言い分と、王城からの要請だけが理由ではなくて。

そして、家族という存在を知りたかった理由には。もっと、ずっと、身の程を弁えない浅ましい貪汚(たんお)な願望も、確かに混ざり込んでいると。

気付いた。

気付いた瞬間、己の穢らわしさに吐き気がこみ上げる。

神官長の瞳に映る私はきっと、この世のどんな存在より醜悪な姿をしているはずだ。だってこんな願望、抱くことも許されない。

「マリヴェル」

いつの間にか芯から温度を失った私の手を、大きく温かな存在が柔らかく包み込んだ。ふわりと、溶け落ちるように温度が移っていく。

「マリヴェル、息をしなさい」

神官長の手から与えてもらった熱で、私が稼働していく。

「……マリヴェル、私はお前の願いを叶えたいと思うよ。だが、お前は自分が願いを抱くことに対し、恐ろしいほどの嫌悪と恐怖を抱くことも、知っているんだ」

雪が人の温度を持っていたのなら、きっとこんな風に染みこんでくる。神官長の温度は、声は、言葉は、降り積もるように他者へと届く。私にまで、そうやって届けてくれる。

それなのに私は、こんな人へ、これほどに悍ましい願望を向けてしまうというのか。

「だから、マリヴェル。まずは私の願いを提示させてもらえないだろうか」

――。どうしよう、――。

「マリヴェル、私と家族にならないかね」

私ね、神官長と。

「親子になろう、マリヴェル」

家族に、なりたかったの。


その時私は、どんな顔をしたのだろう。身の内から弾けるように湧き上がった思考も、認識できない。歓喜だったのか、恐怖だったのか、幸福だったのか、絶望だったのか。私はこれを、感情と認識する権利を持ち得ないから、分かってはならない。

それなのに、胸が砕けそうだ。私の中の、認識してはいけない何かが軋む。私という存在を構成する様々な要素が憤怒し、マリヴェルという存在を構成する要素が驚き、喜んでいる。

「マリヴェル、私をお前の父にしてはくれないだろうか」

「ど、うして、ですか」

たったそれだけの言葉を紡ぐだけで、精一杯だった。

「お前を愛しているからだよ。無論、神官長として聖女を敬愛している。だが私は、ディーク・クラウディオーツ一個人として、マリヴェル、お前を愛しているんだ。父代わりでは満足できず、名実共にお前の父で在りたいと願った私の欲深さを、お前に許してほしいほどに」

目の前の人は、穏やかに微笑んでいる。優しく言葉を紡いでいる。いつも通りだ。いつもの神官長だ。

「以前にも言った通り、私は他者に慕情を抱くことは出来ない性質だ。故に、生家と共に家族を喪った時、私は二度と家族を持つことはないだろうと思った。そして、それでいいと思っていたのだ。だが、マリヴェル、私はお前の家になりたいのだよ。雨風を防げる屋根に、寒さを遮る壁に。何より、何があろうと、お前が帰ることを躊躇わない場所に」

いつもの神官長が、そう言う。

私を、あいしていると、そう言うのだ。

これがいつもの神官長ならば、神官長はいつから、そう思ってくれていたのだろう。

そして私はいつから、それに気付いて……気付けなくなっていたのだろう。

「……お前を追い詰めるつもりはないよ。返事を急かすつもりもない。返答期限は、私が生きているまでとしよう。勿論、断る権利がお前にはある。断っても、私は何も変わらない。私とお前は、何一つとして変わりはしない。これはただ、私の我儘なのだから。だがマリヴェル、少しだけ、検討してはもらえないかね」

　頭がぼんやりする。

「私をお前の父にしてくれないだろうか。私に、お前という家族をくれないだろうか。それが叶うならば、私は、こんなに嬉しいことはないと思う」

　胸に沸く砕け散りそうな衝撃の中、何よりも比重を占めているものが泣き喚きたいほどの吐き気を催す歓喜だと。すぐに消える思考で気付いた刹那、愚かなほど納得した。

　私はきっといつか、人形としての一線を越えるのだろう。そう脅える必要はなかった。だってきっともう、とうの昔に越えていたのだから。


　一人で考える時間が要るだろうと、神官長は先に帰っていった。立って見送りたかったのに、私は呆然と座ったまま、その背を見ていた。

　神官長の言葉が、頭の中を回っている。それなのに、そこに固着する思考が定められないままだ。

　私が、神官長を巻き込んだ。私があの人の生を歪めた。それが悍ましい。

　それなのに、嬉しい。嬉しいの。だって私、あなたをお父さんって、呼びたかった。

　そう思う己がどれほどの不具合の中にいるのか、私の中心が私を罵倒するから知っている。

　けれど、誰かを愛し、愛された気がする。

　あなたへの想いを、正しく自覚していた気がする。あなた方が与えてくれるその温もりを、正しく愛と、認識できていた気がする。それがどれだけ嬉しかったか、思い出せてしまったからこそ、恐ろしい。

既に越えたはずの、幾度も、幾度も己の中で越えたはずの問答が、絶望が、歓喜が、夢が、願いが、罪状が、点滅する。思考がぶれる。思考がずれる。

私と私が噛み合わない。

そんな記憶の残滓が私の中で揺れ、霞のように散る。散った傍から湧き上がる。

神官長が、私と家族になりたいと言ってくれた。夢みたい。

神官長に、私と家族になりたいと言わせてしまった。夢でなければならない。

嬉しい。嬉しい。嬉しい。

悍ましい。許されない。恐ろしい。

嬉しさで泣いてしまいそうだ。

恐怖で泣き喚いてしまいそうだ。

私と私が重ならない。在るべき私と、在ってしまった私が、ぶれて、ずれて、噛み合わず。

激しく点滅する思考と、砕け散りそうな核の狭間に、答えがあった。そこには、私が最初から知っていた答えがあった。

それを思い出した衝撃はなかった。だって最初から知っていた。知っていたから、私の思考は惑い続けたのだ。

神の定めた規定を激しく逸脱した私を、在るべきと定められた形が抑えきれなかった。幾度も幾度も逸脱し続ける私に、摩耗した定めが追いつかなかったのだ。

けれど、所詮は人形。すぐに神の定めは私を呑みこむだろう。この意識は今だけのものだ。時が過ぎれば、すぐに呑みこまれ、散っていくだろう。

両手で顔を覆い、俯く。

神官長。ごめんなさい、神官長。私は人ではないのです。私は神が人に与え賜うた使い捨ての道具なのです。あなた達に仇成す害悪を逸らす先として創られた人形が、あなたの生を歪める要員になるなど許されるはずもない。

嬉しいと、本当に嬉しいと。これが反射の思考ではなく、まるで人のような感情であるといえるのは今だけで。消えていく刹那にだけ許された、束の間の歓喜だ。

この絶望は、私の罪が神の定めを追い抜いたときにだけ発生する、幸いだった。

神官長……お父さん。私もあなたが好きです。あなたを愛しています。あなたが与えてくれたこの日々全てを、心から。

そう思ったとき、違和感を覚えた。両手で閉ざした暗闇の中で、目を見開く。

幾度も繰り返した痕跡が私の中に残っている。私は幾度も、神官長達から与えてもらっていた温かなものに気付き、そして巻き戻るように散らしてきている。

それは、何故だ。

私が人のように稼働することを、神は望まず、また許されない。私は人形だ。神が人の為に在れと創った人形であり、命が生涯で紡ぐことが出来る絆の一枠を占拠することが許されないからだ。

だが、それだけだ。最終的に神は私という表皮を処分して、全ては終わる。神官長達が私という個に、その生の一部分と繋げてくれても、強制的に断ち切られて終わるのだ。

だから、私の大罪は私の消滅を以て終了となり、それ以上の処置はないはずなのに。それなのにどうして、私は神官長達へ向ける私の思いを、神官長達から与えてもらった温もりを、認識できない状態に巻き戻り続けているのだ。

私が愛を知覚してはならない理由が、それ以外に何か——。

——が好きだったような。

愛の先にある恋が、——に向いてしまったような。

思考速度が、急速に下がっていく。世界が遠ざかり、他を認識する機能も同様に。

しかし、鈍くなった思考は、それでも動き続けている。

私が、まるで人のような感情を得た事により生じる不都合とは、何だ。私の消滅を以て終わらせられないような、何かが、ある。あった。幾度も、あったのだ。

その幾度もがあったからこそ、神の定めに綻びが出ている。そうでなければ、私がこの状況を把握できるはずがない。いずれ散らされる思考であろうと、到底到達不可能な思考のはずなのだ。

疲れ切り、鈍重になった思考で記憶を探る。身体が重い。思考も鈍い。目蓋を震わせるだけで、精一杯なほどに。

私という個の機能が閉ざされていく。起動権限が解除されることはないだろうが、神の定めが追いつけるよう、一度全てが落とされるのだろう。今までも幾度もそうなってきた。その痕跡が核にある。

ああ、でも、こんなときいつも、――――の名前を呼んだのに。

「…………マリヴェル？」

怪訝そうな声が、私という個体名を呼んだ。その声に、無意識に顔を上げていた。動きが鈍った、停止寸前の人形が最後に見たものは。

「――――エーレ」

この時、胸を砕いた感情が何だったのか。人形としての理とは関係ない、私という個が自覚できなかった。大声で泣き喚きたいような、笑い出したいような、この奇妙な絶望を。

人は何と名付けるのだろう。

神が定めた忘却の狭間、それらが作動する前に訪れる僅かな凪。全てを思い出せてしまうこの瞬間、いつも私は、そう思う。

「……マリヴェル、お前いま、自分がどんな顔をしているか、分かっているのか」

「ねえ、エーレ」

エーレの言葉に応えられなかった。どうせこの時は流れ去るのだから。私とあなたの記憶は全て、先の約束をした時点で、しようとした時点で。気付いてしまった時点で。忘却の彼方へと押し流されるのだから。

神の定めはこの人にしか降っていない。だから神官長が家族になろうと言ってくれた現象は残る。消えるのは、忘れ去られてしまうのは、私とこの人の時間だけなのに、恋の前提となった愛を処理できぬ人形へと巻き戻る過程で、様々なものがずれていく。

「あなたがくれる指輪、いつも凄く綺麗で、美味しそうですよね」

エーレは怪訝な顔をして、私の前まで歩いてくる。当たり前だ。エーレは何も思いだしてはいない。私だけ、私だけが。こんな状態を、人はひとりぼっちと言うのだろう。

けれど私は、この世で一つだけ稼働する人形だから、それは当たり前のことなのだ。自分が砕け散りそうな痛みなど、何も感じる必要がない真理なのに。

「……お前が何を言っているのかは知らないが、指輪が欲しいならやる」

「…………は？」

そう言って、懐から適当に取り出された上に、座る私の膝の上へ適当に落とされたのは、適当とは到底呼べそうにない値段がするであろう指輪だった。

「…………何ですか、これ」

「家族を知りたいなら、俺でいいだろう。俺で練習してから、神官長との養子縁組を受けろ」

「…………どうして知ってるんですか？」

エーレは私を見下ろしながら、鼻で笑う。

「その程度を知らされない信頼性で、一級神官が務まるか。そもそも俺は特級への昇位試験を控えているんだから、当然だろう」

どう見ても聖女へ向けているとは思えない顔で、エーレは私を見下ろしている。若干見下されているように見えるのだが、気のせいだろうか。

「今更外部に協力要請するくらいなら、最初から俺にしろ」

「……エーレ、私のこと好きなんですか？」

ついこの間、忘れたばかりなのに。

握りしめた指輪は、箱にも入れず懐に突っ込んでいたエーレの体温が移っている。

私の問いに、エーレは嘲るように笑った。

「だったらどうした」

「は」

神様。私を創り賜うたハデルイ神よ。申し訳ありません。どうやら私達には、忘却し続ける未来しかあり得ぬようです。

命であるエーレへの負担を考えると、命を愛するハデルイ神は忘却の発動を望んでいないだろう。

「はは、あはははははっ…………！」

それなのに、駄目だ。もう駄目なのだ。忘却の回数が多すぎて。短期間に幾度も幾度も忘れ続けても、どれだけ私達の感情の蓄積を巻き戻しても、巻き戻しから始まった時点で既に、どうしようもない状況になっている。

これが人の執念か。それとも、エーレが人一倍執念深いのか。

そして、神官長達から与えてもらった愛の先にこの人への恋を見出した私とて、最早同じことなのだろう。

もう、笑うしかない。神の定めが綻んでいる。忘却して始め直した後に影響が残り続けている。

神の定めがただの時間稼ぎにしかならないだなんて、馬鹿げてる。

そんな馬鹿げた事態を引き起こしてでも、この人は今この時でさえ、私をひとりぼっちにしなかった。

声を上げて笑ってしまうのに、雨が降る。私から溢れる雨を、エーレはどこかぼんやりと見つめている。

もう一つの形で私と家族になろうとしてくれたこの人と始まったばかりの今回も、これでお終いだ。今回の忘却間隔は、とても短かった。

けれど、重なりすぎた忘却により、様々なものがずれている。消去も処理も追いつかず、零れ落ちた欠片が積み重なって始まった先では、進行速度が変わってしまう。

きっと私達はまたこうして忘れるのだろう。もしかすると、今よりもっと速い速度で。

ごめんなさい。ごめんなさい、エーレ。私が砕け落ちる最後のその時まで、私に付き合わせてしまうであろういつかを、直接謝ることはきっと出来ないから。

「好きですよ、エーレ」

もう全てが滲んで、何も見えなくても。

そうして、また。

ぶつりと。


結局ジーンは、次の日を待たず王城を去ることとなった。ウルバイが国境で陣を張り始めたのだ。

恐らくは攻め込んでくるのだろうが、結果自体は心配していない。サオントは、当主及び跡継ぎである長男が北を離れていようと、そう簡単にどうにかなるような戦力ではない。兵の熟練度はアデウス一だろう。

しかし、北の辺境を守る要となる二人が、共に王城を離れる機会はそれほど多くない。そこを狙って仕掛けようとしているのならば、どこからか情報が漏れている。その問題が一番重要で、看過出来ない危険性を孕んでいた。

その為に、二人は連絡を受けた当日の夜である今日、王都を出る。

本来ならば王城を挙げての見送りが行われるが、事態が事態だ。見送る規模が多くなれば、見送られる側の手間も増える。そして、北の地で戦火が開かれることも早々に広まってしまう。

彼らの出立は盛大とは言い難く、されどひっそりともまた違う見送りによって飾られた。

一連の見送り行事は簡略化して行われた。これより戦に赴く可能性のある王城の賓客を見送るのだ。既に戦線が開かれているのでなければ、何もなしで見送るわけにもいかないらしい。

そして見送りの大まかな流れは、もう終了している。

シャーウ辺境伯は、王族とそれなりに気楽に話していた。参列していた王城側の人間も、列とはいえないが各々それぞれの立ち位置に散っている。

その間、ジーンは神殿側の見送りとしてこの場に立っている私の前へと足早に歩いてきた。

今まで会ってきた服装とは違い、動きやすさ重視だ。質のいい身形をした旅人である。当然だ。見場が重視される服装、または鎧など着込んで長距離の早駆けは難しい。

革の胸当てはついているものの、すっきりした格好である。けれど、初めて見る今日の格好が一番似合っていると思うほど、ジーンによく似合っていた。

軽く頭を下げた礼を受ける。応えたのは私の後ろに立つ神官達で、私は顔を上げたままそれを受けた。

「聖女様、お忙しい中ご足労いただき、ありがとうございます」

「北の国境が為、強行軍を為そうというサオントを見送れぬような仕事はそうありませんよ。ジーン、どうかお元気で」

彼らの為の祈りは、先程の見送り行事の中で終わらせている。だからこれは、彼個人への祈りだ。

「ありがとうございます」

ジーンはかなり分かりにくいものの、小さく笑ったようだ。そんな顔をすると、幾つも幼く見える。

エーレ同様、慣れると気づけることが多い人なのだろうと思う。この笑顔も、気づけてよかった。今回彼の王都滞在中、比喩ではなく毎日会っていたというのに、私はまだまだ彼の表情を余さず気づけるとは言い難い。

恐らくエーレのほうが気づけるのではと思うくらいには、エーレと彼の時間は長く距離も近かった。実質、リシュタークとサオントの見合いに、仲人として聖女がいたと言っても過言ではないと思う。

そのエーレは、神官長より半歩下がった左側に立っていた。しれっと眠そうだ。

神殿の人間は、私を先頭に列を成している。いま私が立っているのは、神官達から大股で六歩離れた、神殿組としては最先端の場所だ。何せ聖女なのである。

ジーンも、護衛であるトラク一人を連れただけで私の前にいる。聖女が護衛を同じ距離に連れていないのは、サオント家への敬意を表しているからだ。

決して、エーレを配置して、王城の前で盛大に始まるリシュタークとサオントの喧嘩を警戒してではない。エーレもそこまで好戦的ではない。はずだ。たぶん。

「大したお構いも出来ませんでしたが、私は楽しかったです」

お世辞でも社交辞令でもなく、実際楽しかった。私には馴染みがない北の地の生活は興味深く、習慣も常識も同じ国でありながら異なり、異なっているのに同様の地で生きる人々が紡ぐ営みを感じてみたいとも。

そう素直に告げると、ジーンは苦笑した。

「私が身分を盾に脅し取った時間をそう言っていただけるとは……私が望めば、王城は神殿に圧力をかけると分かっていながら、浅ましくも毎日あなたとの面会を申し出ました。申し訳ありません」

「不思議ですね。私はいま初めて、あなたにお目にかかった気がします」

そう告げれば、ジーンは小さく、けれど柔らかく微笑んだ。

この姿が、彼本来の姿なのだろう。私が毎日会っていたのは、王城で気を張っている北の辺境伯の跡継ぎであり、個としてのジーンは顔を出しにくかったのかもしれない。

見合えばすぐに喧嘩になるリシュタークの末っ子がいたことも、それに拍車をかけたのだろうか。

それを分かって喧嘩を売り、買い続けたエーレとジーンの間には、きっと相当な因縁があるのだろう。

「ジーン」

「はい、聖女様」

「戦場へ向かうあなたに送る言葉として相応しくないと重々承知していますが、面と向かって告げることで、あなたが私に対して向けてくださった誠実をお返しします」

あの時は何のことはなく告げた内容をもう一度繰り返すだけなのに、あの時より少し、重かった。

「改めて、あなたの申し出をお断りいたします」

「何故でしょう」

「私には、あなたと家族になる未来が想像できないからです」

「成程。そこはとても、重要ですね」

「はい」

初めてジーンが納得してくれた。そして私も納得した。

神官長が、家族になろうと言ってくれて、嬉しかった。本当に、嬉しかった。それと同じ形ではなくとも、同じ熱量の感情を、私はきっとジーンに抱けないと思うのだ。

私の精神構造が、他者と婚姻関係を結ぶことに適していないだけなのかもしれない。けれど、神官長が家族になろうと言ってくれて嬉しいと思えた私がいるのは絶対で。

形は違えど同じ熱量を抱けるとは思えないのであれば、この話はこれで終わりにすべきだ。

「分かりました。では大人しく身を引きます。今日はリシュタークも神官に徹しているようですし、私もそうしましょう。これ以上、彼につられてあなたにみっともない姿をさらすのは耐え難い」

エーレはいま忙しいので、盛大なる八つ当たりだったたと思いますとは言えなかった。

「精進し、自身を保てるようになってから出直しましょう」

「出直しましょう!?」

ここは握手して締めるところではないのだろうか。

「確かに今回は断られてしまいましたが、それが当然の結果だと私自身思う行動しか取れていませんでした。ですので出直してまいります」

よく考えたら、この人最初から押しが強かった。

さっきまで特に何とも思っていなかった神殿組の最先端に立つこの位置が、孤軍奮闘待ったなしの位置であると気付いたのは、この押しが一直線に飛んできたからだ。

どうしたものかと、ちらりと背後に視線を向ける。目が合ったエーレは、さっきまでの眠たそうな瞳をくるりと覚まし、元気いっぱいに鼻で笑った。

今回聖女と共に見送り組として選抜されている神殿組の中で、最も高位となるエーレがそれなので、他の誰かの援護も見込めない。つまり私は今日も元気に孤軍奮闘である。

しかし、今のこの時間は長く続かないと分かっていた。それはジーンも同じだ。だから私は、武運と彼らの無事を籠めた笑みを浮かべる。ジーンも笑ってそれを受けた。

「今度は王城からの要請をお断りしても角が立たないくらいには、関係修復できているよう努めますね」

「成程。では私は急いで自身を鍛え直してまいります」

手は私から差し出した。ジーンはゆっくりと私の右手に己の右手を重ね、握りしめた。手の大きさに対し厚みのある剣を握り慣れた人の掌は、ただただ温かかった。

「お元気で」

「聖女様も」

手を離した後、ジーンと、ジーンより深くトラクが頭を下げた。私も小さく頭を傾け、それに応じる。顔を上げたジーンは一度私と目を合わせ、背を向けた。

その後は一度も振り向かなかった。


北の辺境伯一行は、ほとんど日が沈むと同時の出立となった。夜間の長距離移動は推奨されていないが、サオントのお家芸は夜襲だ。夜の移動はお手の物である。

きっと、驚くほど早く北へと戻るだろう。

彼らの姿が見えなくなった辺りで王城組を見れば、王族はもう既に下がっていた。残っていた面子も、ぱらぱらと散り始めている。私達神殿組もそろそろ撤収しよう。

私が神官達を向くと、列が割れる。私としてはそのまま私を締めにぞろぞろ進んだほうが早いと思うのだけれど、聖女が先頭なのだ。そういうものらしい。

私の半歩後ろにエーレがつき、次の神官達がエーレにつく。私が進むにつれて、さっきまで並んでいた列が逆になっていく。上から見たら面白い光景だろうなといつも思う。

「明日から通常業務ですね」

「北の戦闘状況による」

「それはそうですね」

ざっと明日の仕事の確認をしながら、狭間の間を通って神殿へと戻る。その過程で、神官達も散っていく。各々、用事がある場所に近い道で解散許可を出している。

どうしようもなく忙しかった時代の名残で、神殿組の散会速度は目を見張ると各所で言われてきた。何せいま、私の傍に残っているのはエーレしかいないくらいなのである。

私はエーレに渡す書類があるのでそのまま執務室へ行く予定だったが、狭間の間と神殿の境に立つ人を見て、足が止まった。

聖女が神殿を開けたとしても、この程度のことでわざわざ出迎えなどしない。それなのに、神官長は私を待ってくれている。

ならばこれは、聖女としての私を待ってくれていたのではないと、優しく微笑んでいる神官長に胸が熱くなりながら気付いた。

思わず胸を押さえそうになる。頬から首にまで熱が籠もり、瞳に水が溜まり、回れ右して逃げ出したいような、そのまま駆けだして飛びつきたいような。

そんな訳の分からない衝動が喜びだと、私はいつの間にか知っていた。

「マリヴェル、おかえり」

「た…………ただいま、戻りました」

神官長はゆっくりと、ディーク・クラウディオーツその人の顔で、笑った。

あとがき

こんにちは守野伊音です。この度は忘却聖女Ⅳをお手にとっていただき、ありがとうございます。物語としては最初からここに辿り着く予定だったので、予定通りです。ページ数につきましては、全く予定通りではありません。大惨事です。

忘却聖女は全体を通してマリヴェルが主人公ではありますが、副題にエーレの執念とつけていいほどに、ひたすらエーレの物語でもあります。

主人公が二人いるようなもので、更に忘却前と忘却中と忘却後とそれぞれの物語があり、それら全てを書ききることは出来ずとも、少しでも多くお伝え出来たらなと思ったらこうなりました。

マリヴェルとエーレ、そして二人が愛して二人を愛した人々を最後まで応援くださると嬉しいです。

この本の制作の携わってくださった皆様、いつも応援してくださる皆様に厚く御礼申し上げます。

これからもどうぞよろしくお願いします。

守野伊音

thank you for reading!

4巻発売
おめでとう
ございます!
秋ひさほ

GC ONLINE
毎月12日発売
月刊少女野崎くん
椿いづみ
合コンに行ったら女がいなかった話
蒼川なな
スライム倒して300年、知らないうちにレベルMAXになってました
原作：森田季節 漫画：シバユウスケ
(GAノベル/SBクリエイティブ刊)
キャラクター原案：紅緒
わたしの幸せな結婚
原作：顎木あくみ 漫画：高坂りと
(富士見L文庫/KADOKAWA刊)
キャラクター原案：月岡月穂
アサシン&シンデレラ
夏野ゆぞ
たとえばラストダンジョン前の村の少年が序盤の街で暮らすような物語
原作：サトウとシオ 作画：臥待始
(GA文庫/SBクリエイティブ刊)
キャラクター原案：和狸ナオ
私がモテないのはどう考えてもお前らが悪い！
谷川ニコ
同居人の佐野くんはただの有能な担当編集です
ウダノゾミ
SQUARE ENIX WEB MAGAZINE
ガンガンONLINE
オンライン
毎日更新
●血を這う亡国の王女 ●経験済みなキミと、経験ゼロなオレが、お付き合いする話。
●落ちこぼれ国を出る ～実は世界で4人目の付与術師だった件について～ ●王様のプロポーズ
●家から逃げ出したい私が、うっかり憧れの大魔法使い様を買ってしまったら 他

SQEXノベル

忘却聖女 Ⅳ

著者
守野伊音
イラストレーター
朱里

2023年9月7日　初版発行

発行人
松浦克義

発行所
株式会社スクウェア・エニックス
〒160-8430
東京都新宿区新宿6-27-30　新宿イーストサイドスクエア
（お問い合わせ）スクウェア・エニックス　サポートセンター
https://sqex.to/PUB

印刷所
図書印刷株式会社

担当編集
齋藤芙嵯乃

装幀
太田規介（BALCOLONY.）

ISBN978-4-7575-8778-6 C0093

Printed in Japan